Ein Zimmer über dem Meer

Das Buch

Als Kims große Liebe Jake bei einem Unfall stirbt, bricht für sie eine Welt zusammen. Sie ist besessen von dem Gedanken, Jake in den Tod folgen zu wollen, und macht sich auf den Weg zu einer Klippe, um sich von dort ins Meer zu stürzen. Doch die Klippe ist nicht so einsam, wie es zunächst scheint. Die sechsundachtzigjährige Janet erkennt Kims Vorhaben und kann sie überreden, mit ihr zu kommen. In Janets kleinem Haus am Meer wärmt sich Kim auf und erfährt von ihr die tragische Geschichte von Leandra, die vor über zweihundert Jahren im Nachbarort Cornwall gelebt hat: Auch sie war eine verzweifelte junge Frau, die nur noch im Tod einen Ausweg zu sehen schien. Doch auch sie wurde gerettet. Durch die Liebe. Kim ist von der Geschichte ergriffen, doch ihre Trauer erscheint ihr unüberwindbar.

Wird Kim über ihren Verlust hinwegkommen? *Ein Zimmer über dem Meer* ist die tragisch-romantische Geschichte einer Selbstfindung vor der wunderschönen Kulisse Cornwalls.

Die Autorin

Dana Paul ist das Pseudonym der Bestsellerautorin Corina Bomann. Sie begann schon früh mit dem Schreiben und liebt neben Büchern das Meer. Mit ihrem Roman *Ein Zimmer über dem Meer* erfüllte sie sich den Herzenswunsch, eine ganz besondere Geschichte über das Meer und die Liebe zu schreiben.

Von Corina Bomann sind in unserem Hause bereits erschienen:

Die Schmetterlingsinsel
Der Mondscheingarten
Die Jasminschwestern
Eine wundersame Weihnachtsreise
Die Sturmrose
Ein zauberhafter Sommer
Das Mohnblütenjahr
Winterblüte

Dana Paul

Ein Zimmer über dem Meer

Ein Cornwall-Roman

List Taschenbuch

Besuchen Sie uns im Internet:
www.list-taschenbuch.de

FSC
www.fsc.org
MIX
Papier aus verantwortungsvollen Quellen
FSC® C083411

Originalausgabe im List Taschenbuch
List ist ein Verlag der Ullstein Buchverlage GmbH, Berlin.
1. Auflage August 2016

Umschlaggestaltung: ZERO Werbeagentur, München

Satz: Pinkuin Satz und Datentechnik, Berlin
Gesetzt aus der Kepler Std.
Druck und Bindearbeiten: CPI books GmbH, Leck
Printed in Germany
ISBN 978-3-548-61324-6

Prolog

Der Wecker klingelt. Ich öffne die Augen und werde von Sonnenlicht geblendet. Wie spät es genau ist, weiß ich nicht. Ich strecke mich, drehe mich noch einmal um und lege meinen Arm auf den leeren Platz neben mir. Jake ist bereits auf. Ich höre ihn in der Dusche rumoren. Sein Flug geht um elf, ich hoffe, wir haben noch genug Zeit, um zu frühstücken und uns richtig voneinander zu verabschieden.

Gestern Abend ist es ziemlich spät geworden. Der letzte Abend vor Jakes Abreise musste gefeiert werden, immerhin erhielt man nicht jeden Tag die Chance, an einem der renommiertesten Wettbewerbe der Welt teilzunehmen. Vom »World Surf Cup« träumt jeder Surfer, und Jake ist einer der besten. Seine Verbundenheit mit dem Meer ist schon beinahe unheimlich. Keine Welle ist ihm zu hoch oder zu wild. Er reitet auf dem Wasser wie ein Meeresgott, ohne die geringste Furcht.

Bei den Videos, die er manchmal mit einer Helmkamera macht, bleibt mir allerdings regelmäßig das Herz stehen. Ich sehe ihn durch einen Tunnel aus Wasser fahren, sehe die Wassermassen bedrohlich auf ihn zurasen, wie sie ihn halb verschlucken. Manchmal stelle ich mir vor, wie es sein würde, in diesem Tunnel zu verschwinden. Jake lacht nur darüber und sagt, ich sei eine Landratte, die das Meer zu Unrecht fürchten würde.

Ich stehe auf und sehe auf die Uhr. Acht Uhr dreißig. Früh genug, um ihn noch einmal in meine Arme zu ziehen. Ich streife mein Nachthemd ab und stelle mich vors Fenster. Angst, dass mich jemand beobachten könnte, habe ich nicht. Rings um das Cottage, das Jake von seinem Großvater geerbt hat, ist alles dicht bewachsen. Die Hecken müssen schon über hundert Jahre alt sein. Weder erlauben sie den Blick nach innen noch nach außen. Sie sind wie Wände, die unser Glück umhüllen und es beschützen.

Angesichts seiner Triumphe könnte sich Jake etwas anderes leisten, eine Villa in Malibu vielleicht, aber es zieht ihn immer wieder in die Heimat, in dieses Haus. Und zu mir.

»Hi, Süße!«, ertönt seine samtig dunkle Stimme hinter mir. Seine Finger streichen durch mein Haar, eine blonde Strähne wickelt sich um seinen Finger. Wenig später spüre ich die Wärme seines Körpers an meinem Rücken.

Jeden Zentimeter dieses Körpers kenne ich. Den Kopf mit den blonden Haaren, den blauen Augen und dem Dreitagebart um die Lippen. Die breiten, muskulösen Schultern, die sanft gebräunte Haut, seine Brust mit den dunklen Warzen, den Streifen Haar, der sich über seinen straffen Bauch zieht, seine warmen Lenden, seine muskulösen Beine.

Er ist noch nackt, das gefällt mir. Sein Arm legt sich warm um mich, dann spüre ich seinen gesamten Körper an meinem. Mein Plan scheint aufzugehen. Ich weiß, dass er mir nicht widerstehen kann, wenn ich nackt vor dem Fenster stehe. Könnte er es, hätte er sich längst angezogen.

Irgendwann einmal hat er mich mit Undine verglichen, dem Wassergeist, der erst eine Seele bekommt, wenn er die Liebe eines Menschen gewinnen kann. Ich habe diesen Vergleich nie richtig verstanden, denn ich bin nun wirklich kein Meerwesen. Ich liebe den Ausblick auf das Wasser, ja, ich liebe Abende am Strand, aber das Meer selbst bereitet mir Unbehagen. Wenn ich am Strand sitze und die sich auftürmenden Wellen beobachte, wird mir flau im Magen. Nur selten traue ich mich ins Wasser, und obwohl ich recht gut schwimmen kann, gehe ich fast nur bei vollkommen ruhiger See baden. Selbst dann spüre ich die zerstörerische Kraft, die vom Ozean ausgeht, eine Kraft, der wir nichts entgegenzusetzen haben, wenn sie beschlossen hat, uns ins Verderben zu ziehen.

Aber in Jakes Armen ist nichts Zerstörerisches. Sie fühlen sich warm und stark an, und als er mich küsst, spüre ich ein Flattern in meinem Bauch, wie damals, als er mich das erste Mal küsste. Obwohl wir uns bereits vier Jahre kennen, ist es immer wieder so, besonders dann, wenn er mich für längere Zeit verlässt.

»Komm mit ins Bett«, flüstere ich, denn ich will ihn nicht gehen lassen, ohne ihn noch einmal gespürt zu haben. Immerhin würde ich drei Wochen lang Strohwitwe sein.

Ich nehme ihn bei der Hand und ziehe ihn mit mir. Küssend sinken wir aufs Bett, umschlingen einander, halten uns fest und reiben unsere Haut aneinander. Wir schaukeln über die Matratze wie ein Boot über stürmische See, unser Haar vermischt sich wie durch einen Sturm, und als wir uns schließlich keuchend und glücklich ansehen, klingelt das Handy.

»Bleib hier«, flüstere ich und fühle im gleichen Moment,

dass ich ihn bereits verloren habe – an den Anrufer, der einfach nicht lockerlassen will. Jake küsst mich noch einmal, dann erhebt er sich. Sein Duft und seine Wärme bleiben noch einen Moment lang auf meiner Haut, dann verflüchtigen sie sich wieder.

»Hallo, Nick, wie sieht's aus?«, fragt Jake und klemmt sich den Hörer unters Kinn, während er in seine Shorts steigt. Was für ein Jammer! Jetzt wird er sich wohl nicht mehr von mir überreden lassen.

Die Antwort höre ich nicht, doch ich weiß, dass es sein Trainer ist, der sicher wissen will, wie weit er ist. Für Jake ist er wie ein zweiter Vater – manchmal ist er aber auch genauso anstrengend wie ein Vater, der ständig ins Zimmer schaut, um sicherzustellen, dass man ja keine Dummheiten macht.

Der Shorts folgt die Jeans, und während Nick auf ihn einredet und Jake alles mit einem »Mhm« quittiert, schafft es mein Held mit viel sportlichem Geschick auch in sein Shirt. Ich betrachte ihn und fühle schon jetzt Sehnsucht in mir aufsteigen. Bis ich ihn wieder spüren darf, werden viele Tage vergehen.

Manchmal bin ich ein wenig eifersüchtig auf Nick, denn in letzter Zeit war Jake mehr mit seinem Trainer zusammen als mit mir. Wenn ich dann sage, dass er eigentlich nicht so viel Training benötigt, weil er doch schon der Beste ist, antwortet Jake immer: »Ich bin nur der Beste, weil ich so viel trainiere.«

Alles könnte ich ihm ausreden, aber nicht die Trainingsstunden.

Nein, vielleicht sollte ich nicht auf den Trainer eifersüchtig sein. Meine Konkurrenz ist wesentlich größer. Das

Meer wird nie von ihm ablassen. Egal, was geschieht, es ist immer da und facht seine Sehnsucht an. Trotz der Gefahr liebt Jake es beinahe mehr als mich.

»Okay, ich bin in einer halben Stunde bei dir«, verspricht Jake und legt auf. Dann kommt er mit langen Schritten zu mir und küsst mich.

»Ich werde dich vermissen«, raunt er leise in mein Haar.

»Wirklich?«, frage ich zurück. »Wo du doch Aussicht auf die perfekte Welle hast?«

»Keine Welle ist so schön wie du!«, entgegnet er und küsst mich erneut. »Lass dir die Zeit nicht lang werden. Ich melde mich, sobald ich am Flughafen angekommen bin. Und natürlich, wenn wir gelandet sind. Du hast mich also ständig im Blick.«

Damit löst er sich von mir, und wie immer spüre ich eine gewisse Verzweiflung in mir. Elf Tage Wettkampf, vierzehn Tage Trennung und vierzehn Tage Angst davor, dass das Meer ihn verschlingen könnte. Doch ich zwinge mich zu einem Lächeln und winke ihm, als er das Zimmer verlässt. Ich höre, wie draußen die Tür seines Wagens zuklappt. Wenig später springt der Motor an. Er hupt noch einmal, als er vom Grundstück fährt, dann wird das Motorengeräusch leiser und verschwindet schließlich ganz.

1. Kapitel

Der Bahnhof war an diesem Morgen schon sehr belebt; es fiel Kim leicht, sich in der Menge zu verstecken. Die meisten Reisenden hasteten an ihr vorbei und nahmen keine Notiz von ihr. Kaffeeduft strömte in ihre Nase. Der Mann neben ihr trank mit gierigen Zügen. Sein Anzug wirkte zerknittert, fast so, als hätte er die Nacht im Büro verbracht. Die Zeiger der Bahnhofsuhr rückten auf Viertel nach acht.

Als die Durchsage über sie hinwegtönte, trat Kim ein Stück vom Bahnsteig zurück. Die Zugschlange schob sich träge über das Gleis und kam schließlich zum Stehen. Zischend öffneten sich die Türen. Passagiere stiegen aus, umringten sie, dann war der Weg zur Tür frei.

Kim suchte sich einen Platz am Fenster und ließ sich dann in den rot gepolsterten Sitz fallen. Eine Tasche hatte sie nicht dabei, sie brauchte sie nicht für ihr Vorhaben. Eine Weile beobachtete sie, wie andere Reisende ihre schweren Gepäckstücke auf die Gepäckablage hievten, dann zog sie ihr Handy hervor. Keine Nachrichten. Bereits am vergangenen Abend hatte sie begonnen, alles zu löschen, was mit ihr und Jake zu tun hatte. Gemeinsame Bilder. Nachrichten. Das alles war nicht mehr wahr.

Ein paar Nummern von Freunden und Verwandten und zwei SMS von Jake hatte sie allerdings noch im Speicher belassen. Die erste und die letzte. Nach seinem Tod war es ihr nicht schwergefallen, die anderen Nachrichten zu löschen. Doch mit der ersten und der letzten, so profan ihr Inhalt auch war, tat sie sich schwer.

Seufzend schob sie das Handy wieder in die Tasche und blickte nach draußen. Der Waggon füllte sich mit weiteren Reisenden. Als sich die Türen schlossen und der Zug sich in Bewegung setzte, zog sie einen Zeitungsschnipsel hervor. Er war dermaßen zerknittert und abgegriffen, dass man das Gedruckte kaum noch lesen konnte. Doch als wäre die Druckerschwärze in Kims Finger eingesickert, kannte sie jedes Wort.

Der britische Surfer Jake Ericson (28) ist am gestrigen Nachmittag bei einem Flugzeugabsturz ums Leben gekommen. Ericson war einer der Teilnehmer des World Surf Cups. Er startete für Großbritannien und war die größte Medaillenhoffnung. Laut Bericht der Polizei der Grafschaft verlor der Pilot die Kontrolle über die Maschine, die daraufhin ins Meer stürzte. Die Bergungsarbeiten halten an. Neben ihm und der Crew befanden sich sein Trainer Nick Kershaw und sein Physiotherapeut Hank Silberman in der Maschine. Ericson hinterlässt seine Eltern und seine Verlobte.

Kims Augen klebten noch eine Weile an den mittlerweile verblichenen Buchstaben, dann schob sie den Zettel in die Jackentasche zurück. Lange hatte sie sich geweigert, diese Nachricht zu glauben. Jede Nacht schreckte sie hoch, weil sie dachte, eine Nachricht von Jake sei auf ihrem Handy eingetroffen. Doch da war nichts. Bestenfalls meldeten sich ihre Eltern und fragten nach, wie es ihr in dem einsamen Haus ging.

Das Haus hatte mit Jakes Tod alle Wärme verloren. Egal, ob sie die Heizung anstellte oder den alten Kachelofen anfeuerte, es blieb kalt. Oder besser gesagt, die Wärme erreichte ihr Inneres nicht. Sie fühlte sich taub an, innerlich zerbrochen, und vor allem war sie unempfänglich geworden für Wärme und Farben. Alles war verblasst. Alles war erfroren.

»Die Fahrscheine bitte!«, riss sie die Stimme des Schaffners aus ihren Gedanken. Erschrocken blickte sie ihn an. Es dauerte eine Weile, bis die verblichenen Worte des Artikels von ihr abließen und sie begriff, was der untersetzte, rotgesichtige Mann von ihr wollte.

»Oh, ja, okay.« Sie zog das Ticket hervor.

»Sie wollen nach Cornwall«, bemerkte er, während er den Fahrschein entwertete. »Meine Frau stammt aus Falmouth. Schönes Fleckchen Erde, das sage ich Ihnen! Penzance ist freilich eine andere Ecke, aber ich glaube nicht, dass die Unterschiede so groß sind.«

Kim lächelte ihn an und nickte. Sie wusste nicht, wie es in Penzance aussah, sie hatte den Ort gewählt, weil er der nächste zur Absturzstelle von Jakes Flugzeug war. Das Einzige, was sie wusste, war, dass es dort einen Hafen gab – und steile Klippen. Doch sie hatte die Erfahrung gemacht, dass die Menschen eher von ihr abließen, wenn sie nickte, lächelte und so tat, als wüsste sie, wovon sie redeten.

So war es auch bei dem Schaffner. Er ließ von ihr ab, ohne dass sie ein Wort sagen musste, und schob sich weiter durch die Reihen. Kim blickte aus dem Fenster. Der Zug passierte gerade eine Stadt, deren rote Dächer hell im Sonnenlicht leuchteten. Sie wusste nicht, wie diese Ortschaft hieß, doch der Anblick fesselte sie einen Moment lang, so dass sie den zerknitterten Zettel in ihrer Hand vergaß. Sie dachte daran, dass Jake dieser Anblick gefallen hätte. Er war dabei gewesen, ein Star zu werden, dennoch waren ihm die kleinen Dinge wichtiger gewesen. Das Haus seines Großvaters, das Dorf. Städte, in denen sie während einer Urlaubsreise angehalten hatten, ohne zu wissen, was für Sehenswürdigkeiten es dort gab. Jake hatte sie bei der Hand gehalten und durch die Straßen geführt, als wäre er dort aufgewachsen. An seiner Seite war irgendwie alles schöner.

Nun fiel ihr der Zettel wieder ein und sie zog ihn aus der Tasche. Er war jetzt noch ein wenig mehr zerknüllt, doch das war egal. Er hatte nur noch einen Zweck zu erfüllen – sie würde ihn mitnehmen in den Tod. Oder ihn kurz davor in den Wind schicken. Lesen würde sie ihn nicht mehr.

Es war ein guter Tag für Janet. An diesem Morgen spürte sie das Rheuma in ihren Knochen weitaus weniger als sonst, und ihr Körper fühlte sich leichter an.

Ohnehin war nicht mehr viel dran an ihr, die Zeit zehrte sie langsam aus, dennoch schienen ihre Glieder an manchen Tagen wie mit Blei gefüllt zu sein. Doch nicht heute. Sie blickte durch das Fenster ihres kleinen Cottages auf das Meer, froh darüber, sich stark genug für einen Spaziergang zu fühlen.

Noch vor einer Woche hatte sie sich entweder zu schlecht gefühlt, oder ihr Verstand war von einer dunklen Wolke eingehüllt gewesen, die ihr das Rausgehen erschwerte. Heute, an dem wichtigen Tag, war sie frei von alledem.

Sie machte sich ein leichtes Mittagessen, und nachdem sie es verzehrt hatte, trat sie mit ihrem Gehstock vor die Tür. Ihr Enkel hatte zahlreiche Münzen an dem Stock angebracht – Überbleibsel seiner Reisen um die Welt. Manchmal machte sie sich Sorgen um ihn, denn Janet wusste, wie gefährlich das Meer sein konnte. Wenn sie ihn darauf ansprach, lachte er nur und meinte, auf den modernen Schiffen bräuchte niemand Angst haben. Doch die Angst um ihn verließ Janet nie.

Die Luft war frisch, und sie war froh, dass sie sich ihren großen Wollschal um die Schultern gelegt hatte. Er war warm genug, um sie vor dem Wind zu schützen, der das hohe Gras am Wegrand bog. Noch hielt sich der Sommer, aber in der Luft lag bereits der Duft des Winters, und Janet hatte auch die Veränderung des Lichts registriert. Winterlicht, dachte sie. Schon bald wird es uns wieder einhüllen, und dann würde das Meer wieder wütender gegen die Klippe schlagen.

Und womöglich würde dieser Spaziergang der letzte sein, auf den sie in diesem Jahr Lust hatte – auch wenn das Jahr noch ein paar Monate übrighatte. Sie ließ also das Gartentor hinter sich, und während sie für einen Moment lang die kleine Janet sah, wie sie durch die Ginsterbüsche huschte, beschritt sie den geheimen Pfad zu den Klippen.

Viele Generationen ihrer Familie waren diesen Weg entlanggegangen – um nachzudenken oder sich ihren Erinnerungen zu stellen. Er hatte seine Geheimnisse, und einige von ihnen waren tief in Janets Herzen begraben.

Eine Erinnerung holte sie allerdings wieder ein.

Sie sah ein kleines Mädchen hier entlanglaufen, mit blonden Locken, die im Wind wehten. Sie war ihr schon lange nicht mehr erschienen, doch jetzt war es wie damals vor so vielen Jahren.

Je näher Janet den Klippen kam, desto deutlicher wurde ihre Erinnerung. Janet blieb stehen, zog dann das Tuch um ihre Schultern fester. Ein Frösteln durchzog sie. War es vielleicht doch keine gute Idee? Sie spürte, dass noch andere Erinnerungen in ihr lauerten. Hatte sie den Mut, sich ihnen zu stellen? Das kleine Mädchen verschwand aus ihrem Blickfeld. Janet wusste, dass es nicht echt war, lediglich ein Echo ihrer Erinnerung. Dennoch folgte sie ihm weiter und tauchte schließlich tief in das Damals ein.

In Land's End setzte sie das Taxi ab. Der Fahrer hatte während der gesamten Fahrt von Penzance unaufhörlich geredet, doch Kim hatte nicht zugehört.

Sie bezahlte ihn und wünschte ihm einen schönen Tag. Während er davonfuhr, wandte sie sich um. Der frische, salzige Geruch des Meeres strömte in ihre Nase. Möwen kreischten über ihr.

Mittlerweile war es Nachmittag geworden. Der Himmel war leicht bewölkt, die grauen Wolken verhießen wohl Regen, doch wenn der Wind weiterhin so blies, würden sie nicht lange genug bleiben, um ihre Last loszuwerden.

Kim strebte der Ortsmitte zu und kam sich dabei ein wenig wie in einem der Romane vor, die manchmal in Zahnarztpraxen herumlagen. Das arme Mädchen, das alles verloren hatte, auf dem Weg zu den Klippen, wo es einem gutaussehenden Baron begegnet. Bis auf den letzten Punkt stimmte es allerdings würde am Ende ihres Weges kein Prinz warten, sondern ein wesentlich dunklerer Herr.

Sie folgte einfach den Wegweisern, die durch enge Gassen zum Longships Lighthouse führten, dabei durchquerte sie beinahe die gesamte Stadt. Malerische alte Häuser drängten sich am Straßenrand zusammen wie Schafe in der Kälte. Die Sonne schien und lockte die Touristen in Scharen aus ihren Unterkünften. Ein Plakat warb für die »Shaun The Sheep Experience«, die offenbar zusätzliches Geld in die Kassen der Stadt schwemmte.

Am Nachmittag erreichte sie die Granitfelsen. Der Ausblick auf das Meer war atemberaubend. Noch stand die Sonne hoch, doch in ein paar Stunden würde man hier sicher einen wunderbaren Sonnenuntergang beobachten können. Weit vom Ufer entfernt, mitten im Meer, ragte das Longships Lighthouse aus den Wellen in die Höhe. Jake hätte diesen Ort geliebt.

Ob er den Leuchtturm kurz vor dem Absturz gesehen hatte? Ob er sich vorgestellt hatte, um ihn herum zu surfen? Ob er seinem Trainer diesen Vorschlag unterbreitet hatte?

Kurz darauf war etwas passiert – die Gutachter glaubten, ein Wildvogel sei in eines der Triebwerke geflogen. Es war in Brand geraten, der Pilot hatte die Kontrolle verloren, und das Flugzeug war ins Meer gestürzt.

Kim trat näher an die Kante heran. Der Zeitungsausschnitt lag in ihrer feuchten Hand. Ihr Herz raste. Trauer wütete in ihr, zerrte an ihren Eingeweiden, aber da war auch Angst. Sie hatte es sich so leicht vorgestellt. Ein Schritt und dann abwärts in die Tiefe. Kurzes Fallen, ein Luftzug, der Aufprall. Vielleicht noch ein paar letzte Bilder. Stille. Doch etwas ließ sie zögern und ihre Hände schweißnass werden. Sie war sich sicher gewesen, sterben zu wollen. Warum nur konnte sie ihren verdammten Körper nicht dazu bewegen, einen Schritt zu machen? Nur noch einen letzten Schritt …

Sie kniff die Augen zu. Vielleicht half das. Vielleicht machte es alles einfacher.

»Wunderbares Wetter, finden Sie nicht auch?«, fragte eine Stimme hinter ihr. Kim zuckte zusammen und riss die Augen auf. Der Zettel löste sich aus ihrer Hand und wurde vom Wind davongerissen.

2. Kapitel

Die Frau war knapp einen Meter fünfzig groß und stützte sich auf einen Stock, wie ein weises Mütterchen aus einem Märchen. Ihr graues Haar musste früher einmal tiefschwarz gewesen sein, jedenfalls deuteten vereinzelte dunkle Strähnen darauf hin. Die vielen Furchen auf ihrem blassen Gesicht erzählten die Geschichte eines langen Lebens.

Kim wunderte sich über diesen Gedanken. Eben noch hatte sie an nichts anderes denken können als an den Tod. Jetzt betrachtete sie das Gesicht der alten Frau wie ein Buch, das Hunderte Geschichten zu erzählen hatte.

»Der Leuchtturm ist faszinierend, nicht wahr?«, fragte die Alte lächelnd. »Sie müssen ihn mal sehen, wenn das Meer so richtig tobt. Dann erkennt man ihn unter den Wellen kaum noch. Man glaubt, dass er verschluckt werden würde, doch dann taucht er wieder auf, frisch gewaschen und so unnachgiebig wie vorher.«

Kim starrte die Frau verwundert an, und dann nickte sie. »Ja ... das ist sicher interessant.«

Die Frau legte den Kopf schräg und betrachtete sie. »Sie sind nicht von hier, nicht wahr? Woher kommen Sie?«

»Bristol«, antwortete Kim der Einfachheit halber, dann wandte sie das Gesicht kurz der Küste zu. Es wäre so leicht, sich jetzt nach hinten fallen zu lassen. Bis die alte Frau die Rettungskräfte geholt hätte, wäre sie längst tot. Doch ihre Entschlossenheit war verflogen. Sie würde eine andere Gelegenheit abwarten müssen.

»Bristol«, wiederholte die Alte. »Sehr schöner Ort. Als ich jung war, war ich einmal dort.«

Kim verwirrten diese Worte so sehr, dass sie nicht wusste, was sie darauf sagen sollte. Doch da streckte ihr die Alte auch schon ihre freie Hand entgegen.

»Freut mich, ich bin Janet Hathington. Bitte verzeihen Sie, wenn ich Ihre Ruhe gestört habe, aber ich komme mittlerweile nur noch selten aus dem Haus, und noch seltener treffe ich hier jemanden, der die Schönheit dieser Klippe zu würdigen weiß. Meist sieht man nur Touristenhorden, die vor lauter Fotografieren vergessen, den Augenblick zu genießen. Sie haben keine Kamera dabei, das finde ich interessant.«

Was soll jemand, der sich umbringen will, mit einer Kamera?, lag es Kim schon auf der Zunge. Eher schießt man mit dem Handy ein letztes Selfie. Allerdings war die Wahrscheinlichkeit, dass das Handy ebenso wie ihr Körper zu Bruch ging, groß.

»Ich … ich wollte einfach nur schauen«, sagte Kim ausweichend, und beinahe ärgerte sie sich ein wenig über die alte Frau. Wäre sie nicht aufgetaucht, hätte ihr Schmerz bereits ein Ende. Dennoch streckte sie ihr die Hand entgegen. »Kim Sanders.«

»Schön, Sie kennenzulernen! Darf ich Kim zu Ihnen sagen? Ich vergesse immer so furchtbar schnell Nachnamen. Komischerweise kann ich mir Vornamen sehr gut merken.«

Ein unbeabsichtigtes Lächeln huschte über Kims Gesicht. Ein wenig erinnerte die alte Frau sie an ihre eigene Großmutter, obwohl Letztere schon vor ein paar Jahren gestorben war.

»Nennen Sie mich ruhig Kim«, entgegnete sie schließlich.

»Okay, dann sagen Sie einfach Janet zu mir. Dann fühle ich mich gleich etwas jünger!« Die Frau lächelte, aber es wirkte ein wenig gezwungen. So als wüsste sie, dass das hier kein zwangloses Gespräch übers Wetter, das Meer und das Longships Lighthouse war, sondern etwas weitaus Ernsteres.

»Okay … Janet.«

Kim hatte Mühe, das Zittern, das in ihr aufstieg, zu verbergen. Noch vor einigen Minuten war ihr die Witterung egal gewesen. Jetzt drang die Kälte durch ihre Jacke, und sie bemerkte, wie scharf der Wind über ihre Wangen strich.

»Wie schön!«, flötete die alte Frau. »Wie wäre es, wenn ich Sie zu einer Tasse Tee einlade? Sie scheinen mir ganz durchgefroren zu sein. Man denkt immer, dass es ein herrlicher Tag ist, aber dann steht man hier oben und merkt, dass der Wind doch rauer ist, wenn man dem Meer so nahe ist. Selbst wenn im Binnenland alles schwitzt, kann man hier am Meer mächtig frieren.«

Besonders, wenn man ein leeres Herz hat so wie ich, dachte Kim und hörte sich sagen: »Okay. Eine Tasse Tee wäre gut.«

»Wundervoll!«, sagte die alte Frau. »Kommen Sie, lassen Sie mich bei Ihnen einhaken. Auf diesem Terrain fühle ich mich am Arm eines starken jungen Menschen sicherer als mit dem Stock.«

Das war gelogen, das wussten sie beide. Die Hand der Frau legte sich auf ihren Unterarm wie ein Rettungsgurt. Kein besonders solider, wenn Kim gewollt hätte, hätte sie die Frau mit Leichtigkeit mit sich reißen können. Doch das wollte sie nicht.

Sie weiß es, dachte Kim, als Janet und sie einen Weg einschlugen, den sie vorher noch nicht beschritten hatte. Sie weiß, dass ich mich umbringen wollte. Der Tee ist nur ein Vorwand, um mich von der Klippe wegzubringen.

Das Cottage war mit Reet gedeckt, das Fenster des Dachgeschosses wirkte wie ein großes Auge, das auf den Hof und die ankommenden Besucher hinabblickte.

Janet öffnete die Gartenpforte, von der die Farbe bereits abblätterte. Der Garten wirkte ein wenig verwildert, bunte Gladiolen und beerenfarbene Malven ragten etwas windschief zwischen abblühenden Schmuckkörbchen und einigen Stauden und Blumen auf, deren Namen Kim nicht kannte.

Ein scharfer, etwas fauliger Geruch wehte ihr entgegen, als sie dem Pflasterweg folgte. An der Oberfläche des Gartens blühte es noch, darunter faulten andere Pflanzen bereits vor sich hin.

Kim wunderte sich darüber, wie behände die alte Frau über den unebenen Weg ging – und das, obwohl sie sich auf einen Gehstock stützte. Sie selbst fühlte sich ein wenig unsicher. Wenn dieser Weg im Winter vereist war, würde sie bestimmt ausrutschen.

Janet fingerte den Schlüssel aus einem Versteck neben

dem Türrahmen, dann schloss sie auf. Lavendelduft und ein leichter Hauch Zwiebel und Gurke umhüllten Kim beim Eintreten. Sie fand sich in einer einfach eingerichteten Küche wieder, die gleich an die Haustür anschloss. Das Cottage musste ein paar Jahre mehr auf dem Buckel haben als das Haus von Jakes Großvater.

Kims Blick glitt über die Kräutersträuße am Fenster. Ihre Schatten fielen auf die gegenüberliegende Wand, während sich das goldene Sonnenlicht in den blank gescheuerten Kupfertöpfen spiegelte, die unweit des Fensters an Haken von der Decke hingen.

»Setzen Sie sich doch, Kim!«, forderte Janet sie auf und deutete auf die Holzbank vor dem großen, gründlich saubergeschrubbten Tisch. Nichts außer einer leeren Blumenvase stand dort.

Kim bedankte sich und folgte ihrer Aufforderung. Die Bank knarzte leise, als sie sich setzte.

Janet brach in beinahe hektische Geschäftigkeit aus. Fast so, als fürchte sie, dass ihr Gast wieder verschwinden und seinen ursprünglichen Plan in die Tat umsetzen würde. Sie zog sich den Schal von den Schultern und ließ ihn fast achtlos auf den Stuhl an der Kopfseite des Tisches fallen. Dann holte sie einen Wasserkessel, füllte ihn, setzte ihn auf den alten Herd und legte noch ein paar Holzscheite und ein Brikett nach. Als das Feuer aufloderte, schloss sie die Herdklappe und begab sich zum Schrank, um eine Kanne und ein Päckchen Tee herauszuholen. So abgegriffen, wie das Papier aussah, war das Haltbarkeitsdatum sicher schon überschritten.

Als sie ihre Vorbereitungen abgeschlossen hatte, setzte sie sich Kim gegenüber.

»In diesem Haus haben bislang fünf Generationen der Hathingtons gelebt. Darunter meine Großeltern, meine Eltern und ich – nur dass ich durch Heirat meinen Mädchennamen verloren habe. Mein Versuch, meinen Sohn dazu zu bewegen hierzubleiben ist leider fehlgeschlagen, und mein Enkel liebt die See viel zu sehr, als dass er sich hier niederlassen würde. Doch ihm traue ich es am ehesten zu, dass er, wenn er einmal nicht mehr an Deck stehen möchte, zurückkommt. Nur hier hat er seine Verbindung zum Meer. Nur von hier aus kann er den Leuchtturm sehen.«

Ein versonnenes Lächeln huschte über Janets Gesicht. Kim fragte sich, warum sie ihr all das erzählte. Immerhin war sie eine Fremde. Darüber hinaus wollte sie gar nicht wissen, was die Geschichte dieses Hauses war.

Dass sie mitgegangen war, war lediglich ein Aufschub ihres Entschlusses gewesen.

»Wo leben Sie in Bristol?«, fragte Janet nun. Das Pfeifen des Wasserkessels rettete Kim noch einen Moment lang. Ihre Gastgeberin erhob sich und schlurfte zum Herd. So konzentriert, wie sie wirkte, erwartete sie wohl im Moment keine Antwort.

Doch Kim wusste, dass sie ihr eine geben musste.

»In der Clifton Wood Road«, antwortete sie, und das war nur halb geschwindelt. Immerhin hatte sie dort gelebt, bis sie achtzehn war und auf die Universität gegangen war. Dort hatte sie Jake kennengelernt, und als sie das Studium abgeschlossen hatte, war er es gewesen, der stolz neben ihren Eltern stand, als man ihr das Diplom überreichte.

»Und was machen Sie beruflich?«, fuhr Janet fort. Es war ihr anzumerken, dass sie mit der Clifton Wood Road nichts anzufangen wusste. Aber irgendwie schien sie das Bild, das kurz vor Kims geistigem Auge aufgeleuchtet war, erraten zu haben.

»Ich habe Betriebswirtschaft studiert und seit einigen Monaten meinen Abschluss.«

Sie hatte dieses Fach studiert, ihren Master gemacht und dann bei einer Immobilienfirma angefangen. Sie war nicht sicher, ob sie dort nach dem Ende des Urlaubs weiterarbeiten wollte. Vielleicht war dies dem Unfall geschuldet und ihrer Unfähigkeit, sich wieder ins normale Leben einzugliedern. Vielleicht hatte es auch einen anderen Grund, den sie selbst noch nicht kannte.

»Oh, das ist sehr beeindruckend. Zu meiner Zeit war es bei weitem noch nicht selbstverständlich, dass Frauen studierten. Die meisten haben sich eine Arbeit gesucht – wegen des Krieges blieb ihnen nichts anderes übrig. Aber sobald die Männer wieder da waren, kümmerten sie sich um sie und bekamen Kinder und blieben zu Hause.«

Kim fragte sich, wie alt Janet war. Irgendwann hörte das Alter auf, den Menschen weiter zu verändern. Möglicherweise war die Frau Ende siebzig, genauso gut konnte sie aber Anfang neunzig sein. Dass sie offenbar den Zweiten Weltkrieg miterlebt hatte, war ein Indiz für Mitte bis Ende achtzig.

Normalerweise hätte Kim gefragt, wie es damals so war im Krieg. Ihre Großeltern waren nicht mehr am Leben, so war sie nie in den Genuss alter Geschichten gekommen. Erst Jakes Großvater hatte ihr etwas davon erzählt. Er war bei einer Fliegerstaffel gewesen, die Jagd auf Nazis gemacht hatte. Im ersten Moment hörte sich das alles nach einem großen Abenteuer an, doch beim genaueren Hinhören hatte Kim den Schmerz in seiner Stimme erkannt, wenn er davon erzählte, dass Kameraden von ihm abgeschossen worden waren.

»Dann machen Sie hier also Urlaub? Wollen Sie sich nach dem Studium ein wenig erholen?«, riss Janet sie wieder aus ihren Gedanken. Kim blickte ihr jetzt direkt in die Augen. Das Bernsteingelb der Iris war von zahlreichen dunklen Flecken durchsetzt und wirkte an den Rändern ein wenig ausgewaschen.

Wieder durchzuckte Kim der Gedanke, dass Janet wusste, was sie wirklich vorhatte.

»Ja, ich ... ich wollte mich ein wenig erholen.«

»Und wo haben Sie Ihr Gepäck?«, fragte die alte Frau weiter. »Haben Sie ein Hotel in der Stadt?«

Wenn sie nein sagte, sähe für Janet vielleicht alles nach geplantem Selbstmord aus. Das stimmte zwar, aber Kim wollte es ihr gegenüber nicht zugeben. »Ja, habe ich.«

Ein erwartungsvoller Blick traf Kim.

»Ich bin im Land's End Hotel«, schwindelte sie. Auf ihrem Weg zu den Klippen war sie dort vorbeigekommen, ohne es wirklich genau in Augenschein zu nehmen. »Wahrscheinlich kennen Sie es ...«

Verdammt, was tue ich hier?, fragte sie sich. Warum mache ich mich nicht einfach aus dem Staub?

Wie festgeklebt saß sie auf der Bank, und ihre Hände schmiegten sich an die Teetasse, deren Inhalt langsam erkaltete.

»Und ob ich das kenne! Mein George und ich haben dort geheiratet! Ich würde Sie ja fragen, ob dort immer noch alles beim Alten ist, aber ich kann nicht erwarten, dass Sie es von früher kennen, also wäre diese Frage einfach lächerlich.«

Janet kicherte in sich hinein, und für einen Moment schien sie wieder vor Augen zu haben, wie sie damals mit ihrem Mann im Hotel getanzt hatte. Einem Mann, den es offenbar nicht mehr gab.

»Es sieht ziemlich altmodisch aus, es besteht also eine Chance, dass vieles noch so ist wie früher«, antwortete sie.

»Oh, das ist schön!«, freute sich Janet. »Ich sollte meinen Enkel bitten, mit mir hinunter in die Stadt zu fahren. Ich war schon so lange nicht mehr dort.«

»Und wie ... wie machen Sie das?«, fragte Kim erstaunt. »Ich meine, Sie müssen doch mal einkaufen gehen. Bringen Ihnen die Nachbarn etwas?«

»Mein Enkel versorgt mich. Und manchmal auch der Besitzer eines kleinen Ladens unten. Ich bin für sie hier oben die Wächterin der Klippen.« Ein geheimnisvolles Lächeln huschte über ihr Gesicht. Wächterin der Klippen. Das klang ziemlich cool. Jake hätte es gefallen. Und er hätte gefragt, woher der Titel kam.

»Warum nennen die Leute Sie so?«, hörte sich Kim fragen, und es schien, als hätte jemand anderes ihre Stimme gelenkt und nicht sie selbst.

»Nun, ich entstamme einer langen Ahnenreihe von Leuchtturmwärtern. Mittlerweile wird das Longships Lighthouse elektronisch betrieben, doch mein Vater war früher noch einer seiner Wärter. Und mein Großvater hat miterlebt, wie im Jahr 1898 die S.S. Blue Jacket auf den Longships zerschellte und dabei beinahe auch den Leuchtturm zerstörte.«

Janets Augen leuchteten auf, wahrscheinlich dachte sie wieder an die Geschichten, die ihr Großvater in sturmumtosten Nächten erzählt hatte. »Unsere Familie hat immer schon zum Meer gehört. Doch Dans Eltern hat es in die Stadt gezogen. Sie hatten nie viel übrig für das Meer.«

Ein trauriger Zug erschien um Janets Mund. Offenbar sah sie ihre Kinder nur selten. Und offenbar schien sich nur der Enkel wirklich um sie zu kümmern.

»Wissen Sie was?«, fragte Janet und vertrieb mit ihren Worten Kims Gedanken. »Bleiben Sie doch noch ein Weilchen bei mir. Es wird gleich Abend, und heute ist ein besonderer Tag für mich, nach so langer Zeit bin ich wieder mal bei den Klippen gewesen, und nun habe ich große Lust aufs Kochen. Mein Enkel sagt immer, ich würde zu wenig essen, und so kann ich ihm mal eine Freude machen und etwas kochen. Allerdings lohnt es sich nur, wenn ich einen Gast habe. Also, was sagen Sie?«

Kim fühlte sich von der Flut der Worte überrumpelt. Janet lud sie zum Essen ein. Das war sehr nett. Und da die Verzweiflung den letzten Rest Höflichkeit in ihr noch nicht ausgelöscht hatte, antwortete sie: »Okay … wenn Sie auch wirklich genug dahaben?«

»Ich habe immer genug in meinen Vorratskammern. Schließlich kommt Dan nur hin und wieder am Wochenende nach Hause, und das meist ganz überraschend.« Das Gesicht der alten Frau strahlte. Sie freute sich ehrlich.

Kim wurde das Herz schwer. Schade, dass Jake sie nicht kennenlernen durfte. Er hätte Janet sicher gemocht und sie in ein Gespräch über das Meer verstrickt. Am Ende des Tages hätte sie ihn wahrscheinlich adoptieren wollen. Aber Kim war anders. Eigentlich hatte sie schon gar nicht mehr hier sein wollen. Die Zeit, die sie hier verbrachte, fühlte sich irgendwie geborgt an. Und sie würde sich noch mehr Zeit borgen müssen, wie es aussah.

Nachdem sie den Tee ausgetrunken hatte, machte sich Janet mit Feuereifer an die Arbeit. So blank geschrubbt wie die Kupfertöpfe im Regal aussahen, waren sie wirklich schon lange nicht mehr benutzt worden. Und ihr Enkel hatte recht, fand Kim. Janet war ziemlich hager.

Schlechtes Gewissen überfiel Kim. Das war auch damals so gewesen, wenn sie bei Jakes Eltern zu Besuch gewesen waren. Die Hausfrau am Herd werkeln zu sehen erweckte in ihr immer den Impuls, zu fragen, ob ihre Hilfe benötigt wurde. Meist war das nicht der Fall, und meist hatte Kim auch keine Lust dazu. Doch sie wusste von Jake, dass seine Mutter es ihr übelgenommen hätte, wenn sie nicht gefragt hätte.

»Kann ich Ihnen helfen?«, fragte Kim, doch Janet schüttelte den Kopf.

»Vielen Dank, Liebes, aber das hier muss ich allein machen. Sehen Sie sich doch ein wenig in meinem Haus um. Es gibt viel zu bestaunen. Wenn Sie etwas wissen möchten, fragen Sie mich ruhig.«

Einen Moment noch stand Kim beklommen im Türrahmen, dann kam sie der Aufforderung nach und trat in den Flur. Eine mit Schnitzereien verzierte Treppe führte ins obere Geschoss, an der Treppe vorbei kam man ins Wohnzimmer. Dieses wirkte auf den ersten Blick wie ein Schifffahrtsmuseum. Alles stand ordentlich an seinem Platz, aber Kim war sicher, dass sie noch nie so viele Sachen auf so einen kleinen Raum verteilt gesehen hatte. Jake hatte es eher minimalistisch gemocht. Klare Linien, viel Luft um die wenigen Möbel herum. Möbel, die seinem Großvater gehört hatten.

Solange er da gewesen war, hatte Kim der Freiraum im

Haus gefallen, doch jetzt, wo er fort war, fühlte sich die Leere gespenstisch an und machte ihr den Verlust noch deutlicher.

Dieses Zimmer jedoch hätte ein Aussortieren mancher Gegenstände vielleicht nötig gehabt. Unter den unzähligen gerahmten Fotos, die offenbar aus verschiedenen Jahrhunderten stammten, war die Tapete kaum noch zu erkennen.

Kim blickte in die Gesichter von Männern mit imposanten Bärten und Meerschaumpfeifen im Mundwinkel. Hin und wieder hatten sie eine Frau neben sich, mit blumengeschmückten Hüten und weißen Kleidern. Waren das alles Janets Vorfahren? Möglicherweise war ihre Familie weit verzweigt gewesen. Oder aber sie stand in anderer Beziehung zu all den Menschen auf den Bildern.

Als sie weiterging, stieß Kim auf einige Buddelschiffe. Die S. S. Blue Jacket war auch darunter, jedenfalls behauptete das das Messingschild am Sockel. Allerdings zeigte sie der Künstler nicht zerschellt an den Longships, sondern so, wie sie wahrscheinlich die Werft verlassen hatte.

Kim ertappte sich dabei, dass sie die Flasche um ein Haar berührt hätte. Sofort zog sie die Hand wieder zurück und blickte sich um. Doch Janet werkelte noch immer in der Küche.

Kim ging weiter. Janets Sammelsurium umfasste mehr als ein Leben. Wahrscheinlich waren hier auch Dinge von ihren Vorfahren untergebracht. Immerhin hatte sie von einer langen Reihe von Leuchtturmwärtern gesprochen.

Jetzt wurde Kim klar, dass sie dem Leuchtturm vor der Küste kaum Beachtung geschenkt hatte. Dass sie sich auch noch nie darum gekümmert hatte, wie diese Leuchttürme betrieben wurden. Was sie für die Schiffe da draußen bedeuteten …

Vor einem Gemälde verharrte sie. Auch wenn sie das Longships Lighthouse nicht wirklich beachtet hatte, fiel ihr auf, dass das Bild einen anderen Leuchtturm zeigte. Er stand auf einer Landzunge, die ins Meer ragte, auf einer Klippe und war von kleinen Wirtschaftsgebäuden umgeben. In der Ferne lag Dunst über dem Meer, ein wenig davon hüllte auch die Spitze des Turms ein.

Wo mochte dieser Leuchtturm stehen?

Und wie mochte es sich anfühlen, von seiner Spitze aus über das Wasser zu blicken? Besonders dann, wenn das Meer tobte?

»Ich könnte ein Museum daraus machen, nicht wahr?«, fragte Janet plötzlich hinter ihr.

Kim riss sich vom Anblick des Bildes los. Wie lange hatte die alte Frau schon hinter ihr gestanden und sie beobachtet?

Sie löste sich vom Türrahmen und trat neben sie. »Ein wunderschönes Bild, nicht?«

»Wo steht dieser Leuchtturm?«, fragte Kim, während ihr Blick wieder zu dem Gebäude wanderte.

»Oh, diesen Turm werden Sie nirgendwo mehr finden. Er ist vor vielen Jahren abgebrannt. Er stand einige Meilen westlich von Port Isaac auf einer Klippe, so, dass man auf das Fischerdorf blicken konnte. Nachdem er im Feuer verschwunden war, beschloss man, keinen neuen Leuchtturm an dieser Stelle zu errichten. Stattdessen baute man einen neuen Turm namens Trevose Head, einige Meilen weiter westlich.«

Janets Gesicht verfinsterte sich ein wenig.

»Und wann war das?«, fragte Kim.

»Im Jahr 1815, soweit man weiß. Das einzige Zeugnis, dass es diesen Turm je gegeben hat, ist dieses Gemälde.«

Kim fragte sich, ob es eine Verbindung zwischen Janet und dem Bild gab. Stammte ihre Familie aus Port Isaac? Möglich wäre es.

Doch was geht es mich an?, sagte sich Kim. Ich habe ohnehin nichts mehr mit alldem zu schaffen.

»Wenn Sie möchten, zeige ich Ihnen auch noch den Rest des Hauses. Oh, ich habe eine Idee!« Die Frau klatschte in die Hände. »Wie wäre es, wenn Sie heute bei mir übernachteten? Bis das Essen fertig ist, ist es sicher schon dunkel. Wenn Sie zu Fuß unterwegs sind, könnten Sie sich im Dunkeln leicht verlaufen. Der Leuchtturm zeigt nur den Schiffen den Weg, die Menschen führt er ins Verderben.«

Ein Schauer rann über Kims Rücken. Hatte sie doch Angst? Eigentlich war ein Absturz von der Klippe genau das Verderben, nach dem sie suchte. Was sprach dagegen, nachts loszugehen? Vielleicht sollte sie es tun? Dann würde sie aus Janets Leben ebenso verschwinden wie der Leuchtturm von Port Isaac.

Aber sie wollte nicht unhöflich sein. Die alte Frau freute sich über ihren Besuch. Sie konnte nicht einfach weglaufen.

»Wenn es Ihnen keine Mühe macht«, entgegnete sie, worauf Janet die Hände hochriss.

»Keineswegs! Ach, es ist so schön, mal wieder Besuch zu haben. Sie wissen gar nicht, wie einsam die Nächte hier oben sind!«

Kim spürte einen Kloß in ihrer Kehle. Sie sträubte sich gegen eine Nacht in diesem Haus mit den vielen Seemännern und Leuchttürmen. Draußen rauschte verlockend das Meer, und noch weiter draußen war Jake gestorben und mit ihm ihre Zukunft. Wie konnte sie nur so tun, als wäre nichts?

Die alte Frau hakte sich wieder bei ihr unter. Wieder empfand Kim diese Geste als Versuch, sie am Weglaufen zu hindern, und augenblicklich versteifte sie sich. Janet schien es nicht zu spüren.

»Kommen Sie, ich zeige Ihnen den Garten hinter dem Haus. Er ist ein wenig verwildert, und um diese Jahreszeit blüht nicht mehr ganz so viel, aber Sie können dennoch einen guten Eindruck gewinnen.«

Damit zog sie sie durch den Hintereingang des Hauses nach draußen.

3. Kapitel

Hell schien der Mond durch die Scheiben des Gästezimmers. Kim starrte auf die Gardinen, die zwar dünn waren, doch beschienen vom Licht wie eine Nebelwand alles verdeckten, was sich dahinter befand. Die Klippe war von hier ohnehin nicht zu erkennen. Doch das Rauschen des Meeres hörte man beinahe überlaut, und irgendwo da draußen spiegelte sich der Erdtrabant in den Wogen.

Janets Auftauchen und die Teestunde hatten Kims Pläne vollkommen umgeworfen. Sie, die geglaubt hatte, zu dieser Stunde nicht mehr am Leben zu sein, saß nun vor dem Fenster eines lange schon nicht mehr benutzten Gästezimmers.

In der Nacht wäre es leicht gewesen, aus dem Haus zu verschwinden, doch Kim fand zunächst keine Kraft dafür. Vielleicht kam die Energie wieder, wenn sie sich Jakes letzte Spuren auf ihrem Handy ansah. Sie fischte es aus ihrer Tasche.

Obwohl Janet ihr ein paar Shirts ihres Enkels hingelegt hatte, trug Kim ihre eigenen Klamotten, denn eigentlich hatte sie nicht vor, die ganze Nacht zu bleiben. Sie schob den kleinen Kleiderhaufen zur Seite und schaltete das

Handy an. In der Zwischenzeit waren zwei Nachrichten eingegangen. Eine Kollegin fragte nach, wie es ihr ging, und ihre Mutter schrieb sie in fast demselben Wortlaut an. Alle wollten immer nur wissen, wie es ihr ging. Sie wusste, dass sie es gut meinten, aber sie konnte es nicht mehr ertragen. Es ging ihr schlecht, was sonst? Und es gab nichts, was ihr helfen konnte.

Da nicht mehr viele Nachrichten übrig waren, fand sie die, die sie suchte, auf Anhieb.

> Hi Undine, habe dich am Strand gesehen und würde dich gern mal auf einen Kaffee treffen. Ein Freund hat mir die Nummer gegeben, bitte sei ihm nicht böse und mir auch nicht. Ich bin der Kerl mit der roten Badehose und dem gelben Brett, falls du dich fragst, wer dich hier zulabert. Liebe Grüße, Jake

Das war die erste Nachricht, die sie von ihm bekommen hatte. Da er ihren Namen nicht kannte, hatte er sie einfach Undine genannt. Im ersten Moment hatte sie geglaubt, dass die Nachricht nicht für sie sei, doch sie wusste, wer der Mann war. Ihn hatte sie die ganze Zeit über am Strand beobachtet und sich gefragt, wo seine Freundin sei und ob er überhaupt eine hatte. Eigentlich hatte sie mit Segeln nichts am Hut, aber er war ihr aufgefallen. Sein durchtrainierter Oberkörper, sein Lächeln, seine leuchtend blauen Augen …

In der Antwort an ihn hatte sie nach Undine gefragt und ob die Nachricht eine Verwechslung sei. Das hatte er verneint und ihr erklärt, dass er sie Undine nannte, weil sie so schön sei wie der Wassergeist. Das war der Anfang gewesen. Sie waren ausgegangen, hatten sich unterhalten und irgendwann gemerkt, dass sie an der gleichen Uni studierten. Aus dem umschwärmten Sportler und der angehenden Betriebswirtschaftlerin, die eher ein gespaltenes Verhältnis zum Wasser hatte, wurde ein Paar.

Kim verlor sich einen Moment lang in ihren Erinnerungen, dann tippte sie auf die letzte Nachricht, die sie von Jake erhalten hatte, kurz vor dem Flug.

Bin am Airport angekommen, ziemliches Mistwetter hier. Ich wünschte, ich wäre bei dir, meine Undine. Wenn der Wettbewerb vorbei ist, machen wir einen langen Urlaub, und du suchst aus, wohin es geht. Ich liebe dich! Mit tausend Küssen, dein Jake

Aus dem langen Urlaub war ebenso wie aus dem Wettbewerb nichts geworden. Diesmal hatte das Schicksal ihn nicht verschont.

In Kims Kehle zog sich etwas schmerzhaft zusammen.

Plötzlich verstand sie, warum Jake an Undine gedacht hatte. Das Meerwesen, das seine Seele erst durch die Liebe eines Menschen erhielt. Vielleicht mag ich das Meer nicht, möglicherweise habe ich Angst davor, ging es ihr durch den Kopf. Aber erst durch Jake habe ich meine Seele bekommen. Und dann wurde sie mir wieder genommen. Ich habe nichts zu verlieren.

Schwer erhob sie sich, schlüpfte in ihre Schuhe und griff nach ihrer Jacke.

Um zur Haustür zu gelangen, musste sie an der Küche vorbei. Der Geruch des Abendessens schwebte noch immer in der Luft. Wieder hatte sie Janets freundliches Lächeln und ihre milden Fragen im Kopf. Kim schloss die Augen.

Sie durfte sich davon nicht ablenken lassen. Alles war bereit, auch sie. Warum nur ließ sie sich immer wieder von ihrem Vorhaben abbringen? Wäre es vielleicht doch besser gewesen, wenn sie sich in der Badewanne die Pulsadern aufgeschnitten hätte?

Sie schlich weiter. Nur noch ein paar Schritte aus dem Haus und etwas Weg durch die Botanik. Sie hatte sich nicht gemerkt, wie sie hergekommen war, aber das Rauschen des Meeres würde sie zu den Klippen führen.

»Können Sie auch nicht schlafen?«, fragte eine Stimme aus der Dunkelheit. Kim zuckte zusammen. Als sie zur Seite blickte, sah sie Janets Umriss vor dem Fenster.

O nein! Zum zweiten Mal wurde sie ertappt. Hielt Janet hier etwa Wache?

»Nein«, antwortete Kim unsicher. Und wieder schaffte sie es nicht, den Bann, den die Stimme der Alten auf sie legte, zu durchbrechen.

»So geht es vielen, die an unsere Küste kommen«, antwortete die Frau, ohne sich zu bewegen. »Sie glauben, das Meer zu kennen, aber es überrascht sie schließlich doch.«

Kim spürte, wie ihr Entschluss erneut ins Wanken geriet. Die Worte der Frau lösten den Knoten in ihrem Magen. Ihre Arme wurden schwer, und ihre Beine waren auf einmal zu müde, um sie noch weiter zu tragen. Mühsam schlurfte sie zum Küchentisch und ließ sich auf die Bank sinken. Die Verzweiflung trieb Tränen in ihre Augen.

Die alte Frau saß immer noch ganz ruhig auf ihrem Platz. Erst jetzt erkannte Kim, dass sie nicht dem Fenster zugewandt war, sondern ihr. Als hätte sie auf sie gewartet.

»Es ist das Rauschen, nicht wahr?«, fragte sie. Kim blickte ertappt auf die Tischplatte. Wahrscheinlich sah Janet ihr

Gesicht wesentlich besser, als es umgekehrt der Fall war. »Das Meer singt in der Nacht lauter als am Tag. Mögen wir es am Tag noch ignorieren, in der Nacht, wenn alle anderen Geräusche zum Erliegen kommen, hören wir es. Und so manchem raubt es den Schlaf wie ein schlechter Gedanke.«

Kim wagte noch immer nicht, von der Tischplatte aufzusehen. Ihr Blick folgte einem tiefen Kratzer, der wohl von einem Beil im Holz hinterlassen worden war.

»Nicht, dass es bei mir noch eine Bedeutung hätte«, fuhr Janet fort. »Ich bin alt und schlafe generell schlecht. In meinem Alter spürt man seinen Körper auch im Schlaf, und manchmal will sich der Schlaf auch gar nicht einstellen. Ich sitze dann hier und denke nach, versuche, mich an die Zeit zu erinnern, als ich noch jung war.«

Die Worte strichen an Kim vorbei. Warum kommt sie nicht zum Punkt?, dachte sie. Warum fragt sie nicht? Sie weiß es doch. Sie muss es wissen. Sonst würde sie hier nicht sitzen und den Ausgang bewachen wie ein Schießhund!

»Holen Sie Ihre Tasche aus dem Hotel, Kind. Kommen Sie für eine Weile her. Dann können Sie immer noch entscheiden, ob Sie leben oder sterben wollen. Geben Sie sich Zeit für den Entschluss.«

Die Worte brannten in Kim.

»Woher ...« Sie konnte nicht weitersprechen. Ihre Stimme wurde zu einem Schluchzen.

»Niemand stellt sich so nahe an die Klippen«, antwortete Janet nach einer Weile. »Niemand geht ohne Gepäck irgendwohin. Ich lebe schon sehr lange hier und habe viele Besucher kommen und gehen gesehen. Ich habe auch schon miterlebt, wie jemand über die Klippe gegangen ist. Ob absichtlich oder unabsichtlich weiß ich nicht, man konnte ihn danach nicht mehr fragen. Aber ein Mensch, der an seinem Leben hängt, hält einen gewissen Sicherheitsabstand ein.«

»Und warum haben Sie mich nicht gehen lassen?« Wut ballte sich in Kims Magen zusammen. Sie fühlte sich als Versager, als Feigling.

»Weil ich gespürt habe, dass Sie noch nicht bereit sind zu gehen.«

»Ach, wirklich?«, brauste Kim auf. »Woher wollen Sie das wissen?«

»Weil Sie gleich gesprungen wären, wenn Sie es mit Ihrem Vorsatz wirklich ernst meinen würden.«

Kim spürte Janets Blick auf ihrem Scheitel. Ihre Worte hallten in ihren Ohren. Wenn Sie es mit Ihrem Vorsatz wirklich ernst meinen würden ...

Hieß das, sie glaubte nicht, dass es ihr ernst war?

»Sie wissen nichts von mir, hören Sie? Sie kennen mich überhaupt nicht! Also lassen Sie mich in Ruhe!«

Kim sprang auf, warf dabei beinahe die Bank um und stürmte aus dem Haus. Sie war entschlossen! Sie würde der Alten ihre Entschlossenheit zeigen!

Sie lief zum Gartenzaun, riss ihn auf und stürmte dann an den Ginsterbüschen vorbei. Ihre Schritte hallten überlaut in ihren Ohren. Kiesel sprangen unter ihren Schuhen auf und purzelten ins Gras. Doch bevor sie überhaupt in die Nähe der Klippen kam, gaben ihre Beine nach. Sie stolperte und stürzte mit den Knien voran auf den Weg. Dann brach sie in Tränen aus, das erste Mal seit langem.

Die Welt verschwand unter einem Tränenschleier. Das Tosen des Meeres wurde vom Rauschen des Blutes in ihren Ohren übertönt. Ihre Kehle fühlte sich zerfetzt an, als hätte sie stundenlang geschrien. Dabei schluchzte sie nur ganz leise.

Für einen Moment schien Kim in einer Schutzblase verschwunden zu sein. Der Schmerz zerriss sie, Tränen verbrannten ihre Wangen, aber mehr spürte sie nicht. Nicht mal den Wind, der über ihren Rücken strich und an ihren Haaren zerrte. Das Pulsen in ihren Schläfen löschte sogar ihre Gedanken aus, als wäre sie unter Wasser und dem Tode nahe.

So blieb sie eine Weile hocken.

Janet erschien nicht. Selbst wenn sie gewollt hätte, hätte sie Kim nicht davon abhalten können wegzulaufen. Aber wahrscheinlich ahnte sie, dass sie nicht weit gekommen war.

Dieser Gedanke, dass Janet glaubte, dass es ihr nicht ernst mit dem Sterben sei, holte Kim zurück. Es ärgerte sie, dass Janet wahrscheinlich recht hatte.

Während der vergangenen Wochen hatte Kim versucht, es sich vorzustellen. Irgendwo hatte sie gelesen, dass Ertrinken ein gnädiger Tod war, wenn man nicht dagegen ankämpfte. Ein tiefer Atemzug, die Augen schließen, sich sinken lassen – das war's.

Doch so einfach war es wohl doch nicht. Vielleicht brauchte sie mehr Zeit.

Das Schluchzen verebbte. Nun hörte Kim den Wind, spürte, wie er kühlend über ihr Gesicht strich. Ihr Körper zitterte, und vereinzelte Schluchzer sprangen aus ihrer Kehle.

Als sie sich umwandte, sah sie Janet an der Gartenpforte stehen. Ein paar Haarsträhnen hatten sich aus ihrem Dutt gelöst und umwehten ihr Gesicht. Ihr Blick war ruhig. Sie wirkte wie ein Denkmal mit einem verständnisvollen Lächeln.

Kim erhob sich und wischte sich übers Gesicht. Ihre Haut brannte, und die Augen kamen ihr nur noch wie schmale Schlitze vor. In ihren Schläfen pulsierte es schmerzhaft, aber ihr Innerstes fühlte sich gereinigt an, als wäre Regen über eine staubige und verbrannte Landschaft hinweggegangen.

Der Wunsch zu sterben war nicht verschwunden, doch er fühlte sich schwächer an. Möglicherweise war sie jetzt auch schon zu müde dafür. Wenn sie in der Dunkelheit irgendwo abrutschte und sich das Bein brach, würde alles noch viel länger dauern.

Sie senkte den Kopf und trottete zum Haus zurück. Janet stand immer noch am Gartentor. Abwartend blickte sie Kim an. Diese wagte kaum den Blick zu heben.

»Entschuldigen Sie bitte«, sagte sie leise. »Ich ... ich habe es nicht so gemeint.«

»Sie haben recht«, entgegnete Janet. »Ich kenne Sie nicht. Und es war unverschämt von mir, zu glauben, dass ich Ihnen einen Rat geben kann. Dazu weiß ich zu wenig von Ihnen.« Sie machte eine kurze Pause, dann senkte sie ebenfalls den Blick. »Bitte verzeihen Sie mir. Ich wollte einfach nicht, dass eine junge Frau wie Sie ... eine junge, hübsche Frau ihr Leben einfach so wegwirft. Aber Sie werden Gründe haben, und wer bin ich, Sie aufzuhalten?«

»Ich ...«, begann Kim, doch der Satz versiegte in ihrer Kehle.

»Wenn Sie möchten, können Sie gern hierbleiben und morgen früh gehen, wohin Sie wollen. Oder Sie bleiben einfach eine Weile bei mir und versuchen, den Kopf wieder freizubekommen. Vielleicht entdecken Sie etwas, für das es sich zu leben lohnt.«

Was gibt es da schon zu entdecken?, dachte Kim bitter, doch sie presste die Lippen zusammen und sagte nichts.

Janet betrachtete sie abwartend. »Sie wären mir sehr willkommen, Kim. Wirklich. Wenn man so alt ist wie ich, kann der Tod jeden Tag vor der Tür stehen. Meine größte Angst wäre, zu sterben, ohne dass es jemand bemerkt.«

»Aber Sie sagten doch, dass Ihr Enkel …«

»Mein Enkel kommt erst am Wochenende. Und dann sicher lange Zeit nicht mehr. Bleiben Sie und leisten Sie mir Gesellschaft. Und wenn Sie möchten, erzählen Sie mir Ihre Geschichte.«

Kim zögerte noch einen Moment lang, dann nickte sie.

Wenig später saßen sie wieder am Küchentisch. Das Rauschen des Meeres war leiser geworden, und von Zeit zu Zeit flatterte ein Nachtvogel am Fenster vorbei.

»Sein Name war Jake«, begann Kim leise. Ihre Stimme verlor sich beinahe in der Weite der Küche. »Er war der Mann, der mir eine Seele gegeben hat. Ich habe ihn über alle Maßen geliebt.«

Janet nickte. Ihr Blick verlor sich kurz in der Dunkelheit, als hätte sie hinter ihrem Gegenüber einen alten Bekannten auftauchen sehen. Doch dann sah sie wieder Kim an, die ihre Hand in den Haaren vergrub, als wollte sie sich mit einem kräftigen Ruck ein paar Strähnen herausreißen.

»Ich dachte, es wäre für immer. Ich dachte, wir würden

zusammen alt werden. Doch dann ... Wenn er nicht diese Leidenschaft zum Meer gehabt hätte ...«

»Ist er im Meer umgekommen?«, fragte Janet. Auch ihre Stimme war kaum mehr als ein Flüstern.

»Ja. Und nein.« Kim sah der Alten ins Gesicht. Der Mond war weitergewandert, die einzige Lichtquelle befand sich in einem metallenen Kerzenhalter zwischen ihnen. Das Teelicht schmolz schnell, in wenigen Minuten würde es nur noch ein kleiner See aus Wachs sein, über dem eine Flamme schwebte.

»Wie meinst du das?«, fragte Janet ruhig.

Was sieht sie?, fragte sich Kim, als Janet sie konzentriert anblickte. Wie wirke ich auf sie?

In den Tagen nach dem ersten Schock hatte Kim stundenlang vor einem Spiegel gesessen und auf ihrem Gesicht nach einem Ausdruck dessen gesucht, was in ihr vorging. Sie sah rotgeweinte, verquollene Augen, tränenverbrannte Wangen und einen traurigen Zug um ihren Mund. Aber dieser Ausdruck war nur ein blasses Abbild des Schmerzes, der wirklich in ihr tobte.

»Er liebte das Meer über alles, war Sportler. Er wollte zu einer Surfmeisterschaft, die perfekte Welle finden. Immer, wenn er da draußen war, hatte ich Angst um ihn. Ich mag das Meer lieber von weitem.« Ihre Stimme brach. Kim suchte nach Speichel in ihrem Mund, um ihre Kehle zu befeuchten. Doch sie fühlte sich plötzlich wie ausgetrocknet.

Janet schien das zu bemerken, denn sie erhob sich, ging zum Wasserhahn und füllte ein Glas.

»Trink etwas.«

Kim nahm einen Schluck. Das Wasser brannte in ihrer

Kehle, doch es sorgte dafür, dass ihre Stimme nicht mehr so brüchig klang.

»Danke.«

Sie trank einen weiteren Schluck, dann fuhr sie fort: »Trotz der Gefahr, in die er sich selbst gebracht hat, hat ihn das Meer immer wieder verschont. Und dann ... dann stieg er in dieses Flugzeug. Eine Privatmaschine, darauf hatte der Trainer bestanden. Sie sollte schneller da sein als eine Verkehrsmaschine, sie wollten vor dem Wettkampf noch trainieren. Es war Routine für ihn, und ich habe mir auch nichts dabei gedacht. Meine einzige Sorge galt dem, was in Venice Beach passieren würde. Ich hatte Angst davor, dass ihn eine dieser riesigen Wellen verschlingen könnte. Und dann ... Ich hätte mit allem gerechnet, aber nicht damit, dass sie dort gar nicht ankommen würden.«

Kim atmete zitternd durch. Das alles hättest du dir ersparen können, wenn du gesprungen wärst, sagte sie sich. Aber jetzt gab es kein Zurück.

»Als ... als ich hörte, dass die Maschine abgestürzt war, wollte ich es zunächst nicht glauben. Ich dachte, jemand verulkt mich. Dann wurde mir aber nach und nach klar, dass es kein Scherz war. Die Polizei tauchte bei mir auf, stellte mir Fragen. Ermittlungen wurden eingeleitet. Man gab mir Bescheid, dass das Flugzeug geborgen werden konnte und dass sie Jake gefunden hatten.«

»Du meinst den Absturz vor drei Monaten?«

Kim nickte. Ihre Augen füllten sich wieder mit Tränen.

»Davon habe ich gehört. Sie haben unten in der Stadt davon erzählt. Dass der Abgestürzte ein Sportstar gewesen sein soll und so weiter ...«

»Sie haben es mir nicht erlaubt, ihn noch einmal zu

sehen«, fuhr Kim fort und wischte sich die Tränen, die aus ihren Augen gekullert waren, von den Wangen. »Ich habe nur den Sarg zu Gesicht bekommen. Noch viele Tage, nachdem dieser Sarg beerdigt worden war, habe ich geglaubt, er würde wiederkommen. Ich dachte, dass es vielleicht doch ein Irrtum war. Ich habe sein Handy angerufen, doch es ging nur die Mailbox ran. Seine Stimme. Ich habe seine Stimme wieder und wieder angehört, ihm einmal sogar eine Nachricht hinterlassen. Einen Monat später hatten seine Eltern den Vertrag gekündigt, seine Stimme ist verschwunden ...«

Kim spürte deutlich, dass sie abschweifte, aber in diesem Augenblick war es egal. Es hatte sie furchtbar getroffen, seine Stimme nicht mehr hören zu können. Mehr noch als die Tatsache, dass sein Bett neben ihr leer blieb oder er abends nicht zur Tür hereinkam. Ihr war klar gewesen, dass der Handyvertrag nicht einfach so weiterlaufen konnte. Doch an dem Tag, als sie auch seine Stimme verlor, beschloss Kim zu sterben.

Das sagte sie Janet allerdings nicht.

Die alte Frau schien ihre Worte erst einmal verarbeiten zu müssen. Dann streckte sie die Hand aus und strich behutsam über ihren Handrücken.

»Ich verstehe, was du meinst«, sagte sie. »Der Tag, an dem man vom Tod eines Menschen erfährt, ist schlimm, aber gleichzeitig auch unwirklich. Man wähnt sich noch in einem Traum, glaubt an ein Missverständnis. Selbst wenn man den Leichnam vor sich liegen hat, redet man sich ein, dass der Körper beim Bestatter wieder wach werden und zu einem zurückkehren würde. Dann kommt die Beerdigung, wenn man Glück hat, sieht man den geliebten Menschen noch einmal und kann wiederum nicht glauben, dass diese eingesunkene Hülle der Mensch war, mit dem man Tage zuvor noch gelacht oder geredet hat. Den man vielleicht in den Armen gehalten hat. Du kannst mir glauben, dass es in deinem Fall vielleicht sogar eine Gnade war, ihn nicht zu sehen.«

Kim sah das anders. Sie hätte ihn gern ein letztes Mal betrachtet. Natürlich war das Bild seines Gesichts in ihrem Gedächtnis gespeichert, aber dieses Bild zeigte ihn als Lebenden. Es hielt die Illusion aufrecht, dass er doch wieder zu ihr zurückkehren könnte.

»Die ersten Tage der Trauer sind noch leicht. Doch einige Wochen später trifft es dich mit ganzer Wucht. Du erkennst, dass das Leben, wie du es bisher geführt hast, vorbei ist und nie wieder dasselbe sein wird. Du spürst, dass etwas Wichtiges von dir abgerissen wurde. Manch einer beginnt dann erst richtig zu trauern, und manchmal verliert er seinen Lebensmut.«

Janet machte eine Pause und betrachtete Kim. Diese konnte dem, was sie von der alten Frau gehört hatte, nichts entgegensetzen. Es war tatsächlich so. In Filmen wurde immer gezeigt, wie es die Person, die jemanden verloren hatte, vor Schmerz zerriss in dem Augenblick, in dem sie die Nachricht erhielt. Doch die Wirklichkeit sah anders aus. Das hilflose Weinen, das Haareraufen und das Schlagen und Treten gegen Wände setzte später ein. Und auch den Lebensmut verlor man nicht von hier auf jetzt.

»Mir ist es in meinem Leben etliche Male so gegangen und nicht erst beim Tod von George, meinem Mann«, setzte Janet hinzu. »Bei einem Bombenangriff der Deutschen auf London starb meine Schwester. Mein kleiner Bruder bekam Typhus. Mein Vater fiel im Krieg, genauso wie der Junge, in den ich verknallt war. Meine Mutter starb nach dem Krieg. Innerhalb von nicht mal zehn Jahren war ich auf einen Schlag völlig allein. Ich fühlte mich wie ein ausgerissener Baum.«

Aber nie ist mir in den Sinn geraten zu sterben, meinte Kim aus den Worten herauszuhören. Klar. Der eine kam damit zurecht, der andere nicht. Sie selbst gehörte zu Letzteren.

»Eine Zeitlang hielt der Krieg uns noch in Atem. Ich half beim Beseitigen von Trümmern und pflegte Verletzte in den Lazaretten, selbst dann noch, als der Krieg schon vorbei war. Das Leid war mit der deutschen Kapitulation allerdings nicht zu Ende. Viele der Heimkehrer waren verwundet oder hatten andere Schäden davongetragen. Es fielen keine Bomben mehr vom Himmel, aber das Leid wurde erst jetzt so richtig greifbar. Die Arbeit hielt mich in Atem. Doch dann, als endgültig Ruhe einkehrte, wurde mir meine Einsamkeit bewusst. Andere junge Frauen gingen zu ihren Familien zurück, doch ich hatte niemanden. Niemanden außer einem Soldaten, der bereit war, mich in dieses Haus zu begleiten. Er war kein Leuchtturmwärter, aber als er zum ersten Mal mit mir vor einer der Klippen stand, wollte er nicht mehr weg.«

Ihr Blick wurde verträumt. Offenbar sprach sie von »ihrem« George.

»Wir waren fünfundvierzig Jahre lang verheiratet, dann starb er.«

Janet senkte ihren Blick. Doch sie wirkte nicht traurig. Eher wehmütig. Als würde sie es bedauern, dass die schönen Jahre bereits vorüber waren.

»Und das war bei weitem nicht mein letzter Verlust.«

Was hatte sie außerdem verloren? Kinder? Freunde? Enkel? Sie hatte bisher nur von dem einen Enkel gesprochen, dem Seemann.

Janet führte es nicht näher aus. Sie senkte den Kopf, verharrte einen Moment bei ihren letzten Worten und Gedanken, die Kim nicht erraten konnte, dann blickte sie auf. »Was ich damit sagen will, ist, dass das Leben niemals fair oder leicht ist. Manchmal erscheint es uns bei anderen so, aber wir kennen nicht das Kreuz, das sie selbst tragen müssen. Und es gibt immer ein Kreuz, das kannst du mir glauben.«

Wenn Kim an ihre Bekannten dachte, die immer noch ihren Partner hatten, heirateten und sich an die Familienplanung machten, fiel es ihr schwer, das zu glauben. Aber wahrscheinlich hatte Janet recht. Das Herz leichter machte es ihr trotzdem nicht.

»Wir sollten schlafen gehen«, sagte Janet schließlich. »Es war eine lange Nacht, und du musst eine Entscheidung treffen. Das geht ausgeschlafen wesentlich besser, meinst du nicht?«

Kim nickte. Ihr Körper fühlte sich furchtbar schwer an; in diesem Zustand hätte sie sich nicht mal zur Klippe schleppen können. Und überhaupt, wollte sie das wirklich noch?

Ungelenk erhob sie sich und schob die Bank hinter sich zurück. »Vielen Dank«, sagte sie leise.

»Nichts zu danken«, winkte Janet ab, während sie sich ebenfalls hochmühte. »Gute Nacht, Kim.«

»Gute Nacht.«

Kim verließ die Küche. Obwohl es im Haus nicht kalt

war, fröstelte sie. Die Treppe erschien ihr endlos, doch ihre Füße setzten sich wie von selbst auf die Stufen. Irgendwie schaffte sie es in das Zimmer und ließ sich auf das Bett fallen. Sie war enttäuscht von ihrer eigenen Schwäche und traurig. Der Schmerz in ihrer Brust kehrte zurück, und ihre Augen brannten. Sie schloss sie und bat mit ihrem letzten Gedanken um einen schönen Traum. Vielleicht von Jake, der aus dem Totenreich zu ihr zurückkehrte.

4. Kapitel

So gut es ihr am Vortag gegangen war, so schlecht fühlte sich Janet an diesem Morgen. Ihre Knochen schmerzten furchtbar, und die Müdigkeit wollte nicht aus ihrem Körper weichen.

Dennoch wälzte sie sich aus dem Bett und schob ihre Füße in die Pantoffeln. Sorge regte sich in ihrer Magengrube. Sie spürte, dass Kim fort war. Irgendwann hatte sie eine Tür klappen gehört. Da war es noch nicht mal richtig hell gewesen.

Was war Kims Ziel?

Janet war sicher, dass ihr Gast keinen Zettel auf dem Küchentisch hinterlassen hatte, wie es ihr Enkel manchmal tat, wenn er früher als erwartet abreiste.

Die bange Frage, ob das Gespräch etwas gebracht hatte, regte sich in ihr. Sie wusste, wenn ein Mensch bereit war, in den Tod zu gehen, konnte ihn nichts halten. Jede Rettung, jedes Überreden war nur ein Aufschub.

Möglicherweise rückte in diesem Moment die Polizei aus, weil ihr Körper an der Klippe angespült worden war.

Nein. Nein, das durfte nicht sein!

Ein beklemmendes Gefühl legte sich auf Janets Brust. All

diese Gedanken hätte sie sich nicht machen müssen, wenn sie am Vortag einfach zu Hause geblieben wäre. Sie hätte wahrscheinlich erst dann von der unbekannten Toten bei den Klippen gehört, wenn ihr Enkel diese Geschichte mitgebracht hätte.

Doch jetzt hatte diese Unbekannte ein Gesicht bekommen, einen Namen und eine Geschichte, und Janet war diejenige gewesen, die sie an der Klippe gesehen und für einen Moment gerettet hatte.

Ihr kam der Gedanke, im Land's End Hotel anzurufen und nachzufragen. Möglicherweise hatte Kim gelogen, doch wenn nicht, würde man ihr sagen können, ob sie heute Morgen wieder dort aufgetaucht war. Und wenn nicht ...

Janet richtete seufzend den Blick auf das Schlafzimmerfenster. Der Druck auf ihre Brust wurde unerträglich. Sie hasste es, sich Sorgen machen zu müssen.

Ich sollte mich nicht einmischen, sagte sie sich. Sie ist nicht meine Enkelin.

Doch hatte sie es je vermocht, sich keine Sorgen um einen jungen Menschen zu machen? Egal, wie sein Schicksal ausgesehen hatte ...

Schließlich erhob sich Janet aus dem Bett und schlurfte ins Bad. Sie würde ohne ihren Stock heute nicht weit kommen. Ins Bad schaffte sie es immerhin. Nachdem sie sich gewaschen und angezogen hatte, ging sie in die Küche. Die Schmerzen in den Knochen waren heute besonders schlimm. Stöhnend kramte sie ihren Gehstock neben dem Schrank hervor.

Es wäre schön gewesen, wenn ihr jemand den Kaffee und das Frühstück gemacht hätte, doch das hatte sie nicht von Kim erwarten können. Wenn sie sich nicht die Klippen hinuntergestürzt hatte, war sie wahrscheinlich abgehauen.

Janet stellte den Wasserkessel auf den Herd, und als er pfiff, bereitete sie sich ein Instantporridge zu. Damit setzte sie sich so an den Küchentisch, dass sie aus dem Fenster schauen konnte.

Graue Suppe. Mit ihrem Wohlbefinden hatte sich auch das schöne Wetter verzogen.

Nächte wie die vorherige waren nichts mehr für sie. Natürlich fiel es ihr immer schwerer, Schlaf zu finden, und in manchen Nächten packte sie sogar die Angst davor, morgens nicht mehr aufzuwachen. Aber es war etwas anderes, allein in der Küche zu sitzen und nachzudenken, als sich mit einer jungen Frau auseinanderzusetzen, die noch so viel Leben vor sich hatte und dieses einfach wegwerfen wollte.

Sie selbst hätte einiges dafür gegeben, noch ein paar Jahre geschenkt zu bekommen. Nicht aufzuwachen mit der Gewissheit, dass dieser Tag der letzte sein könnte. Doch konnte sie das Kim irgendwie begreiflich machen – wenn sie denn wiederauftauchte?

Als die Sonne etwas höher stand, der Morgenkaffee zu wirken begann und ihre Knochen wieder einigermaßen funktionierten, griff Janet nicht zum Telefon, um im Hotel anzurufen. Auch bei der Ladenbesitzerin, die immer alles wusste, rief sie nicht an. Sie betrat das Wohnzimmer, ging ans Fenster und zog die karierte Decke von etwas, das wie ein kleiner Tisch anmutete, in Wirklichkeit aber eine Truhe war.

Diese Truhe stand schon seit Ewigkeiten hier, Janet hatte sie schon lange nicht mehr geöffnet. Doch sie erinnerte sich noch genau daran, als ihr Vater sie ihr übergeben hatte.

Es war bei seinem letzten Fronturlaub gewesen. Wahrscheinlich hatte er schon geahnt, dass er nicht zurückkehren würde.

Der Tod ihrer Schwester lag da erst wenige Monate zurück. So richtig realisiert hatte Janet zu der Zeit noch nicht, dass sie von nun an die älteste Hathington war. Ihre Schwester hatte in London gelebt und war zu Feiertagen und an manchen Sonntagen zu ihnen rausgefahren. Dann war es wie früher gewesen, und Janet hatte die Lücke, die Lizzy in ihrem Leben hinterlassen hatte, vergessen können.

Doch eines Tages war der Luftangriff gekommen, und das Haus, in dem sich ihre Schwester aufgehalten hatte, war unter einem Treffer zusammengebrochen. Unter den Trümmern hatte man nur noch ihre Leiche finden können, beinahe unkenntlich unter dem ganzen Schutt.

Es hatte eine Beerdigung gegeben, die ganze Stadt war erschienen, der Trauerzug hatte kaum in die engen Straßen von Land's End gepasst.

Noch lange hoffte sie, dass Lizzy aus London anreisen würde, mit ihrem hübschen Rosenkleid, dem weißen Strohhut und dem kleinen braunen Lederkoffer in der Hand. Doch der Bus blieb ein ums andere Mal leer.

Manchmal hatte Janet an der Haltestelle gesessen, in der Hoffnung, dass sie doch noch auftauchen würde. Doch dann war nicht einmal mehr der Bus gekommen.

Und eines Tages hatte ihr der Vater die Kiste in die Hand gedrückt.

Janet erinnerte sich immer noch an sein Gesicht, das durch die Uniform, die er trug, noch ernster als sonst wirkte. Er war kein Soldat gewesen, er war nur einer der

Leuchtturmwärter, die sich um das Longships Lighthouse kümmerten.

»Du bist die Älteste, an dich übergebe ich diese Kiste. Sorge dafür, dass sie den Krieg übersteht und dass auch du den Krieg überstehst.« Dann hatte er sich von ihnen verabschiedet, für immer.

Janet hatte dafür gesorgt, dass sie am Leben blieb. Und auch die Kiste blieb da. Und jetzt würde es an der Zeit sein, sie weiterzugeben.

Seltsam, dachte Janet, als sie über den Deckel strich. Wäre Kim nicht aufgetaucht, hätte sie nicht den alten Leuchtturm betrachtet, ich hätte sie glatt vergessen. Und wahrscheinlich hätte Dan sie in den Abfall gegeben, wenn mein Haushalt aufgelöst wird.

Aber in der Nacht hatte sie sich daran erinnert und einen Entschluss gefasst. Wenn das Mädchen wieder erschien, würde sie ihm das Buch geben. Es war möglich, dass es ihm nichts brachte, aber vielleicht konnte es daraus neuen Lebensmut ziehen. Jedes Familienmitglied hatte daraus Kraft geschöpft – warum dann nicht eine verzweifelte Seele wie Kim?

Janet öffnete die Truhe und entnahm ihr ein in Leder gebundenes Buch. Ohne es aufzuschlagen, legte sie es auf den Tisch und stellte die Truhe wieder zurück. Dann trat sie ans Fenster. Von hier aus konnte sie nicht nur den Weg sehen, sondern auch die Heide, die sich an die Klippen anschloss. Wenn Kim zurückkehrte, würde sie sie sehen. Und wenn sie bis zum Abend nicht mehr auftauchte, würde Janet wissen, welche Entscheidung sie getroffen hatte.

ꟷ

Die vergangene Nacht war die Hölle gewesen. Der Traum, den sie sich gewünscht hatte, war anders ausgefallen.

Sie hatte auf ein friedliches, schönes Wiedersehen mit Jake gehofft, aber diesmal hatte sie mit ihm im Flugzeug gesessen, als es abstürzte. Der Flieger krachte ins Meer, und sie versuchte krampfhaft, Jake zu retten. Doch sie bekam ihn nicht zu fassen und stand schließlich vor der Entscheidung, selbst zu sterben oder ihn sterben zu lassen. Da spürte sie seine Hände, wie sie sie entschlossen hochrissen und sie, während das Wasser im Innenraum des Flugzeuges höher und höher stieg, zum Ausgang zerrte.

»Du musst hier raus!«, hatte Jake ihr zugerufen. »Schnell, allein schaffst du es. Du musst schwimmen!«

»Und was ist mit dir?«, fragte Kim, doch da öffnete sich bereits die Tür, und sie wurde von einem unsichtbaren Sog nach draußen gezogen. Sie schlug um sich, versuchte, nach Jakes Hand zu greifen, doch als sie sich umwandte, sah sie, dass das Flugzeug jetzt schneller sank. Einen Moment lang glaubte sie, ihn am Fenster zu sehen. Dann verschwand der Flugzeugleib in der Dunkelheit.

Wild um sich schlagend war sie aufgewacht. Die Decke lag irgendwo im Raum und ihr Handgelenk schmerzte. Als sie es betrachtete, entdeckte sie einen aufblühenden blauen Fleck, den sie sich wohl an einem der Bettpfosten geholt hatte, während sie glaubte, schwimmen zu müssen.

Danach hatte sie nicht mehr einschlafen können.

Da der Morgen bereits heraufdämmerte, hatte sie das Haus verlassen und war runter in die Stadt gewandert. Ihr war der Gedanke gekommen, wieder zu den Klippen zu gehen, doch angesichts der Traumbilder, angesichts Jakes Bemühungen, sie zu retten, hatte sie ihn verworfen.

In Land's End war noch alles ruhig. Erst jetzt fiel ihr auf, dass auf einem der Plätze ein Karussell und Buden aufgestellt waren. Ein kleiner Jahrmarkt, den sie am Vortag nicht bemerkt hatte. Fröhlich lachende Gesichter auf Pappmaschee, Luftballons, ein Clown. Auch wenn die Buden geschlossen waren, umwehte sie der Geruch von gebrannten Mandeln. Brauchte ein wunderschöner kleiner Ort wie Land's End wirklich eine Kirmes?

Ein Wagen mit frischem Fisch rumpelte vorbei. Gab es hier so etwas wie einen Fischmarkt? Sicher. Wenn eine Stadt vom Tourismus lebte, teilte sie sich meist in zwei Parallelgesellschaften. Die eine war das tägliche Leben, wie es immer lief. Leute standen morgens auf, schickten die Kinder zur Schule, fuhren zur Arbeit. Ein Ablauf, wie er in jedem Ort der Welt stattfand. Die andere Gesellschaft war die der Touristen, für die alles noch wunderbar neu war und die glaubten, hier irgendwas zu finden: Ruhe, einen Flirt, sich selbst. Für sie wurde die zweite Welt erschaffen, eine Welt aus weichen Betten, üppigem Frühstück, Jahrmarkt, Sehenswürdigkeiten und Spaß.

Kim schaute dem Fischwagen noch einen Moment nach, dann marschierte sie wieder in Richtung Klippen. Vielleicht hätte ich doch etwas Gepäck mitnehmen sollen, dachte sie, als sie wieder den Weg zum Cottage einschlug.

Als sie es erreichte, war Kim völlig außer Atem. So, wie sie gestern die Kirmes in der Stadt nicht mitbekommen hatte, so hatte sie gestern auch nicht auf den Weg geachtet und bemerkt, wie anstrengend er eigentlich war. Jetzt, wo sie noch immer die Last der vergangenen Nacht mit sich herumschleppte, war es, als hätte sie einen Bulldozer die Klippen hinaufgezogen.

Trotz ihrer Erschöpfung nahm sie das Haus jetzt noch besser wahr. Hatte sie sich am vergangenen Nachmittag nur darüber geärgert, dass die alte Frau sie abgefangen und zur Teestunde geschleppt hatte, so sprangen ihr nun einzelne Details ins Auge. Eine Reihe kleiner Segelschiffe, die über einen der Querbalken schipperten. Eine Jahreszahl. 1816. Wahrscheinlich war das das Jahr, in dem das Cottage erbaut worden war. Viel mehr als einige Balken waren wohl von der ursprünglichen Bausubstanz nicht geblieben, denn es war sichtbar renoviert worden. Wenn nicht das Alter, dann hatte der Krieg die Besitzer wohl dazu gezwungen.

Kim löste sich von dem Anblick und öffnete das Gartentor. Sie hob die Hand, um an der Haustür zu klopfen. Im selben Augenblick wurde die Tür schon geöffnet.

Auch Janet hatte sie anders in Erinnerung, als sie ihr jetzt entgegentrat. Gestern hatte sie kraftvoller gewirkt, eine agile alte Frau, die immer noch die Energie hatte, bei den Klippen spazieren zu gehen und jemanden mit eisernem Griff in sein Cottage zu ziehen und von dort nicht mehr wegzulassen.

Jetzt, im blassen Vormittagslicht, sah Kim nur eine müde alte Frau, die eine schlechte Nacht gehabt hatte und sich auf einen Stock stützte.

»Du bist zurück!«, sagte sie mit einem freudigen Lächeln, als würde sie ihre Enkelin in Empfang nehmen.

»Ja, ich ... Ich wollte nur ein bisschen meine Gedanken auslüften«, entgegnete Kim verlegen. Würde die Frau ihr Angebot zurückziehen? Verdenken konnte sie es ihr nicht.

»Dann komm doch rein«, sagte die alte Frau. »Das Gästezimmer steht dir so lange zur Verfügung, wie du möchtest.«

Kim zögerte noch ein wenig. Sie konnte sich hier doch nicht so einfach breitmachen – solange sie wollte! »Ich … ich kann Ihnen etwas dafür bezahlen.«

»Das ist nicht nötig«, entgegnete die alte Frau. »Du bist mein Gast, vergiss das nicht. Wenn du gehen möchtest, geh, wenn du bleiben möchtest, bleib.«

Kim sah sie beinahe ein wenig gequält an, doch dann nickte sie und trat ein.

»Fühlen Sie sich heute nicht so gut?«, fragte sie auf dem Weg zur Treppe.

»Es kommt und geht«, entgegnete Janet mit einem verschmitzten Lächeln. »Das Rheuma, weißt du. In meinem Alter lernt man viele Krankheiten kennen. An einige gewöhnt man sich, an andere nicht. Den Stock brauche ich nur, wenn meine Knochen richtig schmerzen. Wahrscheinlich war die gestrige Nacht ein wenig zu unruhig für mich.«

»Tut mir leid.« Kim senkte den Kopf. Wäre ich hier nicht aufgetaucht, dachte sie, oder hätte ich mit meinem Sprung noch ein wenig gewartet, hätte ich zuvor im Ort noch eine Henkersmahlzeit zu mir genommen und wäre ich später hergekommen, wären wir wahrscheinlich nicht aufeinandergetroffen.

»Dann willst du also bleiben?«, fragte Janet hoffnungsvoll.

»Wenn Sie nichts dagegen haben?«

»Das habe ich nicht.« Ein mildes Lächeln huschte über Janets Gesicht. »Ich ziehe nie ein Angebot zurück, wenn ich es einmal gemacht habe. Was ist mit deinem Gepäck? Steht es noch im Hotel?«

»Eigentlich …« Kim wurde rot. Sie erinnerte sich, dass

sie der alten Frau etwas von einem Hotel erzählt hatte, und schämte sich nun dafür.

»Eigentlich hattest du gar keine Tasche, richtig? Und es gab auch kein Hotelzimmer.«

Kim schüttelte den Kopf. »Entschuldigen Sie, dass ich Sie angelogen habe.«

Janet legte ihr die Hand auf die Schulter. »Ich habe mir schon fast so was gedacht. Es war dir also wirklich ernst mit dem Sterben?«

Kim nickte.

»Nun, dann hoffe ich, dass ich deinen Sinn endgültig ändern kann. Und was die Sachen angeht, mach dir keine Sorgen, das Nötigste habe ich immer hier. Und in Land's End gibt es auch Läden, falls du Kleidung benötigst. Ich kann mir vorstellen, dass die Shirts meines Enkels etwas zu groß sind für dich.«

»Danke«, sagte Kim. Tränen stiegen in ihr auf.

»Keine Ursache«, entgegnete Janet und ging dann voran zur Treppe.

Auch das Gästezimmer nahm Kim erst jetzt richtig wahr. Das Bett war alt, ziemlich alt. Früher musste es von einem Betthimmel überspannt worden sein, doch davon waren nur die geschnitzten Bettpfosten übrig geblieben. Kim bemerkte an einem von ihnen eine Traube Weinbeeren, an einem anderen eine Efeuranke, der dritte war mit einer Ziege geschmückt und am vierten waren die Meeresfrüchte schon ein wenig abgeplatzt, aber dennoch erkennbar. Offenbar hatten sich die Handwerker damals viel mehr Zeit genommen, um selbst einen ganz einfachen Gebrauchsgegenstand zu gestalten.

Kim stellte ihre Tasche neben das Bett und ließ sich dann auf den etwas verblichenen Quilt fallen.

Eigentlich sollte sie ihre Mutter anrufen. Doch Kim schob diesen Gedanken beiseite. Was sollte sie ihr sagen? Dass sie nach Cornwall gefahren war, um sich von einer Klippe zu stürzen? Dann würde ihre Mutter ihr ohne Umschweife die Polizei auf den Hals hetzen.

ஐ

Die Strandbar ist ziemlich belebt, und eigentlich möchte ich nicht hingehen. Ebenso, wie ich dem Meer mit Vorsicht begegne, bin ich auch anderen Menschen gegenüber zögerlich. An meiner Universität fühle ich mich manchmal unsichtbar – und liebe es! Es ist schön, wenn Menschen an mir vorbeischauen, mich nicht bemerken. Ich mag es, ein Teil der Masse zu sein. Anonym. So kann ich mich geborgen fühlen. Herauszustehen, etwas Besonderes zu können, lockt auch immer Neider an, und die setzen dann alles daran, um einem das Leben schwerzumachen. Was würden beispielsweise die ganzen hübschen Frauen in ihren kleinen bunten Bikinis dazu sagen, dass Jake Ericson, der aufstrebende Star des Universitätssports, gerade mir eine SMS geschickt hat? Ich verstehe ohnehin noch immer nicht, was er an mir findet.

Aber vielleicht kann ich auch an der Strandbar ein Teil der Masse werden. Es ist jetzt zwei Tage her, dass ich die Nachricht von ihm erhalten habe. Ich habe ihm zurückgeschrieben, dass es okay wäre, sich zu treffen. Und da hat er mir die Strandbar vorgeschlagen. Ein unverfänglicher Ort, wie es scheint. Man sitzt unter anderen Leuten, und alles kann passieren – oder auch nicht.

Jake kann nicht ahnen, dass ich mich an solchen öffentlichen Orten unwohl fühle.

Doch ihm zuliebe beschreite ich den Steg, der zu dem Lichtfleck vor dem Wasser führt, und lasse mich von dem Stimmengewirr und dem Geruch nach heißem Zucker und Limetten einhüllen.

Noch entdecke ich ihn nicht, und das macht mich unsicher. Und wenn er sich nur einen Scherz erlaubt hat? Wenn es nur eine Wette war, darum, wer es schafft, das farblose Mauerblümchen aus der Reserve zu locken …

Voller Unbehagen sehe ich mich um, verschränke meine Arme vor meinem Oberkörper. Kalt ist es nicht, doch ich fröstele. Ich spüre die Blicke der anderen, sie wissen, dass ich hier nicht hingehöre. Zehn Minuten, sage ich mir. Ich werde genau zehn Minuten bleiben und dann verschwinden und seine Nummer löschen. Verarschen lasse ich mich nicht.

Die Augenblicke verstreichen. Ich sehe ein Pärchen in heftiger Umarmung. Sie scheinen die Welt vergessen zu haben. Es ist sicher nur noch eine Frage der Zeit, bis sie in irgendein Zimmer verschwinden. Oder zu einem dunkleren Bereich des Strandes. Es wäre nicht das erste Mal, dass hier jemand am Strand vögelt.

Hinter mir wird gelacht. Lachen sie über mich? Lachen sie, weil sie wissen, dass mein Date mich versetzt hat? Sind es vielleicht Jakes Freunde?

Was weiß ich denn überhaupt über ihn? Doch nur, dass alle Mädchen seines Jahrgangs und der darunterliegenden auf ihn fliegen. Dass er Sport studiert und die ganz große Hoffnung des Wassersports ist. Ich habe mich nie um ihn gekümmert, war froh, wenn die Augen auf Leuten wie ihm hingen und nicht auf mir.

»Entschuldige bitte«, sagt eine Stimme hinter mir. Ich habe keine Ahnung, wie viele Minuten vergangen sind, doch der Klang durchflutet mich wie ein süßer, heißer Schluck Kakao.

Ich wende mich um und blicke in Jakes Gesicht. Er wirkt ehrlich abgehetzt. Und lächelt auf eine Weise, die mich schlagartig vergessen lässt, dass ringsherum Leute zusammensitzen, Pärchen knutschen und Gelangweilte mich beobachten.

»Kein Problem«, sage ich, obwohl es bis vor ein paar Augenblicken tatsächlich noch eines war.

Seine Augen strahlen, als hätte ein Lichtschein aus der Bar sie berührt.

»Möchtest du etwas trinken?«, fragt er, worauf ich ein wenig hilflos zur Bar schaue. Das knutschende Pärchen ist verschwunden.

»Ich ... na ja, ich trinke nicht oft und kenne mich nicht aus«, entgegne ich und könnte mich ohrfeigen für diese Antwort, die meine Unsicherheit nur allzu deutlich verrät.

»Aber du weißt doch bestimmt, was du möchtest, oder?«

Das ist es ja, genau genommen weiß ich es nicht. Ich lasse mich gern im Strom treiben, versuche, nicht aufzufallen.

»Etwas Alkoholfreies«, höre ich mich antworten, und dafür hätte ich mir gern Ohrfeige Nummer zwei verpasst. Kein Mädchen nimmt bei seinem ersten Date etwas Alkoholfreies. Das kennzeichnet es als Langweilerin, als Mauerblümchen.

Während mir das Herz bis zum Hals schlägt, suche ich nach Anzeichen der Abneigung in seinen Augen. Möglicherweise bereut er, dass er mich angeschrieben hat.

Doch alles, was ich sehe, ist ein Lächeln, das in seinen Augenwinkeln hockt.

»Ich merke schon, du bist etwas Besonderes«, sagt er.

»Man trifft nicht oft Mädchen, die sich ihre Bekanntschaft nicht gleich am ersten Abend schön trinken wollen.«

Ist das so? Bisher habe ich immer gedacht, die angesagten Mädchen trinken, weil sie erwachsen und erfahren wirken oder ihre Hemmungen verlieren wollten. Ich behalte jedoch ganz gern die Kontrolle über mich selbst.

»Also gut, ich hole uns etwas. Und ich verspreche dir, es ist kein Alkohol drin.«

Als er in der Menge verschwindet, fürchte ich fast schon, ich könnte ihn verlieren. Wie seltsam, denn er gehört mir nicht. Wir haben ein paar SMS ausgetauscht, haben uns eben zum ersten Mal bewusst angesehen. Ich habe wie immer dummes Zeug geredet und zu allem Überfluss etwas Alkoholfreies bestellt …

Doch etwas ist an ihm, das eine unbekannte Saite in mir zum Klingen bringt. Sein Lächeln durchflutet mich wie ein Wärmeschauer, seine Worte schmelzen förmlich in meinem Kopf. Und seine Augen sind so tiefgründig wie ein ganzer Ozean. Wie gern würde ich darin versinken!

»Hier«, sagt er und reißt mich aus meinem Nachdenken. Ich habe meinen Blick noch immer in die Richtung gerichtet, in der er verschwunden ist, doch nun taucht er neben mir auf und hält mir ein Glas unter die Nase. »Ipanema.«

»Wie bitte?«

»Der kleine Bruder des Caipirinha. Mit Ginger-Ale anstelle von Cachaça. Der Barkeeper hier macht einen verteufelt guten Ipanema.«

Unwillkürlich vergleiche ich die Farben seines und meines Getränkes. Auf den ersten Blick sehen beide gleich aus, aber er wird doch wohl das Original genommen haben, oder nicht?

»Ich kann das beurteilen«, fügt er lachend hinzu, als würde ich an seiner Aussage zweifeln. »Ich bin praktisch süchtig nach dem Zeug. Vor und während der Wettkämpfe und wohl auch die meiste Zeit des Jahres verbietet mir mein Trainer das Trinken. Also habe ich mir eine Ersatzdroge gesucht.«

Als er mir das Glas reicht, berühren seine Finger wie zufällig die meinen. Ganz sanft streicheln sie meine Fingerkuppen, und ich erstarre. Wenn schon in dieser Berührung, die, wie ich mir einrede, nichts weiter als Zufall ist, so viel Zärtlichkeit liegt, wie wäre es dann, in seinen Armen zu liegen?

ฆ๑ঙ

Die Bilder verschwanden, als sie die Tür gehen hörte. Kim schlug die Augen auf und bemerkte einen Schatten neben dem Fenster. Janet hatte sich offenbar die Treppen hochgequält – und das mit ihrem Rheuma!

Kim setzte sich auf und rieb sich übers Gesicht. Eigentlich hatte sie nicht wegdösen wollen, doch die Müdigkeit und die Verlockung, Jake noch einmal in ihrer Vorstellung zu sehen, waren einfach zu groß gewesen. Als sie noch zu Hause gewesen war, hatte sie auch Stunden, manchmal halbe Tage damit verbracht, den Bildern der Vergangenheit nachzuspüren.

»Alles in Ordnung?«, fragte Janet.

»Ja, mir geht's gut«, antwortete Kim, was allerdings nur die halbe Wahrheit war. Ihr Körper mochte sich jetzt wieder erholt haben durch die Ruhe. Doch die Schwere rings um ihr Herz kehrte rasch zurück und damit auch die Traurigkeit.

»Ich dachte, du kommst zum Tee runter«, erklärte

Janet. »Als du nicht erschienen bist, wollte ich mal nachschauen.«

»Das ist nett von Ihnen, wäre aber nicht nötig gewesen. Mit Ihrem Rheuma …«

Janet machte eine wegwerfende Handbewegung. »Es renkt sich alles wieder ein. Dass du wieder da bist, hatte immerhin die Wirkung, dass ich wieder die Treppe hochkomme. Sorgen beschweren noch zusätzlich, heute Morgen war es mir, als hätte mir jemand einen Kartoffelsack auf die Brust gelegt.«

Das konnte sich Kim bei Janets schlanker Gestalt nicht vorstellen.

»Aber warum?«, fragte sie. »Sie sind nicht meine Großmutter. Es könnte Ihnen egal sein, was ich mache.«

»Das ist richtig.« Janet sah sie eindringlich an. »Aber in dieser Gegend ist es nun mal so, dass man seinen Nächsten nicht ignoriert. Besonders dann nicht, wenn man ihn von einer Klippe aufliest.«

»Dann nehmen die Leute hier alle irgendwen mit, den sie vor dem Tod retten?«, fragte Kim verwundert.

»So viele Leute stehen nicht auf den Klippen. Die Selbstmordrate ist ziemlich niedrig.«

»Wirklich?«

Janet nickte. »Es sind meist Unfälle.«

Schon klar. Kim lächelte schief.

»Du kannst mir glauben oder nicht, aber es ist tatsächlich so. Leute gehen zu nahe an die Kante, rutschen ab und fallen. Leute ignorieren die Warnschilder und fallen. Die meisten von ihnen überleben, in letzter Zeit hatten wir nur einen Querschnittsgelähmten.«

Das erfindet sie doch!, sagte sich Kim. Sie will, dass ich

nicht mehr zu den Klippen gehe, es nicht noch einmal versuche. Aber genau genommen hatte sie im Moment auch gar keine Lust, das Haus zu verlassen. Das Bett war bequem, das Zimmer wie eine Zelle, die sie gegen die Außenwelt schützte. Das Handy in ihrer Tasche war immer noch aus. Niemand konnte sie erreichen.

»Hier, ich hab etwas für dich«, sagte Janet und legte dann ein Buch neben sie aufs Bett. Es war sehr alt, das graubraune Leder hatte früher gewiss mal eine andere Farbe gehabt. Der goldfarbene Schnitt an einer Seite war angelaufen, und die meisten Seiten wellten sich, als wären sie ins Wasser geraten und später auf einem Ofen wieder getrocknet worden.

»Was ist das?«, fragte Kim.

»Ein Buch, was sonst!«, gab Janet schmunzelnd zurück.

»Das sehe ich, aber …«

»Schlag es auf, dann wirst du es sehen!«

Als Kim ihrer Aufforderung nachkam, stieß sie nicht, wie sie es im ersten Moment erwartet hätte, auf einen gedruckten Titel, sondern auf leicht vergilbte Seiten, die mit einer gleichmäßigen, sehr feinen Handschrift bedeckt waren.

»Dieses Buch ist eine Stimme«, erklärte Janet. »Es ist schon in unserem Besitz, seit unsere Familie sich in Land's End angesiedelt hat.«

»Eine Stimme?«

»Ja, eine Stimme. Jedenfalls auf seine Art.« Sie machte eine kurze Pause, dann fragte sie: »Kannst du dir vorstellen, wie es ist, nicht sprechen zu dürfen? Oder zu können? Was würdest du tun, um vor Gedanken nicht zu platzen?«

»Ein Tagebuch führen«, entgegnete Kim, während sie über die feinen, beinahe etwas verwaschenen Seiten strich.

War das ein Tagesbuch? Von wem? Sie fand keinen Namen auf dem Vorsatzpapier.

»Genau! Und dieses Buch ist so viel mehr, wenn man bedenkt, dass es zweihundert Jahre alt ist, also aus einer Zeit stammt, in der Frauen selbst dann, wenn sie sprechen konnten, nichts zu sagen hatten.«

Ein liebevolles Lächeln erschien auf ihrem Gesicht. Offenbar kannte Janet den Inhalt des Buches in- und auswendig.

Kim hatte sich nie groß für Geschichte interessiert. Die Vergangenheit war nichts weiter als trockener Stoff in Schulstunden, längst vergangene Zahlen, die an einem vorbeirauschten, während draußen die Sonne schien und man hoffte, dass es bald klingelte.

Das Leben im Hier und Jetzt war für Kim immer interessanter gewesen – jedenfalls so lange, bis Jake mit dem Flugzeug abstürzte. Nun wurde ihr klar, dass sie bereits seit einiger Zeit in der Vergangenheit lebte, die sie früher immer so gemieden hatte. Auch Jake und ihre Liebe waren nun Geschichte. Und im Gegensatz zu den Zahlen, mit denen Lehrer ihre Schüler marterten, würde sich an sie beide niemand erinnern, niemand ihre Geschichte erzählen.

»Und was soll ich nun mit dem Buch machen?«, fragte Kim ein wenig begriffsstutzig.

»Was macht man wohl mit einem Buch?«, fragte Janet spöttisch. »Sag bloß, die Jugend von heute weiß nicht mehr, was sie mit einem Buch anstellt! Lest ihr denn überhaupt nicht mehr?«

»Doch, schon, aber …« Kim deutete auf das Tagebuch, als wäre es ein gefährliches Tier. »Das hier gehört nicht mir! Es sind Gedanken und Gefühle einer anderen Person!«

»Na und?«, fragte Janet mit einer Respektlosigkeit, die Kim ihr gar nicht zugetraut hätte. »Die Person, der dieses Buch gehört hat, ist schon sehr lange tot. Es ist ein großes Wunder, dass es überhaupt noch existiert. Seit wir uns hier angesiedelt haben, wurde das Buch von Generation zu Generation weitergegeben.«

»Achtzehnhundertsechzehn?«, fragte Kim.

»Wie bitte?« Janet legte fragend die Stirn kraus.

»Über der Tür steht diese Jahreszahl«, erklärte sie.

Janet wusste offenbar für einen Moment nicht, was sie sagen sollte, doch dann wurde ihr klar, was Kim meinte.

»Ja, stimmt. Die Jahreszahl. Seit dem Jahr lebt unsere Familie hier.«

»Und Ihr Vorfahr hat das Buch am Strand gefunden?«

»Kann man so sagen.« Ein geheimnisvolles Lächeln huschte über ihr Gesicht, dann deutete sie auf den Ledereinband des Buches. »Sei vorsichtig, wenn du es aufschlägst. Das Leder hat durch das Salzwasser schwer gelitten, mein Urgroßvater hat es sorgsam trocknen müssen, damit es nicht wegbricht.«

»Und was soll ich darin finden?«, fragte Kim, die mit allem gerechnet hatte, aber nicht damit, eine Leseaufgabe zu bekommen. Was war das für ein Buch? Eine Art Lebenshilfe? Oder einfach nur die schwer zu entziffernde Story einer unterdrückten Frau?

»Finde darin, was du möchtest«, entgegnete Janet, während sie wieder zur Tür humpelte. »Aber vorher würde ich mich sehr freuen, wenn du mir beim Tee Gesellschaft leisten würdest.«

5. Kapitel

Nach der Teestunde mit Janet, in der sie kaum über mehr geredet hatten als über das Wetter und die Kirmes unten im Ort, die die alte Frau grässlich fand, ging Kim wieder nach oben und sah das Tagebuch auf dem Bett liegen. Sofort dachte sie an die Monsterbücher in *Harry Potter*.

Das Tagebuch der Unbekannten, die »Stimme«, hatte jedoch weder Zähne noch Fell und es knurrte auch nicht und verschwand zähnefletschend unter dem Bett. Es lag einfach da, beschienen von der Nachmittagssonne. Die Haut verwittert und faltig wie bei einem Menschen, der schon sehr lange gelebt hatte.

Kim zog die Tür hinter sich ins Schloss und ging zum Bett. Wolken schoben sich vor die Sonne. Dennoch schien das Buch sein Leuchten zu behalten.

Eigentlich interessierte es sie nicht, was darinstand, doch möglicherweise ... Möglicherweise würde die Beschäftigung damit, das Eintauchen in diese Welt ihr ein wenig Ablenkung verschaffen.

Außerdem war es schon interessant, zu erfahren, was diese Familie dazu gebracht hatte, das Buch über Generationen hinweg aufzuheben und weiterzugeben.

Warum hat Janet das nicht längst schon getan?, ging es Kim durch den Kopf, dann schlug sie das Buch auf. Die Wörter erschienen ihr noch etwas heller als vorhin. Sie wusste, dass es unmöglich war, Buchstaben verblassen zu lassen, wenn man sie las, aber hier hatte es den Anschein. Und was, wenn es wirklich so war, dass jeder, der dieses Buch las, etwas von der Geschichte aufnahm und der Schrift gleichzeitig die Tinte entzog, die Substanz, die Seele …

Kim zog das Buch auf ihren Schoß. Tatsächlich fühlte es sich lebendig an. Der Sonnenstrahl, der es so lange beleuchtet hatte, hatte auch das Leder angewärmt. Es war, als würde sie alte Haut berühren. Kim suchte sich eine bequeme Sitzposition und schlug das Buch auf.

Nicht nur die blasse Tinte bereitete ihr Schwierigkeiten. Die Hand, die diese Schrift zu Papier gebracht hatte, hatte die Angewohnheit gehabt, Schnörkel und andere Verzierungen an die Buchstaben anzubringen, so als wären sie etwas ganz Besonderes.

Ihr Name, wie war nur ihr Name? Kim entdeckte ihn nirgends. Um ihn herauszufinden, würde sie wohl lesen müssen.

Okay, sagte sie sich, atmete tief durch und überschritt dann die Schwelle, die sie zweihundert Jahre zurückführte.

14. Januar 1813

Wir nähern uns Port Isaac, während sich die Welt noch in dichten Nebelschleiern verbirgt und Raureif die Planken des Schiffes bedeckt.

Seit Mitternacht habe ich nicht mehr geschlafen. Immer wieder ging mir die Frage durch den Kopf, was mich hier erwarten würde. Meinen Verlobten habe ich bisher nur einmal gesehen, als er uns wegen der Heiratsverhandlungen besuchte.

»Das ist Mr Clemo Gryffyn«, stellte mein Vater mir einen schlanken, dunkelhaarigen Mann mit Backenbart und kantigen Zügen vor.

Clemo Gryffyn. Ein seltsamer Name, doch wie ich herausgefunden habe, ist er durch und durch kornischen Ursprungs.

Wir haben uns begrüßt, und ich hatte eine Weile neben den Männern gesessen, während sie sich darüber unterhielten, wie mein Leben aussehen sollte – so, als wäre ich nicht nur stumm, sondern auch taub.

Ich versuchte, mir meinen Unmut nicht ansehen zu lassen, und doch schwelte er so stark in mir, dass mein Vater mich an diesem Nachmittag beiseitenahm und sagte: »Um Himmels willen, zieh doch nicht so ein Gesicht! Du verschreckst deinen Bräutigam ja noch!«

Das war in der Tat seine größte Sorge: dass sich nach Mr Taylor nie wieder ein Mann für mich interessieren würde. Glücklicherweise – wobei es eher das Glück meines Vaters war – konnte auch meine finstere Miene den Bräutigam nicht abschrecken.

Sobald es möglich war, stieg ich an Deck, um meine neue Heimat zu sehen. Während der Überfahrt hatten wir ziemlich schweres Wetter, die Wellen haben das Schiff ordentlich durchgeschüttelt, und nicht nur einmal hatte ich die Seeleute lauthals beten hören.

Jetzt tauchen die Klippen vor mir auf, und schon breitet sich Enttäuschung in mir aus. Bevor ich mich auf den Weg machen musste, hatte mir Beth davon erzählt, wie schön es an der kornischen Küste sei.

Für manche Leute mag sie romantisch sein, jedenfalls von der Landseite aus betrachtet, wo der Blick aufs Meer hinaus geht und man die Felsen nicht sieht.

Für mich waren die Klippen jedoch unförmige schwarze Gebilde, die wie abgebrochene Zähne eines Meeresungeheuers wirkten, das sein Maul aufgesperrt hatte, um uns zu verschlingen.

Ich hätte noch hundert Jahre in Manchester leben können, anstatt nach Cornwall zu reisen.

Doch was hat eine stumme Tochter dem Willen des Vaters schon entgegenzusetzen? Andere Töchter hätten vielleicht versucht, sich ihr Recht zu erstreiten. Aber selbst wenn ich ihn niedergeschrieben hätte, wäre mein Protest doch nur im Feuer gelandet. Mein Vater glaubt, dass die Heirat für mich das Beste sei. Dass jemand, der wie ich verkrüppelt ist, keine andere Sicherheit erwarten kann.

Doch muss man eine Stimme haben, um erfolgreich durchs Leben zu gehen? Ist es denn so wichtig?

Meist denken meine Mitmenschen, dass Stummsein mit Taubheit einhergeht, und das mag oftmals auch stimmen, aber in meinem Fall ist es so, dass ich meine Sprache verlor, nachdem ich von dem Pony gestürzt war, das Vater mir zu meinem fünften

Geburtstag geschenkt hatte. So sehr ich es versuchte, ich brachte kein einziges Wort mehr heraus.

Unser Doktor meinte, dass der Sturz etwas in meinem Gehirn beschädigt hätte. Ich stellte mir daraufhin vor, dass die Stimme so etwas wie ein Glas war, eine gläserne Glocke vielleicht. Der Sturz hatte sie beschädigt, sie zerbrochen. Es gab nichts, womit man sie wieder reparieren konnte.

Und so fügte ich mich in ein Leben der Sprachlosigkeit, versuchte gar nicht erst, wieder etwas zu sagen.

Eine Frau, die keine Stimme hat, ist für manche Menschen wertlos, für andere jedoch ein Schatz. Sie glauben, dass man mit ihr anstellen könnte, was einem beliebt. Ich habe keine Ahnung, zu welcher Art Mensch mein zukünftiger Ehemann gehört. Ich weiß nur, dass er ein Kaufmann ist, ein Herrenhaus am Meer besitzt und eine angesehene Persönlichkeit in Port Isaac ist.

Es wundert mich noch immer sehr, dass er, der mit Reichtum und Ansehen ausgestattet ist, eine Frau in unserer Gegend suchen muss – und sich dann für eine entscheidet, die nicht sprechen kann. Hat er vielleicht Geheimnisse zu bewahren und fürchtet, eine schwatzhafte Frau würde sie ausplaudern?

Wir durchbrechen eine Nebelwand, und nun sehe ich, dass das Schiff auf den Hafen zuhält. Er ist sehr klein, aber was will man von einem Fischerdorf erwarten? In der Ferne erblicke ich den Schemen eines Leuchtturms. Dessen Licht habe ich von weitem gesehen, doch nun hält ihn der Nebel umfangen wie eine eifersüchtige Geliebte.

Rufe hallen über das Deck, laut genug, um die Schreie der Möwen zu übertönen, die dem Schiff schon seit einer Weile folgen, als wäre es ein Fischkutter. Ein Seemann legt mir ans Herz, unter Deck zu gehen, doch ich weigere mich. Die einzige Gefahr ist wohl, dass ich der Besatzung im Weg stehe – die See ist ruhig, und jeder Mann weiß genau, was er zu tun hat. Routiniert legen sie an und vertäuen das Schiff mit starken Seilen. Es wird Zeit, dass ich meine Tasche hole.

Man hatte mir erzählt, dass jemand mich am Hafen erwarten würde. Meine Mitgift ist reich genug, um eine große, schwere Truhe zu füllen. Mit einem Handwagen kann ich diese kaum zu meinem neuen Zuhause bringen. Als ich gesehen habe, wie sie auf das Schiff verladen wurde, konnte ich nur daran denken, wie groß die Dankbarkeit meines Vaters sein musste, dass Mr Gryffyn ihn von seinem lästigen Esser befreit hat.

Als ich von Deck gehe, sehe ich nur die Arbeiter, die darauf warten, die Fracht des Schiffes zu löschen. Keine Kutsche.

Erwartet Mr Gryffyn, dass ich laufe? Nun, ich hätte nichts dagegen. Im Gegensatz zu meiner Heimatstadt wirkt dieser Ort etwas reizlos, doch ich erblicke hier und da kleine Häuschen, die aussehen, als hätten Feen sie gebaut. Gibt es Feen hier?

Auf jeden Fall würde es mir wohl nicht schwerfallen, das Haus zu finden, denn wahrscheinlich leben hier nicht viele Kaufleute. Und auch wenn ich nicht nach dem Weg fragen kann, möglicherweise kann ich jemandem einen Zettel unter die Nase halten, der lesen und mir den Weg beschreiben kann.

Menschen wuseln um mich herum. Ich weiß, dass ich hier nicht stehenbleiben darf. Ich stehe im Weg, und außerdem erregt eine Frau allein ziemliche Aufmerksamkeit. Mein Vater hat, im Vertrauen auf meinen Bräutigam und wahrscheinlich aus Geiz, darauf verzichtet, mir eine Anstandsdame zur Seite zu stellen. Es schickt sich nicht, allein unterwegs zu sein, aber es schickt sich auch nicht, seine Braut allein am Hafen stehen zu lassen.

Als ich schon die Röcke raffe, um den Hafen zu verlassen, tippt mir jemand auf die Schulter. Im Gewühl der Menge habe ich nicht gehört, dass jemand hinter mit aufgetaucht ist. Ich wende mich um und blicke in das Gesicht eines etwa dreißig Jahre alten Mannes in grober Jacke. Beinahe sieht er aus wie einer der Seeleute, die hinter mir immer noch dabei helfen, die Ladung des Schiffes zu löschen.

Er macht eine Handgeste, die ich zunächst nicht verstehe. Dann deutet er hinter sich. Ich lege den Kopf schräg. Kann er selbst nicht sprechen, oder glaubt er, ich wäre taub?

Wer sind Sie?, forme ich mit den Lippen, so deutlich es mir nur möglich ist, und fordere ihn gleichzeitig auf, zu sprechen, wenn es ihm möglich ist.

Ich muss meine Worte ein paar Mal wiederholen, wobei er mit schon fast obszönem Interesse auf meine Lippen starrt. Dann scheint er zu verstehen, doch das Lächeln, das er aufsetzt, gefällt mir gar nicht.

»Mr Gryffyn schickt mich«, antwortet er mit schwerem kornischen Akzent. »Sie sind Leandra Simmons, nicht wahr?«

Ich nicke. Gut. Er kennt meinen Namen und den meines Bräutigams. Das ist immerhin schon etwas. Doch gleichzeitig meine ich hinter seinen Augen den Gedanken zu erkennen, dass er, wenn er vorhätte, mir Gewalt anzutun, sich darauf verlassen könnte, dass ich nicht schreie.

Ein wenig bekomme ich es doch mit der Angst zu tun. An Bord des Schiffes war ich ebenfalls den Blicken und dem Interesse der Seeleute ausgesetzt, und oftmals habe ich meinen Vater dafür verflucht, dass er mir keine Begleitung mitgegeben hat. Doch nie waren die Blicke dieser Männer so verschlagen gewesen wie die meines Gegenübers.

»Ich bin Branok«, stellt er sich daraufhin mit einem knappen Nicken vor. Seine Augen bleiben jedoch gierig.

In diesem Augenblick bin ich beinahe froh, dass ich nicht reden kann und von mir keine Höflichkeiten erwartet werden, denn es ist kein Vergnügen, ihn kennenzulernen. Aber das verschleiere ich hinter einem Lächeln. Menschen, die sich der Sprache bedienen, gehen meist nur nach Worten und sehen nicht, welche Geschichten Mienen oder Blicke erzählen.

»Wo ist Ihr Gepäck?«, fragt er nach einer Weile schamlosen Musterns.

Seine Geste nachahmend, deute ich über meine Schulter und hebe dann die Tasche hoch. Dabei versuche ich, eine möglichst furchtlose Miene aufzusetzen. Ich mag stumm sein, ich mag eine Frau sein, aber bei Gott, ich werde mich wehren, wenn er etwas versucht, das ihm nicht zusteht.

Branok nickt und deutet dann auf ein Gefährt, das in der Nähe abgestellt ist. Keine Kutsche, wie ich erwartet habe, sondern ein Leiterwagen! »Setzen Sie sich schon mal drauf, ich rede mit den Männern.«

Um welche Männer es sich handelt, sagt er nicht dazu, aber vermutlich meint er die Hafenarbeiter. Ich gehe zum Wagen, vor den zwei große braune Pferde gespannt sind. Kein edles Geblüt, und ihre Nacken sind krumm von der vielen Arbeit.

Auch in Manchester sind die Kaufleute sparsam, aber immerhin verfügen sie über feinere Wagen, um ihre Bräute am Sonntag abzuholen und mit ihnen ins Grüne zu fahren. Als die Pferde mich bemerken, drehen sie die Köpfe zur Seite, und ich meine fast, ein wenig Traurigkeit in ihren Augen zu erkennen. Bei näherem Hinsehen entdecke ich unter ihrem Fell lange Narben, offenbar wurden sie nicht nur einmal bis aufs Blut gepeitscht. Der Kutscher geht mit seinen Pferden nicht gut um – ob mein Bräutigam davon weiß? Auf jeden Fall hätte jede Lady aus Manchester es als Beleidigung empfunden, von solch einem Gefährt abgeholt zu werden.

Nach einer Weile taucht der Kutscher wieder auf. Im Schlepptau hat er vier Männer, die die große schwere Kiste wie einen Sarg zwischen sich tragen.

Sie hieven sie auf den Wagen, worauf die Pferde leicht scheuen, dann drückt Branok ihnen ein paar Münzen in die Hand.

»Wollen wir?«, wendet er sich dann an mich und wirkt ein wenig ungeduldig, denn ich habe mich nicht, wie er mir geheißen hat, auf den Kutschbock gesetzt.

Doch jetzt komme ich nicht drum herum. Ich klettere auf den Wagen und bin nicht mal gezwungen, Branoks Hilfe auszuschlagen, denn er bietet sie mir gar nicht erst an. Als ich mich auf dem Kutschbock niederlasse, umweht mich frische Luft. Ich blicke rüber zum Hafen, wo immer noch Menschen das Schiff wie Ameisen umwuseln und mit der Last auf ihren Schultern in irgendwelchen Speichern verschwinden. Die Sonne scheint den Kampf gegen den frostigen Nebel zu gewinnen, denn während sie sich hinter mir erhebt, färbt sie die Schleier, die den Leuchtturm umhüllen, in ein feuriges Rot.

Die schöne Aussicht kann ich allerdings nicht lange genießen, denn Branok schwingt sich neben mich auf den Kutschbock.

»Heja!«, ruft er den Pferden zu, lässt dann die Peitsche über deren Köpfe knallen. Noch bevor der Knall verstummt, legen sie sich in die Geschirre, sie kennen das Geräusch offenbar gut und erinnern sich an die Schmerzen, die ihnen der lange Lederriemen verschaffen kann.

Port Isaac eine Stadt zu nennen ist mehr als vermessen, ich habe keine Ahnung, warum mein Vater darauf hereingefallen ist. Die Häuser sind klein und drängen sich aneinander wie verschreckte Küken. Der Reichtum dieses Ortes ist der Hafen, ganz klar, der Fischfang und der Handel mit dem, was ihnen das Meer schenkt. Groß ist dieser Reichtum nicht, doch die Menschen scheinen ihr Auskommen zu haben. Während wir durch die engen Straßen fahren, treffen mich die Blicke all jener, für die der Tag gerade begonnen hat. Arbeiter, die auf dem Weg zum Hafen sind, Fischer, die gerade vom Meer gekommen sind, und Frauen, die hinter offenen Fenstern ihren Verrichtungen nachgehen.

Sie alle schauen mich an, verwundert, neugierig, fragend. Glauben sie vielleicht, dass der finstere Branok seine Braut geholt hat? Es wirkt nämlich so, als sei er der Mann, dem ich versprochen bin. Wissen sie, dass einer der reichsten Männer des Ortes sich eine Braut bringen lässt? Hat es bereits die Runde gemacht, dass diese Braut stumm wie ein Fisch ist? Die Blicke verraten nichts. Sie versuchen nur zu ergründen.

Ich bin froh, als wir sie hinter uns lassen. Wir fahren aus dem Dorf hinaus, und hätte ich sprechen können, hätte ich wohl gefragt, wo es hingehen soll. Wieder steigt etwas Angst in mir auf, doch dann erkenne ich, dass Branok nicht vorhat, mich in einen finsteren Wald zu verschleppen. Wir fahren in Richtung Klippen.

Dass Clemo Gryffyn ein reicher Mann ist, sieht man sogleich an seinem Haus, das sich hinter einem hohen Eisenzaun erhebt. Ich erkenne einen weitläufigen Park, den irgendein geschickter Gärtner dem harten Gestein abgetrotzt hat. Das Haus selbst mag für jemanden, der die Herrenhäuser nahe Manchester kennt, nicht besonders beeindruckend sein, doch gemessen an der Größe der Häuser im Ort wirkt es prachtvoll wie ein Schloss. Seine weißen Wände leuchten in der Morgensonne, und zum ersten Mal bin ich gewillt zu glauben, hier ein vernünftiges Heim zu finden.

Wir durchqueren das Tor und halten neben der Rotunde vor dem Haus.

»Da sind wir«, kommentiert Branok unnötigerweise und steigt kommentarlos vom Kutschbock. Das heißt wohl, ich soll es ihm gleichtun.

Mit meiner Teppichstofftasche in der Hand schreite ich die Treppe zur Eingangstür hinauf. Sie ist sehr breit und wird von Löwen aus Marmor bewacht. Da sich hier ebenfalls niemand zur Begrüßung findet, trete ich einfach ein.

Auch die Eingangshalle ist eines Schlosses würdig. Meine Schritte hallen laut über den Marmorboden, und an den Wänden hängen schwere, goldgerahmte Gemälde. Immerhin in einer Hinsicht braucht sich mein Vater keine Sorgen zu machen – sein Schwiegersohn hat, was seinen Reichtum angeht, eher unter- als übertrieben.

Ich ziehe meinen Hut vom Kopf und sehe mich um.

Viel weiß ich nicht über Mr Gryffyn, doch angesichts der Tatsache, dass er meinem Vater gegenüber so begeistert von mir war, sollte er doch zumindest ein wenig Aufregung zeigen – oder sich selbst. Einen großen Empfang erwarte ich gar nicht, doch wenn er mich heiraten will, dann sollte er mich auch begrüßen.

Eine Weile stehe ich verloren im Foyer des Hauses herum. Der Kutscher ist verschwunden, ich höre ihn etwas über den Hof brüllen, das ich nicht verstehe. Wie bei den Iren scheint es hier eine regionale Sprache zu geben, die mir nicht geläufig ist. Doch in diesem Augenblick habe ich eher die Sorge, dass niemand mitbekommen hat, dass ich hier bin.

»Bist du Leandra?«, fragt eine herrische Frauenstimme von oben. Ich wende mich um und blicke auf zu einer Frau, die wie ein Geist auf der breiten Treppe aufgetaucht ist. Sie trägt ein schwarzes Kleid und ihre Haare im Nacken zu einem Dutt gesteckt. Sie wirkt einige Jahre älter als ich, ob sie es tatsächlich ist oder der Gram sie niedergedrückt hat, kann ich nicht sagen. Ich weiß ja nicht mal ihren Namen!

Doch ich nicke hastig und so, dass sie es nicht übersehen kann. Keine Ahnung, ob Mr Gryffyn den Mitgliedern seines Haushalts mitgeteilt hat, dass ich taubstumm sei.

»Du kannst immerhin hören, das ist gut«, sagt die Frau und kommt dann die Treppe hinunter. »Ich bin Emblyn Gryffyn, die Schwester des Hausherrn.«

Ich realisiere, dass sie meine Schwägerin wird.

»Mein Bruder ist nicht da, also hat er mich gebeten, dich in Empfang zu nehmen.«

Es klingt, als würde sie eine Postsendung für ihren Bruder annehmen. In anderen Familien ist es durchaus Brauch, sich zur Begrüßung zu umarmen. Aber nicht hier. Emblyn, die offenbar einen ebenso kornischen Namen hat wie ihr Bruder, mustert mich wie einen Fremdkörper, etwas, das ihr Bruder bestellt hat und mit dem sie nicht wirklich etwas anfangen kann.

Ich nicke und lächle, etwas anderes kann ich ihr nicht entgegenbringen. Ich könnte es ihr aufschreiben, und wahrscheinlich kann sie es lesen – doch warum sollte ich es tun? Ich bin die stumme Braut ihres Bruders, von mir wird sicher keine Konversation erwartet.

»Hat Branok dein Gepäck mitgebracht?«, fragt sie, worauf ich wieder nicke. Die Geste über die Schulter zeige ich ihr nicht. Wenn sie einen kurzen Blick an mir vorbei aus dem Fenster wirft, wird sie die Truhe sehen.

»Gut, dann folge mir. Ich werde dir das Zimmer zeigen, in dem du wohnen wirst, solange ihr beide noch nicht verheiratet seid.«

In der Annahme, dass ich ihr schon folgen werde, wendet sie sich um. Ich höre das Rascheln ihres Kleides, sehe ihren gebauschten Rock, während sie vor mir die Treppe hinaufschreitet.

Wenn ich hätte sprechen können, wäre die Szene anders verlaufen? Hätte ich sie mit Worten ein wenig herzlicher stimmen können?

Oder wäre ich gar nicht hier? Letzteres ist wohl wahrscheinlich, denn wäre ich normal, wäre meine Stimme nicht wie Glas zersprungen, dann hätte ich einen Mann aus meiner Heimatstadt geheiratet, vermutlich einen Kaufmann, der meinem Vater geholfen hätte, sein Geschäft zu vergrößern. So bin ich abgeschoben worden nach Cornwall, zu einem Fremden, seiner Schwester und einem zwielichtigen Kutscher, der Rabe genannt wird, so viel weiß ich immerhin nach meiner Recherche über die kornische Sprache.

Das Zimmer liegt am Ende des Ganges, in dem es nur ein kleines Fenster gibt, durch das ein staubdurchsetzter Lichtstrahl hereinfällt. Ein dicker Teppich dämpft unsere Schritte. Die Lampen an den Wänden brennen nicht, deshalb ist Emblyn vor mir nur ein schwarzer Schemen, und mich durchzuckt der Vergleich mit dem schwarzen Fährmann, der ins Totenreich führt. Ich fühle mich beklommen und wünsche mir, dass sie etwas sagt, doch da die Konversation sehr einseitig ausfallen würde, schweigt sie.

Als wir den schwärzesten Punkt des Ganges erreichen – das staubige Licht reicht nicht bis zu meiner Zimmertür –, zieht Emblyn ein Schlüsselbund zwischen ihren Rockfalten hervor. Es ertönt ein kurzes Klimpern, dann schnappt ein Schloss auf.

Ich erwarte ein ähnlich dunkles Zimmer, wie es der Gang ist, doch ich werde überrascht. Als Emblyn die Tür öffnet, strömt mir Licht wie eine Meereswelle entgegen. Ich bin zunächst geblendet, aber dann erkenne ich, dass nicht nur der Ausblick durch die sechs Fenster überwältigend ist, die allesamt zum Meer blicken – bei dem Zimmer handelt es sich offenbar um eine Art Turmzimmer –, auch der

Raum selbst ist wunderschön. Nach dem düsteren Kutscher, der schweigsamen Schwester und dem schwarzen Gang treffen mich die Farben der Pfingstrosen, mit denen die Wände bemalt sind, wie ein Frühlingssonnenstrahl, der durch Regenwolken bricht.

»Ich werde Branok sagen, dass er dein Gepäck hochschaffen soll. Wir essen um sieben Uhr zu Abend. Solange kannst du dich hier umsehen. Wenn du etwas brauchst, klingele nach dem Dienstmädchen.«

Sie deutet auf die Klingelschnur neben dem Fenster. Das Angebot, mir zu helfen, kommt ihrerseits nicht. Offenbar hat sie genug damit zu tun, den Haushalt zu führen. Und wenn ich nach den Blicken urteile, mit denen sie mich bedenkt, passt es ihr nicht, dass schon bald mir diese Aufgabe zufällt.

Emblyn weiß nichts von meinen Gedanken, denn ich verstecke sie wie schon beim Kutscher unter einem Lächeln und einem dankbaren Nicken.

»Willkommen in unserer Familie«, sagt sie dann, steckt die Schlüssel wieder ein und rauscht aus der Tür. Es beunruhigt mich, dass sie die Schlüssel zu meinem Zimmer hat, dass sie die Macht hat, mich jederzeit einzusperren.

Doch nun werde ich erst mal versuchen, mich in dem Pfingstrosenzimmer einzurichten.

6. Kapitel

Freitag früh wurde Kim von einem Rumpeln aus dem Schlaf gerissen. Ein Motor, schoss es ihr durch den Sinn, noch bevor sie die Augen öffnete. Jake ist zurück! Sie riss die Augen auf und wollte schon die Decke beiseiteschleudern, als ihr wieder klarwurde, dass sie sich nicht mehr im Haus von Jakes Großvater befand.

Erschüttert sank sie auf die Matratze zurück. Im Augenwinkel sah sie das Buch, das sie seit dem ersten Tag hier nicht mehr angerührt hatte. Sie kannte den Namen der Frau, und sicher, was sie gelesen hatte, war spannend, aber es war nicht die Art Geschichte, die sie brauchte und wollte. Eine taubstumme Frau, die mit einem Mann verheiratet werden sollte. Das passte eher zu der Sorte Romane, die sie sonst nicht anrührte. Dabei hatte sie durchaus Sinn für Romantik, nur nicht für diese mit Pfingstrosen und tausend Geigen. Denn sie war sich sicher, dass sich schon ein Prinz finden würde, der die stumme Prinzessin rettete.

Ich werde es noch ein paar Tage hier oben behalten und es Janet dann zurückgeben, sagte sie sich.

Das Knattern verschwand. Im Gegensatz zu Jakes Rückkehr hatte sie sich das Geräusch nicht eingebildet. Jemand hatte seinen Wagen vor dem Cottage zum Stehen gebracht. Eigentlich hatte sie keine Lust, in Erfahrung zu bringen, wer das war. Dennoch erhob sie sich und ging zum Fenster. Das Fahrzeug stand vor dem stark bewachsenen Teil des Gartens – dem Teil, den sie von hier aus nur schlecht überblicken konnte.

Wer war das? Polizei? Nein, die kam nicht mit einem roten Kleinwagen, dachte Kim. Trotzdem wurde sie das Gefühl nicht los, dass das jemand war, der nach ihr suchte. Vielleicht hatte ihre Mutter ihre Spur verfolgt? Konnte sie das? Würde sie das tun? In den vergangenen Tagen hatte sie mehrfach versucht, Kim zu erreichen. Kim hatte keine Anstalten gemacht abzunehmen. Früher hatte sie bestenfalls einmal in der Woche mit ihrer Mutter gesprochen. Was hätte sie ihr jetzt erzählen sollen? Dass sie nach Cornwall gefahren war, um sich vor pittoresker Kulisse umzubringen? Oder wäre eine Lüge gut genug gewesen? Doch die Behauptung, zu Hause zu sein, hätte sicher das Angebot vorbeizuschauen, nach sich gezogen. Kim hatte dermaßen mit ihren Angehörigen abgeschlossen, dass sie es nicht ertrug, auch nur ihre Mutter zu sehen.

Die Neugier wurde schließlich übergroß. Sie wollte wissen, wer der Fremde war. Vielleicht ein Vertreter, der alten Damen irgendwelche Töpfe oder Staubsauger andrehen wollte?

Als sie die Treppe hinunterschlich, hörte sie, wie die Haustür geöffnet wurde. Nicht von Janet, sondern von dem Besucher. Sie stockte. Nun fiel ihr auch wieder ein, dass Janet die Rückkehr ihres Enkels Dan angekündigt hatte. Zwar erst am Samstag, aber er sollte kommen. Diese Information musste der Schlaf verschluckt haben.

Der Besucher, der möglicherweise Dan war, durchquerte mit großen Schritten die Küche und stellte irgendwas Schweres auf den Küchentisch. Als Kim über das Geländer lugte, erkannte sie einen blonden Haarschopf und eine hochgewachsene Gestalt, deren breite Schultern von einer Cabanjacke bedeckt wurden. Er ging noch einmal nach draußen und kehrte wenig später zurück. Dabei hob er leicht den Kopf, so dass sie einen kurzen Blick auf seine Augen erhaschen konnte. Auch aus der Ferne sah sie, dass sie einen sonnigen Goldton hatten.

Kim zuckte zusammen, dann huschte sie rasch die Treppe hinauf, denn sie wollte nicht, dass Janets Enkel sie nur im T-Shirt sah.

Noch mal Glück gehabt, dachte sie. Sicher hat er mich nicht gesehen. Oder doch? Kommt er gleich hoch und fragt?

Im Gästezimmer lehnte sie sich von innen gegen die Tür, als müsste sie den Besucher daran hindern hereinzukommen. Einen Moment lauschte sie, doch die erwarteten Schritte auf der Treppe blieben aus.

Nach einer Weile entspannte sich Kim wieder. Was mache ich hier?, fragte sie sich. Ich verstecke mich in meinem Zimmer wie jemand, der nicht hierhergehört. Gut, sie gehörte nicht hierher, aber sie war auch nicht ins Haus eingebrochen. Sie war Gast der Hausherrin, als solcher hätte sie auch zu ihm gehen, ihm die Hand reichen und sich vorstellen können. Aber nicht in T-Shirt und Slip.

Da sie zum Duschen nach unten hätte gehen müssen, schlüpfte sie einfach so in ihre Sachen und verschob die Dusche auf später. Möglicherweise war der Mann in der Cabanjacke auch nur jemand, der Lebensmittel brachte und deshalb wusste, wo der Schlüssel zu Janets Haus zu finden war.

Sie setzte sich aufs Bett und hoffte, dass das Knattern des Wagens wieder ertönen würde. Doch das geschah nicht. Dafür wurde es unten ruhiger. War der Kerl wirklich Janets Enkel und hatte sich jetzt in sein Zimmer zurückgezogen?

Dann blickte sie aus dem Fenster auf den kleinen Streifen Meer, den sie aus der Entfernung sehen konnte. Warum war er ihr vorher nicht aufgefallen? Eine merkwürdige Sehnsucht durchzog sie plötzlich. Seit Jakes Absturz hatte sie das Meer noch weniger gemocht als sonst, doch nun konnte sie die Augen nicht von dem graublauen Flecken lassen.

Ihre Gedanken schweiften zurück, bis sie an den Punkt gelangten, an dem Jake sie von der Harmlosigkeit seines Tuns zu überzeugen versucht hatte.

»Du solltest es auch probieren«, sagt Jake und versucht, mich zu seinem Surfbrett zu ziehen.

»Ich kann das nicht«, entgegne ich und sträube mich ein wenig, doch der Wärme und Weichheit seiner Hand kann ich mich nicht entziehen.

»Versuch es wenigstens. Steig drauf. Du kannst doch schwimmen, warum fürchtest du dich?«

Schwimmen kann ich. Aber der Weg, bis ich es gelernt hatte, war steinig. Ich hatte schon immer Angst vor der vermeintlichen Bodenlosigkeit von Gewässern. Einen Moment steht man noch auf dem Grund, obwohl es schwer ist, denn die Strömung zieht an einem. Und dann ist er da, der Augenblick, in dem man den Boden unter den Füßen verliert. Das Wasser beginnt einen zu tragen, doch was andere vielleicht mit Glücksgefühl erfüllt, bringt mir nur Panik. Angst, zu weit rausgetragen zu werden, keine Kraft mehr zu haben.

Darüber lacht Jake nur.

»Ich werde keine drei Meter drauf stehenbleiben«, behaupte ich. Es ist nicht das Brett, das mir Angst einjagt, sondern das Meer; die Angst, zu weit hinausgetrieben zu werden, nicht mehr zurückzukönnen.

»Halte dich einfach gerade, ich werde neben dir schwimmen.«

»Und wenn mich das Brett abwirft?« Daran, durch einen Tunnel aus Wasser zu surfen, wie er es manchmal tut, will ich gar nicht erst denken.

»Dann werde ich dich auffangen und retten.«

Das Brett schwankt unter meinen Füßen, doch das merke ich kaum, denn das Rasen meines Herzens ist stärker und nimmt mich vollkommen ein. Wie kann Jake nur glauben, dass das toll ist?

»Schön gerade halten! Geh ein wenig in die Hocke. Streck die Arme aus.«

Nur, weil ich vor ihm nicht als Feigling dastehen will, komme ich seinen Kommandos nach. Mein ganzer Körper verkrampft sich. Ich kann nur an den Abgrund denken, daran, dass der Meeresboden da draußen ganz weit unter mir liegen wird.

Und da fahre ich auch schon hinaus. Ich wackle hin und her, bestimmt gebe ich einen vollkommen unwürdigen Anblick ab. Jake schwimmt neben mir, eine Hand auf dem Brett, während ich versuche, die Wellen auszugleichen. Diese sind nicht hoch, ein echter Surfer würde sich wahrscheinlich darüber kaputtlachen oder sich beschweren, dass nicht mehr Seegang herrscht. Doch für mich sind diese kleinen, sanften Wellenberge tückische Gebirge und ein echter Grund zur Panik. Jakes Nähe, wie er neben mir herschwimmt, als wäre er Flipper, schafft es nicht, mich zu beruhigen.

»Toll machst du das!«, ruft er, doch ich weiß, dass es nicht toll ist. Und ich weiß, dass wir allmählich viel zu weit draußen sind. Die Wellen werden größer, und ich kann nur noch daran denken, dass, wenn ich jetzt falle, kein Boden da sein wird, der mich auffängt. Mein Zittern wird so stark, dass ich mich nicht mehr auf dem Brett halten kann. Eine größere Welle schwappt auf mich zu, und wenig später kippe ich vom Brett. Das Wasser fängt mich kurz auf, doch ich sinke schnell. Vor lauter Angst vergesse ich sogar die Bewegungen, die ich in der Schwimmhalle geübt habe.

Es sind Jakes Hände, die mich fassen.

Mein Kopf durchbricht die Wasseroberfläche, ich schnappe nach Luft, huste.

»Atme!«, ruft Jake, während seine Hände versuchen, mich oben zu halten. »Atme und schwimme!«

Jetzt finde ich die Kraft in meinen Armen wieder und bewege sie. Das Wasser beginnt mich wieder zu tragen. Und Jake ist bei mir.

»Das war für den Anfang doch toll«, sagt er, während wir zum Ufer zurückschwimmen. Das Surfbrett treibt auf den Wellen. Wahrscheinlich wird er es später zurückholen, erst einmal will er sicherstellen, dass ich wieder an Land komme.

Ich weiß, dass es nicht toll war. Ich habe schon Kinder gesehen, die sich besser anstellen als ich. Doch Jake lobt mich weiter und küsst mich, als ich wieder im Sand sitze.

»Beim nächsten Mal machst du es besser. Bestimmt!«

Wir wissen beide, dass es kein nächstes Mal gibt. Keine zehn Pferde bringen mich mehr auf das Brett. Doch ihm zuliebe nicke ich, denn ich weiß, dass es ihm wichtig ist, dass ich verstehe, wofür er brennt. Als er wenig später zum Wasser rennt, um sein inzwischen schon ziemlich weit abgetriebenes Board zu holen, überkommt mich ein wenig Eifersucht. Er liebt das Meer einfach, egal, wie oft er vom Brett fällt, wie oft er in gefährliche Situationen gerät, er liebt es. Wie ein kleiner unbedarfter Junge stürzt er sich in die Fluten, schwimmt hinaus, entschwindet beinahe aus meinem Blickfeld, bis er schließlich wieder auftaucht, auf dem Brett stehend wie der König der Wellenreiter.

Als es an ihre Tür klopfte, sprang Kim auf. Fast glaubte sie schon, dass der Fremde auftauchen würde, doch auf ihr »Ja, bitte« schob nur Janet ihren Kopf durch den Türspalt.

»Du bist wach!«, sagte sie erfreut.

Kim stellte fest, dass sie auch heute nicht wesentlich besser aussah. In den vergangenen Tagen war sie mehr durch das Haus gehumpelt als gelaufen. Bei der Arbeit hatte Kim ihr geholfen.

Da sie sich mit ihren schmerzenden Knochen die Treppe hochgeschleppt hatte, war es anscheinend wichtig.

»Komm runter, Dan ist da! Ich möchte ihn dir gern vorstellen. Außerdem hat er Frühstück gemacht.«

»Sollte er nicht erst am Samstag kommen?«, fragte Kim, während sie sich erhob. Irgendwie hatte sie keine Lust, Dan kennenzulernen. Das war nichts Persönliches. Er war sicher nett und so, doch er erinnerte sie wieder daran, dass auch Jake vor nicht allzu langer Zeit noch am Leben war und Frühstück gemacht hatte.

Janet zuliebe folgte sie ihr allerdings nach unten.

»Schau mal, Dan, das ist meine junge Besucherin!«

Kim erstarrte für einen Moment im Türrahmen, aber dann stellte sie fest, dass es kein zweiter Jake war, der mit blauer Küchenschürze am Küchenherd stand und konzentriert in einem Topf rührte. Von oben hatte sie nur den dichten blonden Haarschopf gesehen, doch nun erkannte sie, dass dazu ein kantiges, trotz des Lächelns etwas streng wirkendes Gesicht gehörte, das schon viele Unwetter auf See durchgestanden hatte. Seine Augen wirkten wie Bernsteinsplitter, die man am Strand aufgelesen hatte.

»Habe ich mich also doch nicht verguckt!«, sagte er und reichte ihr die Hand. »Dan Hathington.«

»Kim Sanders«, entgegnete sie und erwiderte seinen Händedruck, der irgendwie zu stark ausfiel. Man spürte förmlich noch die Abdrücke der Taue, an denen er sonst zog.

»Sie waren vorhin an der Treppe, nicht?«, fragte Dan weiter.

Kim wurde rot. Sie hatte sich wie ein kleines Kind vor ihm versteckt. Aber hätte sie ihm denn so, wie sie war, entgegentreten sollen?

»Ja, das war ich. Ich wollte grad ins Bad ...«

»Oh, verzeihen Sie, ich wollte Sie nicht erschrecken«, sagte er, doch sein Lächeln verriet, dass er sie liebend gern in Unterwäsche gesehen hätte.

Irgendwie musste Kim an das Tagebuch und die Passage über die Seeleute denken. Das hätte sie schon früher nicht amüsiert, denn vor Jake hatte sie sich vor Männerblicken eher versteckt.

»Das haben Sie nicht. Ich … ich kann nachher duschen.«

»Okay«, sagte er und lächelte sie breit an. Ein Lächeln wie ein Sommersturm, dachte Kim und erschrak darüber. Seit Jake nicht mehr da war, hatte sie noch weniger auf Männer geachtet – besonders wenn sie wie Janets Enkel in einem ähnlichen Alter waren wie sie.

»Setz dich doch«, sagte Janet nun und deutete auf den Küchentisch, der im Vergleich zu den anderen Tagen wunderschön gedeckt war. Unter den grünrandigen Tellern lagen grüne Papierservietten mit weißen Gänseblümchen, der Brotkorb war mit Toast, Brot und Brötchen gefüllt, und zwei neue Gläser selbst eingemachte Marmelade standen auf dem Tisch. Außerdem stieg Kim der Duft von Porridge in die Nase – mit viel Milch und Butter.

Allmählich verstand Kim, warum sich Janet auf den Besuch des Enkels freute, als stünde ein Feiertag bevor.

»Wie war deine Nacht?«, fragte Janet, während sie Kaffee eingoss. Den hatte Super-Dan auch bereits gekocht. Kim zögerte. Ihre Nacht war besser gewesen als die anderen zuvor. Sie hatte nicht von Jake geträumt. Das machte sie einerseits ein wenig traurig, andererseits waren es wenigstens keine beunruhigenden Träume gewesen, in denen sie ihn im Wasser versinken sah.

»Gut«, antwortete sie und fragte sich, was Janet ihrem Enkel über sie erzählt hatte. Hatte sie ihm die ganze Geschichte aufgetischt oder nichts?

Diese Frage wütete dermaßen in ihr, dass sie ihre kalten Hände um die Kaffeetasse schloss, die keinen grünen Rand hatte, dafür im selben Farbton eine Blätterranke.

»Möchten Sie Ihren Porridge mit Zucker?«, fragte Dan, während er neben ihr auftauchte.

»Ja, bitte«, entgegnete Kim, fast ein wenig erschrocken, denn der Duft seines Aftershaves stieg in ihre Nase und weckte in ihr die Erinnerung des letzten Morgens mit Jake. Nur dass Janets Enkel mit Jeans und einem olivfarbenen Poloshirt bekleidet war.

Während der Zucker auf dem heißen Brei schmolz, setzte sich Dan neben seine Großmutter.

Kims Direktvergleich ihrer beiden Gesichter ergab, dass sie sich wenig ähnlich sahen. Wenn es überhaupt eine Übereinstimmung zu diesem Zweig der Familie gab, lag der wohl eindeutig bei Janets verstorbenem Mann.

»Was führt Sie eigentlich in diese Gegend?«, fragte Dan, nachdem er einen Löffel seines Breis gekostet und ihn offenbar für gut befunden hatte. »Meine Gran wollte mir nichts erzählen, sie meinte, ich solle mich an Sie wenden.«

Kim wusste nicht, ob sie Janet dafür dankbar oder böse sein sollte. Es war zwar gut, dass Dan nichts wusste, doch nun würde er fragen.

»Ich wollte mich ein wenig ausruhen. Abstand gewinnen.«

Mist, dachte Kim. Jetzt will er wissen, wovon.

»Vom Stress bei der Arbeit? Oder von einer Beziehung?«

Das war eigentlich nichts, was einen Fremden etwas anging. Kim starrte ihn erschrocken an.

Janet legte die Hand auf Dans Arm. »Nun lass meinen Gast doch erst mal essen. Mit leerem Magen lässt es sich schlecht Geschichten erzählen.«

Kim senkte den Kopf. Immerhin ein Aufschub. Aber für wie lange?

Während sie den Porridge in sich hineinschaufelte und zugeben musste, dass er wirklich gut war, bewies Dan, dass er auch mit leerem Magen und zwischen zwei Bissen gut erzählen konnte. Er berichtete von seiner letzten Fahrt rüber nach Amerika. Er arbeitete auf einem Tankfrachter, der Öl von Bohrinseln abholte und über den Ozean brachte.

Kim hatte sich nie Gedanken darüber gemacht, wie es auf einem Schiff zuging. Doch das, was Dan sagte, klang nach einer ganz normalen Firma, nur mit dem Unterschied, dass sie keinen festen Boden unter sich hatten und die Kollegen wie Handwerker auf Montage ihre Unterkünfte teilten. Und gleichzeitig war da ein Leuchten in seinen Augen, das Kim schon einmal gesehen hatte. Bei Jake. Auch seine Augen hatten geleuchtet, wenn er vom Training berichtete, besonders dann, wenn er eine fast unmögliche Welle bezwungen hatte und sich wünschte, so eine auch bei einem Wettkampf zu bekommen.

Nach einer Weile hörte Kim nicht mehr hin. Sie versuchte, sich ganz auf ihr Frühstück zu konzentrieren, denn sie spürte, dass diese Seegeschichten an ihrer Seele kratzten. Sie spürte dem Geschmack der Zutaten nach, versuchte, sich zu fragen, woher diese stammten und wo man hier einen Supermarkt fand.

»Kim?«, riss sie schließlich Dans Stimme aus ihren diffusen Gedanken, die es immerhin geschafft hatten, seine Geschichten auszublenden.

Erschrocken blickte sie auf.

»Ja?«

Dan lachte. »Du meine Güte, Gran, sie hat mich gar nicht gehört!« Dann wieder zu Kim: »Ich habe noch nie einen Menschen gesehen, der so konzentriert essen kann.«

»Na ja, ich … ich schweife manchmal mit den Gedanken ein wenig ab«, versuchte sie sich zu entschuldigen.

Dan sah sie an, als wollte er den Gedanken, der sie derart gefesselt hatte, ergründen, doch dann schüttelte er den Kopf, als würde er es sich selbst verbieten, und sagte: »Ich hatte gefragt, woher Sie kommen, Kim. Gran hat mir auch das nicht verraten.«

Jetzt hatte sie das Gefühl, dass Dan kurz davor war, zum Kern vorzustoßen, zu ihrem Geheimnis. Kim blickte zu Janet, die sie beinahe schon Mut machend anlächelte. Was war denn so schlimm, ihm zu erzählen, dass sie hergekommen war, um sich umzubringen? Und dass seine Gran es war, die sie gerettet hatte?

Aber Kim brachte diese Worte nicht über die Lippen. Es reichte, dass sie ihre Geschichte einmal erzählt hatte – in der Nacht, als sie beinahe ein zweites Mal zu den Klippen gelaufen war und es nicht gekonnt hatte.

Am liebsten wäre sie aufgesprungen und nach oben gerannt, denn Hunger hatte sie jetzt keinen mehr. Das Porridge fühlte sich wie ein Stein in ihrem Magen an.

»Bristol«, presste sie schließlich hervor, während ihr Verstand nach einer Möglichkeit suchte, aus der Küche zu verschwinden, ohne dass es unhöflich wirkte und Dan sich Sorgen machen musste, dass seine gutmütige Großmutter eine Verrückte beherbergte. Ohnehin würde er sich fragen, was Janet dazu gebracht hatte, eine Wildfremde bei sich aufzunehmen. Oder machte sie das ständig? Las sie verirrte Seelen auf und brachte sie wieder auf den richtigen Weg?

»Eine schöne Stadt«, sagte Dan. Mehr schien ihm dazu aber nicht einzufallen. Und irgendwie spürte er auch, dass es das mit den Informationen war. Kim bemerkte, dass er seine Großmutter ansah. Okay, offenbar würde Janet dran sein, wenn sie erst mal außer Reichweite war. Aber vielleicht war es ohnehin besser, sie würde ihm die Geschichte erzählen.

»Entschuldigen Sie, ich … ich muss ins Bad«, sagte Kim. »Vielen Dank für das Frühstück!«

»Jederzeit«, entgegnete Dan, doch hinter seinem Lächeln wucherten die Fragen. Irgendwann würde sie nicht mehr umhinkommen, sie ihm zu beantworten.

Als Kim gegangen war, blickte Dan seine Großmutter ein wenig sorgenvoll an. Die Tatsache, dass sie Besuch hatte, eine wildfremde Frau, beunruhigte ihn. Nur seine Fähigkeit, ein Pokerface aufzusetzen, eines, das nach lächelndem Sonnyboy aussah, hatte ihn davor bewahrt, der Fremden sein wahres Gesicht zu zeigen.

»Was weißt du von dem Mädchen?«, fragte er dann.

Janet legte die Stirn kraus und schob die Unterlippe ein wenig vor. Sie hatte gehofft, dass Kim sich öffnen würde, dass sie, wenn sie einem etwa Gleichaltrigen gegenüberstand, erzählen würde, was passiert war. Dass sie sie aus der Pflicht nehmen würde. Doch Kim war verschlossener denn je.

»Nicht viel«, antwortete sie. »Sie stammt aus Bristol, jedenfalls hat sie mir das auch erzählt. Ich habe sie bei den Klippen aufgelesen.«

Janet wusste, dass ihr Enkel nicht lockerlassen würde. Zu groß war seine Sorge um sie. Immerhin war sie die Letzte, die er hatte. Und er war das Letzte, das ihr geblieben war von einer vormals großen Familie.

»Was wollte sie bei den Klippen, Gran?« Dans Stimme nahm einen besorgten Unterton an. Er wusste, dass es seiner Großmutter oftmals nicht gutging. Ein Gast war eine Belastung, die sie nicht brauchte.

»Tja, was weiß ich«, entgegnete Janet. »Sie stand dort wie festgefroren. Möglicherweise wollte sie springen. Vielleicht auch nicht.«

»Du meinst, sie ist eine Selbstmörderin?« Als sich Dans Stimme überschlug, maßregelte er sich selbst und fuhr dann leiser fort: »Vielleicht sucht ihre Familie nach ihr! Möglicherweise tut sie dir etwas an. Wenn sie nun bipolar ist? Verrückt, verstehst du mich?«

Janet hob die Hand und streichelte über Dans Wange. Sie verstand seine Sorge, doch sie spürte auch, dass von der Fremden, die Kim hieß und die ihr vor ein paar Nächten ihr Herz ausgeschüttet hatte, keine Gefahr ausging.

»Mach dir keine Sorgen, mein Junge, deiner alten Gran passiert nichts. Und sie ist schon lange genug auf der Welt, um zu wissen, dass ein Mädchen auf den Klippen nichts Verrücktes sein muss. Ich habe danach mit ihr gesprochen und weiß, dass es einen guten Grund für ihr Verhalten gibt. Möglicherweise kann ich ihr helfen.«

Dan schnaubte empört. »Das ist typisch, Gran, immer willst du allen helfen! Was ist mit dir?« Eine tiefe Sorgenfalte erschien zwischen seinen Augenbrauen. Janet versuchte, sie mit dem Daumen wegzustreicheln. Es gelang ihr nicht.

»Mach dir keine Sorgen um mich, Dan. Es ist nicht so, dass das Mädchen den ganzen Tag nur auf der faulen Haut herumliegt. Sie unterstützt mich. Und es ist schön, jemanden im Haus zu haben. Der Tag, an dem ich sie gefunden habe, war der beste seit langem. Ich hatte keine Schmerzen, fühlte mich leicht und wollte endlich mal wieder raus. Ich konnte sogar ohne diesen Stock gehen! Ich weiß, du glaubst nicht mehr an Gott, doch ich weiß, dass es mir an dem Tag nur deshalb so gut ging, damit ich sie finden konnte. Damit ich sie rette. Ich möchte es, sie retten.«

Jetzt wurde die Sorgenfalte wieder etwas flacher. Ganz verschwand sie allerdings nicht.

»Gib auf dich acht, Gran, ja?«, sagte er dann, denn er wusste, dass er seiner Großmutter ohnehin nichts ausreden konnte.

Janet lachte. »Wer ist es denn, der mit Schiffen über die Weltmeere fährt? Du und nicht ich! Mein kleines Haus wird schon nicht im Meer versinken. Und da mir die Knochen fast immer wehtun, gehe ich auch selten aus dem Haus.« Sie machte eine kleine Pause und betrachtete ihn, dann lächelte sie. »Es war ein Zeichen, Dan. Ein Zeichen.«

Damit erhob sie sich und brachte ihr Gedeck zum Geschirrspüler.

7. Kapitel

Den ganzen Vormittag blieb Kim in ihrem Zimmer. Sie wollte Janet und Dan nicht stören, versuchte sie sich einzureden, doch der wahre Grund war, dass sie Dan nicht sehen wollte. Sie fürchtete, dass er weitere Fragen stellen könnte, Fragen, die sie zwingen würden, ihren Schutzschild herunterzulassen. Fragen, deren Antworten ihn vielleicht dazu bringen konnten, irgendwen benachrichtigen zu wollen. Oder seiner Großmutter auszureden, sie bleiben zu lassen.

Natürlich konnte sie auch auf stur stellen, doch etwas war in seinen Augen, was es unmöglich machte, schroff zu ihm zu werden. Wahrscheinlich war er an Bord seines Schiffes einer der beliebtesten Matrosen. Und an Land sowieso – vorwiegend bei den Frauen. Und auch Kim wusste, dass sie ihm aus Höflichkeit antworten und vielleicht mehr erzählen würde, als nötig war.

Als Janet gegen Mittag fragte, ob sie mit in die Stadt fahren wollte, verneinte Kim. Dabei sah sie deutlich die Besorgnis in ihren Augen.

Am liebsten hätte sie ihr gesagt, dass sie schon nicht von der Klippe springen würde, doch das ließ sie besser. Allein schon die Erwähnung der Klippen konnte Janet vielleicht dazu veranlassen, mit Dan zu bleiben.

Als sich das Knattern seines Wagens entfernte, atmete Kim ein wenig auf. Sie hatte das Haus für sich. Und Janet hatte ihr auch keine Grenzen gesetzt, was das Umschauen in den Räumen anging. Doch es lag ihr fern, zu schnüffeln.

Wo wohl Dans Zimmer war? Sie hatte nicht gehört, dass er Sachen nach oben getragen hätte, obwohl es gegenüber noch eine Tür gab. Führte diese vielleicht doch nur zu einem Abstellraum?

Welche Funktion hatte das Zimmer, in dem sie übernachtete, früher gehabt? Musste Dan ihretwegen auf dem Sofa in dem zugestopften Wohnzimmer schlafen?

Da sie sicher war, dass nun niemand irgendwelche Fragen stellen konnte, ging sie nach unten. Dabei entdeckte sie Dans Seesack, der neben der Treppe stand. Jake hatte einen ähnlichen gehabt. Kim ertappte sich dabei, wie sie ihre Hand über den rauen Stoff streichen ließ. Die Gedanken an Jake kehrten für einen Moment zurück, dann zog sie die Hand weg. Das hier war nicht Jake. Jake war für sie auf ewig verloren. Nur wenn sie starb, würde sie vielleicht wieder bei ihm sein. Vielleicht.

Sie wandte sich um und ging in die Küche. Als hätte Janet geahnt, dass sie herunterkommen würde, stand ein Korb mit Scones bereit. Oder stammten die von Dan? Veranstaltete er jedes Mal, wenn er hier war, ausführliche Koch- und Backstunden?

Kim verspürte plötzlich Appetit. Das war im Haus von Jakes Großvater nicht der Fall gewesen. Wenn sie etwas gegessen hatte, hatte sie es selbst kaum gemerkt. Irgendwas hatte sie sicher gegessen, doch später am Tag hätte sie nicht mehr sagen können, was.

Aber jetzt holte sie sich einen Teller, nahm die Clotted Cream aus dem Kühlschrank, der im Gegensatz zu den vergangenen Tagen überaus gut gefüllt war, und fischte aus dem Küchenschrank, der ebenfalls Füllung bekommen hatte, das Gelee hervor. Damit setzte sie sich an den Küchentisch und aß, während ihr Blick am Garten hängen blieb, der sich vor dem Küchenfenster erstreckte. In den vergangenen Tagen hatte Janet stets ihre Aufmerksamkeit beansprucht, doch jetzt entdeckte Kim die Details. Der Garten war in verschiedene Bereiche geteilt. Es gab einen Kräutergarten, einen Gemüsegarten, einen für flüchtig verblühende Blumen und einen mit winterharten Stauden. Die Obstbäume reihten sich wie Wächter vor dem Zaun auf.

Alles sah wild und vernachlässigt aus, aber als sie länger hinschaute, erkannte sie, dass diese offenbare Unaufgeräumtheit Absicht war. Der Garten von Jakes Großvater war früher vielleicht auch so gewesen, bevor Jake die alten Pflanzen entfernt und dafür Rasen und nette, hübsch blühende Stauden gepflanzt hatte. Wie hatte sie nur je auf den Gedanken kommen können, dass jener Garten ein Versteck war? Nein, Janets Garten war eins!

Als sie wieder auf den Korb blickte, sah sie, dass drei Scones verschwunden waren. Wann hatte sie die gegessen?

Kim schloss die Augen und versuchte, dem Gefühl in ihrem Magen nachzuspüren. Doch da war nichts, als wäre das Gebäck auf dem Weg nach unten einfach verpufft.

Kim seufzte, räumte den Teller weg und ging dann nach draußen.

Der Wind trug den Lockruf des Meeres zu ihr. Und wenn

ich es noch einmal versuche?, kam es ihr in den Sinn. Vielleicht kein Sturz von den Klippen. Vielleicht schwimme ich einfach raus. Viel zu weit, um noch die Kraft zu haben, zurückzukehren. Möglicherweise nehme ich in meinem Mund eine Münze für den Fährmann mit. Diesmal würde Jake nicht die Möglichkeit haben, sie zu halten und wieder an die Oberfläche zu ziehen.

Doch Kim kam nur bis in den Garten. Der Sommer ging vorüber, in ein paar Wochen würde sicher alles welk sein. Nun, vielleicht nicht alles. Der Rosenkohl an der Ecke sah so aus, als würde er sich nach der Kälte sehnen. Und möglicherweise würden die Möhren auch noch da sein und die Kürbisranken würden von dicken orangefarbenen Früchten gekrönt sein. Je länger sie sich hier aufhielt, desto mehr fragte sich Kim, wie Janet es schaffte, mit ihren schmerzenden Knochen den Garten zu bewirtschaften. Das konnte doch nicht alles Wildwuchs sein! Oder gärtnerte Dan, wenn er hier war?

Was war eigentlich mit seinen Eltern? Warum besuchte er nicht sie, sondern seine Großmutter?

Plötzlich fiel Kim das Tagebuch wieder ein. Janet hatte behauptet, dass es in ihrer Familie weitergereicht würde. Doch warum war es dann noch hier? Warum lag es nicht in der Schublade ihres Sohnes? Wollte der Sohn es nicht? Hatten nur jene Familienmitglieder ein Anrecht darauf, die hier wohnten?

Warum hat sie es mir gegeben?, fragte sich Kim. Ich bin nicht verwandt mit ihr.

Da der Garten keine Antwort für sie hatte, beschloss sie, ein Stück durch die Heide zu wandern. Vielleicht sogar in Richtung Klippen.

Sie warf noch einen Blick auf den scheinbar verwilderten Garten, dann ging sie zur Pforte.

An diesem Nachmittag war sie nicht allein hier oben. Kurz nachdem sie das Haus hinter sich gelassen hatte, tauchten die ersten Touristen auf. Eine Familie mit zwei Kindern. Die Eltern waren nur wenig älter als Kim, die Kinder noch recht jung. Vollkommen unbeschwert spielten sie zwischen dem Heidekraut und den Ginsterbüschen, lachten, tippten einander an und rannten voreinander weg.

Der Anblick ließ Kim erstarren. Auch sie hatte von einer glücklichen Familie geträumt. Von Kindern und gemeinsamen Wochenendausflügen. Bei Jake und seinen Ambitionen, seiner Liebe zum Meer, war das auf den ersten Blick vielleicht nicht vorstellbar. Aber Kim wusste, wie gerne er seinen Kindern beigebracht hätte, auf dem Surfbrett zu stehen und das Meer ebenso zu lieben wie er.

Aber das war vergangen. Kinder mit Jake würde es nicht geben.

Der Anblick der Familie ließ Tränen in ihr aufsteigen.

»Hallo, Miss!«, rief da plötzlich der Vater.

Kim konnte ihn unter dem Tränenschleier nicht mehr richtig erkennen, auch hatte sie keine Lust, sich mit ihnen zu unterhalten oder sich etwas fragen zu lassen, worüber sie keine Auskunft geben konnte. Sie wandte sich um und begann zu laufen. Der Ruf des Mannes folgte ihr noch eine Weile, doch dann verhallte er. Kim rannte noch ein Stück weiter, bis sie schließlich sicher war, dass sie niemand mehr sehen konnte.

Ihre Wangen waren tränennass, und in ihrer Brust wütete der Schmerz so heftig wie schon lange nicht mehr.

Wieder bereute sie es, dass sie nicht gesprungen war. Sie hätte all den Schmerz vermeiden können, wenn sie mutiger, entschlossener gewesen wäre. Doch auch jetzt fehlte ihr die Kraft, ihr Versäumnis nachzuholen.

Auf einem Stein nahe den Klippen, von denen aus man aufs Meer blicken konnte, ließ sie sich nieder und hoffte, dass die Familie ihr nicht folgte.

Der Wind kühlte ihre Augen und trocknete ihre Wangen, und allmählich wurde ihre Sicht wieder klar. Inmitten des Meeres entdeckte sie die Longship-Felsen und den Leuchtturm, der vom Sonnenlicht beschienen wurde. Wellen brandeten gegen seinen Fuß. Das Meer war relativ friedlich. Doch wie mochte es sein, wenn es tobte? Wie hatten sich die Männer gefühlt, die im Leuchtturm gearbeitet hatten? Hatten sie sich gefürchtet, wenn das Wasser gegen die Scheiben geschlagen hatte? Hatten sie sich daran gewöhnt oder darauf vertraut, dass Gott sie schützen würde?

Vielleicht sollte sie Janet fragen. Ihr Vater war doch Leuchtturmwärter gewesen, sicher hatte er ihr ein paar Geschichten hinterlassen.

Während sie weiter auf das Wasser blickte, spürte sie, wie sich ihr Kopf langsam leerte. Kurz flammte in ihr der Gedanke auf, dass sie sich vielleicht bei ihrer Mutter melden sollte. Sicher sorgte sie sich schon. Doch was sollte sie ihr erzählen?

Kim war noch immer nicht sicher, ob sie verstehen würde.

Nein, es war besser, sie wusste es nicht. Ihre Mutter würde nicht verstehen. Stattdessen würde sie auf sie einreden.

Sie schob den Gedanken beiseite und konzentrierte sich

auf den Nachmittagshimmel, der mit der Zeit immer mehr an Farbe verlor. Wolken zogen auf, berührten aber die Sonne noch nicht. Möglicherweise würde es erst gegen Abend regnen.

Immer wieder dachte sie an Jake, gemeinsame Ereignisse flammten wie Blitzlichter vor ihrem geistigen Auge auf und verschwanden, bevor sie sie greifen konnte. Ein Frösteln durchzog sie, obwohl es nicht wirklich kalt war. Das Rauschen des Meeres und Heulen des Windes schluckten jedes Geräusch ringsherum.

Wäre die Familie hinter ihr aufgetaucht, hätte Kim sie nicht einmal gehört. Aber wahrscheinlich hatten sie sich nicht die Mühe gemacht, nach ihr zu suchen. Möglicherweise unterhielt man sich beim Dinner über die seltsame Frau, die einfach weggelaufen war.

Aber dann drang doch ein Geräusch zu ihr durch, das nicht zum gleichförmigen Rauschen und Heulen gehörte. Schritte.

War die Familie ihr gefolgt? Oder jemand anderes?

Kim wandte sich um. Die hohe Gestalt, die auf sie zukam, kannte sie. Dan.

»Hi«, sagte er mit einem breiten Lächeln, als er bei ihr angelangt war. »Ich hoffe, Ihnen war nicht langweilig.«

Seine Worte und sein Lächeln schossen wie Feuer durch ihre Adern. Für einen Moment wusste Kim nicht, was sie sagen sollte. Das Letzte, womit sie gerechnet hatte, war, dass er einfach so hinter ihr auftauchen würde – hier, wo doch anscheinend niemand herkam. Wie hatte er sie gefunden? Hatte Janet ihn geschickt? Hatte sie, als sie bemerkte, dass sie fort war, gedacht, dass sie sich nun von der Klippe stürzen würde?

Kim erhob sich und merkte erst jetzt, dass sich ihre Beinmuskulatur kühl anfühlte.

»Nein, kein bisschen. Ich bin ja hier, um mich zu erholen.« Prüfend sah sie in Dans Bernsteinaugen. Wusste er mehr? Irgendwas versteckte er hinter seinem Lächeln. In seinen Augen lag eine gewisse ungeduldige Zurückhaltung. Er wusste, dass es unhöflich war, direkt zu fragen, andererseits interessierte es ihn sicher brennend, warum seine Großmutter eine wildfremde Frau bei sich beherbergte.

»Ja, und wo kann man das besser als hier, nicht wahr?« Wenn er etwas wusste, ließ er es sich nicht anmerken. Er machte eine ausladende Handbewegung in keine bestimmte Richtung. »Wenn ich mich nicht ins Meer verliebt hätte, würde ich hier wohnen. Es gibt keinen schöneren Landstrich in ganz Großbritannien, das können Sie mir glauben.«

Wenn ich mich nicht ins Meer verliebt hätte ... Die Worte ließen Kim zu Eis erstarren. Sie dachte wieder an Jake und daran, dass seine Liebe zum Wasser sein Verhängnis geworden war. Übelkeit überkam sie plötzlich, dann ein schneidendes Gefühl in den Lungen.

»Ich will zurück«, sagte sie und wandte sich ab. Dan liebte das Meer. Wusste er nicht, wie gefährlich diese Liebe war? Früher oder später wandte sie sich gegen einen. Für seine Liebe zum Meer war Jake in dieses verdammte Flugzeug gestiegen!

»Was ist los? Alles in Ordnung?« Dan klang besorgt.

Kim schüttelte den Kopf und stapfte los. Extra große Schritte bewahrten sie jedoch nicht davor, dass Dan sie mit seinen wesentlich längeren Beinen einholte.

Seine Hand legte sich um ihren Arm, und obwohl er keine Gewalt anwandte, blieb Kim auf der Stelle stehen.

»Wer bist du?«, fragte er, während seine Augen sie eindringlich musterten. Das Lächeln war verschwunden. »Und warum bist du zu meiner Großmutter gekommen?«

»Ich sagte doch schon, wer ich bin«, antwortete Kim schroff. Der befürchtete Moment des Verhörs war da. Jetzt wollte sie einfach nur noch in die kleine Kammer auf dem Dachboden und die Tür hinter sich verriegeln, damit er sie nicht weiter fragen konnte.

»Deine Großmutter hat mich bei den Klippen gefunden und zu sich eingeladen, das ist alles. Ich hatte nur ein Zimmer für eine Nacht, sie hat mir ausgeholfen, als ich mich entschieden habe, länger zu bleiben. Wenn es dir aufgefallen ist, in diesem Ort gibt es nur ein Hotel und haufenweise Leute, die zur Kirmes gehen oder mit Shaun, dem Schaf kuscheln wollen.«

Kim erwartete, dass sich irgendwas in seinem Mundwinkel regte, doch mit einer Trickfilmfigur konnte man seine ernste Miene nicht erweichen.

»Du wolltest sterben, nicht wahr?«

Die Worte trafen sie wie ein Stoß gegen die Brust. Kim presste die Lippen zusammen.

»Es gibt Hilfe dafür, weißt du?«, fuhr Dan fort. »Meine Großmutter ist keine Therapeutin. Sie hat ein gutes Herz und möchte immer jedem helfen, der ihr über den Weg läuft. Aber ich kann nicht zulassen, dass jemand unter ihrem Dach lebt, der keine andere Hilfe in Anspruch nehmen will.«

»Ich bin deiner Großmutter sehr dankbar. Und ich schwöre, ich werde ihr nichts tun oder sie überanstrengen.

Ich möchte einfach nur ein paar Tage bleiben.« In Kims Brust löste sich etwas. Ihre grundlose Wut verschwand. »Aber wenn du willst, gehe ich. Ich möchte niemandem zur Last fallen.«

»Meine Großmutter würde nicht wollen, dass du gehst. Gott, sie würde mir wahrscheinlich die Ohren vom Kopf reißen, wenn sie erfährt, dass du abhaust, weil ich mit dir gesprochen habe.«

»Das wird sie nicht erfahren, keine Sorge.«

Dan lächelte ihr aufmunternd zu.

»Du musst nicht abreisen. Was ich sagen wollte, ist eigentlich, dass du dir Hilfe suchen sollest. Professionelle Hilfe. Meine Gran hat mir nicht erzählt, warum du sterben wolltest, und eigentlich hat sie ja auch keinen Beweis dafür. Doch ich will nicht, dass sie sich aufregt. Ich will nicht, dass sie dich von den Steinen kratzen, während Gran auf dich wartet.«

»Das werden sie nicht, keine Sorge«, entgegnete Kim. »Ich werde ihr keinen Ärger machen.«

»Okay.« Dan reichte ihr die Hand. »Gehen wir nach Hause, Gran wartet sicher auf uns.«

Kim nickte. Die Frage, ob sie ihn geschickt hatte, brannte in ihr. Aber eigentlich lag die Antwort auf der Hand. Sie hatte ihn geschickt. Sie wollte nicht, dass sie starb. Kim hatte keine Ahnung, warum, aber das bedeutete ihr etwas.

8. Kapitel

In der Nacht lauschte Kim mit offenen Augen in die Dunkelheit. Ihre Blicke klammerten sich an den Deckenbalken fest, während sie das Haus arbeiten hörte. Hier und da knackte es. Wind drückte gegen die Scheiben und ließ sie ächzen. Irgendwo meinte sie Schritte zu hören. Ging Dan ruhelos im Haus umher? Schaute er sich noch irgendeine Sendung in Janets kleinem Röhrenfernseher an? Oder war es Janet, die wieder einmal nicht schlafen konnte?

Der Vorfall an der Klippe war nicht mehr zur Sprache gekommen. In stiller Übereinkunft hatten Dan und Kim geschwiegen und dann so getan, als wäre nichts geschehen. Janet wirkte erleichtert, sie zu sehen.

Beim Abendessen – Dan war mit seiner Gran einkaufen gewesen, und das wohl nicht in Land's End – fühlte sich Kim schwer und müde. Sie wollte nicht reden, sie wollte allein sein, also verabschiedete sie sich früh und schlüpfte ins Bett.

Ein Rumpeln brachte ihr Gedankenkarussell zum Stehen. Das war eindeutig kein Geräusch, das dieses Haus von sich aus machte. Etwas war zu Boden gefallen. Vielleicht Dans Seesack?

Eigentlich wäre es nicht ihre Aufgabe gewesen nachzusehen. Aber wenn Janet und ihr Enkel schliefen? Das Cottage mochte zwar abgeschieden liegen, aber möglicherweise hatte es jemand gefunden – jemand, der nachschauen wollte, ob es hier etwas zu holen gab ...

Kim war nie mutig genug gewesen, um bei seltsamen Geräuschen im Haus nachschauen zu gehen. Stattdessen hatte sie Jake geweckt, der todesmutig mit einem alten Kricketschläger losgezogen war, um den Eindringling zu jagen.

Dan würde eindeutig besser dazu geeignet sein, einen Einbrecher zu stellen – doch sie hörte nicht, dass sich noch etwas regte.

Obwohl ihr das Herz bis zum Hals schlug, stieg Kim aus dem Bett. Einen Kricketschläger gab es hier nicht, dafür aber einen kugelförmigen Briefbeschwerer, in dessen Inneres eine Stoffrose eingelassen war. Ein wenig erinnerte er Kim an das Zeug, das man in Asia-Läden bekommen konnte, pinkfarbene Blüten eingelassen in Glas.

Die Kugel fest umklammernd, schlich sie aus dem Zimmer. Es war schon komisch, dass sie Angst vor einem Einbrecher hatte. Was würde es schon ausmachen, wenn er sie umbrachte?

Auf Zehenspitzen schlich Kim die Stufen hinunter. Dabei lauschte sie, ob es erneut rumpelte. Doch alles blieb still. Nur der Wind strich um das Haus. Hatte sie sich vielleicht verhört?

Am Fuß der Treppe blieb sie stehen und blickte sich um. Vielleicht sollte ich besser wieder hochgehen, dachte sie. Der Briefbeschwerer lag schweißfeucht in ihrer Hand.

Doch dann entschied sie sich, in der Küche nachzuschauen. Wenn jemand hier eingestiegen war, verbarg er sich vielleicht dort. Wenn sie jemanden sah, konnte sie immer noch schreien.

Während die Dielen unter ihren Füßen leise knarzten, näherte sie sich der offen stehenden Küchentür. Ihr Herz raste.

Vielleicht ist es auch nur irgendein Tier, ein Fuchs vielleicht oder ein Marder, dachte sie. Möglicherweise ein Waschbär. Gab es hier Waschbären? Es wurde doch hin und wieder berichtet, dass Schiffe alle möglichen Tiere nach England einschleppten: amerikanische Eichhörnchen, Spinnen, Moskitos. Warum nicht auch Waschbären?

Als sie durch die Küchentür trat, erübrigte sich die Frage nach dem Eindringling. Etwas lag auf dem Boden. Oder besser gesagt jemand.

Automatisch zuckte Kims Hand zum Lichtschalter.

Janet lag auf dem Boden. Sie stöhnte leise.

»Janet?« Kim stürzte zu ihr. »Janet?«, fragte sie. »Was ist passiert?«

Die Antwort war nur ein Stöhnen. Janet bewegte die Lippen, aber es kam kein richtiges Wort raus. Ihr gesamter Körper zitterte, doch nach einer Weile meinte Kim ein Wort zu verstehen.

»Angst.«

Janet hatte Angst!

»Dan!«, schrie Kim, denn sie hatte keine Ahnung, wie sie die vor Angst und Kraftlosigkeit zitternde Frau wieder auf die Beine bekommen sollte. »Dan, komm her!«

Hatte er denn nicht gehört, was hier los war? Sie hatte ja sogar das Rumpeln gehört! Warum schlief er noch immer?

Mit bis zum Hals klopfendem Herzen umfasste sie mit

einem Arm Janets Brust in dem Versuch, sie wenigstens in Sitzposition zu hieven. Die alte Frau wirkte noch immer abwesend. Was war mit ihr? Hatte ihr irgendwas einen Schrecken eingejagt? Oder hatte sie einen Schwächeanfall gehabt, als sie sich ein Glas Wasser holen wollte?

»Wie geht es Ihnen, Janet? Tut Ihnen etwas weh?«, fragte Kim, doch die Frau antwortete ihr nicht. Sie klapperte nur mit den Zähnen, während sich ihr Blick in der Ferne verlor.

Allmählich dämmerte es Kim, dass es etwas Schlimmeres sein musste. Vielleicht ein Schlaganfall!

Schritte ertönten. Endlich! Wenig später schaute Dan um die Ecke. Kim hielt die zitternde Janet immer noch in ihren Armen.

»Gran, was ist passiert?«

»Ich habe etwas rumpeln gehört, und als ich nachgeschaut habe, lag sie hier«, erklärte Kim, denn Janet konnte es nicht. Ihr Körper zitterte noch immer, und als Kim ihre Hand berührte, fühlte sie kalten Schweiß. »Sie sagte etwas von Angst. Möglicherweise hat sie einen Schlaganfall, schnell, hol den Arzt!«

Dan verschwand aus der Küche. Kim hörte, wie er wenig später mit den Rettungskräften telefonierte. Er sagte ihnen, dass es dringend sei, anschließend kehrte er in die Küche zurück.

»Gran?«, fragte Dan, hockte sich vor sie und strich ihr liebevoll eine Strähne aus dem Gesicht. Seine Stirn legte sich besorgt in Falten. »Gran, was ist mit dir? Hast du Schmerzen?«

Sie schüttelte den Kopf.

»Was meinst du?«, fragte Kim, in der die Angst wütete.

Solche Angst hatte sie zuletzt empfunden, als Jake sich nicht wie angekündigt gemeldet hatte. Damals hatte sie noch geglaubt, dass er nur davon abgehalten werden würde, ihr zu schreiben. Als die Polizei dann bei ihr klingelte, explodierte die Gewissheit förmlich in ihrer Brust.

Dan blickte seiner Großmutter, die immer noch teilnahmslos wirkte, in die Augen.

»Vielleicht ist sie unterzuckert.«

»Ist sie denn Diabetikerin?« Kim war es unangenehm, über eine Person hinweg zu sprechen, die gerade in ihren Armen zitterte.

»Nicht dass ich wüsste. Aber manchmal stellt man es erst fest, wenn etwas passiert.«

Die Minuten dehnten sich endlos. In der Zwischenzeit brachte Dan seine Großmutter ins Wohnzimmer. Er wirkte ein wenig verwundert, als er sie auf seine Arme hob.

»Was ist?«, fragte Kim, als sie seinen Gesichtsausdruck bemerkte.

»Sie ist so leicht. Ich dachte, sie ...«

Blaulicht blitzte durch das Fenster. Kim schaute sich um und wurde wenig später von einem Scheinwerfer geblendet. Der Rettungswagen war da.

»Ich mach die Tür auf!«, rief sie und lief los.

Wenig später traten die Sanitäter mitsamt der Notärztin ein, die ihr brünettes Haar im Nacken zu einem Zopf zusammengebunden hatte.

»Wo ist die Patientin?«, fragte sie Kim, während sie sich routiniert die Handschuhe überstreifte.

»Im Wohnzimmer«, entgegnete Kim und ging voran.

Dan hatte Janet auf das alte Sofa gelegt, direkt unter dem Bild von dem verschwundenen Leuchtturm. Kim blieb an der Tür. Das ging sie nichts an, sie war kein Familienmitglied. Während sie auf ihrem Daumennagel herumkaute, bis sie den Schmerz fühlte, kehrte sie zunächst in die Küche zurück. Doch als sie in Gedanken Janet wieder auf dem Boden liegen sah, musste sie nach draußen.

Eine furchtbare Beklemmung legte sich um ihre Brust. Was, wenn Janet starb? Wenn sie sich ihretwegen zu sehr aufgeregt hatte? Irgendwo hatte sie mal gelesen, dass Schlaganfälle auch passierten, wenn ältere Menschen ungewöhnlichen Ereignissen ausgesetzt waren. Eine Selbstmörderin abzufangen war sicher ein ungewöhnliches Ereignis.

Es wäre besser gewesen, wenn ich gesprungen wäre, ging es Kim durch den Kopf. Ihr wurde übel, und ein heftiges Frösteln zog durch ihre Glieder, während sie in die Nacht starrte. Daran, wieder reinzugehen, dachte sie allerdings nicht, solange die Notärztin sich noch um Janet kümmerte.

Wenig später erschien Dan an der Tür. Seine ernste Miene jagte Kim einen heißen Schreck durch die Glieder.

»Ist sie …« Ihre kaum hörbaren Worte versiegten.

Dan schüttelte den Kopf. »Nein, sie lebt. Aber sie wollen sie mitnehmen. Ich werde hinterherfahren, sobald ich ihre Tasche gepackt habe.«

»Soll ich … kann ich irgendwie helfen?«, fragte Kim. Sie fühlte sich schrecklich hilflos. Natürlich ging es sie nichts an, aber irgendwie fühlte sie sich verpflichtet, zumindest zu fragen.

»Das wäre sehr nett«, entgegnete Dan. »Ich habe keine Ahnung, was eine ältere Dame im Krankenhaus braucht, also …«

Die Sanitäter, die aus der Tür stürmten, unterbrachen ihn. Sie eilten zum Rettungswagen und holten die Trage.

»Gran wird das nicht gefallen«, murmelte Dan leise. »Sie war schon lange nicht mehr in einem Krankenhaus – wenn überhaupt. Selbst die Kinder hat man damals ja noch zu Hause gekriegt.«

»Das glaube ich nicht«, sagte Kim. »In den Sechzigern und Siebzigern fanden die meisten Geburten im Krankenhaus statt. Frag meine Großmutter, die war Hebamme.«

»Deine Großmutter würde ich gern mal kennenlernen«, entgegnete er. »Möglicherweise versteht sie sich gut mit meiner Gran.«

»Sie ist noch ein paar Jahre jünger als Janet, vor fünf Jahren ist sie in Rente gegangen, aber dennoch fühlt sie sich noch immer für ›ihre Kinder‹ verantwortlich und berät werdende Mütter.«

»Dann würde sie meiner Gran erst recht gefallen!«, behauptete Dan, und ein Lächeln hellte seine besorgte Miene für einen Moment auf.

»Mr Hathington?«, fragte da die Notärztin, die hinter ihnen aufgetaucht war. »Dürfte ich Sie einen Moment sprechen?«

»Na klar«, sagte Dan und verschwand mit ihr im Haus.

Kim blieb noch einen Moment im Türrahmen stehen. Um Dan beim Packen zu helfen, musste sie notgedrungen wieder rein, aber diesen Moment wollte sie sich noch gönnen.

Das Gespräch eben … Es wunderte sie, wie locker es sich trotz der Umstände angefühlt hatte. Das erste lockere Gespräch seit Monaten. Sie hatte schon nicht mehr gewusst, wie es war, sich mit jemandem auf diese Weise zu unterhalten.

Wenig später schoben die Sanitäter Janet auf der Trage

aus dem Haus. Sie hatte jetzt einen Zugang im Arm und einen Tropf an der Seite. Eine Sauerstoffmaske bedeckte ihr Gesicht. Sie blickte nicht nach links und nicht nach rechts, ihre Augen waren starr auf die Dunkelheit gerichtet, die das Haus umgab.

Das jagte Kim ziemliche Angst ein. Wie mochte man sich fühlen, wenn man den Tod vor Augen hatte?

Dann fiel ihr wieder ein, dass sie vor ein paar Tagen genau das vorgehabt hatte – dem Tod ins Auge zu blicken. Damals hatte es sich nicht schlimm angefühlt, immerhin hatte sie sterben wollen. Doch was war mit Janet? So lebenslustig, wie die alte Frau trotz ihrer Beschwerden auf sie gewirkt hatte, würde sie sicher noch nicht vorhaben, von dieser Welt abzutreten.

Janet wurde in den Rettungswagen gehoben, einer der Sanitäter stieg zu ihr, während der andere auf der Fahrerseite Platz nahm. Wenig später trat die Notärztin heraus. Dan war nicht mehr bei ihr.

Sie verabschiedete sich knapp bei Kim. Dann verschwand sie ebenfalls im Rettungswagen, um Janet beizustehen. Der Motor sprang an, und mit beinahe schwerfälligen Bewegungen rollte das Gefährt davon. Das Blaulicht blitzte noch eine Weile durch die Dunkelheit, und Kim fiel der absurde Vergleich mit dem Leuchtturm wieder ein. Dann verschwand das Licht, und irgendwo heulte ein Martinshorn auf. Kim erschauderte und kehrte ins Haus zurück.

Sie fand Dan im Wohnzimmer, wo er auf die leeren Spritzenhüllen starrte, die auf dem Boden lagen.

»Dan?«, fragte Kim, als er sich nicht rührte. Er zuckte zusammen, schien jetzt erst wieder zu sich zu kommen.

»Ja?«, fragte er ein wenig verwirrt. Kim sah, dass ihm die

Tränen in den Augen standen. »Sie bringen sie ins West Cornwall Hospital in Penzance.«

Kim nickte. Der Zug hatte in Penzance gehalten, von dort aus war sie mit dem Taxi nach Land's End gefahren.

»Dann sollten wir die Tasche für sie packen, oder?«

Kim wusste genau, was in ihm vorging. Die Angst um einen geliebten Menschen war furchtbar. Und sie hatte keine Ahnung, wie sie sich verhalten sollte. In ihrer Umgebung hatten sich die Leute nach Jakes Unglück auch ziemlich schwergetan mit dem Trost.

»Ja, klar«, sagte er, zog die Nase hoch und wandte sich ab.

Die Beklemmung kehrte wieder zurück. Zu gern hätte Kim irgendwas gesagt, was ihn aufheiterte, doch sie wusste nicht, was. Sie selbst war auch mit nichts aufzuheitern gewesen.

Schweigend gingen sie in Janets Schlafzimmer.

Kim musste zugeben, dass sie sich dabei noch unwohler fühlte als beim Blick in das fremde Tagebuch. Aber Dan wollte sicher so schnell wie möglich zu seiner Großmutter. Und diese brauchte ihre Sachen.

»Am besten, wir nehmen zwei Nachthemden, zwei Handtücher und ein paar Kosmetiksachen mit, außerdem etwas, was sie bei einem Spaziergang tragen kann«, sagte sie, während sie sich hilflos umblickte, denn sie hatte keine Ahnung, wo das alles zu finden war.

Janets Schlafzimmer war spärlich möbliert, mit alten Erbstücken, wie es schien, doch es wirkte sehr ordentlich. Der massive Kleiderschrank hatte sicher schon einigen Generationen der Hathingtons gedient, ebenso die Kommode und das große Ehebett mit den geschnitzten Pfosten.

Im Schrank und der Kommode herumzuwühlen erschien Kim fast wie ein Verbrechen. Glücklicherweise übernahm Dan das Öffnen der Schranktüren und der Schubladen.

»Verdammt, hat sie denn keine große Tasche?«, fragte er, nachdem er alles aufgerissen hatte.

Doch schließlich wurde er fündig. Die Tasche war kariert und wirkte, als hätte sie mehr als fünfzig Jahre auf dem Buckel. Aber sie war groß genug, alles zu fassen, was Dan auf das Bett warf.

»Hier, pack es ein, so gut es geht«, sagte er.

Kim machte sich zögerlich an die Arbeit. Die Nachthemden waren nichts Besonderes, eben robuste Hemden, wie sie alte Frauen gern trugen. Bei der Unterwäsche wurde es schon heikler. Kim stellte sich vor, wie sie sich fühlen würde, wenn eine wildfremde Frau ihre Unterhosen in die Tasche stopfte.

Kim schüttelte diesen Gedanken ab. Sie wollte nicht daran denken. Jetzt ging es um Janet, die sie so freundlich aufgenommen und sich ihre Geschichte angehört hatte.

Nach und nach förderte Dan auch Zahnbürste und Zahnpasta, Taschentücher, ein paar Hauspantoffeln, einen Kulturbeutel und Prothesenkleber zutage. Kim ließ alles in der Tasche verschwinden, die mittlerweile an die Grenze ihres Fassungsvermögens gelangt war.

»Das muss reichen«, stellte Dan fest, nachdem es Kim gelungen war, den Reißverschluss zu schließen. »Wenn sie sonst noch etwas braucht, kann ich es ihr in den nächsten Tagen bringen.«

Er seufzte und wirkte einen Moment lang so verloren vor dem Bett seiner Großmutter, dass Kim ihn am liebsten gedrückt hätte. Aber sie hatte nicht vergessen, dass er vor ein paar Stunden noch Zweifel angemeldet hatte, dass sie hierbleiben sollte.

»Willst du … mitkommen?«, fragte er schließlich, als er das Bett umrundete.

»Ja, bitte«, sagte Kim wie aus der Pistole geschossen. Vor ein paar Stunden war es ihr noch recht gewesen, allein im Haus zu bleiben, doch nun fürchtete sie die Geister, die hier herumschwirrten und vielleicht doch dafür sorgen könnten, dass sie sich von der Klippe stürzte. Das war das Letzte, was Janet und ihr Enkel jetzt brauchten, nachdem sie ohnehin schon Unfrieden zu ihnen gebracht hatte.

»Okay, dann fahren wir!«

Nachdem er die Haustür abgeschlossen hatte, liefen sie zu seinem Wagen. Kim entdeckte einen »Scotland«-Aufkleber auf der Kofferraumklappe, als sie die Tasche verstauten.

»Bist du ein *Braveheart*-Fan?«, fragte sie.

»Wie?«, fragte Dan, doch dann fiel bei ihm der Groschen. »Ach, der Aufkleber! Nein, der stammt noch vom Vorbesitzer, ich war zu faul, ihn abzukratzen. Wenn man die meiste Zeit auf See ist, hat man nicht viel von einem Wagen. Ich kaufe mir billige Gebrauchte und fahre sie, solange es geht. Meist stehen sie eh nur in der Garage, weil ich sie nur dann brauche, wenn ich Landgang habe.«

Kim nickte. Jake hatte einen Kleinbus gefahren, doch der hatte ebenfalls die meiste Zeit in der Garage gestanden. Sie selbst hatte ihn nur selten genommen, ihr eigener Stadtflitzer war ihr lieber als der klobige Van, mit dem man allerdings bequem mehrere Surfbretter und viel Ausrüstung transportieren konnte.

»Gut, dann wollen wir mal.«

Der Geruch nach kalter Asche empfing Kim, als sie einstieg. Rauchte Dan? Im Haus hatte sie nichts davon gerochen, auch hatte sie ihn nicht rauchen gesehen. Aber möglicherweise hatte er nur wegen Janet darauf verzichtet.

Sie schnallte sich an, während Dan, der sich seinen Gurt bereits umgelegt hatte, den Motor anließ. Das Röhren, das sie schon bei seiner Ankunft hier gehört hatte, klang auch im Innenraum alles andere als gesund.

»Bist du sicher, dass wir damit in die Stadt kommen?«, fragte Kim spöttisch. »Nicht dass unterwegs der Auspuff abfällt.«

Ein kurzes Lächeln huschte über Dans Gesicht. »Der Vorbesitzer war nicht nur Schottland-, sondern auch ein Tuning-Fan. Das hier ist der Versuch, dem Motor mehr Sound zu geben.«

»Hat offenbar nicht hingehauen«, entgegnete Kim schulterzuckend.

»Möglicherweise, aber wenn die alte Karre muss, fährt sie schon.« Damit legte er den Gang ein und trat aufs Gaspedal.

9. Kapitel

Das weiße Licht der Notaufnahme brannte in ihren Augen. Kim starrte auf den Kachelsockel, in dem sich diffus alle Personen spiegelten, die sich in dem Raum befanden. In diesem Augenblick wusste sie nicht, was sie fühlen sollte. Noch immer hatte sie vor Augen, wie Janet abtransportiert worden war.

Die Anspannung, die während der Fahrt ein wenig abgeebbt war, war plötzlich wieder da. Und auch ein wenig Übelkeit. Der Geruch nach Desinfektionsmitteln stach ihr in die Nase. Außerdem war sie nicht allein. Ein Mann mit einer schlecht verbundenen Handverletzung saß mit geschlossenen Augen an die Wand gelehnt.

Unwillkürlich wanderten ihre Gedanken wieder zurück zu Jake.

Sie hatte ihn nicht mehr zu Gesicht bekommen, aber seine Eltern waren in die Gerichtsmedizin gerufen worden, um ihn zu identifizieren. Damals hatte sie erfahren, was es hieß, wenn man »nur« verlobt war. Jakes Eltern mochten sie, und gerade deswegen hatten sie ihr den Anblick ihres toten Sohnes nicht zumuten wollen.

Erica, Jakes Mutter, war vollkommen am Boden zerstört

gewesen. Der Arzt hatte ihr eine Beruhigungsspritze geben müssen, erzählte Ben, sein Vater, ihr später. »Es ist gut, dass du ihn nicht mehr gesehen hast«, hatte er gesagt und ihr den Arm um die Schultern gelegt. »Behalte ihn so in Erinnerung, wie du ihn geliebt hast.«

Das hatte sie getan. Und gerade das brachte sie vor Schmerz fast um, besonders in den ersten Tagen. Janet hatte recht, die Einsicht, dass man etwas Wichtiges wirklich verloren hatte, kam erst später.

Oftmals hatte sie gedacht, dass es vielleicht besser gewesen wäre, den Leichnam zu sehen, um einen Schlussstrich ziehen zu können. Aber hätte das wirklich geholfen? Oder wäre sie lediglich von zusätzlichen Alpträumen verfolgt worden?

Das Klappen der Tür vertrieb die Gedanken. Sie blickte auf, in der Hoffnung, dass Dan auftauchen würde, aber es war nur ein Mann in grüner OP-Kleidung, der etwas mit der Schwester besprach.

Dan war mittlerweile schon seit einer halben Stunde hinter der Glastür verschwunden, die die Wartenden von den Patienten und Ärzten trennte. Die Schwester, die am Tresen daneben saß und aufpasste, dass sich niemand Unbefugtes dahinter verirrte, wirkte wie der Cerberus aus der griechischen Sage. Auch zu Dan war sie unfreundlich gewesen, bis sie hörte, dass seine Großmutter gerade mit dem Rettungswagen eingetroffen sei. Da hatte sich ihr Gesicht mitleidig verzogen und sie hatte ihn einfach durchgewunken.

Kim hatte sich freiwillig zurückgehalten. Sie war keine Verwandte. Außerdem hatte sie es nicht so mit Krankenhäusern, und das, obwohl ihre Großmutter jahrelang in einer Klinik gearbeitet hatte. Doch als Hebamme hatte sie es eher mit beginnendem denn mit endendem Leben zu tun gehabt. Die Geschichten, die sie in Kims Anwesenheit erzählt hatte, drehten sich stets um niedliche Babys und ihre glücklichen Eltern. Später hatte Kim mal mit angehört, wie sie ihrer Mutter von einem Kind erzählt hatte, das so missgestaltet zur Welt kam, dass es die folgende Stunde nicht überlebt hatte. Danach hatte Kim Alpträume gehabt und beschlossen, nie wieder zu lauschen, wenn ihre Mutter und ihre Großmutter unter vier Augen etwas zu bereden hatten.

Dennoch gehörte die Arbeit ihrer Großmutter mehr zum Leben – Rechtsmedizin, Intensivstation und Notaufnahme klangen eher nach Tod. Es war seltsam, dass gerade sie sich davor grauste, aber in diesem Augenblick war es so.

Seufzend blickte sie zur großen Uhr, die über dem Tresen hing. Inzwischen war es Viertel nach drei. Warum erschien niemand für den Mann mit der Handwunde?

Wenig später öffnete sich die Tür, und ein junger Arzt kam heraus.

»Mr Hanson?«, fragte er, wobei sein Blick auch Kim streifte.

Sehe ich aus wie ein Mr Hanson?, fragte sie sich, während sie den Mann mit der Handverletzung hinter dem Arzt hertrotten sah. Jetzt war sie allein im Wartesaal.

Hier war nichts von der hektischen Betriebsamkeit von Fernsehserien zu spüren. Aber Penzance war ja auch nicht New York oder eine andere Metropole, in denen zu Nachtzeiten viel mehr geschah.

Für eine ganze Weile hörte sie nur das Ticken der Uhr und die kleinen Geräusche, die die Bereitschaftsschwester von sich gab: das Klacken der Kaffeetasse, wenn sie sie auf dem Tresen abstellte, das Rascheln von Papier und das Klappern einer Computertastatur.

Als sie kurz davor war einzuschlafen strahlte Blaulicht durch die Fenster. Schlagartig wurde sie wieder wach. Wenig später schoben Sanitäter eine Trage durch die Tür. Sofort machte sich Hektik breit.

»Verkehrsunfall!«, rief der Notarzt der Schwester zu, die ebenfalls aus ihrer Lethargie erwacht war. »Er muss in den OP, und gleich kommen noch zwei!«

Kim hatte keine Ahnung, was das zu bedeuten hatte. Bevor die angekündigten weiteren Unfallopfer eintrafen, verschwand die Trage in der Tür. Wenig später trat Dan aus dieser heraus.

Er sah blass und übernächtigt aus. Kim sprang auf. »Und, wie geht es ihr?«

»Sie haben sie gerade in den CT geschoben«, antwortete er bedrückt.

»Dann ist es also doch ein Schlaganfall?«

»Sie wissen es noch nicht genau. Der Arzt meinte, sie würden verschiedenen Symptomen nachgehen. Allerdings ist es ausgeschlossen, dass es sich um einen einfachen Schwächeanfall handelt.«

Kim fühlte sich auf einmal, als hätte sie einen tonnenschweren Stein auf ihrer Brust. »Und wie lange dauert es noch, bis sie etwas sagen können?«, fragte sie beklommen.

»Eine Stunde, vielleicht zwei. Sie wollen sicher sein, dass sie die richtige Therapie einleiten. Sie haben gesagt, dass ich heimfahren soll, aber das will ich nicht, ich möchte warten.« Dan sah sie an. Jetzt bemerkte Kim, dass seine Augen gerötet waren – als hätte er geweint. »Wenn du willst, bringe ich dich schnell nach Hause.«

Schnell wohl kaum, die Fahrt über die engen Straßen hatte gedauert.

»Ist nicht nötig, ich bleibe hier. Vielleicht brauchst du ein wenig Ablenkung.«

Dan sah sie zweifelnd an. »Ist das auch wirklich in Ordnung?«

»Na klar!« Kim winkte ab. »Und wenn ich ehrlich bin, mag ich auch nicht allein in dem Haus bleiben. Es ist mir lieber, wenn noch jemand bei mir ist.«

Dan wirkte erleichtert. »Gut«, sagte er und ließ sich dann auf die Sitzbank fallen, auf der Kim so lange allein ausgeharrt hatte. Er atmete tief durch und legte den Kopf in den Nacken.

»Verdammt«, murmelte er. »Ich wusste ja, dass sie alt ist, aber dass sie gerade jetzt zusammenbricht ... Man denkt irgendwie immer, dass die Menschen um einen herum unsterblich sind. Dass es immer so weitergeht.«

Ja, das hatte sie auch gedacht. Dass es weitergehen würde. Dass sie eine Zukunft mit Jake haben würde. Doch dann wurde das alles mit einem Handstreich zunichtegemacht.

»Es tut mir leid«, sagte Kim ein wenig kleinlaut, worauf Dan sie ansah.

»Was tut dir leid?«

»Alles. Dass ich hier aufgekreuzt bin. Dass ich bei deiner Großmutter geblieben bin.«

Dan schüttelte den Kopf. »Gran hat es so gewollt. Sie rettet gern verlorene Seelen.«

Doch das konnte Kim nicht davon abbringen, anzunehmen, dass es ohne ihr Aufkreuzen hier nicht passiert wäre.

»Ich hätte es nicht tun sollen«, sagte sie und senkte den Kopf.

»Und was?«

»Bei den Klippen auftauchen. Wenn deine Großmutter mich nicht getroffen hätte …«

Kim versuchte, aus seinen Augen herauszulesen, was er dachte, doch das Gold seiner Iris war so undurchdringlich wie das Meer an seiner tiefsten Stelle.

»Ich glaube kaum, dass es an dieser Situation etwas geändert hätte. Aber so warst du da und hast dich gleich um sie gekümmert. Manche Dinge sind eben Schicksal.«

Sie schwiegen eine Weile, dann fragte Dan: »Warum wolltest du es tun?«

»Ich möchte darüber nicht reden. Jetzt noch nicht.« Kim senkte den Kopf. Würde er es verstehen? Er wirkte stark und gefestigt, sogar jetzt noch, wo seine Großmutter hinter der Glastür war und niemand wusste, was die Ursache ihres Zusammenbruchs war.

»Okay.« Er nickte und wirkte dabei ein wenig enttäuscht. Einen Moment lang zupfte er am Ärmel seiner Jacke, dann fragte er: »Wollen wir ein wenig spazieren gehen? Penzance ist zwar nicht das Zentrum des Nachtlebens von Cornwall, aber ich könnte ein wenig frische Luft gebrauchen.«

Da musste Kim ihm zustimmen, auch sie wollte nur allzu gern der scharf riechenden Klinikluft entfliehen.

Klare, kühle Nachtluft umfing sie, als sie die gläserne Schiebetür hinter sich ließen. Der Klinikparkplatz wirkte verlassen, daran konnten auch die wenigen Fahrzeuge, die noch da waren, nichts ändern. Neben ihnen erhob sich das Bettenhaus, in dem nur noch einige Fenster erleuchtet waren. Wahrscheinlich gehörten sie zu den Schwesternzimmern, wo der Nachtdienst über das Wohl der Patienten wachte.

Kim erinnerte sich wieder daran, dass sie ihre Großmutter einmal in der Klinik besucht und alles ziemlich beängstigend gefunden hatte. Selbst die Säuglingsstation, wo die Schreie der Neugeborenen durch die Gänge hallten.

Als sie die Nachricht von Jakes Tod erhalten hatte, hatte sie sich gefragt, ob es für sie leichter zu ertragen gewesen wäre, wenn er in einem Krankenhaus gestorben wäre, vielleicht an einer Krankheit. Wenigstens hätte sie dann die Möglichkeit gehabt, sich von ihm zu verabschieden. So war alles, was ihr blieb, das letzte Lächeln und der Kuss, bevor er das Haus verlassen hatte.

Schweigend gingen sie durch den Park, der sich an die Klinik anschloss. Die Straßenlampen, die die Wege säumten, malten orangefarbene Flecken auf die Betonplatten, Nachtfalter schwirrten in den Lichtkegeln.

Kim konnte sich nicht mehr erinnern, wann sie das letzte Mal nachts unterwegs gewesen war. Seit Jakes Tod hatte sie ohnehin kaum noch das Haus verlassen. Jetzt fiel ihr auf einmal auf, wie schön die Nacht war und wie ruhig alles wirkte. Sie hätte noch lange so herumlaufen können, doch plötzlich blieb Dan bei einer Bank stehen. Offenbar hatte er bereits genug von dem Spaziergang.

Seufzend ließ er sich fallen. Kim setzte sich neben ihn.

Da er schwieg und sie ebenfalls nicht wusste, was sie sagen sollte, betrachtete sie sein Profil. Seine Stirn ging in einem makellosen Schwung in seine Nase über, die Lippen darunter wirkten leicht aufgeworfen, wenn er nicht sprach, und sein Kinn konnte man durchaus als energisch bezeichnen. Wahrscheinlich flogen ihm die Frauenherzen nur so zu. Kim fragte sich, ob er wohl eine Freundin hatte, ein Mädchen, das auf ihn wartete und sich um ihn sorgte, wenn er auf See war. Sicher hatte er das. Ein Mann wie er lebte doch wohl nicht nur dafür, seine Großmutter zu besuchen.

»Weißt du«, begann er schließlich. »Gran war zeit meines Lebens für mich da. Meine Eltern dagegen sind nur noch Schatten in meiner Erinnerung. Eigentlich hatte ich nie welche.«

»Du hattest ...« Kim stockte. Hatte Janet nicht angedeutet, dass ihr Sohn in der Stadt lebte und sich nicht für das Cottage interessierte? Oder hatte sie sie nur falsch verstanden?

»Hat Gran dir nichts davon erzählt?«

Kim schüttelte den Kopf. Eine düstere Ahnung überkam sie.

»Meine Eltern sind mit dem Auto verunglückt, als ich vier Jahre alt war. Sie waren im Urlaub und hatten mich bei Gran abgegeben. Jedenfalls hat sie es mir so erzählt. Ich erinnere mich nur noch daran, dass meine Mutter mir zugewunken hat, bevor sie ins Auto stieg. Komischerweise kann ich mich an keinen Moment zuvor erinnern. Und auch die Tage, nachdem Gran mir erzählt hat, dass sie mich nicht mehr wieder abholen würden, liegen im Dunkel.«

Kim starrte ihn geschockt an. Sie hätte nicht damit gerechnet, dass Dan seine Eltern verloren hatte.

Auf einmal ergab alles Sinn. Das Buch, das über Generationen vererbt wurde und das dennoch in Janets Besitz war, obwohl sie es bereits hätte weitergeben können ... Es war außer Dan niemand da, dem sie es geben konnte. Und Dan konnte es schlecht auf seine Fahrten mitnehmen.

»Tut mir leid, das war sicher schwer für dich. Ich meine, die Kinder in der Schule ... die haben dich sicher gelöchert, oder?«

»Nicht sehr. Am Anfang gar nicht. Sie dachten einfach, dass Gran und Grandpa meine Eltern waren. Später haben sie es dann rausgekriegt, aber jedem, der eine blöde Bemerkung gemacht hat, habe ich eins auf die Nase gegeben. In der Pubertät war ich ziemlich rauflustig. Und als ich nachher größer war als alle anderen, hat es von allein aufgehört, dann haben sie sich nicht mehr getraut. Wenn man erwachsen ist, fragen die meisten Leute nicht mehr, das ist angenehm.«

Kim konnte das irgendwie nicht bestätigen. Nach Jakes Tod kam andauernd jemand bei ihr an und fragte. Auf ein »Wie geht es dir?« folgte schon bald ein »Wie ist es passiert?«, als hätten die Leute keine Zeitung gelesen. Kim war schon bald genervt gewesen von Besuchern und Anrufern, die glaubten, dass sie ihnen noch mehr erzählen, eine noch größere Sensation oder noch größeren Schrecken bieten konnte.

Wahrscheinlich hatte Dan in der Hinsicht Glück gehabt.

Das Bedürfnis, ihm von ihrem eigenen Verlust zu erzählen, überkam sie plötzlich. Doch sie hatte nicht die Kraft, es zu tun. Eine kleine Stimme flüsterte ihr zu, dass sie ihn in seiner Situation nicht auch noch damit belasten dürfe.

»Wollen wir wieder reingehen?«, fragte er, nachdem sie eine Weile schweigend dagesessen hatten, und warf einen Blick auf die Uhr. »Die halbe Stunde ist rum. Vielleicht ist sie jetzt schon aus dem CT raus.«

Kim nickte und erhob sich. Ihre Hände fühlten sich klamm an. Sie schob sie in die Jackentaschen und trottete dann schweigend neben Dan in Richtung Notaufnahme.

Dort angekommen, verschwand er nach kurzer Rücksprache mit der Schwester wieder hinter der Glastür.

Wenig später erschien der Mann mit der Handverletzung. Er trug seinen Arm nun in einer Schiene, und unter dem dicken Verband war seine Hand nicht mehr zu erkennen. Doch dank der Schmerzmittel, die sie ihm sicher verabreicht hatten, wirkte er jetzt gelöster, seine Miene war nur noch müde und nicht mehr gequält. Er warf Kim einen kurzen Blick zu, dann verschwand er durch die Glastür in der Dunkelheit.

Bis Dan wieder zu ihr zurückkehrte, verging eine weitere halbe Stunde, in der Kim einfach nur den Getränkeautomaten anstarrte. Weitere Rettungswagen trafen nicht ein, und die Schwester wirkte, als würde sie gleich hinter dem Tresen einnicken. Als sich die Glastür öffnete, schreckte sie zusammen.

Dan kam mit schnellen Schritten und äußerst besorgter Miene auf Kim zu.

Diese sprang auf. »Was ist?«, fragte sie und spürte das altbekannte Stechen der Sorge in ihrer Magengegend.

»Es schien ihr wieder recht gut zu gehen«, berichtete er, »doch das kommt sicher von den Medikamenten.«

»Und haben sie schon gesagt, was es sein könnte?«

»Der Notarzt meinte, sie hätten eine Veränderung in ihrem Kopf gefunden. Möglicherweise ist es wirklich ein Schlaganfall oder eine Gehirnblutung. Sie beobachten sie heute Nacht, dann sehen sie weiter. Das CT muss noch ausgewertet werden, die Ergebnisse gibt es erst morgen.«

Leichter Ärger schwang in seinen Worten mit. Wahrscheinlich wollte er, dass der Arzt gleich schaute. Aber Krankenhäuser folgten ihrer eigenen Logik.

»Dann müssen wir also noch die ganze Nacht warten«, sagte Kim, worauf Dan müde nickte.

»Ja, die ganze Nacht.« Ihm war anzusehen, dass er nicht die Kraft hatte, nach Hause zu fahren. Und Kim fehlte sie auch.

»Dann sollten wir uns ein bisschen hinlegen«, schlug sie vor. Im Auto schlafen erschien ihr richtiger, als sich übermüdet in Lebensgefahr zu begeben. Janet würde sicher nicht wollen, dass ihrem Enkel etwas zustieß. »Die haben doch wohl nichts dagegen, wenn dein Auto auf dem Parkplatz stehen bleibt, oder?«

»Nein, bestimmt nicht.«

»Na gut, dann komm.« Kim zog ihn am Arm nach draußen. Dabei spürte sie, dass alle Spannung aus ihm gewichen war. Wie ein alter Mann schlurfte er hinter ihr her.

Am Wagen blieb er stehen und sah sie an. »Danke.«

»Wofür?«

»Dass du mitgekommen bist.«

Kim zog verwundert die Augenbrauen hoch. »Aber das war doch selbstverständlich. Und es ist auch okay, wenn wir im Auto schlafen, das macht mir nichts aus.«

Dan nickte, dann schloss er den Wagen auf.

10. Kapitel

Die Meisterschaft! Jake ist vollkommen aufgeregt, und ich bin es auch – allerdings aus anderen Gründen. Ich bin einer der wenigen Menschen, die noch nie in einem Flugzeug gesessen haben. Alle möglichen Ängste holen mich ein. Was, wenn es abstürzt? Wenn es Turbulenzen gibt, die der Pilot nur schlecht beherrschen kann? Was, wenn das große Meer uns verschluckt?

Jake lacht über meine Unruhe. »Wenn du erst mal so oft geflogen bist wie ich, hast du kein Problem mehr damit.« Er zieht mich in seine Arme und küsst mich. »Außerdem wird das alles vergessen sein, wenn wir erst mal in Malibu sind. Der Strand ist traumhaft! Man könnte stundenlang dort sitzen und aufs Meer schauen. Wenn es im Himmel so aussieht, wäre ich gewillt, die ganze Zeit über brav zu sein, nur um dort zu landen.«

Ich bin mir nicht sicher, ob es wirklich einen Himmel gibt, aber ein Strand mit Meer wäre nicht meine ideale Vorstellung davon.

»Egal, wie der Himmel aussieht, ich will jedenfalls bei dir sein, wenn es so weit ist«, entgegne ich und meine es wirklich so. Und ein klein wenig hoffe ich dabei auch, dass der

Himmel wirklich nur aus weichen Wolken besteht, auf denen man über die Welt hinwegfährt. Jake würde natürlich sagen, dass auch Wolken aus Wasser gemacht sind, aber in dem Zustand ist mir das Wasser lieber, es ist weicher und nicht so verschlingend wie die Fluten da draußen.

Die Art, wie er mich daraufhin küsst, gibt mir recht. Was ist schon meine Angst gegen das Gefühl, geliebt zu werden? Von ihm geliebt zu werden. Möglicherweise schaffe ich es eines Tages, dass das Meer nebensächlich wird und er bereit ist, sich am Ufer aufzuhalten.

Als sie wieder zu sich kam, fühlte sich ihr Nacken steif an. Erst nach einigen Augenblicken realisierte Kim, dass sie die Nacht im Auto verbracht hatten. Stöhnend wälzte sie sich herum. Dan hatte sich in seine Jacke gekuschelt, die Arme vor der Brust verschränkt, und schlief. Kim beschloss, ihn noch nicht zu wecken. Sie lehnte sich im Sitz zurück und massierte ihren Nacken. Der Krankenhausparkplatz war immer noch nur spärlich gefüllt. Hinter dem Park verblasste das Dunkelblau der Nacht allmählich zu einem zarten Violett, und obwohl es nicht besonders hell war, konnte sie die Konturen der Welt bereits wieder erahnen.

Als sie sich wieder einigermaßen bewegen konnte, blickte sie zum Klinikgebäude. Die Lichter waren nicht mehr geworden. Kim warf einen Blick auf die Uhr. Fünf nach halb fünf. Eigentlich hätte sie noch weiterschlafen können, aber sie wusste, dass sie kein Auge mehr zutun konnte. Wieder hatte sie von Jake geträumt, und die Umarmung und sein

Kuss waren so real gewesen, dass sie für einen Moment gedacht hatte, er sei zurückgekehrt.

Doch nun musste sie wieder enttäuscht feststellen, dass nichts von alledem wahr war. Jake war nicht zurück, es waren nicht seine Arme, die sie gespürt hatte, sondern wahrscheinlich nur der Sicherheitsgurt, den sie sich instinktiv angelegt hatte, als könnte Dan mit ihr in die Nacht verschwinden.

Sie schnallte sich ab und öffnete die Tür. Sie brauchte Luft.

So leise wie möglich stieg sie aus. Die Kühle kroch unter ihre Jacke und ließ sie frösteln. Doch sie vertrieb auch das Gefühl von Jakes warmen Armen. Und ihr Kopf klärte sich allmählich wieder. Nächte im Auto waren für sie das Schlimmste, was passieren konnte. Wenn Jake sie irgendwohin mitgenommen hatte, hatte sie stets darauf bestanden, irgendwo zu übernachten, und wenn es ein kleines B&B war. Jetzt wusste sie auch wieder, warum.

Sie schloss die Augen und versuchte herauszufinden, wonach die Morgenluft roch. Schon lange war sie nicht mehr so früh wach gewesen. Zu Hause, nach Jakes Tod, hatte sie oftmals nicht in den Schlaf finden können, und wenn ihr Körper gegen vier schließlich aufgab, war es bereits Mittag, wenn sie wieder erwachte. Der Zauber des Morgens war da vergangen. Aber jetzt spürte sie ihn deutlich. Es roch nach Boden, nach Regen, nach Asphalt und abgestorbenen Blättern – selbst hier, mitten in der Stadt.

»He, was machst du denn da draußen?«

Kim öffnete die Augen wieder. Dan hatte das Auto ebenfalls verlassen und kam auf sie zu.

»Entschuldige, ich wollte dich nicht wecken.«

»Macht nichts.« Dan winkte ab. »Ich habe eh nicht gut geschlafen.«

»So hat es aber nicht ausgesehen«, entgegnete Kim und spürte, dass sich ein leichtes Lächeln auf ihr Gesicht schlich. Dan wirkte tatsächlich übernächtigt, das Morgenlicht ließ ihn blass aussehen. Aber die Art, wie seine Haare vom Kopf abstanden, berührte sie und weckte in ihr das Verlangen, mit der Hand hindurchzufahren und die widerspenstigen Strähnen zu glätten.

Und er sah sie an, als würde er genau das erwarten. Doch weder wagte sie, nach ihm zu greifen, noch hatte er den Mut, sie darum zu bitten.

»Was meinst du, wann wir reingelassen werden?«, fragte Kim ein wenig verlegen, als sie ihren Blick wieder auf das Bettenhaus richtete.

»Besuchszeit ist erst ab zehn«, entgegnete Dan. »Wir sollten uns einen Kaffee holen. In der Nähe gibt es eine Tankstelle, dort kriegen wir sicher was, an dem wir uns wärmen können, bis es losgeht.«

Der Kaffee war heiß und stark, nicht nur ein guter Handwärmer, er hinterließ auch in Kims Körper eine feurige Spur, und genau das brauchte sie jetzt. Der bittere Geschmack lenkte sie einen Moment lang von ihren Sorgen um Janet ab, und die Wirkung des Koffeins setzte so schnell ein, dass sie ihre Umwelt so scharf wie schon lange nicht wahrnahm.

Besonders ihre Wahrnehmung von Dan schien sich zu verändern. War er ihr noch am Freitag ein wenig bedrohlich vorgekommen, fühlte sich seine Nähe jetzt schon fast vertraut an. Ohne ihre Reise hierher, ohne ihren Versuch, sich das Leben zu nehmen, wäre sie nicht hier, könnte nicht diesen Kaffee trinken, der sogar Tote wecken würde, und wäre auch nicht in der Lage, den Mann neben sich anzuschauen. Zum ersten Mal fragte sie sich, wie alt er war. Keine zwanzig mehr, so viel stand fest. Sein Gesicht hatte bereits die ersten Erfahrungslinien, die an den Menschen erschienen wie Jahresringe an den Bäumen. Dreißig vielleicht? Ja, sie war sicher, dass er älter war als sie selbst.

Dreißig.

Jake war achtundzwanzig gewesen, als das Flugzeug abstürzte. Er hatte nie die Grenze erreicht, an der man begann, die Jugend hinter sich zu lassen. Sie selbst war davon noch fünf Jahre entfernt, und wäre Janet nicht gewesen, wäre ihr Lebensfaden vor knapp einer Woche gerissen.

Als der Kaffeebecher leer war, begann die Klinik zu erwachen. Mittlerweile war es kurz vor sechs. Fahrzeugscheinwerfer glitten über den Parkplatz, Autos reihten sich auf dem Stellplatz für Angestellte. Müde Gestalten stiegen aus den Wagen, einige mit Taschen, andere mit Stoffbündeln über dem Arm. Die Ablösung für die Nachtschicht. Eine der Frauen, die hier wohl als Schwester arbeitete, hielt den gleichen Kaffeebecher wie sie in der Hand. Eine andere blickte auf ihr Smartphone, während sie sich dem Krankenhausgebäude näherte. Wenig später gingen dort die Lichter an. Die Nachtruhe war vorbei. Verdammt früh, wie Kim fand, aber die Behandlung konnte bei manchen Menschen eben nicht warten.

Kim faltete den Becher zusammen und kuschelte sich tiefer in den Beifahrersitz. Schlafen konnte sie nicht mehr, doch das Schweigen zwischen ihr und Dan wurde auf einmal so drückend, dass sie es für besser hielt, die Augen zu schließen und zu gestatten, dass ihre Gedanken wanderten.

Kurz vor zehn war es auf dem Parkplatz ziemlich voll. Die Wirkung des Kaffees hatte nachgelassen, und Kim kam sich bleischwer vor, als sie den Wagen verließ und schweigend neben Dan zum Eingang trottete. Ein paar Leute mit Blumensträußen in der Hand überholten sie, doch Kim nahm sie kaum wahr.

Nachdem sich Dan an der Anmeldung erkundigt hatte, wo seine Großmutter lag, fuhren sie hinauf in den dritten Stock, wo sich die Innere Abteilung befand. Vor der Tür jedoch wurden sie von einem Arzt abgefangen. Dan schien ihn zu kennen.

»Ah, Mr Hathington, gut, dass Sie kommen. Könnte ich Sie einen Moment sprechen?«

Dan blickte zu Kim, als wollte er sie darum bitten mitzukommen. Aber die Informationen, die der Arzt hatte, waren nicht für sie bestimmt.

»Okay, Doktor«, sagte er.

Kim nickte ihm zu. Sie würde den Besuch bei Janet allein schaffen. Vielleicht war es besser so.

Während Dan mit dem Mediziner den Gang hinunter verschwand, wandte sich Kim der Tür zu, atmete tief durch und klopfte.

Die Stimme, die antwortete, gehörte nicht Janet. Doch als Kim die Tür öffnete, entdeckte sie sie im Bett am Fenster. Das andere Bett gehörte einer älteren Dame, auf deren Gesicht das freudige Leuchten erlosch, als sie erkannte, dass der Besuch nicht für sie war.

Kim grüßte sie und strebte dann dem Bett von Janet zu.

Diese hatte die Augen geöffnet, als sie ihre Stimme gehört hatte.

»Hi, Janet«, sagte Kim zögerlich und versuchte zu lächeln, doch sie wusste, dass es ihr nicht gelang. Die alte Frau wirkte wesentlich kleiner, beinahe, als wollten die Kissen sie verschlucken. In ihrer Hand steckte ein Zugang, von dem ein kleiner Schlauch zu einer Infusionslösung führte. Zwei feine Röhrchen, die zu einem Nasenteil mündeten, versorgten sie mit Sauerstoff.

Doch als sie Kim vor sich sah, trat ein Leuchten in ihre Augen.

»Du bist hier«, sagte sie schwach.

Kim zuckte mit den Schultern. »Ich habe es für eine gute Idee gehalten mitzufahren.«

Die alte Frau nickte, und ein Lächeln huschte über ihr Gesicht. Sie schien nicht bereit für ein langes Gespräch. Doch sie wollte Kim offenbar auch nicht gleich wieder gehen lassen. Ihre Hand tastete zu der von Kim und berührte sie sanft.

»Danke, dass du mitgekommen bist.«

»Gerne«, entgegnete Kim und rang sich ein Lächeln ab. Es war schon seltsam. Sie war dieser Frau erst vor wenigen Tagen begegnet, und dennoch fühlte es sich an, als wäre sie eine nie gekannte Großmutter, zu der sie sofort eine Beziehung aufgebaut hatte.

»Wie geht es Ihnen?«

»Es wäre gelogen, wenn ich behaupten würde, dass ich mich gut fühlte. Die Untersuchungen waren sehr anstrengend. Es ist schon komisch, da hat man mal einen guten Tag und bezahlt dann gleich wieder mit einer Reihe von schlechten Tagen.«

Kim musste zugeben, dass der Verfall erschreckend war. Vor knapp einer Woche hatte Janet noch die Kraft gehabt, Kim von der Klippe weg zu ihrem Haus zu ziehen. Jetzt wirkte sie, als würde sie dieses Bett nie wieder verlassen.

Wahrscheinlich erfuhr Dan in diesem Augenblick, was sie hatte. Doch daran wollte Kim erst einmal nicht denken.

»Und wie stehen die Dinge bei dir, Kind? Wo ist Dan?«

»Ihr Enkel hat im Gang den Arzt getroffen, der hat ihn erst mal mitgenommen.«

»Ah, in Ordnung. Dr. Mitchell ist wirklich ein sehr netter Mann. Und ich habe das Gefühl, dass er weiß, was er tut. Das ist schon mal wichtig.«

Wieder lächelte Kim unsicher. Was sollte sie mit Janet besprechen? Was redete man mit Leuten, die in einer Klinik lagen und die vom Leben draußen erst einmal nicht erreicht werden konnten?

Außerdem spürte sie die Blicke von Janets Bettnachbarin. Begierig schien sie auf jedes Wort zu warten – was sollte man auch machen, wenn der eigene Besuch noch auf sich warten ließ?

»Kann ich irgendwas tun oder Ihnen bringen?«, fragte Kim schließlich, denn etwas Besseres wollte ihr nicht einfallen.

Janet betrachtete sie prüfend. »Ich wüsste da tatsächlich etwas, das du tun könntest«, sagte sie dann mit einem hintergründigen Lächeln. Offenbar war die alte Janet immer noch da. Möglicherweise hatte Dan sogar recht gehabt damit, dass sie sich in der vergangenen Nacht den Medikamenten widersetzt hatte.

»Schießen Sie los!«, entgegnete Kim.

»Du erinnerst dich doch noch an das Tagebuch, das ich dir gegeben habe.«

Kim versteifte sich ein wenig. Natürlich erinnerte sie sich.

»Ja, klar. Soll ich es Ihnen mitbringen?«

»Ich möchte, dass du mir, wenn du mich besuchst, daraus vorliest.«

»Vorliest?«, echote Kim. Für einen Moment hatte sie geglaubt, das Buch mit den fremden Geheimnissen loszuwerden – doch ganz so einfach wollte es Janet ihr wohl nicht machen.

»Ich weiß nicht, wie weit du mit dem Lesen gekommen bist, und eigentlich ist es auch nicht meine Absicht, dich zu langweilen. Aber ich würde die Geschichte so gern noch einmal hören. Nur noch einmal …«

Die Sehnsucht, die in ihre Augen trat, traf Kim mitten ins Herz. Sie senkte den Blick und kämpfte gegen die Tränen an, die in ihr aufstiegen. Nur noch einmal …

Diesen Wunsch kannte sie gut. Er hatte sich in ihrem Bewusstsein festgesetzt, nachdem sie realisiert hatte, dass Jake nicht mehr zu ihr zurückkommen würde.

Nur noch einmal …

… seine Nähe spüren.

… ihn küssen.

… sein Haar riechen.

… seine Haut streicheln.

Es waren so viele Dinge gewesen, die sie nur noch einmal mit Jake machen wollte. Und nichts von alledem hatte sie bekommen.

Aber im Gegensatz zu ihren Wünschen war der von Janet durchaus erfüllbar.

»Warum möchten Sie das Tagebuch hören?«, fragte Kim. »Ich kann es Ihnen bringen, und wenn Sie es selbst lesen, sind Sie sicher schneller durch.«

»Meine Arme werden nicht stärker, außerdem ist einsames Lesen immer beängstigend. Es ist stumm, und Stille fühlt sich an wie der Tod. Nein, ich würde dieses Tagebuch so gern hören. Ich möchte, dass Leandra eine Stimme erhält, die sie nie hatte. Ob du es glaubst oder nicht, ihr beide habt etwas gemeinsam.«

Kim schaute sie verwirrt an. Was sollte sie mit einer Frau gemeinsam haben, die vor zweihundert Jahren gelebt hatte?

»Nach deinem Gesichtsausdruck zu urteilen, hast du diese Gemeinsamkeit bisher nicht erkannt«, stellte Janet lächelnd fest. »Du bist noch nicht allzu weit, nicht wahr?«

»Ich ...« Kim zupfte an ihrem Pullover und bemerkte, dass er eine kleine Laufmasche hatte. Wo war sie damit hängen geblieben? »Ich finde es nicht gut, in den Geheimnissen anderer Menschen zu schnüffeln. Ich würde auch nicht wollen, dass sie in meinen Geheimnissen wühlen.«

»Das ist sehr ehrenhaft von dir, Kind, aber im Leben ist es nun mal so, dass Geheimnisse nur eine begrenzte Haltbarkeit haben. Stirbt ein Mensch, so kann er seine Geheimnisse nicht mehr schützen. Irgendwann kommt alles ans Licht. Es gibt immer Spuren. Briefe, Nachrichten, Gegenstände, die aufbewahrt werden.«

Kim starrte sie an. In ihrer Magengrube rumorte es, und das nicht nur, weil ein Kaffee um halb sechs Uhr morgens allein als Frühstück nicht ausreichte.

Janet hatte recht. Auch wenn sie sie nicht wirklich kannte, hatte sie doch genau ins Schwarze getroffen.

Tote konnten ihre Geheimnisse nicht mehr schützen. So war es auch bei Dan gewesen. Und das hatte seinen Verlust für sie doppelt so schlimm gemacht.

Kurz bevor sie sich entschlossen hatte, aus dem Leben zu scheiden, hatte Kim in seinen Unterlagen etwas gefunden. Etwas, das ihr endgültig den Boden unter den Füßen weggezogen hatte. Vielleicht hatte sie deshalb so eine Abneigung gegen fremde Geheimnisse – auch wenn sie die stumme Leandra nicht kannte und keine Beziehung zu ihr hatte.

Als Kim ihren Blick wieder auf Janet richtete, bemerkte sie, dass sie sie beinahe schon wissend ansah.

»Wie dem auch sei, in Leandras Fall war nicht nur ihr Tod der Grund, weshalb das Tagebuch noch immer aufbewahrt wird. Sie wollte, dass die Menschen von ihrem Schicksal erfuhren. Dem Schicksal einer Frau, die für viele andere Menschen wertlos war, doch für einen ganz besonderen Menschen das Kostbarste der Welt.«

Das Kostbarste? Kim wurde neugierig. War das ihr Mann? Oder jemand anderes? Sie musste zugeben, dass es sie irgendwie doch interessierte.

»Ich glaube, Leandra würde sich sehr freuen, wenn du ihre Stimme würdest«, fuhr Janet fort, leiser, denn das viele Reden strengte sie sichtlich an. »Niemand weiß mehr, wie sich ihre Stimme angehört hat, aber ich bin sicher, dass sie mit deiner zufrieden wäre.«

»Weil wir etwas gemeinsam haben.«

»Und weil ich mir Leandra immer ein bisschen wie dich vorgestellt habe«, gab Janet zu und verstummte dann, als müsste sie sich darauf konzentrieren, Atem zu holen.

Ging es ihr nicht gut?

»Alles in Ordnung?«, fragte Kim, als sie bemerkte, dass Janets Blick zur gegenüberliegenden Wand abglitt. »Janet?«

Als sie nicht antwortete, war Kim schon versucht, den Notrufknopf zu drücken, doch dann bewegten sich Janets Augen und fanden ihren Blick.

»Es geht schon. Nicht gut, aber es geht. Es ist nur so furchtbar anstrengend zu sprechen. Wahrscheinlich liegt das an den Medikamenten, mit denen man mich seit gestern vollpumpt.«

Also konnte sie doch nicht Widerstand leisten. Irgendwie jagte Kim das Angst ein.

»Magst du den Wunsch einer alten Frau erfüllen?«, fragte sie, und ihre Hand tastete nach der von Kim. »Du würdest damit mehr zu meiner Heilung beitragen, als alle Ärzte der Welt es könnten.«

Kim spürte die weiche Hand in ihrer, die überraschend warm war, beinahe schon fiebrig. Konnte sie einer alten Frau einen so dringlich geäußerten Wunsch abschlagen? Wohl kaum.

»Okay, ich lese Ihnen aus dem Tagebuch vor.«

Das Lächeln, das auf Janets Gesicht aufflammte, verjüngte sie um mindestens zehn Jahre.

»Ich danke dir, mein Kind! Und ich freue mich darauf. Gleich morgen, ja?«

»Gleich morgen.« Kim spürte deutlich, wie die Müdigkeit wieder nach Janet griff.

»Ich werde jetzt ein wenig schlafen«, entgegnete Janet und ließ Kims Hand wieder los. »Sagst du Dan bitte, dass er noch einmal bei mir vorbeischauen soll?«

Kim nickte. »Das mache ich. Bis morgen.«

»Bis morgen, Kind …«

Janets Augen schlossen sich langsam, und nur wenige Atemzüge später glitt sie ins Reich des Schlafes.

Kim atmete tief durch. Erst jetzt wurde sie sich wieder Janets Bettnachbarin bewusst, die sie neugierig beäugte.

»Ihre Großmutter wird schon wieder«, sagte sie. Das kam für Kim so überraschend, dass sie nicht anders darauf reagieren konnte, als zu nicken.

»Ja, sie wird wieder. Einen schönen Tag!«

»Ihnen auch!«, tönte es hinter Kim her, dann zog sie die Tür hinter sich zu.

Draußen musste sie sich erst einmal gegen die Wand lehnen. Sie schloss die Augen und ließ zu, dass sich die Geräusche entfernten und sie in Stille versank.

11. Kapitel

Dan hatte noch nie etwas übriggehabt für Ärzte. Als Matrose, der von Wind und Wetter abgehärtet war, benötigte er selten einen, und den Doc auf dem Schiff rechnete er nicht mit, denn dieser war doch mehr Seemann als Mediziner. Der Mann vor ihm war durch und durch Arzt, das spürte er. Und er war nicht irgendein Doc, der sich auf das Heilen von Schnupfen und Bronchitis verstand. Die Ernsthaftigkeit seiner Miene wurde durch die schwarzgerahmte Brille noch unterstrichen. Sein dunkles Haar war schütter und an den Seiten bereits ergraut, obwohl er sicher erst um die vierzig war.

Dan hockte auf seinem Hocker wie auf Kohlen und wartete darauf, dass Dr. Mitchell endlich anfing.

»Also, die Testergebnisse Ihrer Großmutter sind schneller gekommen, als ich erwartet hätte«, begann er.

Ist das gut oder schlecht?, sinnierte Dan, während er sah, wie der Arzt das Krankenblatt aufschlug. Mit den Zahlen und Diagrammen, die sich dort aufreihten, konnte er nichts anfangen. Mit Seekarten schon, aber diese waren etwas anderes.

Der Arzt seufzte, dann fuhr er fort. »Zunächst sind wir

von einer Störung der Durchblutung ihres Gehirns ausgegangen, doch das CT hat uns die Gewissheit gebracht.«

Mach schon, drängelte Dan stumm. Rück schon raus mit der Sprache!

Wieder legte Dr. Mitchell eine dramatische Pause ein, während er Dan ansah.

»Wir haben bei Ihrer Großmutter ein Osteosarkom festgestellt«, sagte er dann. »Leider befindet es sich im fortgeschrittenen Stadium und hat bereits Metastasen in Lunge und Gehirn gebildet.«

Dan fühlte sich, als wäre er von einem losen Frachtstück getroffen und umgehauen worden. »Was sagen Sie da?«

»Beim Osteosarkom handelt es sich um einen bösartigen Tumor der Knochen«, fuhr Dr. Mitchell fort, ohne auf die Frage einzugehen. »Er macht sich bemerkbar durch Schmerzen in den betroffenen Regionen, bei Ihrer Großmutter das Becken und die Oberschenkelknochen. Hat sie in letzter Zeit immer mal wieder über Knochenschmerzen geklagt?«

Dan hatte noch an dem großen Brocken zu kauen, den ihm der Arzt hingeworfen hatte. Osteosarkom. Er hatte es nicht mit der medizinischen Fachsprache, doch da auch die Worte Tumor und Metastasen gefallen waren, wusste er genau, was los war. Seine Gran war todkrank.

»Sie hat hin und wieder mal bemerkt, dass ihr die Knochen weh tun, ja, aber sie ist ja auch schon über achtzig! Sie glaubte immer, dass es das Rheuma sei.«

»Nun, was das angeht, hatte sie wohl recht, denn wir haben auch rheumatische Ablagerungen gefunden. Leider war aber auch Tumorgewebe vorhanden.«

Der Arzt nahm seine Brille vom Gesicht. Jetzt wirkte er

weniger streng, doch seine Miene war noch immer ernst. So schaut jemand, der seinem Gegenüber gern eine gute Nachricht überbringen würde, es jedoch nicht kann, ging es Dan durch den Sinn.

»Wir sollten uns gemeinsam überlegen, was in dem Zustand, in dem sich Ihre Großmutter befindet, noch sinnvoll für sie ist.«

»Noch sinnvoll?«, echote Dan aufgebracht. »Was heißt, noch sinnvoll? Wollen Sie sie nicht operieren? Und was ist mit Chemotherapie?«

»Das ist nur sinnvoll, wenn man den Tumor operieren kann«, entgegnete der Arzt und wirkte dabei ein wenig genervt. Wahrscheinlich klammerten sich viele Angehörige an das, was sie aus den Medien kannten und wovon sie glaubten, dass es richtig sei. Aber woher sollte ein normaler Mensch auch wissen, was bei solch einer gravierenden Erkrankung half? Und an Strohhalme klammerte sich jeder Mensch nur zu gern, wenn eine Situation ausweglos erschien. »Das Wachstum des Basistumors und auch der Metastasen ist bereits stark fortgeschritten. Außerdem befindet sich Ihre Großmutter in einem sehr geschwächten Zustand. Offenbar konnte sie das die ganze Zeit über gut kaschieren. Viele Krebspatienten bekommen wir erst zu sehen, wenn die Auszehrung bereits begonnen hat. Und dann ist es meist schon zu spät.«

Darauf konnte Dan erst mal nichts sagen. Minutenlang saß er da. Krebs. Jedes Wort von Dr. Mitchell klang nach einem Todesurteil für seine Gran.

Er dachte wieder an das, was er Kim erzählt hatte. Es stimmte, Gran war der einzige Mensch, den er noch hatte. Sie jetzt zu verlieren war für ihn unvorstellbar.

»Überlegen Sie, ob Ihre Großmutter von ihrem Schicksal wissen soll oder nicht«, riss ihn der Arzt aus seinen Gedanken.

Wieder so ein kryptischer Satz! Dan ballte unwillkürlich die Fäuste. Am liebsten hätte er den Arzt geschüttelt. Kein einziges Wort des Mitgefühls, nur das bloße Abhandeln einer Checkliste. Was sollen wir tun? Wie wollen Sie entscheiden? Soll sie es wissen oder nicht?

»Natürlich soll meine Großmutter wissen, was los ist!«, entgegnete er ungehalten. »Glauben Sie denn, sie ist verkalkt? Oder dumm? Meine Großmutter weiß wahrscheinlich schon viel länger als Sie, was mit ihr los ist. Dass sie nichts gesagt hat, dass sie nicht zum Arzt gegangen ist, hat nichts mit ihren geistigen Fähigkeiten zu tun. Wahrscheinlich wollte sie ganz einfach nicht. Oder sie hat sich eingeredet, dass es noch ein Weilchen so weitergeht, was weiß ich!«

Die Wut brannte in seiner Brust, seine Augen glühten.

Doch Dr. Mitchell ließ sich von dem Ausbruch nicht beeindrucken. Wahrscheinlich hatte er ihn schon in vielen Variationen gesehen.

»In Ordnung, Mr Hathington, dann werden wir offen mit ihr umgehen«, sagte er ruhig und notierte sich etwas aufs Krankenblatt. Dan konnte die Ruhe immer noch nicht so recht fassen, obwohl der vernünftige Teil seines Verstandes natürlich wusste, dass der Arzt nicht jeden Fall an sich heranlassen durfte.

»Wir werden noch einige Tests durchführen, und natürlich haben Sie als Angehöriger das letzte Wort, sofern es keine Patientenverfügung gibt. Hat Ihre Großmutter etwas Derartiges erwähnt?«

Dan schüttelte den Kopf. Krankheit war in ihrem Haushalt selten ein Thema. Schon gar nicht schwere Krankheiten. Sein Großvater hatte eines Tages einen Herzinfarkt gehabt und war dann gestorben. Danach wurde nicht mehr darüber geredet. Kleinere Wehwehchen kurierte Gran mit ihren Hausmitteln. Ein Wort wie Patientenverfügung war aus ihrem Mund noch nie gefallen.

»Nun, wir fragen vorsichtshalber mal nach, manchmal haben Patienten solche Dokumente irgendwo deponiert, ohne dass ihre Angehörigen etwas davon wissen.«

Wieder schnellte die Wut in Dan hoch. Meine Großmutter hat keine Geheimnisse, hätte er den Arzt am liebsten angefahren – doch stimmte das? Jeder Mensch hatte Geheimnisse, das wusste er selbst. Warum nicht seine Großmutter, die immer darauf bedacht war, ihm nach Möglichkeit keinen zusätzlichen Kummer zu bereiten?

»Okay, fragen Sie. Und ansonsten …« Er sah den Arzt prüfend an, während er sich zwang, wieder etwas ruhiger zu werden. »Tun Sie bitte alles, was möglich ist, um ihr die Krankheit so gut wie möglich zu erleichtern, wenn schon keine Heilung drin ist.«

Jetzt zeigte sich zum ersten Mal so etwas wie Mitleid auf dem Gesicht des Arztes.

»Das werden wir, Mr Hathington.« Die beiden Männer blickten einander an, und Dan fragte sich, was Dr. Mitchells Augen schon gesehen hatten. Wahrscheinlich zu viel, um noch wirklich Anteil zu nehmen. »Bitte hinterlassen Sie an der Anmeldung eine Telefonnummer, unter der wir Sie erreichen können.«

Dan nickte und reichte dem Arzt dann die Hand.

Draußen vor der Klinik legte Dan den Kopf in den Nacken. Sonne fiel durch das Laub der Ahornbäume, unter denen einige Patienten spazieren gingen. Die Lichtflecken blendeten ihn, doch er schloss die Augen nicht. Er ließ den Tränen freien Lauf.

Als er sich von seinen Kollegen auf dem Frachter verabschiedet hatte, hätte er sich nicht träumen lassen, dass sein Landgang eine derartige Wende nehmen würde. Er hatte mit einem ruhigen Wochenende gerechnet, mit Kuchen, Spaziergängen und Geschichten von seiner Gran.

Dann hatte er feststellen müssen, dass sie eine fremde Frau unter ihrem Dach beherbergte, in die sie auf seltsame Weise vernarrt zu sein schien. Und wenig später war seine Gran sterbenskrank, und niemand hatte etwas davon geahnt.

Er erinnerte sich daran, wie ihr Gesicht geleuchtet hatte, als sie meinte, das Auftauchen der Fremden sei ein Zeichen gewesen. Was für ein Zeichen? Hatte sie sie etwa für einen Engel gehalten? Spielte der Tumor in ihrem Gehirn ihr irgendwelche Streiche?

Als die Tür hinter ihm ging, wandte er seinen Blick von den Lichtflecken ab. Dunkle Punkte hüpften vor seinen Augen, verschwanden aber bald wieder.

Kim trat neben ihn. Das Nachmittagslicht zauberte einen sanften Schein auf ihr blondes Haar. Er musste zugeben, dass gewisse Ähnlichkeiten mit einem Engel vorhanden waren.

Ein Engel auf der Klippe, den seine Gran davor bewahrt hatte zu fallen ...

»Hey«, sagte sie.

»Hey«, entgegnete er und hatte das Gefühl, vor lauter

Worten zu platzen. Komischerweise hätte er ihr am liebsten jedes Detail der Unterredung mit dem Doc erzählt. Doch irgendwie brachte er es nicht über sich. Was, wenn es zu viel für sie wurde? Offenbar mochte sie seine Gran. Was, wenn das der Schock war, der sie endgültig über die Klippe beförderte?

Er sollte sie nach Hause schicken zu ihren Eltern. Oder zumindest zu Menschen, die sich um sie kümmerten. Bei denen sie sicher war.

»Wie geht es Gran?«, hörte er sich fragen.

»Nicht besonders. Sie meinte, ihre Lebenszeit läuft ab, das könne sie spüren.«

Dan nickte leise. Es stimmte also. Sie ahnte, was los war.

»Was hat die Unterredung mit dem Arzt ergeben?«, fragte Kim.

Tja, Dan, alter Junge, wer Fragen stellt, muss auch damit rechnen, Fragen gestellt zu bekommen.

»Sie hat Krebs«, entgegnete er. »Knochenkrebs. Der Arzt gibt ihr nur noch ein paar Wochen.«

Kim starrte ihn erschrocken an. »Nur noch ein paar Wochen?«

Dan nickte und versuchte, die Tränen zu unterdrücken, die ihm die Kehle zuzuschnüren drohten. Für ein paar Minuten war er nicht in der Lage, etwas zu sagen.

»Der Doc meinte, sie sollte palliativ behandelt werden. Schmerzmittel bekommen, um ihr die Zeit etwas zu erleichtern.«

»Und sonst nichts?«, fragte Kim entgeistert. Sie hatte gehört, dass bei Krebs allerhand gemacht werden konnte. Warum sollte das nicht für Dans Großmutter gelten?

»Sie ist über achtzig und der Krebs zu weit fortgeschritten«, entgegnete Dan. »Es ist ein Wunder, dass sie sich noch so gut bewegen konnte.«

Kim schüttelte verwirrt den Kopf. »Sie hat mich gebeten, ihr etwas vorzulesen«, sagte sie plötzlich.

Dans Augen weiteten sich. »Etwas vorlesen?«

Kim nickte. »Sie hat mir vor ein paar Tagen ein Tagebuch gegeben, das im Familienbesitz ist. Kennst du es?«

Dan schüttelte den Kopf. »Was für ein Tagebuch?«

»Das einer stummen Frau. Leandra. Sie meinte, ich sollte es lesen. Ich habe angefangen, bin aber nicht weiter als bis zu dem Punkt gekommen, an dem sie in Port Isaac eingetroffen ist.«

»Davon höre ich zum ersten Mal.« Seine Gran hatte ihm nie etwas erzählt über ein Tagebuch in ihrem Familienbesitz. Im Wohnzimmer und auch auf dem Dachboden türmten sich einige Dinge, die er als kleiner Junge bewundert und mit denen er gespielt hatte. Ein altes Tagebuch war ihm allerdings nicht untergekommen.

»Nun, sie meinte, das Tagebuch wird in eurer Familie von Generation zu Generation vererbt. Wahrscheinlich hättest du es gefunden, wäre ich nicht aufgetaucht.«

»Und, wirst du es ihr vorlesen?«, fragte er.

»Ja«, antwortete Kim ohne zu zögern. »Es schien ihr sehr wichtig zu sein. Wenn du willst, suche ich mir hier in der Stadt ein Zimmer.«

Dan wollte schon zustimmen, doch dann wurde ihm klar, dass er nicht allein im Haus bleiben wollte. Außerdem würde er Kim dann nicht im Auge behalten können, wie seine Gran es von ihm gefordert hatte.

»Nicht nötig«, antwortete er. »Du kannst im Cottage wohnen. Gran würde es so wollen.«

»Und wie komme ich nach Penzance? Du kannst mich nicht ständig fahren, außerdem musst du wieder auf dein Schiff.«

Dan schüttelte den Kopf. »Nein, das muss ich nicht, ich habe zwei Wochen Urlaub. Eigentlich wollte ich verreisen, aber unter diesen Umständen ...«

»Wohin wolltest du?«, erkundigte sich Kim, und in ihrem Gesicht entdeckte er ehrliches Interesse.

»Über den Kanal. Nach Frankreich und Italien. Ein wenig wandern.«

»Wandern?«, fragte sie verwundert. »Entschuldige, aber das passt irgendwie nicht zu dir!«

»Woher willst du das wissen?«

»Du hast mir erzählt, dass das Meer deine große Liebe ist.«

»Ja, aber hin und wieder braucht man auch bei einer großen Liebe eine Auszeit, oder?«

Diese Worte schienen sie zu erstaunen. Und Dan stellte verwirrt fest, dass er diesen erstaunten Ausdruck in ihren Augen mochte.

Eine Weile sahen sie sich an, bis schließlich wieder Leute aus der Tür traten. Es handelte sich um zwei Krankenschwestern, die beide blaue Strickjacken über ihrer Dienstkleidung trugen. Ungeniert steckte sich eine von ihnen eine Zigarette an und bot ihrer Kollegin ebenfalls eine an.

Dan wollte sich schon beschweren, doch dann sah er den Ascher mit einem Sandhaufen, der mit zahlreichen Kippen verziert war.

»Gehen wir zu ihr«, sagte er, während die Schwester die erste Rauchwolke in die Luft blies, und zog Kim dann mit sich in den Gang.

12. Kapitel

Krebs. Das Wort hallte wie ein Glockenschlag in Kim nach, während Dan den Wagen über die engen Straßen nach Land's End lenkte. Die kleinen Steinmauern am Wegrand waren mit Gras und winzigen lilafarbenen Blümchen bewachsen, deren Namen Kim nicht kannte.

Bei der Herfahrt hatte sie nicht darauf geachtet, doch hinter den niedrigen Mauern erstreckte sich sattgrünes Weideland, auf dem Schafe zu sehen waren, die wie riesige Champignons auf dem grünen Untergrund wirkten.

Zum ersten Mal war es nicht Jake, um den sich ihre Gedanken drehten. Eigentlich hätte sie Zeit gehabt, an ihn zu denken, denn die Fahrt dauerte eine Weile und Dan schien keine Lust auf Konversation zu haben. Doch ihre Gedanken waren ständig bei Janet.

Es war schon lange her, dass sie sich um einen Menschen derart gesorgt hatte. Wenn sie an ihre Mutter dachte oder an ihre Großmutter, sah sie starke Frauen vor sich, die von nichts berührt werden konnten.

Kims Tod hätte sie aus der Bahn geworfen, doch nach einer Weile hätten sie sich auch wieder davon erholt, da war sie sicher.

Bei Janet war es anders. Sie fühlte für sie nicht nur wie eine entfernte Enkelin. Sie hatte Angst um sie.

Was bezweckt sie überhaupt mit der Vorlesestunde?, fragte sich Kim. Sie kennt das Buch doch sicher in- und auswendig. Warum will sie es noch einmal hören?

Dann fiel ihr der Grund ein: Wahrscheinlich wollte sie sie davon abhalten, sich umzubringen. Womöglich glaubte Janet, dass diese Absicht immer noch in ihr schwelte. Stimmte das?

Kim wusste es nicht. Sie wusste nur, dass sie die alte Frau, die sie gerettet hatte, die sie aufgenommen und ihr zugehört hatte, nicht enttäuschen durfte.

Als sie das Cottage erreichten, wurde es bereits dunkel. Sterne funkelten über dem Reetdach, und ein violetter Streifen Licht strahlte über dem Meer.

Schon beim Aussteigen bemerkte Kim die bedrückende Stille.

»Möchtest du etwas essen?«, fragte Dan, während er in die Küche eilte, als wäre es eine sichere Zuflucht vor all den Problemen, die sich in den vergangenen vierundzwanzig Stunden aufgetan hatten.

Kim wollte schon ablehnen, als sie merkte, dass sich ihr Magen furchtbar hohl anfühlte. »Ja, was zu essen wäre gut.«

Dan nickte, blieb dann aber vor dem Küchentisch stehen. Offenbar hatte ihn schlagartig der Elan verlassen.

»Mann«, raunte er, während er sich auf der Tischplatte abstützte und dann mit der Faust darauf schlug.

Kim zuckte erschrocken zusammen. Dann sah sie, dass Dans Schultern zu zucken begannen. Er weinte! Zunächst stumm, dann kam ein herzzerreißender Klagelaut aus seiner Kehle.

Kim wusste zunächst nicht, wie sie reagieren sollte. Selten hatte sie einen Mann vor sich gehabt, der offen weinte. Meist hatten diese Männer ihr nicht nahe genug gestanden, dass sie sich berufen gefühlt hätte, sie zu umarmen. Auch Dan stand ihr nicht nahe. Aber sie war die Einzige hier, die ihn vielleicht trösten konnte. Also überwand sie sich, ging zu ihm und umarmte ihn, auch wenn sie wesentlich kleiner war als er.

»Es tut mir leid«, sagte sie leise, während ihr ebenfalls die Tränen kamen. »Es tut mir so leid.«

Dan wandte sich in ihrer Umarmung um und schlang nun seine die Arme um sie. Beinahe begrub er sie unter seiner langen Gestalt, und seine Schluchzer fühlten sich wie ein Erdbeben an. Aber Kim wusste in diesem Augenblick, dass sie genau das Richtige tat.

Als Dan sich wieder ein wenig beruhigt hatte, ging sie zum Küchenschrank und stellte die Kaffeemaschine an. Im Kühlschrank stand noch ein Teller mit Scones. Diese verteilte sie auf dem Backblech und schaltete den Ofen an. Dann setzte sie noch einen Topf Wasser für Porridge auf. In Janets gut gefülltem Küchenschrank fand sie eine Packung Instant-Porridge, außerdem Butter und braunen Zucker. Aus diesem zauberte sie wenig später einen Brei, der zumindest ganz passabel duftete.

Es wunderte sie, wie diese einfachen Handgriffe ihre Seele beruhigten. Vielleicht sollte sie öfter Porridge zubereiten. Oder vielleicht wieder backen! Janet freute sich sicher über einen Kuchen am Krankenbett. Das Essen in der Klinik war bestimmt nicht so berauschend …

Erst als sie mit dem Korb Scones an den Tisch trat, bemerkte sie, dass Dan sie die ganze Zeit über beobachtet hatte. Sein Blick wirkte ein wenig abwesend, doch er war zweifellos auf sie gerichtet.

»Hier, ich hoffe, sie sind in Ordnung so.«

Ihre Worte schienen ihn aus seinem Grübeln zu holen.

»Ja ... ja, das sind sie sicher ...«

»Worüber hast du nachgedacht?«, fragte Kim und setzte sich ihm dann gegenüber. Der Scone, nach dem sie griff, war noch ziemlich heiß, doch die Wärme war angenehm auf ihren kalten Händen.

»Darüber, was Gran zu mir gesagt hat.«

»Und was war das?«

»Sie meinte, es sei ein Zeichen gewesen, dass du hier aufgetaucht bist.«

»Ein Zeichen?« Kim schüttelte verwundert den Kopf. Sie glaubte nicht an Zeichen, denn es hatte ja auch nichts gegeben, das sie vor dem Verlust ihres Liebsten gewarnt hätte.

»Ja, ein Zeichen. So hat sie es ausgedrückt. Als sie sagte, dass ihr die ganze Zeit schon die Knochen schmerzten, habe ich mir nichts dabei gedacht. Sie klagte öfter über Rheuma, und in ihrem Alter sind Wehwehchen doch eigentlich normal. Ich habe ihr einen Stock mitgebracht, auf den sie sich stützen konnte.«

»Den habe ich gesehen. Er sieht toll aus.«

»Toll genug für einen Wanderstock vielleicht. Aber viel kann man von Stöcken ja nicht erwarten.« Er machte eine kurze Pause, dann fügte er hinzu: »Auf jeden Fall meinte sie, dass sie an dem Nachmittag, an dem sie dich getroffen hat, keine Schmerzen hatte. Es ging ihr so gut wie lange nicht mehr. So als sollte sie an dem Tag das Haus verlassen. Sie meinte auch, dass es sie förmlich zu den Klippen gezogen hätte. Als hätte sie nur noch diesen einen Tag, um sie noch einmal zu sehen.«

Dieser Gedanke zog Kim den Magen zusammen. Ein letzter Spaziergang zu den Klippen, um das Meer zu sehen, das sie so liebte. Und dabei traf Janet auf sie. Irgendwie konnte sich Kim einen besseren letzten Spaziergang vorstellen. Auf einen Selbstmörder zu treffen gehörte wohl nicht zu den Begegnungen, die sie, wenn sie Janet wäre, am Ende ihres Lebens haben wollte.

Doch zum Ersten wusste Janet da noch nicht, wie es um sie stand. Und zum Zweiten, wer war Kim denn, darüber zu urteilen, was Janet gefiel oder nicht?

Dan senkte den Kopf. »Es macht mich sehr traurig, dass es wirklich ihr letzter Spaziergang war. Sie werden sie wahrscheinlich nicht mehr aus der Klinik entlassen.«

Er seufzte schwer, dann fuhr er fort: »Ich mag mir gar nicht vorstellen, wie es sein wird, wenn sie sich darüber klarwird, nie mehr das Meer sehen zu dürfen.«

Dan stützte seinen Kopf in seine Hände, und wieder begann er zu weinen.

Kim fühlte sich furchtbar hilflos. Es war eine Sache, die eigene Trauer zu erleben, und eine andere, die Trauer eines anderen Menschen mitzubekommen und feststellen zu müssen, dass man rein gar nichts tun konnte. Wahrscheinlich war es ihrer eigenen Mutter und Großmutter ähnlich gegangen, wenn sie sie um Jake hatten trauern sehen.

»Wenn ... wenn du magst, dann helfe ich dir«, sagte sie schließlich, denn das war das Einzige, was sie anbieten konnte. Und was die anderen auch ihr angeboten hatten und was sie so oft ausgeschlagen hatte. »Ich werde ohnehin noch eine Weile hierbleiben, denn dieses Tagebuch ist furchtbar dick, und deine Großmutter möchte ja die ganze Geschichte hören. Vielleicht finden wir eine Lösung, dass sie das Meer noch einmal sehen kann.«

Dan sagte dazu zunächst nichts, sie hörte ihn nur schluchzen.

Doch schließlich nickte er.

ജ

Ich bin furchtbar aufgeregt. Immerhin geschieht es nicht jeden Tag, dass man die Eltern seines Liebsten kennenlernt. Gleichzeitig bedeutet es wohl, dass er es ernst meint – Jake, das weiß ich mittlerweile, ist kein Mann, der leichtfertig ein Mädchen mit zu seinen Eltern nimmt. Er behauptet sogar, dass er das bisher noch nie gemacht hat. Wenn ich sehe, wie nervös er an seinen Hemdsärmeln zupft, bin ich sogar gewillt, ihm zu glauben.

»Also«, beginne ich, als wir im Auto sitzen und Jake so aussieht, als hätte er keine Kraft, den Schlüssel im Zündschloss rumzudrehen. »Gibt es irgendwas, was ich bei deinen Eltern beachten muss?«

Jake sieht mich verwundert an. »Wieso fragst du? Sie werden dich lieben, wie du bist, da bin ich mir sicher.«

»Das hoffe ich zumindest. Aber möglicherweise kann ich es uns allen ein wenig … leichter machen.«

»Du meinst, dich verstellen, um ihnen zu gefallen?« Dan war kein Meister der Verschleierung.

»Genau das!«, antworte ich, denn ich kann sehr gut Dinge verschleiern, von denen ich nicht will, dass andere sie mitbekommen.

»Das wird nicht nötig sein!« Er wirft mir ein nervöses

Lächeln zu, das mich zweifeln lässt. Möglicherweise zweifelt auch er. »Meine Mum und mein Dad werden dich lieben. Aber möglicherweise lieben sie mich dann etwas weniger, denn sie haben sich immer eine Tochter gewünscht.«

Ich ziehe ihn in meine Arme. Es ist Unsinn, was er da redet. Ich kann mir nicht vorstellen, dass eine Mutter ihr Kind gegen ein Schwiegerkind tauschen würde.

»Ich glaube, wir sollten losfahren und es herausfinden«, sage ich zu ihm, nachdem wir uns geküsst haben.

»Ja, das sollten wir«, sagt er und lässt endlich den Motor an.

Jakes Eltern wohnen am Rand von Bristol, in einem netten kleinen Vorort, der größtenteils aus ordentlichen Reihenhäusern besteht. Ein wenig fühle ich mich an die Harry-Potter-*Filme erinnert, an den Ligusterweg, wo sein schrecklicher Onkel und seine schreckliche Tante leben.*

Doch es gibt hier keine Eulen, die eilig irgendwelche Briefe zustellen wollen. Lediglich die träge sonntägliche Ruhe ist da.

Es wundert mich schon, dass Jake in einer Gegend wie dieser aufgewachsen ist. Kommt davon seine Liebe zum Meer? Mag er es wegen seiner ordentlichen Kindheit so sehr, auf das wilde Meer hinauszufahren und sich mit den unberechenbaren Wellen anzulegen? Dass er es des Ruhmes wegen tut, ist ausgeschlossen, so viel weiß ich mittlerweile. Wäre es nur der Ruhm, hätte er ihn nur zu erreichen brauchen, um den Gefallen am Surfen zu verlieren.

»Nicht besonders spektakulär, nicht wahr?«, fragt er, während er sich abschnallt.

Erica ist eine recht große Frau mit kurzen, brünetten Haaren, die sie glücklicherweise nicht wie viele andere mit einer farbigen Strähne verschandelt. Ihre grünen Augen wirken rätselhaft, und mit ihrer schlanken Gestalt erinnert sie mich an ein Meerwesen aus einem Märchenbuch. Auch wenn sie keine Muscheln um den Hals trägt.

Selkie, schießt es mir in den Sinn. Sie ist vielleicht eine Selkie-Frau wie in den schottischen Sagen, die ihr Robbenfell versteckt hat. Der Gedanke gefällt mir, und noch mehr, dass sie mich so, wie Jake es angekündigt hat, herzlich in die Arme schließt.

Jakes Vater Ben ist ebenfalls groß und schlank, in seinen Zügen erkenne ich Jake nur allzu deutlich wieder. Ebenso wie seine Frau hat auch er etwas durchaus Magisches an sich. Doch er wirkt nicht wie ein Meerwesen. Eher wie jemand, dem es gelungen ist, eines zu fangen. Ich mag ihn sofort, denn irgendwie ähneln wir uns. Auch ich habe ein Meerwesen eingefangen, wenngleich dieses von mir behauptet, ich sei eine Undine.

Sie führen uns ins Haus, das auch von innen sehr ordentlich und aufgeräumt aussieht, beinahe minimalistisch. Es gibt nur das, was nötig ist – und viel Schönes. So hängt ein beeindruckendes Gemälde an der Wand, eine raue Meereslandschaft, und auf einmal bin ich mir nicht mehr so sicher, ob allein die chaosfreie Umgebung Jake dazu gebracht hat, das Meer zu lieben. Vielleicht ist seine Mutter wirklich ein Meerwesen, das Ben nur aus Liebe aufs Festland gefolgt ist.

»Ich muss zugeben, dass dies eine absolute Premiere für mich ist«, sagt Erica, während sie Kuchen auf eine Platte schichtet. »Jake hat noch nie eine seiner Freundinnen mitgebracht. Sie sind die Erste.«

Das kann ich kaum glauben, aber ihr Blick wirkt ehrlich, sie sagt es nicht nur, um mir zu schmeicheln.

»Sie müssen wirklich etwas Besonderes sein.«

Ich werde rot. Meine Mutter hält mich auch für etwas Besonderes, aber bei ihr ist es mir nicht im Geringsten peinlich, weil ich weiß, dass alle Mütter das tun.

Von der potentiellen Schwiegermutter so etwas zu hören ist eher ungewöhnlich. Oder liegt darin eine leichte Warnung, es ja nicht zu verderben?

»Ich liebe Ihren Sohn einfach nur«, entgegne ich und suche in ihren Augen etwas, das Abneigung verrät. Doch ich finde nichts. Stattdessen lächelt sie.

»Genau das ist es, was Jake braucht und immer gebraucht hat. Liebe. – Würden Sie die Teekanne mitnehmen?«

Das Meer war an diesem späten Nachmittag eine graue Masse, die von gelblicher Gischt gekrönt wurde. Es wirkte irgendwie – wütend. Der Wind zerrte an ihnen, aber weder Dan noch Kim kam in den Sinn, umkehren zu wollen. Schweigend gingen sie über den von Heidekraut gesäumten Weg, jeder in seine eigenen Gedanken versunken.

Noch immer hallte in Kim nach, was Dan in der Küche gesagt hatte.

Gab es so etwas, Zeichen vom Himmel? Und wenn ja, bedeutete das, dass sie noch nicht hatte sterben sollen? Existierte vielleicht doch so etwas wie ein Himmel, oder bildeten sich die Menschen das nur ein, damit ihnen der Abschied von der Welt leichter fiel?

Plötzlich klingelte Dans Handy. Sie blieben stehen, und er fischte das Gerät aus der Tasche. »Ja?«

Kim beobachtete, dass sich sein Gesicht verfinsterte. War das vielleicht die Klinik? Ging es Janet schlechter?

Kim dachte wieder an das Tagebuch. Janet hatte ihr aufgetragen, es zu lesen, aber sie hatte es nicht getan.

»Ja, okay«, schloss Dan das kurze Gespräch und drückte den Anrufer weg.

»Was Ernstes?«, fragte Kim.

Dan schüttelte den Kopf, als wollte er einen unliebsamen Gedanken vertreiben. »Mein Boss«, antwortete er dann. »Ich hatte ihn vorhin angeschrieben und um verlängerten Urlaub gebeten.«

»Und? Hat er nicht zugestimmt?«

»Doch, aber das heißt, dass ich nicht planmäßig mit meinem Schiff auslaufen kann. Ich werde einem anderen Schiff zugeteilt. Das bedeutet, dass ich mich erst mal wieder an die Mannschaft gewöhnen muss – und sie sich an mich.«

»Das … klingt unerfreulich.«

Dan zuckte mit der Schulter. »Kommt drauf an. Manche Mannschaften nehmen einen sofort auf, andere treiben erst eine Menge Scherze mit einem. Und bei wieder anderen musst du dich erst einmal beweisen, ihnen zeigen, dass du in Ordnung bist.«

»Und kannst du nicht auf dein eigentliches Schiff zurück?«

»Doch, sicher. Aber unsere Schiffe sind eine Weile unterwegs. Man bleibt bis zu einem Jahr auf demselben, wenn man Pech hat.«

»Das tut mir leid.« Kim senkte den Kopf und starrte einen Moment auf ihre Schuhe. Wäre das alles zu vermeiden gewesen? Oder wäre Janet auch zusammengebrochen, wenn sie nicht in Land's End aufgetaucht wäre?

»Das muss es nicht. Ich werde schon klarkommen. Das

Wichtige ist, dass ich mich jetzt um Gran kümmern kann. Von all meinen Sorgen ist das Schiff momentan die geringste.«

Da hatte er recht, aber Kim konnte sich dennoch vorstellen, dass es schwer für ihn war. Einen Moment lang blieben sie schweigend auf der Klippe stehen, dann rauschte plötzlich etwas Großes, Weißes heran. Aus dem Augenwinkel erkannte Kim eine Möwe, die einen lauten, fast empörten Schrei ausstieß, als sie die beiden sah. Sie umkreiste sie einen Moment lang, kreischte erneut und flatterte dann in Richtung der Longships-Felsen.

»Wusstest du, dass man früher geglaubt hat, die Seelen ertrunkener Matrosen würden als Möwen zurückkehren?«, fragte Dan unvermittelt, während er dem Vogel nachsah.

Die Art, wie er diese Worte aussprach, ließ einen Schauer über Kims Rücken laufen. Sie kannte diesen Glauben. Auch Jake hatte ihr einmal davon erzählt. Einmal hatte er sogar gescherzt, dass er als Möwe wiederkommen würde, wenn er eines Tages stürbe.

»Rede nicht so einen Unsinn!«, hatte Kim damals zu ihm gesagt. Sie erinnerte sich daran, als wäre es erst gestern gewesen.

»Ja, das wusste ich«, antwortete Kim und vergrub ihre Hände in der Jackentasche. Irgendwie war es unfair. Dan hatte ihr die Geschichte seiner Familie erzählt, aber sie, das fiel ihr jetzt auf, hatte ihm noch nichts erzählt. Das schien ihn nicht zu stören, aber irgendwie hatte sie das Bedürfnis, es jetzt zu tun. Als wäre die Möwe ein Zeichen.

»Mein Freund hat mir davon erzählt.«

»Dein Freund.« Irgendwie wirkte Dan ein wenig enttäuscht. Hatte er wirklich gedacht, dass es in ihrem Leben niemanden gab?

Beinahe wollte sich Kim darüber aufregen, doch dann stellte sie fest, dass er recht hatte. In ihrem Leben gab es niemanden mehr. Jemand, der glücklich verliebt war, wollte sich nicht von einer Klippe stürzen.

»Ja, mein Freund«, bestätigte sie. »Er liebte das Meer genauso wie du. Wahrscheinlich noch mehr. Sein ganzes Leben bestand daraus zu versuchen, den Ozean zu bändigen.«

Kim bemerkte, dass es hinter Dans Stirn zu arbeiten begann.

»Er liebte das Meer?«, fragte er dann. »Also seid ihr nicht mehr zusammen?«

Kim schüttelte den Kopf.

»Oh«, machte er, aber irgendwie klang es nicht so, als würde er es sonderlich bedauern. »Also bist du deshalb ... Ich meine, zu den Klippen gefahren.«

»Ja, es war seinetwegen.«

»So ein Idiot!«, murmelte Dan empört, doch Kim schüttelte erneut den Kopf.

»Er war auf dem Weg zu einem Surfwettbewerb. Sein Flugzeug ist hier ganz in der Nähe abgestürzt.« Kims Blick schweifte zum Wasser. Nein, es war nicht direkt hier, eben in der Nähe. Nähe war auf dem Wasser relativ. »Das Meer, das er so geliebt hat, hat ihn verschlungen.«

Dan sagte darauf nichts. Kim sah ihn nicht an, doch sie konnte sich gut vorstellen, was in ihm vorging. Die meisten Menschen reagierten so, wenn sie von dem Unfall hörten.

»Dann war Jake Ericson dein Freund?« Er schnappte hörbar nach Luft. »Der Surfer?«

Kim wandte sich um. »Ja, das war er.«

»Ich erinnere mich an das große Spektakel, das es deswegen hier gegeben hat. Ein Freund von mir ist bei der Küstenwache. Er erzählte, dass das Flugzeug in der Mitte durchgebrochen war.«

Kim erinnerte sich an die furchtbaren Bilder. Ihr zukünftiger Schwiegervater hatte sie vor ihr verstecken wollen, doch sie hatte darauf bestanden, sie zu sehen, sonst hätte sie wahrscheinlich nicht geglaubt, dass Jake gestorben war.

»Ja, das ist richtig. Niemand hat überlebt. Und damit war auch mein Leben, wie ich es kannte, vorbei. Von einem Tag auf den anderen, einfach so.«

Sie schnippte mit den Fingern, doch der Laut wurde vom Wind verschluckt.

»Du hattest recht, ich wollte mich umbringen«, sagte sie dann. »Deine Großmutter wusste es, sie wusste es wohl von dem Augenblick an, als sie mir auf der Klippe begegnet ist. Ich dachte immer, mein Entschluss stünde fest, aber …« Kim stockte und schaute auf ihre Schuhspitzen. »Mittlerweile bin ich mir nicht mehr so sicher. Möglicherweise habe ich nur auf etwas gewartet. Ein Zeichen, wie Janet sagte.«

Dan schaute sie erschüttert an. Jetzt war in seinen Augen sogar ein bisschen Verständnis zu finden.

»Die Sache mit deinem Freund tut mir leid.«

Kim nickte. »Danke.«

»Es muss schwer sein, den Menschen zu verlieren, den man liebt. Schwerer noch, als seine Eltern zu verlieren.«

»Es ist sicher immer schwer, egal, in welchem Verhältnis man zu einem Menschen steht, den man gernhat«, entgegnete Kim und blickte wieder auf ihre Schuhspitzen.

»Ich hätte mir nur gewünscht, ihn noch einmal sehen und ihm sagen zu können, dass ich ihn liebe.«

»Das hat er sicher gewusst.«

Kim nickte der Einfachheit halber.

Dan konnte ja nicht ahnen, dass es nicht das letzte Mal war, dass sie ihn verloren hatte. Beim zweiten Mal war er schon fast einen Monat unter der Erde. Aber das wollte ihm Kim noch nicht erzählen. Ja, sie wollte ja selbst nicht mal dran denken.

»Wir sollten wieder zurückgehen«, sagte sie. »Mir ist kalt.«

»Okay«, entgegnete Dan, dann zog er seine Jacke aus und hängte sie ihr über die Schultern.

»Was soll das?«, fragte Kim verwundert. Das letzte Mal, dass ihr jemand seine Jacke gegeben hatte, schien endlos lange her. »Ich habe doch eine Jacke.«

»Aber meine ist dicker. Außerdem bin ich eine steife Brise gewöhnt. Du solltest dich besser nicht erkälten, wenn du Gran aus dem Buch vorlesen möchtest.«

Kim sah, dass er fror, aber sie erkannte, dass er stur genug war, um die Jacke nicht zurückzunehmen. Also behielt sie sie auf den Schultern, bis sie wieder im Cottage waren.

13. Kapitel

Am nächsten Morgen machte sich Kim in aller Frühe auf den Weg zur Bushaltestelle. Dan wollte sie eigentlich in die Stadt fahren, weil er dort ohnehin noch etwas zu besorgen hatte. Aber Kim hatte sich dafür entschieden, es auf diese Weise zu versuchen. Wer wusste schon, wie lange Janet noch im Krankenhaus lag? Sie konnte von Dan nicht verlangen, dass er immer ihren Chauffeur spielte.

Kim klammerte sich an die Hoffnung, dass die Prognose der Ärzte manchmal schwärzer ausfiel, als sie es letztlich war. Und hatten die Mediziner nicht auch behauptet, dass Stephen Hawking keine dreißig werden würde? Mittlerweile war er schon über siebzig!

Natürlich standen Janets Chancen sehr schlecht, da machte sich Kim nichts vor. Aber sie fand es beruhigend, einen Strohhalm zu haben, an den sie sich klammern konnte.

Möglicherweise geschah doch ein Wunder.

Und wenn nicht, so würde sie ihr wenigstens eine Freude bereiten.

Auf ihrem Weg zu der Haltestelle passierte sie das Land's-End-Hotel und auch die Werbetafel für die »Shaun

The Sheep Experience«. Dabei erinnerte sie sich wieder an die Schafe, die sie auf den Weiden an der Landstraße gesehen hatte. Ein wenig konnte sie verstehen, dass diese Tiere so etwas wie die Wappentiere der Gegend waren.

Die Morgenluft war frisch und roch nach Algen. In Land's End regte sich langsam das Leben.

Kim war überrascht, dass sie sich plötzlich fragte, ob sie in solch einem Ort leben könnte. Hier schien alles so still und ruhig, so geordnet. Sicher war es mit der Wirtschaft nicht so weit her wie in Bristol. Doch vielleicht konnte man eine kleine Pension eröffnen?

Mama wird denken, ich bin verrückt.

Wieder dachte Kim an das Handy in ihrer Tasche. Mittlerweile war es mehr als eine Woche her, dass sie sich zu Hause gemeldet hatte. Wahrscheinlich war ihre Mailbox voller Nachrichten. Es wäre wohl gut, wenn sie sie bald abhörte und dann ein Lebenszeichen von sich gab.

An der Bushaltestelle warteten noch andere Leute: Schulkinder, eine ältere Dame und ein Mann im Anzug, der immer wieder hektisch auf seine Uhr schaute.

»Mein Wagen wollte heute Morgen nicht anspringen«, erklärte er der älteren Dame, die ihn wohl kannte. »Jetzt muss ich den Bus nehmen und werde zu spät zu meinem Meeting kommen.«

»Immer mit der Ruhe, Burt«, sagte die Frau, die etwa in Janets Alter war. »Deine Geschäfte werden auf dich warten. Die jungen Leute heutzutage sind immer so furchtbar unruhig und vergessen dabei zu leben.«

Dieser Ausspruch hätte auch von Janet stammen können. Kim nahm sich vor, ihr von der Frau zu erzählen.

Sie hatte keine Ahnung, um wie viele Minuten der Geschäftsmann schon zu spät war, doch schneller, als sie es erwartet hätte, rauschte der Bus heran.

Sie stieg hinter dem Geschäftsmann ein und suchte sich einen Sitzplatz weiter hinten. Die Schulkinder unterhielten sich lautstark, aber das störte sie nicht. Sie öffnete ihre Tasche und kramte nach ihrem Handy. Seit sie angekommen war, hatte sie es nicht mehr in der Hand gehabt. Sie fand es unter dem Tagebuch, das sie, um es nicht zu beschädigen, in ein Geschirrtuch eingewickelt hatte. Noch immer hatte sie den Ausdruck auf Dans Gesicht vor sich, als er es zum ersten Mal erblickt hatte.

Sie hatte es ihm am Abend gezeigt, weil sie keine Lust gehabt hatte, allein auf dem Zimmer zu sitzen.

»Ich habe das noch nie gesehen«, hatte Dan gesagt und dann ehrfürchtig über das brüchige Leder gestrichen.

»Deine Großmutter meinte, dass es von Generation zu Generation vererbt werden würde«, erklärte sie. »Es ist schon komisch, dass sie es gerade mir gegeben hat.«

»Nun, vielleicht wusste sie, dass du es mehr zu schätzen weißt als ich.«

»Wirklich?« Kim schüttelte den Kopf. »Wenn es nach mir ginge, hätte ich es gar nicht angerührt.«

»Wieso nicht?«

»Weil das die Gedanken eines wildfremden Menschen sind. Diese Frau ... sie war stumm und hatte keine andere Möglichkeit, sich auszudrücken, als durch dieses Buch. Wer weiß, was sie alles niedergeschrieben hat.«

»Und du bist nicht neugierig?«, fragte Dan erstaunt.

»Nein. Nicht bei so etwas Intimem wie einem Tagebuch. Ich möchte ja auch nicht, dass irgendwelche Menschen später lesen, was mir durch den Kopf gegangen ist.«

»Das mag wohl sein, aber trotzdem ist es sicher interessant …«

Kim hatte geseufzt. »Das scheint deine Großmutter auch zu finden. Und jetzt bekommt sie ihren Willen, dass ich es lese, denn wenn ich ihr daraus vorlese, kann ich unmöglich meine Ohren zuklappen …«

Und nun lag das Buch in ihrer Tasche und fuhr mit ihr nach Penzance.

Da Kim nicht vorhatte, einen Blick hineinzuwerfen, bevor sie in Janets Krankenzimmer war, schaltete sie ihr Smartphone an. Zunächst befürchtete sie, dass es entladen sein könnte, doch dann erschien das Herstellerlogo auf dem Display.

Nur einen Moment lang herrschte trügerische Ruhe, dann strömten die Nachrichten und versäumten Anrufe herein. Innerhalb von wenigen Minuten summierten sich die Meldungen auf fünfundachtzig. Natürlich waren auch einige Mails dabei, die keine Bedeutung für sie hatten. Besonders anklagend waren jedoch die Zahlen neben dem SMS- und WhatsApp-Icon.

Die meisten SMS wiesen auf Mailboxnachrichten hin. Die WhatsApp-Nachrichten stammten fast alle von ihrer Mutter und ihrer Freundin Carrie. Kim konnte sich denken, wer ihr die Mailbox vollgequatscht hatte.

In ihrem Bauch rumorte es, und beinahe war sie versucht, das Handy wieder auszuschalten. Das hereinströmende Leben, alles, was sie hinter sich hatte lassen wollen, traf sie mit der Wucht einer Flutwelle.

Doch was würdest du tun, wenn es um jemanden geht, den du gernhast?, schien ihr eine Stimme zuzuflüstern. Hast du nicht alles versucht, um Jake zu erreichen? Auch dann noch, als man dir die Nachricht vom Absturz überbracht hat?

Doch, das hatte sie. Sie hatte so lange versucht, ihn zu erreichen, bis die Mailbox abgeschaltet wurde. Möglicherweise hatten ihre Mutter und Carrie schon eine Vermisstenmeldung rausgegeben? Sie konnte sich vorstellen, dass ihre Mutter zu Jakes Haus gefahren war und es gespenstisch leer vorgefunden hatte.

Sie musste sich endlich melden!

Einen Moment lang zögerte sie noch. War sie bereit für die Flut an Fragen nach dem Warum ihres Verschwindens? Würde es nicht alles wieder schlimmer machen? Und wie sollte sie ihrer Mum erklären, dass sie in Cornwall war – ohne dass diese sich sofort ins Auto setzte, vielleicht noch mit ihrer Großmutter als Verstärkung ...

Sie entschloss sich, zuerst eine kurze Nachricht an Carrie zu schreiben.

Entschuldige, brauche eine kleine Auszeit, aber mir geht es gut, tippte sie ins Nachrichtenfeld und drückte auf »Senden«. Bei ihrer Mutter zögerte sie noch immer. Würde eine Nachricht genügen?

Sie versuchte es.

> Hi Mum, mach dir keine Sorgen, mir geht es gut. Mir war nur alles zu viel, und deshalb bin ich für eine Weile untergetaucht. Es wird alles wieder. LG, Kim

Das hörte sich harmloser an, als es war, aber fürs Erste würde ihre Mutter vielleicht beruhigt sein.

Sie hatte noch nicht alle anderen Nachrichten gelesen, als schon die nächsten beiden beinahe zeitgleich eintrafen.

Gott sei Dank!, schrieb Carrie. Was ist in dich gefahren, mir nicht Bescheid zu geben?

Kim zog die Augenbrauen hoch. Warum hätte sie das tun sollen? Sie waren Freundinnen, ja, aber dennoch waren sie sich keine Rechenschaft schuldig, wenn sie mal für eine Woche untertauchten.

Sorry, aber ich brauchte die Pause von allem. Bin am Meer, also mach dir keine Gedanken.

Die Nachricht von ihrer Mutter klang ruhiger, doch Kim konnte sich vorstellen, was in ihr vorging.

Du ahnst ja nicht, wie froh ich bin, dass du dich meldest. Ich war bei dir, aber da war niemand, und die Nachbarn meinten, sie hätten dich schon eine ganze Weile nicht mehr gesehen. Geht es dir gut?

Kim atmete tief durch. Vor ihrem geistigen Auge sah sie, wie ihre Mutter durch den gesamten Ort lief und alle Leute ausquetschte, die irgendwie mit ihrer Tochter zu tun gehabt hatten. Es war nicht fair gewesen, das sah sie jetzt ein. Aber damals war sie eine andere gewesen. Sie war verzweifelt gewesen, hatte den Schmerz nicht ertragen können und im Tod den einzigen Ausweg gesehen …

Das alles konnte sie ihrer Mutter aber nicht erzählen, sie würde sofort die Adresse ihres Aufenthaltsortes verlangen, sich auf den Weg machen. Doch Kim konnte nicht von hier fort. Sie hatte Janet versprochen, ihr aus dem Tagebuch vorzulesen, und dieses Versprechen würde sie halten.

Ja, Mum, es geht mir gut, ich brauchte nur mal ein bisschen Abstand von zu Hause. Tut mir leid, dass ich mich nicht gemeldet habe. Ab sofort ist das Handy wieder an, schreib mir ruhig, aber bitte ruf mich erst einmal nicht an, ja? Hab dich lieb! Kim

Nach etwa einer Dreiviertelstunde erschien ihre Haltestelle auf dem Display des Busses. Kim hatte darauf verzichtet, nach weiteren Nachrichten zu schauen, und einfach nur aus dem Fenster gesehen. Jetzt erhob sie sich, schulterte ihre Tasche, und als der Bus zum Stehen kam und sich die Türen zischend öffneten, stieg sie aus.

Im ersten Moment fühlte sie sich ein wenig verloren, denn Dan war mit ihr direkt zum Krankenhaus gefahren. Aber nach kurzem Herumfragen fand sie die Klinik.

Unter dem bewölkten Himmel wirkte sie jetzt noch trostloser als gestern. Doch Kim war ja auch nicht hier, um die Architektur zu bewundern.

Als sie durch die Glastür trat, schlug ihr der mittlerweile schon bekannte Desinfektionsmittelgeruch entgegen. Die Schwester hinter der Anmeldung ignorierte sie, doch das war Kim ganz recht. Sie stieg in den Fahrstuhl und fuhr in den dritten Stock. Da während der Besuchszeit am Vormittag die Patienten zu Untersuchungen mussten, herrschte reger Betrieb in den Gängen. Möglicherweise würde auch Janet noch untersucht werden. Kim beschloss, dennoch gleich bei ihr reinzuschauen.

Als sie die Tür öffnete, sah sie nur eine fremde Frau, die gerade schlief – doch wo war Janet? Ihr Bett war aufgebockt und leer, als würde es darauf warten, für einen neuen Patienten bezogen zu werden.

Ein heißer Schreck zog durch Kims Glieder, ihr Herz begann, panisch zu rasen.

War etwas passiert, von dem sie nichts wusste? Sie hatte Dan am Morgen nicht gesehen, weil sie ihn schlafen lassen wollte. War auf seinem Handy die Nachricht eingegangen, dass es Janet nicht über die Nacht geschafft hatte?

»Hallo, Miss? Zu wem wollen Sie?«, fragte eine Stimme, während Kim noch immer fassungslos in das Zimmer starrte, auf das leere Bett, in dem Janet am Vortag noch gelegen hatte.

Im ersten Moment bekam sie gar nicht mit, dass sie angesprochen wurde.

Erst als die Schwester ihre Frage wiederholte, wandte sie sich langsam um.

»Ich ... ich wollte zu Janet Hathington.«

»Die ist heute Morgen verlegt worden in die Onkologie. Ich kann gern nachschauen, welche Zimmernummer sie hat.«

Onkologie. Logisch, sie hat Krebs, also verlegt man sie auf eine andere Station. Kim atmete erleichtert durch.

»Ja, bitte, wenn Sie so nett wären.«

Während die Schwester wieder in ihrem Aufenthaltsraum verschwand, ließ Kim das leere Zimmer hinter sich. Der Schreck pochte ihr noch immer in den Gliedern. Sofort dachte sie an Dan, daran, dass er nicht wusste, dass seine Gran verlegt worden war. Oder wusste er es doch? Hatte man ihm Bescheid gegeben?

Dann fiel ihr ein, dass sie Dan zwar einen Zettel auf den Tisch gelegt, ihm aber nicht ihre Telefonnummer hinterlassen hatte.

»Mrs Hathington ist auf Zimmer neun«, verkündete die

Schwester, als sie das Schwesternzimmer wieder verließ. »Sie wird allerdings noch untersucht, da werden Sie sich ein wenig gedulden müssen.«

Kim bedankte sich und kehrte zum Fahrstuhl zurück. Erst jetzt merkte sie, dass ihre Knie zitterten. Da sie nicht wusste, wie lange Janets Untersuchung dauern würden, fuhr sie ins Erdgeschoss und ging in die Cafeteria.

Appetit hatte sie keinen, doch sie nahm sich einen Kaffee mit und setzte sich ans Fenster. Noch befanden sich dort nur wenige Besucher, aber nach und nach füllte sich der Raum. Einige Patienten, die von ihren Verwandten besucht wurden, konnten es offenbar gar nicht erwarten, sich auf das Kuchenangebot zu stürzen. Ein Mann, der neben sich einen Tropf an einer Metallstange schob, genehmigte sich ein großes Stück Käsekuchen. Ob sein Arzt davon begeistert wäre? Sicher nicht, aber während er den Kuchen verzehrte, röteten sich seine Wangen und er wirkte sehr zufrieden.

Der Kuchen für Janet fiel Kim wieder ein. Wenn sie nach Hause kam, würde sie ihr einen backen. Wenn sie denn überhaupt etwas anderes essen durfte als ihre Krankenhauskost.

In diesem Augenblick wünschte sich Kim so sehr, dass es ein Rezept geben würde, das imstande war, alle Kranken zu heilen. Ein Kuchen, der gesund machte. Doch das gab es wohl nur in irgendwelchen Fantasy-Geschichten.

Als sie spürte, dass der Kaffee in der Tasse, um die sie die Hände gelegt hatte, kalt war, erhob sie sich. Mittlerweile war eine halbe Stunde vergangen und sie begann, sich inmitten all der fröhlich plaudernden Leute unwohl zu fühlen.

Da es draußen immer noch grau war, fuhr sie hoch in die Onkologie-Station.

Hier herrschte im Gegensatz zur Inneren Station etwas mehr Ruhe, vielleicht, weil einige Patienten zu krank waren, um ihre Betten zu verlassen.

Im Schwesternzimmer teilte man ihr mit, dass Janet bald wieder hochgebracht werden würde und sie solange in deren Zimmer warten könnte.

Kim bedankte sich und ging zur Nummer neun.

Das Zimmer war leer, obwohl es Platz für zwei Betten bot. Von den Herzmonitoren, die an der Wand angebracht waren, war nur einer in Betrieb. Der andere Monitor blickte schwarz in den Raum. Kims Gestalt spiegelte sich winzig auf dem Display.

Ein beklommenes Gefühl kroch in ihre Brust.

Wenn sie nun gesprungen und nicht gestorben wäre, hätte man sie sicher in ein ähnliches Zimmer gebracht. Nicht in der Onkologie, wohl eher auf der Intensivstation. Der Gedanke, in einem der Betten liegen zu müssen, erschien Kim unerträglich.

Sie zog das Tagebuch hervor, und beinahe war sie versucht, ein wenig darin zu lesen, doch da wurde auch schon die Tür geöffnet. Zwei kräftige Pfleger, einer dunkelhäutig, einer weiß, schoben das Bett herein. Janet wirkte darin erneut, als würden die Kissen sie verschlucken.

»Alles klar, Janet, da sind wir – oh, und wie ich sehe, haben Sie Besuch!« Der dunkelhäutige Pfleger bedachte Kim mit einem breiten Lächeln. »Hi, ich bin Pete, das da ist John, und Sie sind …?«

»Kim Sanders«, antwortete Kim, überrumpelt von der einnehmenden Herzlichkeit des Mannes. Es wunderte sie, wie er so gut drauf sein konnte, wo er doch tagtäglich mit Schwerkranken zu tun hatte und höchstwahrscheinlich auch mitbekam, wie sie ihm praktisch unter den Händen wegstarben.

»Freut mich, Sie kennenzulernen! Janet hat schon von Ihnen erzählt, also wollen wir Sie nicht länger stören.« Pete nickte John zu, dieser wandte sich dann noch mal an Janet.

»Machen Sie es gut, Janet. Wir sehen uns dann zur Mittagszeit!«

Damit verschwanden sie aus dem Zimmer.

Kim trat zu Janet und sah sie lächeln. »Pete scheint dich zu mögen.«

Kim winkte ab. »Er mag wohl eher Sie, Janet.«

»Ich bin eine alte Schachtel, zu der ist man nur nett, weil sie krank ist.« Die Worte klangen so unbeschwert, als wäre sie bloß wegen eines gebrochenen Beines in der Klinik. Wusste Janet bereits, was mit ihr los war? Sprachen die Ärzte offen mit ihr?

Kim wagte nicht zu fragen.

»Wie geht es Ihnen?«, fragte sie stattdessen, obwohl sie sich die Antwort schon denken konnte.

»Eigentlich gar nicht so schlecht«, entgegnete Janet. »Sie haben die Medikamente umgestellt, jetzt fühle ich mich nicht mehr so dösig. Allerdings wird es wohl nichts mit einem Spaziergang. Meine Glieder fühlen sich an, als wären sie an diesem Bett festgekettet worden.«

Das schien immerhin nicht für ihren Geist zuzutreffen, dieser erschien Kim so frisch wie vor ihrem Zusammenbruch.

»Wir müssen nicht rausgehen«, entgegnete Kim. »Alles, was wir brauchen, habe ich mit.«

Sie zog das Buch aus der Tasche und wickelte es aus dem Geschirrtuch.

Janet folgte wie gebannt ihren Handbewegungen und lächelte dann, als würde sie einen alten Freund wiedertreffen.

»Ah, da ist es ja! Hat Dan es gesehen?«

Kim nickte. »Er hat ziemlich gestaunt.«

»Das glaube ich«, gab Janet zurück, während sie ihre Hand ausstreckte, um über das Leder zu streicheln. »Ich habe es ihm bisher noch nie gezeigt.«

»Warum eigentlich nicht?«, fragte Kim, während sie sich auf den Hocker neben dem Bett niederließ. Draußen wurde etwas geräuschvoll über den Gang geschoben, doch sie blieben weiterhin ungestört.

»Ich dachte, dass es noch nicht an der Zeit sei. Eigentlich gibt man das Buch erst weiter, wenn man sicher ist, dass man es nicht länger bewahren kann. Ich dachte, ich hätte noch ein paar Jahre.« Wehmut schlich sich in ihren Blick, doch nicht für lange. »Ich hatte ein schönes Leben. Und ein sehr langes. Ich bin nicht traurig, dass ich jetzt gehen muss. Und ich bin auch froh, dass du aufgetaucht bist.«

Kim hätte ihr am liebsten gesagt, dass man noch nicht wisse, ob sie wirklich gehen musste, doch sie wollte Janet nicht belügen.

»Ich habe mir immer eine Tochter gewünscht, schließlich ist es aber ein Sohn geworden«, fuhr sie fort. »Ein Sohn, den ich, wenn ich es geschafft hätte, ihn beim Leuchtturm zu halten, vielleicht nicht verloren hätte.«

»Dan hat mir erzählt, dass sein Vater bei einem Autounfall ums Leben gekommen ist.«

»Ja, zusammen mit seiner Frau. Sie wollten in den Urlaub und hatten Dan zu mir gebracht. Ich kann dir gar nicht sagen, wie froh ich darüber im Nachhinein war. Hätten sie ihn mitgenommen, hätte ich ihn wahrscheinlich auch verloren. Und damit wäre unsere Familie erloschen. Nach der Geburt meines Sohnes konnten wir nämlich keine weiteren Kinder bekommen, und so war Dan unsere letzte Hoffnung.«

»Er liebt Sie sehr«, sagte Kim, obwohl sie annahm, dass Janet das bereits wusste.

»Das ist richtig, und ich liebe ihn. Und wie es aussieht, magst du ihn auch.«

Kims Wangen begannen zu pulsieren. Sie wehrte sich innerlich dagegen, aber es stimmte. Irgendwas hatte Dan an sich, das ihr gefiel. Er mochte vielleicht die gleiche verhängnisvolle Liebe zum Meer haben, aber im Grunde war er ganz anders als Jake, der stets das Risiko suchte. Sie hatte bei Dan eher das Gefühl, dass er sich bei allem, was er tat, sehr vorsah. Schon seiner Gran zuliebe.

»Ja, er ist sympathisch«, antwortete sie, und plötzlich wäre es ihr lieber gewesen, wenn Janet gleich die Geschichte hätte hören wollen. Die alte Frau musterte sie noch einen Moment lang, dann lächelte sie und lehnte sich auf dem Kissen zurück.

»Dann lass uns loslegen. In zwei Stunden kommen sie mit dem Mittagessen, danach können wir uns erst wieder gegen zwei sehen, weil sie glauben, kranke Leute seien Kleinkinder, die Mittagsschlaf brauchen. Wenn du Wasser möchtest, ich hab welches in meinem Nachttisch.«

Kim nickte, doch obwohl ihr Mund trocken war, bat sie nicht um Wasser.

»Wo soll ich anfangen?«, fragte sie, während die ersten bekannten Seiten durch ihre Hände wanderten.

»Am besten da, wo du zuletzt gelesen hast. Und sei lieber ehrlich mit mir, ich kriege es raus, wenn du weiter vorblätterst.«

14. Kapitel

15. Januar 1813

Das Pfingstrosenzimmer ist, wie ich feststelle, das schönste Zimmer des gesamten Hauses. Nirgendwo sind die Wände so hell und farbenfroh wie hier. Da mein Bräutigam noch immer nicht aufgetaucht ist, nehme ich mir die Freiheit, mich umzusehen – Emblyn hat es mir nicht verboten, und ist es nicht mein Recht, mein zukünftiges Zuhause ein wenig näher zu erkunden?

Es gibt Räume, die ich betreten kann, und dann wieder Türen, die verschlossen sind, aus welchem Grund auch immer. Möglicherweise benötigt Mr Gryffyn diese Zimmer während des Winters nicht, um Heizkosten zu sparen. Auch reiche Familien sperren während der kalten Jahreszeit ganze Flügel ihrer großen Häuser, damit keine Kohle verschwendet wird.

Die Räume, die ich betreten kann, sind meist mit dunklen Holztäfelungen versehen. Den Zweck der meisten kann ich nicht bestimmen, denn in ihnen stehen oftmals nur Stühle oder Schränke herum, hin und wieder auch mal ein Schreibtisch, der allerdings nicht den Anschein macht, als würde er benutzt werden.

Bis auf Emblyn ist mir im Haus noch niemand begegnet. Sicher gibt es hier Dienstmädchen, die Größe des Hauses erfordert das nahezu, doch keines lässt sich blicken. Außerdem sind sie so still, dass ich nicht mal sagen könnte, wo sie sich befinden.

Doch die seltsame Stille, die mich umgibt, lässt mich die Eindrücke des Hauses deutlicher aufnehmen. Geräusche können die Stimmung eines Raumes entscheidend beeinflussen. Ich erinnere mich noch gut an eine Sonnenfinsternis, die ich als Kind auf einer Waldlichtung erlebt hatte. Es war die Zeit kurz nach dem Unfall, der meine Stimme zerschmettert hatte. Ich hatte mich aus dem Haus geschlichen, denn ich wusste, dass mein Vater es hasste, wenn ich mich allein herumtrieb. Ich hatte keine Ahnung, dass ein bedeutendes Naturereignis stattfinden würde, erst später erfuhr ich, dass die Verdunkelung des Himmels einer Finsternis geschuldet war.

Auf jeden Fall stand ich auf der Lichtung, und noch bevor meine Augen ein Abnehmen des Lichtes wahrnehmen konnten, veränderte sich der Gesang der Vögel. Es dauerte eine Weile, bis ich erkannte, dass die Laute ängstlich wurden. Fast so, als würde sich ihnen ein großes Unheil nähern. Je finsterer es wurde, desto unheilvoller wurden die Gesänge. Bis zu dem Augenblick, als die gesamte Welt still wurde. Ich konnte mit bloßen Augen nicht erkennen, was mit der Sonne passierte, doch obwohl sie hoch über mir stand, schien ihr Licht allmählich zu verlöschen, wie eine Kerze, die ihr Wachs aufgezehrt hatte.

Angst überfiel mich. Und wenn es nun wirklich so war, dass die Sonne verlosch? Dass der Tag des Jüngsten Gerichts nahte?

Die Furcht lähmte mich dermaßen, dass ich nicht einmal imstande war, nach Hause zu laufen. Erst nach einer Weile war es mir möglich, mich von meinem Platz zu lösen. Ich rannte nach Hause, verkroch mich in meinem Zimmer und presste meine Bibel an mich. Ich betete, dass die Welt nicht untergehen möge, töricht, ich weiß, aber in dem Augenblick wusste ich noch nichts davon, dass die Sonne wiederkehren und die Finsternis lediglich dem Mond geschuldet war, der ihre Bahn kreuzte.

So ähnlich wie damals auf der Lichtung geht es mir jetzt. Die Räume sind an sich recht prachtvoll, doch die Leere und die Stille lassen sie beinahe angsteinflößend wirken. Natürlich ist es im Winter stiller als sonst. Doch selbst in meinem Elternhaus hat man, wenn niemand sonst da war und redete, etwas gehört. Die Dienstmädchen klapperten in der Küche, und über dem Dach schwirrten Krähen. Dem ist hier nicht so. Hier gibt es nur Stille, die beinahe auf meine Ohren drückt.

Ein Luftzug bringt mich dazu, mich umzusehen. Keine Ahnung, warum, aber plötzlich fühle ich mich nicht mehr allein. Und mein Gefühl täuscht mich nicht. Nur wenige Schritte von mir entfernt steht eine Gestalt. In meiner Anspannung habe ich keine

Schritte gehört – oder haben die dicken Teppiche, die überall ausgelegt sind, die Geräusche nur verschluckt? Verliere ich etwa auch noch mein Gehör?

Nein, das ist nicht möglich, denn mein Herzschlag dröhnt durch meine Ohren, und ich höre mich erschrocken keuchen.

»Was – oh, verzeihen Sie, ich habe nicht gewusst, dass Sie es sind.«

Clemo Gryffyn, angetan mit einem schwarzen Mantel, schwarzen Hosen und einem gestärkten weißen Hemd, verneigt sich kurz, als er mich erkennt, und dreht ein wenig nervös den Hut in seinen Händen.

Unsicherheit erfasst mich. Noch nie war ich mit diesem Mann, den ich heiraten soll, allein. Noch nie habe ich ihn so deutlich betrachten können wie jetzt.

Er wirkt um Jahre älter als an dem Tag, als er meinen Vater aufsuchte.

Als er näher kommt, bemerke ich ein Glitzern an dem Tuch, das er sich in den Hemdkragen geschoben hatte. Ein riesiger, in Gold gefasster Edelstein leuchtet wie das Abendrot über Manchester.

»Ich hoffe, Sie hatten eine gute Reise«, sagt er zu mir, worauf ich nicke. Immerhin zeigt er nicht die Befangenheit, die der Kutscher gestern an den Tag legte. »Verzeihen Sie, dass ich erst heute hier eintreffe. Eigentlich wollte ich Sie empfangen, doch dann ergab sich ein geschäftlicher Umstand, den ich leider nicht aufschieben konnte. Emblyn hat Sie doch sicher gut aufgenommen, oder?«

Wieder kann ich nur nicken. Und selbst wenn

meine Stimme noch intakt gewesen wäre, hätte ich ihm wohl kaum von dem schweigsamen, beinahe eisigen Abendessen erzählen mögen, das ich gestern mit seiner Schwester hatte. Emblyn war natürlich höflich, aber in ihrem Schweigen lag ein Anflug von Missbilligung. Wahrscheinlich hat sie sich eine gesunde Frau für ihren Bruder gewünscht und keine, die wie ich mit einer Behinderung geschlagen ist. Eine Schwägerin, mit der man keine Worte austauschen kann, die zwar zuhört und aufnimmt, aber nichts von sich preisgeben kann, erschien ihr suspekt. Diesen Eindruck hatte ich auch heute Morgen, als ich mich zum Frühstück im Speisesaal einfand.

»Nun, das freut mich. Und ich hoffe, dass Sie auch mit dem Zimmer zufrieden sind.«

Clemo lächelt mir zu, doch auch an ihm spüre ich etwas, das nicht zu seinen Worten passt. Es muss anstrengend für ihn sein, dass sein Gesprächspartner ihm mit Schweigen begegnet, vielleicht ist es das. Im Gegensatz zu Emblyn wusste er schon von Anfang an, dass ich nicht sprechen kann.

»Wie wäre es, wenn ich Ihnen ein wenig das Haus zeige? Ich lege nur kurz ab, und dann bin ich bei Ihnen. Gehen Sie doch am besten in den Salon, meine Schwester freut sich sicher über ein wenig Gesellschaft.«

Dessen bin ich mir nicht sicher, doch Clemo zuliebe lächle und nicke ich und verabschiede mich vorerst mit einem Knicks.

Später …

Die Führung durch das Haus ist recht angenehm, zum ersten Mal habe ich die Gelegenheit, Eindrücke von meinem Bräutigam zu sammeln. Er scheint ein sehr gebildeter Mann zu sein, wenngleich ich einen verschlagenen Ausdruck in seinen Augenwinkeln bemerke. Wahrscheinlich kommt dieser von den Geschäften, die er tätigt, auch mein Vater hat diesen Ausdruck dann und wann auf seinem Gesicht.

»Die Hochzeit wird in zwei Wochen stattfinden, das wird das Ereignis des Jahres in dieser Gegend«, erklärt Clemo, während er mit auf den Rücken verschränkten Armen neben mir geht. Ich habe schon vorhin bemerkt, dass er es tunlichst vermeidet, mir zu nahe zu kommen. Darüber bin ich froh, denn wir kennen uns nicht, und es ist auch nicht so, dass ich sofort mein Herz an ihn verloren hätte. Möglicherweise hat mein Vater recht und ich gewöhne mich an ihn. Und wenn nicht, habe ich immer noch dieses wunderbare Zimmer, von dem aus ich über den Rand der Klippe aufs Meer schauen kann.

»Es ist ein Jammer, dass Ihr Vater nicht erscheinen kann.«

Ich stutze und blicke ihn verwundert an. Mein Vater erscheint nicht? Kurz vor meiner Abreise hatte er mir noch gesagt, dass er kommen würde. Wer soll mich denn zum Altar führen?

Clemo erkennt meine Bestürzung glücklicherweise. »Oh, vermutlich wissen Sie es noch gar nicht. Ihr Vater hat mir vor ein paar Tagen ein Telegramm mit seiner Absage zukommen lassen. Er muss geschäftlich in den Norden, aber er verspricht, uns gleich danach zu besuchen.«

Diese Nachricht trifft mich derart hart, dass ich nicht weiß, wie ich reagieren soll.

»Es tut mir sehr leid, meine Liebe, ich wünschte, Sie hätten es eher erfahren. Aber auf dem Schiff kommen leider keine Nachrichten an.«

In diesem Augenblick würde ich am liebsten in meinem Zimmer verschwinden. Was ist so wichtig, dass mein Vater nicht mal zur Hochzeit seiner einzigen Tochter erscheinen kann? Auch wenn diese stumm und damit weniger wert als andere ist, wäre die Hochzeit mit einem angesehenen Kaufmann doch Grund genug, die Geschäfte zu verschieben! Zorn steigt in mir auf. Ich spüre, wie meine Glieder zu zittern beginnen, und ringe um Contenance. Ich darf mich vor Clemo nicht aufregen, meine Aufgewühltheit nicht zeigen!

»Wollen Sie sich ein wenig hinlegen?«, fragt dieser, denn im Verbergen meiner Gefühle bin ich schlecht. »Sie sehen so mitgenommen aus.«

Doch ich schüttle den Kopf und deute nach vorn, als Zeichen, dass wir den Rundgang fortsetzen können. Manchmal ist es auch ein Vorteil, nicht sprechen zu können, so ist man nicht versucht, sich durch eine Schimpftirade Luft zu machen.

27. Januar 1813

Die Vorbereitungen zur Hochzeit haben ihren Höhepunkt erreicht. Allein gestern sind zwanzig Enten und zwanzig Lämmer hier eingetroffen, heute sollen noch Rehe und Fische folgen. Mir scheint es fast, als würde man die Festtafel eines Königs mit Speisen füllen wollen.

Mittlerweile habe ich mich schon ein wenig eingelebt, wenn man das so nennen kann. Der Zorn über das Fortbleiben meines Vaters bei der Hochzeit ist zwar noch immer nicht verraucht, doch es gelingt mir mittlerweile, in der Öffentlichkeit ruhig zu bleiben.

Noch am selben Abend, als ich es erfuhr, habe ich meinem Vater einen Brief geschrieben und um Erklärung gebeten. Eine Antwort erhalte ich wahrscheinlich erst nach den Feierlichkeiten, doch das ist mir beinahe gleich. Auch wenn ich nicht sprechen kann, so habe ich doch Möglichkeiten, mich auszudrücken, dafür hat er selbst gesorgt, indem er mich unterrichten ließ!

Mein zukünftiger Ehegatte scheint keine Nervosität zu kennen. Auch jetzt noch tätigt er wichtige Geschäfte und ist meist außer Haus. Oftmals sitze ich allein im Pfingstrosenzimmer, niemand leistet mir Gesellschaft. Emblyn hat mit den Hochzeitsvorbereitungen alle Hände voll zu tun. Ich habe ihr schon mehrfach meine Hilfe angeboten, doch diese lehnt sie rundweg ab. Einmal, als ich anscheinend zu aufdringlich wurde, reagierte sie mit den Worten:

»Wie willst du ohne Stimme den Dienstboten Anweisung geben?« In dieser Bemerkung lag eine derartige Abschätzigkeit, dass es mir die Tränen in die Augen trieb.

Emblyn sah das, doch sie machte keine Anstalten, sich bei mir zu entschuldigen. Sie wandte sich einfach ab, wahrscheinlich wusste sie, dass ich nicht einfach zu meinem Bräutigam gehen und mich beschweren konnte.

Als ich es doch in schriftlicher Form tat, lachte mein zukünftiger Mann nur und winkte ab.

»Sie müssen verzeihen, Emblyn versieht den Haushalt schon so lange, sie muss sich erst noch daran gewöhnen, dass es hier schon bald eine neue Hausherrin gibt. Genießen Sie diese letzten freien Tage noch, es wird schon bald viel zu tun geben, besonders dann, wenn unsere Kinder auf der Welt sind.«

Dass mich diese Antwort nicht zufriedenstellte, schien er mir anzusehen, denn er fügte hinzu: »Ich werde mit meiner Schwester sprechen, möglicherweise überträgt sie Ihnen ein paar Aufgaben. Es ist jedenfalls keine böse Absicht von ihr, Emblyn ist bemüht, Ihnen das Leben so angenehm wie möglich zu machen.«

Vielleicht stimmt das, aber auf mich wirkt sie wie der Wärter einer kostbaren Gefangenen, die abgeschnitten von allem ist.

So bin ich zu einsamen Stunden am Fenster verdammt, nur das Meer scheint mein Freund zu sein, und gleichzeitig wirkt es so abweisend und kühl, dass ich es beinahe nicht aushalte und zu träumen beginne von den Ländern am anderen Ufer des Ozeans. Doch das macht mich ebenfalls traurig, und so warte ich auf den Abend.

Nun, ganz allein bin ich nicht.

Mehrmals am Tag schaut eine der Dienstmägde, Claire, ein Mädchen mit rotblondem Haar, vorbei und fragt mich nach meinen Wünschen. Meinen größten Wunsch, mir etwas zu erzählen, vielleicht Geheimnisse aus der Geschichte des Hauses oder ganz einfach nur Vorgänge aus dem Ort, erfüllt sie mir nicht. Sollte ich sie vielleicht darum bitten?

Als es wieder so weit ist, dass das Dienstmädchen erscheint, bin ich vorbereitet. Vor mir auf dem Tisch liegt ein Zettel. Ich habe darauf meine Bitte formuliert, in sauberen Buchstaben, damit sie es auch lesen kann.

Als ich Claires Schritte höre, beginnt mein Herz vor Aufregung zu klopfen. Wie immer tritt sie einfach ein – so hat Emblyn sie angewiesen, weil ich sie nicht hereinbitten kann – und verharrt an der Tür, bis ich mich umwende.

Sie fragt, und ich winke sie zu mir. Dann zeige ich ihr den Zettel.

Das Mädchen schaut mich verwundert an. Ich deute erneut auf den Zettel, worauf ihr Blick beinahe hilflos wird.

Die Wünsche, die sie bisher von mir aufgenommen hat, waren immer Antworten auf klar formulierte Fragen von ihr.

»Wünschen Sie einen Tee? Soll ich Ihnen eine

Erfrischung holen? Möchten Sie einen Spaziergang machen?«

Und darauf antworte ich immer mit einem Nicken oder einem Kopfschütteln.

Dass ich ihr meinen Wunsch niedergeschrieben zeige, scheint sie zu überraschen und gleichzeitig zu verwirren.

»Tut mir leid, Miss, ich kann nicht lesen«, erklärt sie mir dann.

Ich bin für einen Moment darüber so erschrocken, dass ich nicht weiß, wie ich reagieren soll. Claire kann nicht lesen?

Bei meiner Ankunft hier habe ich zwar nicht darauf geachtet, aber ich bin sicher, dass es eine Schule gibt, in der die Kinder des Ortes unterrichtet werden können – warum war das bei Claire nicht der Fall? Waren ihre Eltern zu arm, um das Schulgeld aufzubringen?

»Soll ich Ihnen den Tee bringen?«, fragt Claire stattdessen, und ich breche vor Verzweiflung beinahe in Tränen aus. Emblyn sorgt für mein Wohl, sicher, aber mir ein Dienstmädchen zur Seite zu stellen, das nicht lesen kann, könnte man leicht als Boshaftigkeit auslegen, zumal ich Emblyn meine Wünsche auch durch geschriebene Nachrichten zukommen lasse.

Ich muss wohl sehr mitleiderregend aussehen, denn sie tritt näher, eine tiefe Sorgenfalte in der Stirn. Ahnt sie, dass ich mir wie in einem fremden Land vorkomme, wo niemand meine Sprache versteht?

»Können Sie mir irgendwie anders zeigen, was Sie wünschen?«, fragt sie dann mit ehrlichem Bemühen.

Ich versuche also, die Worte mit den Lippen zu formen. Töne kommen wie immer nicht heraus, doch Claire scheint zu verstehen, was ich will.

»Sie möchten, dass ich Ihnen etwas erzähle?«, fragt sie verwundert.

Ich nicke heftig.

»Was soll ich Ihnen erzählen?«

Wenn man ständig von Geschichten und Gesprächen umgeben ist, erscheint es einem vielleicht ungewöhnlich, wenn jemand irgendwas hören möchte. Aber mir ist es beinahe egal, was ich zu hören bekomme. Nur möchte ich nicht in diesem stillen Zimmer sein, ohne Worte von außen, ohne zu wissen, was vor sich geht.

Alles, forme ich mit meinen Lippen. Erzähl mir etwas aus dem Leben. Bitte.

Claire, die trotz ihrer mangelnden Lesekünste sehr gelehrig zu sein scheint, hängt an meinen Lippen und nickt dann.

»Wie Sie wünschen, Miss. Aber ... darf ich Ihnen trotzdem den Tee bringen? Miss Emblyn hat mich deswegen geschickt.«

Tee und Geschichte, forme ich wieder.

Claire nickt, und mit einem kleinen Lächeln verschwindet sie wieder.

Ich erhebe mich und gehe zum Fenster. Mein Gesicht spiegelt sich darin. Dunkle Locken, die blasse Wangen umrahmen, ein zu kleiner Mund, eine zu lange Nase. Jedenfalls ist das mein Empfinden. Es gab einmal einen Mann, der das alles hübsch genannt hat, doch dieser Mann ist nicht der, in dessen Haus ich mich befinde.

Thomas ist ein fernes Echo in meinen Gedanken, es vergeht kaum ein Tag, an dem ich nicht an ihn denke. Ich bin sicher, wäre mein Vater nicht gewesen, hätte er mich nicht fortgerissen aus meiner Heimat, wäre Thomas eines Tages zu mir zurückgekehrt. Er hatte seine Heimatstadt verlassen, um zu studieren, und an dem Tag glaubte ich, dass mein Herz ebenso wie meine Stimme zerbrochen sei. Doch dem war nicht so, mein Herz schlug weiter, und mit jedem Tag, der verging, wuchs die Hoffnung, dass er mich nicht vergaß.

Das hatte er mir jedenfalls geschworen, als wir uns das letzte Mal sahen.

Was wird er denken, wenn er heimkehrt und mich nicht mehr zu Hause vorfindet? Wir waren uns beide einig gewesen, dass es keinen Mann geben würde, der mich nimmt.

Vielleicht sollte ich ihm schreiben …

Da klopft es an die Tür, und das letzte Bild von Thomas, er und ich unter einer alten Eiche, im Kuss vereint, verschwindet. Claire kommt mit dem Tee und einer kleinen Schale Gebäck. Ein verschwörerisches Lächeln liegt auf ihren Lippen. Wahrscheinlich musste sie sich eine Geschichte ausdenken, die rechtfertigt, dass sie sich länger bei mir aufhält als üblich, doch das scheint sie diebisch zu freuen.

Ich setze mich wieder, bitte sie neben mich und ermuntere sie dann, zu erzählen.

2. Februar 1813

Die Hochzeit ist, wie es sich für den Rang meines Bräutigams ziemt, ein prunkvolles Ereignis, zu dem zahlreiche bedeutende Persönlichkeiten der Gegend erscheinen. Ich bin sicher, dass so manches Mädchen sich danach verzehren würde. Doch ich fühle mich hier wie ein Fremdkörper, und das liegt sicher nicht an meinem Aussehen.

Obwohl ich der Schneiderin nicht Modell gesessen habe, passt mein Hochzeitskleid perfekt. Offenbar hat mein Bräutigam ein sehr gutes Augenmaß. Der Gedanke, dass das Kleid für eine andere Frau angefertigt worden sein könnte, erschreckt mich allerdings. Ob es stimmt? In den Unterkünften der Dienstboten wird ja so einiges geredet.

Erst gestern hat mir Claire mit einer Tasse Tee eine der Geschichten gebracht. Sie meinte, dass es früher schon einmal eine Frau gab, die Mrs Gryffyn werden sollte. Diese Frau ist von einem zum anderen Tag verschwunden und wurde nie mehr gesehen. Die Leute berichten, dass sie wie von Sinnen aus dem Haus gelaufen sei. Wahrscheinlich sei sie dem Wahnsinn anheimgefallen und zu ihrer Familie zurückgekehrt. Mr Gryffyn hätte jedenfalls keine Anstalten gemacht, sie zurückzuholen. Ihre Sachen wurden nach Hause geschickt, und es wurde nie wieder über sie geredet. Bis heute.

Claire hat noch andere Geschichten dieser Art in sich, mit jeder Tasse Tee bringt sie eine, und ich hoffe, das bleibt auch so, wenn ich Mrs Gryffyn bin.

Durch sie habe ich das Haus besser kennengelernt als durch die Führung mit Clemo. Ich weiß, dass Branok, der finstere Kutscher, der treueste Diener des Kaufmanns ist. Manche Leute in der Stadt halten ihn für den Teufel, und wenn ich ihn so über den Hof laufen sehe, muss ich gestehen, dass er etwas an sich hat, das mir einen Schauer über den Rücken laufen lässt. Branok wird stets beauftragt, wenn empfindliche Fracht abzuholen ist, Branok achtet auf die Ställe, wenn sein Herr nicht da ist. Manchmal begleitet er seinen Herrn auf längeren Geschäftsreisen. Dann, so meint Claire, würde die gesamte Dienerschaft aufatmen, denn der schwarze Rabe sei fort und könne ihre Taten nicht mehr seinem Herrn melden.

Diese Stelle der Geschichte belustigte mich ein wenig, denn wenn Branok der Teufel sein soll, warum diente er Clemo und nicht umgekehrt? Oder war es umgekehrt?

Auf jeden Fall bringen Geschichten wie diese Leben in mein Dasein, fremde Worte in meine Seele.

An diesem Morgen erscheint nicht nur Claire in meinem Zimmer, bei ihr sind einige andere Mädchen, die mich frisieren und mir beim Ankleiden helfen sollen. Da die anderen von meiner Vereinbarung mit Claire nichts wissen, schweigen sie, wie es ihre Herrin aufgetragen hat. Möglicherweise glaubt man in den Dienstbotenquartieren auch, ich sei taub.

Ich lasse also über mich ergehen, dass sie mich baden und frisieren, mich ankleiden und schmücken. Bei anderen Hochzeiten wird die Braut von fröhlichem Geplapper begleitet, doch selbst als ich fast fertig bin und mich im Spiegel betrachte, fühlt sich keine dazu hingerissen, eine Bemerkung zu machen. Nur Claire lächelt mich über den Spiegel an, und ich weiß, dass ich, egal welche Geschehnisse mich hier noch erwarten, eine Verbündete und vielleicht eine Freundin gefunden habe.

Als es an der Zeit ist, zur Kirche zu fahren, begleiten mich die Mägde nach unten. Noch immer stimmt es mich traurig, dass mein Vater keine Zeit gefunden hat, mich vor den Altar zu führen. Wie es aussieht, wurde auch kein Ersatz gefunden – wer hätte es auch tun sollen, Branok vielleicht? Der Teufel, der dem Bräutigam die Braut übergibt.

Nein, das wäre nicht schicklich gewesen, und wie ich weiß, legt Clemo sehr viel Wert darauf, von den Leuten hier geachtet zu werden.

In der Halle werde ich von Emblyn erwartet. Sie hat ihre übliche schwarze Tracht gegen ein tiefblaues Kleid ausgetauscht, ihre Haare sind geflochten und im Nacken zusammengesteckt. Ich habe keine Ahnung, warum Emblyn Schwarz trägt, bisher ist mir noch keine Geschichte untergekommen, die von einem verstorbenen Mann oder Liebhaber erzählt hat. Aber wahrscheinlich hält Clemos Schwester diese Geschichten peinlich unter Verschluss.

Jetzt, wo sie von der Witwenfarbe befreit ist, wirkt Emblyn jedenfalls viel jünger, vielleicht ist sie gerade erst fünfundzwanzig. Natürlich gelten Frauen in diesem Alter bereits als alte Jungfern. Ich bin mit meinen dreiundzwanzig auch kurz davor, eine zu werden – aber nach diesem Tag wird mir das niemand mehr vorwerfen können.

»Bist du fertig?«, fragt sie in dem üblichen unwirschen Ton, den ich mittlerweile schon gewohnt bin.

Ich nicke. Zu gern würde ich sie fragen, welche Laus ihr über die Leber gelaufen ist, doch das kann ich nicht. Um Zettel und Feder zu bitten, wäre wahrscheinlich unpassend gewesen.

Emblyn mustert mich von Kopf bis Fuß und scheint zufrieden.

»Da dein Vater nicht zugegen ist, um dich meinem Bruder am Altar zu übergeben, werde ich diese Aufgabe übernehmen«, erklärt sie und sieht dabei aus, als hätte sie in eine Zitrone gebissen. Sie versucht, ihrer Stimme einen etwas freundlicheren Klang zu geben, doch das gelingt ihr nicht. Ein Seitenblick über die Dienstmädchen, die ein wenig beschämt zu Boden schauen, zeigt mir nur zu deutlich, dass sie wissen, wie ihre Herrin zu mir steht.

Einzig Claire sieht mich aufmunternd an. Das erleichtert mich ein wenig. Eine freundliche Seele im Haus zu wissen ist immerhin etwas.

Dass Emblyn mich zum Altar bringt, ist ein wenig ungewöhnlich, wenn der Vater einer Braut nicht mehr am Leben ist, springt entweder ihr Bruder ein oder ein naher Freund der Familie. Beides habe ich nicht. Die Freunde meines Vaters sahen mich stets mit seinen Augen, eine nutzlose Bürde der Familie. Ich selbst hatte außer Thomas niemanden, und ihn habe ich ebenfalls nicht mehr. Erst jetzt wird mir bewusst, wie allein ich hier bin, eine Waise, ausgestoßen von ihrer Familie. Dass mein Vater wichtigen Geschäften nachgeht, glaube ich nach wie vor nicht. Er hat mich aus seinem Leben gestrichen.

Wir verlassen das Haus und steigen in eine Kutsche, die vor dem Gebäude wartet. Der Kutscher ist mir unbekannt, und ich bin froh, dass nicht Branok meine Brautkutsche lenkt. Mein Bräutigam ist bereits vorausgefahren, so will es der Brauch. Es bringt Unglück, wenn er mich in meinem Brautkleid sieht.

Während wir uns der Kirche nähern, die ihre Spitze in einen grau bewölkten Himmel reckt, denke ich wieder an das Kleid, das eine andere Braut tragen sollte. Was, wenn Clemo es bereits gesehen hat? Wird es mir Unglück bringen? Oder gilt der Aberglaube nur, wenn die Braut in dem Kleid gesehen wird?

Als wir die Kutsche verlassen, beginnen die Glocken zu läuten. Rings um die Kirche haben sich ein paar Leute versammelt, die meisten jedoch sitzen im Inneren. Als ich unter Orgelklängen und begleitet von meiner Schwägerin das Gotteshaus betrete, erheben sich alle und sehen mich an. Ich weiß nicht, welche Geschichten von mir unter den Leuten kursieren, doch die Blicke sind sehr unterschiedlich. Einige Dorfbewohner sehen mich fragend an, andere neugierig.

Es fällt mir schwer, mich von den Augenpaaren zu lösen, bin ich es doch gewöhnt, in ihnen zu lesen, anstatt nur auf ihre Stimmen zu hören. Doch endlich gelingt es mir, und als ich nach vorn blicke, sehe ich Clemo am Altar stehen, so gut aussehend wie noch nie zuvor. Seine Trauzeugen reihen sich neben dem Altar auf, dem Anschein nach alles respektable Mitglieder der Gemeinde und wohlhabend zugleich.

Ein Lächeln huscht über sein Gesicht, als er mich erblickt. Oder gilt das Lächeln Emblyn? Einen Moment lang kann ich es nicht ganz unterscheiden. Doch als Emblyn meine Hand auf den Arm ihres Bruders legt und sich zurückzieht, bleibt das Lächeln. Offenbar gilt es wirklich mir.

Die Predigt des Pfarrers fällt verhältnismäßig kurz aus, doch ich mache mir keine Illusionen: Dies hier ist keine Stadthochzeit, auf dem Land mag man es wohl kürzer. Als Clemo mir schließlich den Schleier vom Gesicht hebt, bin ich wie verzaubert. Nicht, weil plötzlich die Liebe in mir erwacht wäre. Ich muss daran denken, dass man mir noch vor einem Jahr prophezeit hatte, nie einen Ehemann zu finden. Die Frauen der Gesellschaft von Manchester hatten sich darüber das Maul zerrissen. Und jetzt steht dieser Mann vor mir, ein wohlhabender Kaufmann. Mein Ehemann vor Gott. Was würden diese Frauen wohl sagen?

Thomas fällt mir kurz ein, doch sein Bild hält sich nicht lange in meinem Verstand. Ihn würde es vielleicht zerreißen, mich hier zu sehen, vielleicht auch nicht. Ich weiß es nicht, denn er ist nicht hier.

Der Gedanke, jetzt eine Ehefrau zu sein und damit von Wert in der Gesellschaft, durchzieht mich so wohlig, als wäre ich meiner großen Liebe begegnet.

Clemo küsst mich, ein seltsamer Kuss mit kalten Lippen. Ich habe mir nie vorgestellt, wie so ein Kuss auszusehen hat, aber es ist einer, und als Clemo meine Hand nimmt und mich den Gang zum Kirchenportal hinausführt, läuten die Glocken erneut.

Auf dem Kutschbock sitzt Branok, und erst jetzt sehe ich, dass er eine Seidenweste trägt, in die schwarze Krähen eingewebt sind. Diese Weste hätte eher meinem Mann zugestanden, offenbar hat Branok sie ebenso wie die goldene Uhrenkette für seine treuen Dienste erhalten. Er blickt mich seltsam an, doch da mein Gatte mir in die Kutsche hilft, ist seine Handreichung nicht notwendig.

Wir fahren schweigend zum Haus zurück. Clemo hält die ganze Zeit über meine Hand, als fürchte er, ich könne ihm entwischen. Er sagt kein Wort zu mir, was mich kränkt. Ich bin nicht taub, das weiß er.

Zu dieser Jahreszeit zu heiraten ist schon ein wenig trostlos. Anstelle von Blüten, Wärme und dem Gezwitscher von Vögeln ist die Sonne hinter den Wolken nicht zu ahnen, die Luft ist kalt, und der einzige Gesang, den wir auf unserem Weg hören, ist das Krächzen der Krähen über der Kutsche.

Doch am Haus ergibt sich ein fröhlicheres Bild. Das gesamte Personal hat sich versammelt. Die Dienstmädchen tragen frische Schürzen und Hauben, die Stallburschen haben ihren Sonntagsstaat angelegt. An den Fenstern und Türen wehen bunte Bänder, und ein wunderbarer Geruch nach warmem Wein und Gebratenem weht mir in die Nase.

Im Haus selbst ist es warm, und diese Wärme umfängt mich wie ein Mantel. Von nun an bin ich die Herrin dieses Hauses.

Mein Blick fällt auf Emblyn, die nach uns das Haus betritt. Ihre Miene wirkt versteinert. Weiß sie, dass die Schlüssel, die sie am Rockbund trägt, ab sofort zu mir gehören?

Noch will ich sie nicht darauf ansprechen. Es ist Clemos Sache, sie um die Herausgabe zu bitten. Jetzt will ich feiern und vergessen, dass mir heute Nacht etwas bevorsteht, das mich regelrecht ängstigt.

Der Gedanke, meinem Ehemann zu geben, was ihm zusteht, und somit die Ehe zu vollziehen, erfüllt mich mit Angst.

Selbst jetzt, wo er seine Kleider abgelegt hat und nur im Nachthemd vor mir steht, wirkt er düster, und die Trunkenheit scheint in ihm etwas hervorzubringen, das sonst unter der Maske der Beherrschung verborgen ist. Dieser Mann, der sich mir nun nähert, ist nicht mehr der, der vor dem Altar neben mir gestanden hat. Dies ist vielmehr ein Dämon, der seine Gestalt angenommen hat. Jedenfalls in meinen Augen.

Hätte ich meine Stimme noch, hätte ich mit ihm über meine Angst gesprochen, ich hätte ihn gebeten, behutsam zu sein. Doch das kann ich nicht, ebenso wenig, wie ich dieses Zimmer verlassen kann, denn

Emblyn, immer noch Herrin der Schlüssel, hat hinter uns abgeschlossen. Es sei Brauch in dieser Gegend, damit das Paar nicht gestört wird.

Aber ich fürchte, dass dieser Brauch dazu dient, die Braut von der Flucht abzuhalten.

Die wahnsinnige Braut fällt mir wieder ein. Was, wenn ihr die Flucht in der Hochzeitsnacht gelungen ist? Geschichten verändern sich mit der Zeit. Vielleicht hat Claire die Geschichte nur gehört und nicht selbst miterlebt?

Diese Gedanken verfliegen, als Clemo mich berührt. Seine Hände gleiten über meine Hüften und krallen sich dann in meine Haut. Er zieht mich so fest an sich, dass mein Gesicht beinahe das seine berührt.

Er sieht mich an, ein seltsames Feuer liegt in seinen Augen. Ich habe davon gehört, dass die Lust einen Mann verändert, doch diese Veränderung selbst zu sehen lässt mein Herz ängstlich pochen.

Er küsst mich rau, und seine Hände machen sich daran, mein Nachthemd hochzuschieben. Sofort verkrampft sich mein Körper. Auch wenn ich weiß, was er erwartet, fürchte ich mich davor. Seine Hände greifen grob nach meinen Brüsten, als wollte er sie prüfen, dann drückt er seinen Mund auf meinen. Ich schmecke Branntweinatem und spüre seine Zunge, die tief in meinen Mund vorstößt, als suche sie nach meiner Stimme. Seinem vordrängenden Körper habe ich nichts entgegenzusetzen. Immer wieder versuche ich mir zu sagen, dass dies die Dinge sind, die Ehegatten mit ihren Frauen tun, und dass Gott nicht gewollt hat, dass es Letzteren gefällt, doch meine Angst ist überwältigend.

Als ich rücklings aufs Bett falle, hockt er sich über mich, wie ein Wolf, der seine Beute gestellt hat und nun bereit ist, sie zu verschlingen. Seine Augen funkeln lüstern im Kerzenschein, als er ungeduldig das Hemd über den Kopf zieht und meine Brüste berührt. Meine Magendecke zieht sich zusammen, noch nie war ich vor einem Mann nackt, und obwohl es mein Ehemann ist, verspüre ich grenzenlose Scheu.

Doch ich kann Clemo nichts davon sagen, und ihm scheint es egal zu sein.

Beinahe schon grob drängt er meine Schenkel auseinander. Ich spüre einen kühlen Luftzug an meinem Geschlecht und schäme mich unendlich, dass er mich so sieht – doch in seinem Gesicht ist keine Abscheu, nur grenzenlose Gier. Er hockt sich zwischen meine Beine, sein Geschlecht steht steif von seinem Körper ab und ist beinahe so groß wie das der Hengste, von denen mein Vater seine Stuten decken ließ.

Ohne Umschweife, ohne einen Akt der Zärtlichkeit legt er sich auf mich und vergräbt seinen Kopf an meinem Hals. Wieder küsst er mich rau, dann dringt er mit einem kraftvollen Ruck in mich ein.

Mir stockt der Atem, und ich öffne meinen Mund zu einem tonlosen Schrei. In diesem Augenblick, da bin ich mir sicher, zerreißt er meinen Schoß vollkommen, die Schmerzen sind einfach grenzenlos. Mir wird übel, ich schmecke Galle, doch es gibt nichts, mit dem ich ihn davon abhalten könnte, sich zu bewegen. Vielleicht wissen Männer nicht, was sie Frauen mit der ehelichen Pflicht antun. Vielleicht ertragen die Frauen es deshalb stillschweigend.

Er bewegt sich eine Weile, keucht, stöhnt, grunzt schließlich, dann zuckt sein Körper zusammen. Erst als er sein Glied aus mir zurückzieht, begreife ich, dass er sich in mich ergossen hat. Eine warme Flüssigkeit rinnt über meine Schenkel, Blut oder Samen, ich weiß es nicht. Auf jeden Fall scheint er jetzt genug zu haben. Keuchend wälzt er sich von mir herunter. Den Abdruck seines Körpers auf meinem spüre ich selbst dann noch, als er neben mir bereits tief und fest schläft.

Am folgenden Morgen erwache ich, als ein Schatten auf mich fällt. Im ersten Moment glaube ich, dass es Clemo ist, doch als ich die Augen richtig öffne, erkenne ich seine Schwester. Emblyn trägt jetzt wieder ihr schmuckloses schwarzes Kleid. Und auch ihre Miene ist wieder eingefroren.

Ich erschrecke zutiefst und frage mich, was sie hier zu suchen hat. Immerhin ist es der Morgen nach der Hochzeit! Als es mir klarwird, stockt mir der Atem. Ich hatte keine Ahnung, dass der alte Brauch hier immer noch gepflegt wird.

Da ich nicht protestieren kann, bleibt mir nichts anderes übrig, als zur Seite zu rollen und ihr zu zeigen, dass ihr Bruder der erste Mann war, der mich berührt hat. Dabei stelle ich fest, dass Clemo längst das Bett verlassen hat.

Emblyn entreißt mir das Betttuch, als wäre es ein Schatz. Ich kann von ihrer Miene nicht ablesen, was sie angesichts des großen Blutflecks denkt, zufrieden sieht sie jedenfalls nicht aus. Ohne ein Wort zu mir zu sagen, verlässt sie das Schlafzimmer wieder. Die Tür fällt ins Schloss, und ich starre auf das Fenster, vor dem sich ein bleigrauer Morgen erhebt.

15. Kapitel

Völlig geschafft kehrte Kim am späten Nachmittag nach Hause zurück. Der Bus hatte wirklich jede kleine Haltestelle angefahren, und mittlerweile wusste sie nicht mehr, ob die Fahrt so sehr an ihr gezehrt hatte oder das Krankenhaus oder der Text in dem Tagebuch. Janet hatte darauf bestanden, dass sie es bei ihr ließ.

Mittlerweile interessierte es Kim, was mit der stummen Kaufmannsfrau geschehen war, doch sie erkannte auch, dass Janet sie dazu bringen wollte, sie zu besuchen – und dass sie sicherstellen wollte, dass sie es sich nicht noch einmal mit dem Sprung von der Klippe überlegte.

Überraschenderweise sah sie Dan an der Bushaltestelle sitzen, als der Bus heranrauschte. Er hatte die Hände in die Taschen geschoben und erhob sich, als der Bus zum Stehen kam.

»Hi, was machst du denn hier?«, fragte Kim.

»Ich dachte, ich hole dich ab und erfahre auf diesem Wege brühwarm, wie es meiner Gran geht.«

»Haben sie dich benachrichtigt?«, fragte Kim, während die anderen Fahrgäste um sie herumbrandeten.

»Worüber?«

»Sie haben Janet in die Onkologie verlegt. Ich hab einen ziemlichen Schrecken bekommen, als ich gesehen habe, dass ihr Bett leer war.«

»Das tut mir leid«, antwortete Dan. »Sie haben mich heute Morgen angerufen, aber da warst du schon weg. Ich glaube, es wäre praktisch, wenn wir unsere Handynummern austauschen würden. Dann könnte ich dich vor solchen Schrecken bewahren.«

Ein leichtes Lächeln huschte über sein Gesicht.

Kim erwiderte es. Es war schon lange her, dass jemand sie vor irgendwas hatte bewahren wollen. Sie musste zugeben, dass sich das nach der Zeit der Verlorenheit gut anfühlte.

»Wollen wir etwas essen gehen?«

»Und wo?« Kim fiel auf, dass sie sich über die gastronomischen Highlights von Land's End noch keine Gedanken gemacht hatte. Irgendwie sah es so aus, als gäbe es hier auch nicht viele davon.

»Ins *First and Last Inn* in Sennen«, antwortete Dan. »Du siehst aus, als könntest du einen Drink gebrauchen.«

»Ich trinke nicht«, entgegnete Kim, doch Dan wiederholte es mit Nachdruck: »Du siehst aus, als könntest du einen Drink gebrauchen.«

Er nickte ihr zu und bedeutete ihr, mit zu seinem Wagen zu kommen, der in einer Seitenstraße parkte.

Das *First and Last Inn* lag etwas einsam an der Straße und wirkte von weitem wie ein Schneeball vor dem grauen Himmel. Kim hatte nicht viel Ahnung von Architektur, doch das Haus sah aus, als hätte es schon weit mehr als dreihundert Jahre auf dem Buckel. Die breiten Sprossenfenster und die Giebel schienen sogar noch aus dieser Zeit zu stammen.

»Das *First and Last Inn* war früher einmal ein beliebter Treffpunkt von Schmugglern und Strandpiraten«, erklärte Dan, als sie ausstiegen. »Soweit ich weiß, steht das Haus schon seit dem 17. Jahrhundert.«

»Aha, dann hat es wohl den Namen von der Tatsache, dass dieses Haus das erste Lokal war, das sie nach einer Fahrt betraten, und das letzte, in dem sie sich Mut für die bevorstehende Reise antrinken konnten.«

Dan lachte. »Ja, genau! Siehst du, du fängst bereits an, wie eine von uns zu denken. Und das schon nach gut einer Woche.«

»Ich komme aus Bristol, wir haben da auch einen Hafen und Geschichten über Piraten.«

»Aber sicher keine so wüsten wie über die aus dem *First and Last Inn*!«, beharrte Dan und zog sie mit sich.

Die Einrichtung des Inns war sehr rustikal und maritim. An den holzgetäfelten Wänden hingen Steuerräder, Taue und Netze. Die Kundschaft bestand zur Hälfte aus Einheimischen und zur Hälfte aus Touristen, denn viel Auswahl an guten Lokalen gab es hier direkt an der Küste nicht.

»Es gibt eine sehr gruselige Geschichte über die ersten Besitzer des Inns«, erzählte Dan, als sie in einer freien Sitzecke Platz nahmen. »Ein Paar namens Annie und Joseph George zwangen den Vermieter des Hauses, sie ihr Lokal ohne einen Penny Miete führen zu lassen, denn Annie hatte herausbekommen, dass er am Schmuggel beteiligt war. Dionysus Williams …«

»Dionysus?«, fragte Kim. »Wer nennt sein Kind so?«

»Jemand, der auf griechische Sagen steht, vielleicht?«,

entgegnete Dan schulterzuckend. »Auf jeden Fall wollte dieser Williams eines Tages Annie loswerden und aus dem Inn werfen. Darüber wurde sie so böse, dass sie dem König Beweise lieferte für Williams' Schmugglertätigkeiten. Williams wurde daraufhin in den Kerker geworfen. Wütend über die Schmuggler, begann Annie, einen nach dem anderen zu verpfeifen. Sogar ihren eigenen Schwager, der daraufhin gehängt wurde. Irgendwann war die Zahl ihrer Feinde in Sennen so hoch, dass man beschloss, sie aus dem Weg zu räumen. Man schleppte sie bei Ebbe aufs Watt, fesselte sie mit Fischernetzen und band diese an Pfählen fest. Als die Flut kam, ertrank Annie. Die Dorfbewohner zogen sie daraufhin aus dem Wasser und bahrten sie noch einen Tag lang in ihrem eigenen Schlafzimmer auf, dann begruben sie sie an unbekannter Stelle in der Nähe des Inns.«

Eine Gänsehaut überlief Kim. Aus irgendeinem Grund fühlte sie sich wieder an Leandras Tagebuch erinnert. Ob es im Jahr 1813 immer noch Schmuggler gegeben hatte?

»Gruselige Sitten.«

»O ja, sie sind gruselig. Und es kommt noch schlimmer. Aber erst mal sollte ich uns was zu trinken holen.«

Dan bestellte für sich Wasser, für Kim ein Bier und einen Whisky, bevor sie dagegen protestieren konnte. Sie machte sich nichts aus harten Getränken, doch Dan schien zu glauben, dass sie es brauchte.

»Du trinkst nichts?«, fragte sie verunsichert, als er mit den Gläsern zum Tisch kam. Sie dachte wieder an das erste Date mit Jake, an dem sie beide nichts weiter als diesen Ipanema getrunken hatten. Und jetzt hatte sie ein Herrengedeck vor sich und Dan hielt sich zurück. Genau die richtige Masche, um eine Frau ins Bett zu locken.

Doch dann musste sie sich korrigieren. Das hier war kein Date. Es war eine Einladung eines Mannes, dessen Großmutter sie heute im Krankenhaus besucht und der sie einen Gefallen getan hatte. Und ja, sie war geschafft, so geschafft wie schon lange nicht mehr, denn sie hatte es nicht nur mit einem fremden Leben zu tun bekommen, sondern auch mit dem Tod, und das in zweierlei Hinsicht, denn Leandra war tot und Janet lag im Sterben. Es war genau das, vor dem sie eigentlich hatte weglaufen wollen.

»Ich muss fahren und darf nicht«, erwiderte Dan. »Gran würde mir die Ohren langziehen, wenn sie spitzkriegte, dass ich betrunken fahre.«

»Und warum hast du mir dann Whisky bestellt? Willst du, dass ich randaliere?«

Dan lächelte unverschämt. »Ich wette mit dir, dass du noch nie ausprobiert hast, wie viel Alkohol du verträgst, stimmt's?«

Kim wurde rot. Dan hatte genau ins Schwarze getroffen. Sie wusste es nicht. Allerdings hatte sie auch nie vorgehabt, es herauszufinden.

»Erzähl lieber, wie es mit dieser Annie weitergegangen ist«, versuchte sie das Thema zu wechseln. Für Dan war das vielleicht ein eindeutiger Beweis, dass er recht hatte, aber das machte ihr nichts aus.

»Okay, wie du willst«, entgegnete Dan, nachdem er sie einen Moment lang angeschaut hatte. »Annie wurde also irgendwo nahe des Inns verscharrt. Doch kurze Zeit später fing sie an herumzuspuken. Den neuen Besitzern vergraulte sie die Gäste, indem sie ihnen erschien und ihnen Träume von Fischernetzen und vom Ertrinken schickte. Auch jetzt noch, wo es keine Schmuggler und Strandpiraten mehr gibt, ist sie da und nicht bereit, ihr Schlafzimmer mit irgendwem zu teilen. Die Gäste sollen von einem eisigen Schauer berichten, der sie überläuft. Und manchmal sperrt Annie auch Katzen in irgendwelchen Schubläden ein.«

Dan verstummte und sah sie erwartungsvoll an.

»Das ist doch alles Unsinn, oder?«, fragte Kim, denn obwohl sie nicht an Geister glaubte, beeindruckte die Geschichte sie. Die Sitten mussten damals ziemlich barbarisch gewesen sein. Und die Strandpiraten kannten wohl kein Pardon. In was für eine Gegend war die arme Leandra hier bloß geraten! Port Isaac war ja nicht weit von hier entfernt …

»Na ja, vielleicht solltest du mal eine Nacht in Annies Schlafzimmer buchen«, entgegnete er.

Kim verzog das Gesicht und blickte auf die Tischplatte, die aussah, als hätte sie bereits zu Annies Zeiten existiert.

»Wahrscheinlich würde sich Annie gruseln, wenn sie von den Träumen wüsste, die ich seit Jakes Tod habe.«

Schlagartig verschwand die Heiterkeit von Dans Gesicht.

»Tut mir leid, ich …«

Kim schüttelte den Kopf und blickte auf. »Nein, nein, lass nur, es ist alles in Ordnung. Ich wollte nur sagen, dass ich nicht den Geist einer erpresserischen Wirtin brauche, um schlecht zu träumen. Mehr als einmal habe ich davon geträumt, zu ertrinken. Und mehr als einmal habe ich Jake ertrinken sehen. Die damalige Zeit war barbarisch, aber auch heute geschehen noch schlimme Dinge. Zwar hat man auf die meisten keinen Einfluss, aber sie sind da und verschaffen den Leuten immer noch Alpträume.«

Kim atmete tief durch. Eine Weile schwiegen sie, dann erschien die Kellnerin mit ihren Getränken. Kaum war sie wieder weg, griff Kim nach dem Whiskyglas. Was soll's, dachte sie. Trinke ich mir eben einen an. Besser wird dadurch nichts, aber ein paar Stunden im Rausch sind vielleicht nicht schlecht.

»Auf Janet«, sagte sie, als sie das Glas hob.

»Auf Janet«, echote Dan nachdenklich, und während sich Kim furchtlos den Inhalt des Whiskyglases hinter die Binde kippte, nippte er an seinem Wasser.

Die Gegend um das Cottage war stockfinster. Kim fühlte sich benebelt, nicht so richtig betrunken, das hatte Dan nicht zugelassen, aber dennoch war eine Leichtigkeit in ihr, die sie schon lange nicht mehr gefühlt hatte. Offenbar musste man bei der Trunkenheit den richtigen Moment abpassen, damit man nicht von der depressiven Phase erwischt wurde.

Während der Fahrt hatte sie ihm von dem Tagebuch erzählen wollen – als kleine Revanche für all die Schmugglergeschichten, die er ihr aufgetischt hatte –, doch dann waren ihr ganz einfach die Worte entfallen und sie hatte nur aus dem Fenster gestarrt. Bis jetzt, wo Dan den Wagen vor dem Zaun zum Stehen brachte.

»Wird's gehen?«, fragte Dan, denn offenbar war er davon überzeugt, dass sie sturzbetrunken war.

Doch Kim fühlte sich, als hätte sie den Alkohol gut vertragen.

»Klar, es geht schon«, entgegnete sie mit leichter Unschärfe in der Stimme und stieg aus. Die Nachtluft traf ihre Augen wie ein Stich, und das Rauschen des Meeres klang irgendwie verschwommen, aber tatsächlich schaffte sie es ohne fremde Hilfe ins Haus und dann die Treppe hinauf.

Als sie ihr Zimmer betrat und ihre Jacke aufs Bett schleuderte, sah sie eine Möwe vor dem Fenster sitzen. Verdutzt zog sie die Stirn kraus. Was suchte das Tier hier? Sie erinnerte sich noch an die Möwe am Tag zuvor und das seltsame Gespräch, das sie mit Dan geführt hatte. Ertrunkene Matrosen, die als Möwen wieder zurückkehrten.

Vielleicht lag es am ungewohnten Alkohol, vielleicht auch an den Seeräubergeschichten, die Dan ihr erzählt hatte, doch irgendwie fand sie das Auftauchen des weißen Vogels seltsam. Er flog nicht mal auf, als sie sich dem Fenster näherte. Mit seinen gelben Augen sah er sie unverwandt an. Kim legte den Kopf schräg. Ihr Verstand fühlte sich wie in Watte gepackt an, aber das war noch nicht mal unangenehm. Vielleicht hätte ich öfter trinken sollen, ging es ihr durch den Sinn.

Da sie mit Kneipengeruch im Haar nicht schlafen gehen wollte, beschloss sie, noch eine Dusche zu nehmen.

Als sie mit ihrem Klamottenbündel nach unten ging, traf sie auf Dan.

»Nanu, wie siehst du denn aus?«, wunderte er sich. »Bist du dem Geist von Annie George begegnet?«

»Nein, einer Möwe«, entgegnete Kim. Ihre Zunge fühlte sich schwer an, doch sie hatte den Eindruck, dass sie noch deutlich genug sprach.

»Einer Möwe?« Es war Dan anzusehen, dass er ihr kein Wort glaubte. »Meinst du eine Bier-Möwe?«

»Nein, sie ist echt«, beharrte Kim, war sich auf einmal aber nicht mehr sicher. Vielleicht war sie doch so betrunken, dass sie sich die Möwe nur einbildete?

Egal, auch von einer eingebildeten Möwe wollte sie sich nicht beobachten lassen.

»Ich dusche nur noch schnell, dann bin ich wieder verschwunden.«

Dan lächelte sie an, und bevor sie ins Bad verschwand, griff er nach ihrer Hand. »Danke«, sagte er leise. »Danke, dass du dich um Gran kümmerst.«

»Keine Ursache«, entgegnete Kim, und wieder war es da, dieses seltsame Gefühl, das sie durchflutete, wenn er sie ansah. »Ich mach es gern. Danke für die Einladung.«

»Gern geschehen«, entgegnete er, und für einen Moment waren sich ihre Gesichter so nahe, dass er sie hätte küssen können. Als Kim sich dessen bewusst wurde, zog sie sich zurück.

Jake mochte vielleicht tot sein, aber sie würde es trotzdem als Betrug empfinden, jetzt schon einen anderen zu küssen. Oder bildete sie sich das auch ein? Es war jedenfalls schon merkwürdig genug, dass sie Dan irgendwelche Gefühle entgegenbrachte.

»Ich beeile mich«, sagte sie schnell, bevor der Alkohol in ihrem Blut sie noch zu etwas anderem verleiten konnte, und verschwand im Bad.

Als sie wieder heraustrat, war Dan verschwunden. Fast bedauerte sie ein wenig, dass der Moment, in dem sie sich so nahe gewesen waren, vorbei war. Gleichzeitig war sie froh darüber. Einer der vielen taktlosen Ratschläge von Kolleginnen oder sogenannten Freundinnen an sie beinhaltete, sich schnell jemand anderen zum Trost zu suchen.

»Immerhin leben wir nicht mehr im Mittelalter, wo die Frauen noch ein Trauerjahr einhalten und in langen schwarzen Kleidern herumlaufen mussten«, hatte ihre

Kollegin Bea vom Stapel gelassen. Bea, der noch nicht mal ein Wellensittich gestorben war.

Sie war nie besonders sensibel gewesen, doch in dem Augenblick hatte Kim sie bis aufs Blut gehasst. Und sie spürte, dass sich dieser Hass immer noch deutlich meldete, wenn sie auch nur an den Nachmittag dachte, an dem sie zum ersten Mal wieder auf der Arbeit erschienen war. Damals war sie auf dem Klo gelandet und hatte geheult, bis ihr Chef sie nach Hause geschickt hatte. Der Arzt hatte ihr eine posttraumatische Depression attestiert und sie krankgeschrieben.

Sich mit einem anderen zu trösten, nur wenige Wochen, nachdem die Liebe ihres Lebens über dem Meer abgestürzt war, kam nicht in Frage. Vielleicht waren sie nicht mehr im Mittelalter, vielleicht gab es diese grässlichen Witwenkleider nicht mehr, aber das hieß doch nicht, dass man den Mann, den man geliebt hatte, einfach ersetzen konnte?

Als sie wieder oben in ihrem Zimmer war, blickte Kim als Erstes zum Fenster. Die Möwe saß noch immer dort. Und sie wirkte für eine Einbildung ziemlich lebendig. Kim überlegte kurz, ob sie sie wegscheuchen sollte. Der zweite Gedanke, der ihr kam, war, dass das Tier vielleicht krank war und Hilfe brauchte. Manchmal stürzten auch Vögel aus dem Himmel.

Doch dann entschied sie sich, ihren müden Körper zum Bett zu schleppen. Wenn die Möwe am nächsten Morgen noch da war, würde sie sich darum kümmern. Doch zuallererst musste sie morgen früh fit sein, um Janet wieder vorzulesen.

16. Kapitel

Kim erwachte erst wieder, als die Sonne auf ihr Gesicht schien. Murrend wandte sie sich zur Seite, dann schreckte sie hoch.

Sie hatte doch Janet versprochen, gleich am Morgen wieder bei ihr zu sein und das Vorlesen fortzusetzen!

Im nächsten Augenblick zog ein stechender Schmerz durch ihre Schläfe. Hatte sie wirklich einen Kater? Sie rieb sich über die Augen und spürte, wie sich eine Wolke in ihrem Schädel zusammenzog. Offenbar hatte das bisschen Alkohol schon gereicht, um sie ordentlich fertigzumachen. Sie wusste jetzt wieder, warum sie das Zeug sonst mied.

Gegen das Pochen hinter ihren Schläfen ankämpfend, erhob sie sich und sammelte ihre Sachen zusammen. Da sie am Abend zuvor geduscht hatte, schlüpfte sie kurzerhand in ihre Klamotten und kämmte sich die Haare rasch mit den Fingern.

»Was ist los?«, fragte Dan verwundert, als sie die Treppe hinuntergelaufen kam.

»Ich habe verschlafen«, sagte Kim, während sie sich, auf einem Bein hüpfend, in ihre Schuhe zwängte. »Und ich habe Janet versprochen, gleich am Morgen wieder zu ihr zu kommen. Sie wollen noch ein paar Untersuchungen mit ihr machen, zu denen sie keine Lust hat, und davon braucht sie ein wenig Ablenkung.«

Kim konnte Dan ansehen, dass er sich fragte, welche Untersuchungen wohl gemacht werden mussten, wo die Ärzte Janet doch keine Chance mehr gaben.

»Keine Sorge, ich fahre dich!«, bot er dann an und wich ihrem Blick aus. Für den Bruchteil einer Sekunde hätte Kim schwören können, dass es in seinen Augen feucht glitzerte.

»Du hast doch sicher was anderes zu tun«, sagte sie, doch er schüttelte den Kopf.

»Nicht wirklich. Wie du weißt, habe ich mich freistellen lassen. Außerdem ...« Er stockte und schüttelte den Kopf, als müsste er sich selbst davon abhalten, ihr etwas zu erzählen, das nicht für ihre Ohren bestimmt war.

»Was?«, fragte Kim verwundert.

»Na ja, Gran hat mir ein paar Anweisungen gegeben. Für den Fall, dass sie ...«

»Dass sie stirbt?«, vollendete Kim den Satz. Wann mochte Janet mit ihm darüber geredet haben?

Dan senkte den Kopf und atmete schwer aus. »Sie möchte einen ganz bestimmten Sarg, einen ganz bestimmten Steinmetz, einen ganz bestimmten Gärtner. Sie hat mir eine Liste von Blumen gegeben, die in den Kränzen sein sollen. Außerdem wünscht sie sich vom Kirchenchor bestimmte Lieder, und ich soll dem Reverend sagen, welche Geschichten er bei der Grabrede am besten nicht erzählen soll.«

»Darüber hat sie mit dir geredet?« Kim fühlte sich, als hätte sie einen Schlag in die Magengrube bekommen. War man, wenn man starb, wirklich in der Lage, an solche Dinge zu denken? Särge, Steinmetze, Musik, Pastoren? Hatte man da nicht eher Angst vor der unbekannten Dunkelheit?

Kim musste zugeben, dass sie an all das keine Gedanken verschwendet hatte, als sie sich auf den Weg zur Klippe gemacht hatte.

»Na ja, geredet nicht so richtig, aber sie hat mir eine Liste geschrieben«, antwortete Dan.

Eine Liste? Für die Beerdigungsvorbereitungen?

»Warum hat sie das getan? Ich meine, niemand kümmert sich zu Lebzeiten um seine Beerdigung, oder?«

»Gran möchte es mir leichter machen. Vor ein paar Jahren ging es ihr schon einmal schlecht, da sagte sie zu mir: ›Wenn mich der Tod im Schlaf holt, nimm die Liste und arbeite sie so ab, wie sie ist. Du brauchst dir nicht den Kopf zu zerbrechen, das habe ich schon getan.‹ Ich habe mich dagegen gewehrt, aber sie sah mir in die Augen und sagte: ›Du weißt, ich bin alt, es kann passieren. Und ich will in dem Wissen sterben, dass ich dich vorbereitet habe.‹«

Kim hatte einen Kloß im Hals. Wie mochte sich Dan bei dieser Ansage gefühlt haben? Sie selbst wäre wahrscheinlich ausgeflippt, wenn ihre Großmutter so etwas zu ihr gesagt hätte.

»Na ja, und als ich mit Gran allein in der Notaufnahme war, wies sie mich auf die Liste hin«, fuhr Dan fort. »Sie sagte: ›Ich möchte, dass du jetzt schon alles vorbereitest. Erfülle deiner alten Gran diesen letzten Wunsch, ja?‹ Was sollte ich da machen? Natürlich habe ich zugestimmt. Mittlerweile kennst du Janet ja schon ein bisschen und weißt, dass sie sich nicht so leicht von etwas abbringen lässt, das sie sich in den Kopf gesetzt hat.«

O ja, das wusste Kim nur zu gut!

»Die Liste der Dinge, die im Falle ihres Todes zu tun sind, liegt schon seit einer Weile im Küchenschrank, in einem kleinen Umschlag neben der Kaffeekanne.«

Kim hatte diesen Umschlag bemerkt, wenn sie Geschirr aus dem Schrank geholt hatte, doch sie hatte gedacht, dass es sich um Janets Haushaltskasse handelte.

»Und wie geht es dir damit?«, fragte Kim.

»Wie soll es mir damit gehen?«, fragte Dan, und nun sah sie Verzweiflung in seinen Augen aufleuchten. »Beschissen geht es mir, denn ich kann mich Tag für Tag damit auseinandersetzen, dass sie bald nicht mehr da sein wird. Dein Freund ist immerhin plötzlich gestorben, du wusstest es vorher nicht!«

Kim schaute Dan erschrocken an. Er mochte recht haben, doch musste er es ihr so schroff vor die Füße werfen?

Nur einen Augenblick später sah er seinen Fehler ein. »Entschuldige, das war zu hart.«

»Ist schon gut«, entgegnete Kim, obwohl nichts gut war. In ihrem Hals tauchte der altbekannte Kloß auf, doch sie schaffte es, die Tränen runterzuschlucken. Er meint es nicht so, sagte sie sich. Dennoch fühlte es sich an, als hätte er Schorf von einer Wunde gerissen.

»Nein, es tut mir wirklich leid«, sagte er. »Du hattest keine Wahl, du wurdest vor vollendete Tatsachen gestellt, und das ist ebenfalls großer Mist. Aber ich muss mich jeden Tag fragen, wann es so weit ist. Ich fürchte jeden Tag, dass der Anruf kommt. Gran ist alles an Familie, was ich habe! Heute Nachmittag habe ich wieder ein Gespräch mit dem Arzt. Ich habe keine Ahnung, wie ich das alles hinkriegen soll.«

Dan brach in Tränen aus. Sein Körper zitterte, und jetzt konnte Kim auch ihre Tränen nicht mehr halten. Während sie ebenfalls losschluchzte, umarmte sie ihn und er schlang seine Arme um sie, als wäre sie ein rettender Ast inmitten eines reißenden Flusses. So hielten sie sich eine ganze Weile, bis Dan sich schließlich wieder beruhigte.

Kim fragte sich, wie sie sich wohl gefühlt hätte, wenn Jake anstelle von Janet im Krankenhaus wäre, wenn sie wochenlang mit seinem Tod hätte rechnen müssen. Wäre es ihr besser gegangen? Wohl kaum. Wäre es ihr ein Trost gewesen, ihn noch einmal sehen, noch einmal umarmen und küssen zu können, bevor er in die Dunkelheit verschwand? Vielleicht. Doch sie würde es nie erfahren.

»Soll ich fahren?«, fragte sie, während Dan über seine verquollenen Augen rieb. Sie sah nicht viel besser aus, doch ihr Körper war das Weinen anscheinend mehr gewohnt als seiner.

Er nickte und reichte ihr wortlos den Zündschlüssel.

Im Krankenhaus hastete Kim zum Fahrstuhl. Als dieser sich öffnete, wäre sie beinahe gegen ein Bett gelaufen, das fast den gesamten Raum einnahm. Der darin liegende ältere Mann war offenbar auf dem Weg zum OP in den Keller. Sonst hätte sie auf die Tour verzichten können, doch da sie ohnehin schon zu spät war, entschied sie sich, einzusteigen und erst einmal nach unten mitzufahren.

Es dauerte nicht lange, bis der Fahrstuhl hielt und die Pfleger ihren Patienten rausschoben. Kim sah ihnen nach, bis die Türen sich wieder schlossen. Bei der Onkologie stieg sie aus und machte sich auf den Weg zu Janets Tür. Dabei dachte sie an Dan und das, was er erledigen musste. Gern hätte sie ihm etwas von seinen Aufgaben abgenommen, doch das konnte sie nicht. Und Dan wollte es auch nicht.

»Du hilfst mir schon, indem du ihren Wunsch erfüllst«, hatte er beim Aussteigen gesagt. Dann war er in den Straßen der Stadt verschwunden.

Aber war das wirklich so? Konnte sie nicht mehr tun?

Gleichzeitig fragte sie sich, wie sie reagieren würde, wenn ihre Mutter oder ihre Grandma solch eine Liste für sie hätte – die sie noch zu deren Lebzeiten erledigen musste.

An Janets Zimmer angekommen, klopfte sie.

»Herein«, tönte es schwach von der anderen Seite.

Als Kim eintrat, erschrak sie. Janet sah noch viel schlechter aus als am Vortag. Ihr Blick war auf das Fenster gerichtet, und sie wirkte abwesend. So als würde sie das richtige Meer und keines aus Häusern vor sich sehen.

»Tut mir leid, dass ich zu spät bin. Ich war …« Konnte sie ihr erzählen, dass sie gestern Abend mit Dan im *First and Last Inn* versackt war?

Janet wandte sich um und lächelte sie an. »Ist schon gut. Mir ist schon klar, dass du nicht immer Punkt zehn hier antanzen kannst.«

»Morgen komme ich wieder früher, versprochen.«

Janet nickte und schaute dann zu dem Stuhl, auf dem sie schon am Vortag gesessen hatte.

»Wie geht es Ihnen?« Kim nahm Platz und griff dann nach dem Tagebuch, das im Fach unter der Schublade lag.

»Sie haben mir heute gesagt, dass ich wohl kaum noch mehr als zwei Wochen zu leben habe«, antwortete Janet, und in ihrer Stimme lag eine tiefe Schwermut. »Ich wusste ja, dass ich nicht ewig auf dieser Erde wandeln werde, aber dennoch … Es ist schade, dass ich schon bald nicht mehr hier bin. Und dass ich das Meer vermutlich nie wieder sehen werde.«

Kim schluckte. Plötzlich kam ihr eine Idee. Wie wäre es, wenn sie Janet nach Hause holten? Doch würde das gehen? Wer einmal in den Fängen der Ärzte war, sagte ihre Mutter immer, wurde nicht so leicht wieder rausgelassen. Aber welchen Unterschied machte es, wo man starb?

Zu gern hätte Kim ihr davon erzählt, dass sie sich mit Dan darüber unterhalten hatte. Doch letztlich hatte er das Sagen, und sie wollte Janet keine falschen Hoffnungen machen.

»Aber jetzt bist du hier und ich kann meine Gedanken endlich wieder auf etwas anderes richten.« Janet betrachtete sie prüfend. »Hast du gut geschlafen? Du siehst übernächtigt aus.«

»Ich … ich war gestern mit Dan im *First and Last Inn*«, gestand Kim. Janet sah ihr wahrscheinlich an, dass sie noch immer leicht verkatert war. »Er hat mir Geschichten von Strandräubern erzählt. Sie kennen die sicher, nicht wahr?«

Janet nickte. »Und ob ich die kenne! Es waren meine liebsten Geschichten, wenn der Sturm so tobte, dass der Leuchtturm fast unter den Wellen verschwand. Hat er dir die Geschichte von Annie erzählt?«

»Die Wirtin, die mit Fischernetzen ertränkt wurde.«

Ein Lächeln huschte über Janets Gesicht. »Sie hätte eben die Schmuggler nicht verpfeifen sollen. Wer sich die Schmuggler zum Feind machte, lebte nicht mehr lange.«

»Dann waren die so was wie die Mafia?«

»Könnte man so sagen. Auch mit den Strandpiraten war nicht gut Kirschen essen. Sie lockten Schiffe mit falschen Leuchtfeuern in die Irre, damit sie aufliefen. Hin und wieder schaffte es jemand von den Schiffsbesatzungen lebend ans Land, doch wenn sie sich den Piraten nicht anschließen wollten, wurden sie getötet. Die ohnehin schon tote Schiffsmannschaft wurde ebenso gefleddert wie das aufgelaufene Schiff selbst. Meist waren es Handelsschiffe auf dem Weg nach Plymouth oder zum Kontinent.«

Janets Augen leuchteten wie die eines jungen Mädchens, während sie erzählte. »Es soll sogar Leuchtturmwärter gegeben haben, die mit ihnen gemeinsame Sache machten. Manche freiwillig, manche, weil sie erpresst wurden. Wenn man an der Küste lebte, war es besser, sich mit den Herrschenden zu arrangieren, und das waren sehr oft nicht die Grafen, denen das Land gehörte.«

Janets Blick schweifte ab, und es schien, als hätte sie wieder die raue See vor sich und das Longships Lighthouse.

»Aber nun sollten wir anfangen, denn sicher kommen meine beiden Jungs gleich und versuchen, mir irgendwas einzuflößen, worauf ich keine Lust habe.«

Kim nickte und schlug das Buch auf.

»Blättere ruhig ein paar Seiten vor«, sagte Janet da. »Jetzt, wo ich weiß, dass gewissermaßen mein Countdown läuft, sollten wir uns nicht mit unwichtigen Dingen aufhalten.« Sie erhob sich leicht im Bett und streckte die Hände nach dem Buch aus. »Hier, ich zeig dir, ab wo du lesen kannst.«

Kim hielt ihr das Buch entgegen, und Janet blätterte darin, bis sie die passende Stelle gefunden hatte.

»Da!«, sagte sie schließlich und tippte auf das Datum, mit dem die Seite überschrieben war. Kim staunte darüber, dass sie diese Stelle so genau hatte ausfindig machen können. Wie oft mochte sie das Buch schon gelesen haben?

Kim strich das alte Papier glatt, räusperte sich und begann.

1. März 1813

Seit einem Monat bin ich nun schon die Herrin des Gryffyn-Haushaltes, doch ich komme mir mehr und mehr wie ein Störkörper vor, ein Stein, der den Fluss des Wassers behindert. Die Hausschlüssel hat Emblyn natürlich nicht herausgegeben, wahrscheinlich glaubt sie, dass ich der falschen Person die Tür öffnen würde und dann nicht um Hilfe rufen kann, wenn ich meinen Fehler bemerke.

Clemo ist sehr oft unterwegs, und wenn er zurückkommt, ist seine erste Frage, ob ich schon Zeichen der Schwangerschaft verspüre. Von den Mägden zu Hause weiß ich, dass dies das Ausbleiben des Blutflusses ist und morgendliche Übelkeit, doch ich fühle mich geradezu obszön gesund, und mein Blut floss auf den Tag genau. Als ich Clemo das zu verstehen gab, wirkte er ungehalten, und seither kommt er jede Nacht zu mir und nimmt mich brutaler denn je, so als wäre er nicht sicher, ob ich bereits offen genug bin, seinen Samen zu empfangen.

Während er danach einschläft, liege ich mit angezogenen Schenkeln im Bett und hoffe nur, dass sein Samen endlich in mir aufgeht, ich bete, dass er nicht nutzlos aus mir herausfließt. Täglich wiederholt er diese Prozedur, und wenn er dann wieder auf Geschäftsreise geht, bleibe ich mit Emblyn zurück, deren Miene finsterer denn je ist. Nicht nur, dass ich ihr keine Gesprächspartnerin sein kann, sie spürt auch, dass ich ihren Bruder enttäusche.

Aisleen, die irische Köchin, von der ich glaube, dass sie Gedanken lesen kann, versichert mir, dass es mir nicht allein so gehe. Viele Frauen, die das zwanzigste Jahr bereits überschritten haben, würden nicht gleich in den ersten Monaten nach der Hochzeit schwanger werden. Das ist für mich nur ein schwacher Trost, denn wenn es so bleibt wie im letzten Monat, werde ich weiterhin Nacht für Nacht den Akt ertragen müssen, der mir nicht im Geringsten Freude bereitet.

Möglicherweise liegt es an meinem fehlenden Vergnügen, dass ich nicht schwanger werden kann. Die jungen Dinger, die gar nicht die Hände von ihren Burschen lassen können, die sich zuweilen wie Huren gebärden, haben schneller einen dicken Bauch, als der Wind die Samen von der Butterblume bläst.

Eine andere Erklärung wäre, dass bei meinem Sturz nicht nur meine Stimme zu Bruch gegangen ist, sondern auch der Raum, der für das Kind da ist. Erst letzte Nacht träumte ich, mich in einer Höhle zu befinden, deren Eingang mit riesigen Felsblöcken verschüttet war. Sieht es so in meinem Innern aus? Wenn ja, werde ich noch viele solcher Nächte durchleiden müssen, bis Clemo merkt, dass ich nicht so fruchtbar bin, wie er es sich versprochen hat.

Auch sonst ist mein Leben hier nicht das, das ich mir ausgemalt hatte. Jedes junge Mädchen hat

Vorstellungen davon, wie sein Leben als Herrin eines Hauses aussieht. Sie malt sich aus, wie sie den Haushalt führen, welche Dinge sie verändern würde.

Clemo hatte mir versichert, dass ich nach unserer Heirat die Herrin des Hauses sein würde, doch dem ist nicht so. Emblyn führt auch weiterhin das Regiment, selbst wenn ich Einspruch dagegen erhebe. Dabei stellt sie eine Selbstsicherheit zur Schau, die der unverheirateten Schwester des Hausherrn nicht zusteht. Letztlich bleibt mir nichts anderes übrig, als mich zu fügen, denn auch meine Beschwerden bei Clemo verhallen ungehört.

Aber was sollte er auch ändern? Er bleibt tagelang weg, und wenn er da ist, verbringt er die meiste Zeit mit seiner Schwester. Zu mir kommt er nur des Nachts, um sein Recht einzufordern.

Auch an diesem Morgen, kurz nach seiner Ankunft von einer längeren Geschäftsreise, geht er zunächst zu Emblyn. Ich beobachte ihn, wie er über den Hof schreitet, und fühle mich dabei erneut wie ein Fremdkörper. Offenbar habe ich in diesem Haus nur eine Funktion: dem Hausherrn einen Erben zu schenken. Für den Fortgang des Lebens im Hause werde ich nicht gebraucht.

An Tagen wie heute, da der Himmel mit dunklen Wolken bezogen ist und ein Sturm aufzuziehen droht, ergreift mich die Schwermut darüber mehr denn je. Immer wieder denke ich an Thomas. Bisher habe ich es noch nicht gewagt, ihm zu schreiben, denn ich bin nicht sicher, ob Emblyn meine Briefe kontrolliert. Es ist bereits eine Weile her, dass ich meinem Vater geschrieben habe. Bisher ist noch keine Antwort gekommen. Es folgten weitere Briefe, doch keine Reaktion von ihm. Ich halte ihn nicht für so kaltherzig, seine Tochter zu vergessen, möglicherweise ist er wegen des ersten Briefes böse auf mich, doch ich kenne ihn gut genug, um zu wissen, dass er mir schreiben würde.

Die Briefe schienen allesamt verloren zu gehen, und je missmutiger Emblyn mir gegenüber ist, desto mehr habe ich sie in Verdacht, mir meine Briefe vorzuenthalten – oder die von mir geschriebenen gar nicht erst in die Post zu geben.

Von diesen Gedanken geplagt, wandere ich wie ein Geist durchs Haus. Claire, meine einzige Vertraute, ist unten bei den anderen Mädchen, für die Rückkehr ihres Bruders hat Emblyn ein großes Festmahl bestellt. Wie gern wäre ich eines der Mädchen unten in der Küche! Ich sehne mich danach, wieder eine Aufgabe zu bekommen. Das Führen meines Tagebuchs füllt mich nicht aus, und da ich im Haus nichts zu tun habe, habe ich mehr und mehr das Gefühl, meine Zeit zu verschwenden.

Auf Höhe eines der Zimmer, die ich nicht betreten kann, weil sie meist abgeschlossen sind, stocke ich an diesem Nachmittag, denn ich höre Stimmen. Clemo. Und Emblyn. Offenbar besprechen sie sich miteinander. Aber hier? Gibt es in dem Haus Räume, die nur ihnen vorbehalten sind?

Nur selten habe ich die Gelegenheit, zu hören, was sie miteinander reden. Bin ich zugegen, sind die Gespräche anders. Unterdrückt würde ich es nennen. Es werden Höflichkeiten ausgetauscht, und Clemo spricht über seine Geschäfte. Jedenfalls im Großen und Ganzen. Stets habe ich bei ihm das Gefühl, dass er nur einen Bruchteil all dessen preisgibt, was sich bei ihm ereignet. Wenn wir allein sind, ist es noch weniger.

Ich fühle mich jedes Mal wie ein stummer Gast. Zunächst dachte ich, ich würde unsichtbar werden, doch das stimmt nicht. Wäre ich unsichtbar, würden sie sicher freier reden. So wie jetzt.

Die Unterhaltung, deren Inhalt ich von weitem nicht erfassen kann, klingt zu hitzig, als dass sie sich um Belanglosigkeiten drehen könnte.

Ich könnte klopfen und hineingehen, doch ich weiß, dass das Gespräch sofort abbrechen würde. Möglicherweise würde Emblyn sogar den Raum verlassen.

Ich verberge mich also hinter den Falten eines Vorhanges, hinter dem man diese Tür leicht verschwinden lassen kann. Wenn Emblyn oder Clemo das Zimmer plötzlich verlassen, können sie mich unmöglich entdecken.

»Emblyn, ich bitte dich! Du weißt, warum ich sie geheiratet habe«, vernehme ich Clemos Stimme und drücke mich noch etwas fester gegen die Wand. Sie reden von mir. Natürlich! Den Anlass für diese Aussage kenne ich nicht, doch ich kann mir denken, dass sich Emblyn über meine Untätigkeit beschwert hat – und das, wo sie doch diejenige ist, die mich von jeder Tätigkeit fernhält.

»Ja, aber wie man sieht, wird sie nicht schwanger!«, schrillt Emblyns Stimme. »Und an dir kann es nicht liegen, wie wir gesehen haben.«

»Emblyn!« Clemos Stimme klingt warnend. »Bring nicht immer wieder diese Geschichte auf! Wenn die Dienstboten davon erfahren! Du weißt, dass sie um diese Zeit in den Gängen herumgehen!«

Emblyn stöhnt auf. Wahrscheinlich hat Clemo sie grob am Arm gepackt.

»Wieso soll ich nicht aufbringen, dass du deine eigene Halbschwester geschwängert hast! Ich habe das Kind der Engelmacherin überlassen müssen, damit die Schande nicht offenbar wird!«

Darauf sagt Clemo nichts mehr. Und ich vergesse einen Moment lang, dass hinter mir eine harte Steinwand ist. Ich komme mir vor, als würde ich fallen, in einen tiefen, dunklen Schacht, aus dem es kein Entrinnen gibt. Mein Verstand weigert sich zu glauben, was ich gehört habe. Clemo hat Emblyn geschwängert? Er hat Sünde mit seiner eigenen Schwester begangen?

»Emblyn, ich sage es dir zum letzten Mal«, höre ich Clemos Stimme, sie klingt ruhig, aber so bedrohlich, wie ich es noch nie zuvor bei einem Menschen gehört habe. Nicht mal mein Vater hat so geklungen. »Begrabe diese Geschichte endlich, sonst könnte ich es mir überlegen, dich hier nicht länger die Hausherrin spielen zu lassen.«

»Willst du mir drohen?« Emblyn klingt überrascht. Wahrscheinlich hat auch sie ihren Bruder noch nie so erlebt.

»Ich drohe niemandem, ich gebe nur gute Ratschläge. Besonders dir, Emblyn. In deinem Fall wäre es wirklich besser, zu schweigen und meine Entscheidungen nicht anzuzweifeln. Leandra mag vielleicht nicht gleich schwanger werden, doch das ist nichts Ungewöhnliches, auch manche Stuten werden nicht gleich tragend, nachdem ein Hengst sie bestiegen hat. Ich gebe ihr ein Jahr und entscheide dann, was mit ihr passiert. So lange ist sie uns nützlich, sie plaudert nichts aus, und ich rechne auch nicht damit, dass sie andere Dummheiten anstellt, wenn du sie nur in Frieden lässt. Also, halte dich an das, was ich gesagt habe! Eine stumme Ehefrau ist ein Glücksfall für uns.«

»Ein unnötiger Esser, wenn sie keine Kinder bekommt!«, murrt Emblyn, worauf Clemo erwidert: »Wie gesagt, ich gebe ihr ein Jahr. Trägt sie dann kein Kind unter ihrem Herzen, werde ich dafür sorgen, dass sie aus unserem Leben verschwindet. So lange bist du friedlich, verstanden? Ich möchte nicht gezwungen sein, etwas zu tun, was unseren Vater betrübt hätte.«

Ich bekomme keine Luft mehr. Es ist wie damals, als Clemo sich zum ersten Mal zu mir legte. Da war es der körperliche Schmerz, der meinen Atem zum Stocken gebracht hatte, jetzt ist es diese furchtbare Offenbarung.

Ein Jahr habe ich noch, um ein Kind zu empfangen – und dann?

Clemo will dafür sorgen, dass ich aus ihrem Leben verschwinde?

Die ungeheuerlichsten Möglichkeiten schießen mir durch den Kopf. Will er mich umbringen? Oder in den Wahnsinn treiben wie die vorherige Braut?

Übelkeit erfasst mich. Rasch presse ich meine Hände auf meinen Mund. Ein Schrei kommt nicht über meine Lippen, doch es wäre möglich, dass ich mich übergebe. Ich muss von hier fort!

Doch bevor ich mich von der Wand lösen kann, ertönen Schritte. Ich weiß nicht, wer von beiden es ist, der den Raum verlässt, aber ich presse mich fester an den Stein, als könnte ich mit ihm verschmelzen.

Die Tür öffnet sich, und an dem Rascheln des Tafts erkenne ich, dass es Emblyn ist. Sie ist zu zornig, um einen Lauscher zu vermuten. Mit hastigen Schritten eilt sie davon.

Jetzt ist nur noch Clemo in dem Raum. Da die Tür offen steht, kann ich nicht einfach meinem Versteck entschlüpfen, er würde mich sehen. Meine Knie zittern. Was, wenn er mich entdeckt? Verschwinde ich dann gleich aus ihrem Leben? Oder bekomme ich doch noch mein Gnadenjahr?

Panik steigt in mir hoch. Was soll ich nur tun? Welche Möglichkeiten habe ich?

Keine, das wird mir klar. Zu meinem Elternhaus kann ich nicht zurück, mein Vater würde mir unmöglich glauben, was ich gehört habe. Und einen anderen Ort, an den ich gehen kann, habe ich nicht. Außerdem würde ich, wenn ich aus dem Haus fliehe, nicht weit kommen. Sicher würde Clemo Branok losschicken, und mit teuflischem Gespür würde der mich finden.

Während die Angst mich wie eine Flutwelle überrollt, nähert sich nun auch Clemo der Tür. Er stockt einen Moment. Spürt er, dass ich in der Nähe bin? Das Gerede vom Teufel fällt mir wieder ein. Ist Clemo ein Dämon, der sein Weib wittern kann?

Drei Herzschläge lang halte ich die Luft an. Dann höre ich, dass er die Tür zuschließt und weitergeht. Wahrscheinlich hat er sich nur das Revers seines Gehrocks glattgestrichen. Ich sinke hinter dem Vorhang zusammen und merke erst jetzt, dass ich mir selbst in die Hand gebissen habe. So verharre ich, bis ich irgendwo eine Tür klappen höre.

Clemos Arbeitszimmer. Wahrscheinlich hat er noch zu tun. Auf jeden Fall ist es nicht die Tür meines Zimmers. In dessen Nähe ist er heute noch nicht ein Mal gekommen.

Ich brauche eine Weile, bis ich wieder stehen kann. Doch dann trifft es mich wie ein Peitschenhieb. Ich renne los. Eigentlich hätte ich meinen Ehemann begrüßen sollen, wenn er den Weg schon nicht zu mir findet. Aber ich kann nicht, denn im Haus halte ich es keinen Moment länger aus.

Im Vergleich zu den Geheimnissen des Hauses Gryffyn erscheint mir der Sturm draußen milde. Stärker noch als das Zerren an meinen Kleidern und Haaren ist das Zerren in meinem Innern. Gedanken wirbeln in mir herum, ohne dass ich sie zu fassen bekomme. Genau genommen will ich sie auch gar nicht fassen, denn immer noch erscheint mir alles viel zu ungeheuerlich, zu furchtbar! Mein Vater hatte wirklich keine Ahnung, dass er seine Tochter einem Mann an dic Hand gegeben hat, der Inzest betreibt!

Irgendwie gelingt es mir, den Hof zu überqueren, ohne von jemandem gestoppt zu werden. Angesichts des Sturms sind die Dienstmädchen im Haus, und Branok hat zusammen mit den Stallburschen zu tun, die Pferde, die in ihren Ställen unruhig gegen die Boxen drängen und zeitweise austreten, im Zaum zu halten.

Schließlich liegt das hohe Tor hinter mir. Eine starke Böe reißt mich fast um, doch ich fange mich und stemme mich gegen den Wind, der mich offenbar zurück zum Haus treiben will. Irgendwie schaffe ich es, mich aus dem Bannkreis von Clemos Anwesen zu lösen und die Klippen zu erreichen. Wütend peitscht das Meer gegen die Felsen. Gischt spritzt zu mir auf. Außer mir ist niemand hier. Auch auf den Wogen befindet sich kein Schiff, jedenfalls nicht in Sichtweite. Natürlich wird es irgendwo ein Schiff geben, das den Hafen noch nicht erreicht hat und den Naturgewalten nun schutzlos ausgesetzt ist. Möglicherweise findet die Besatzung in diesem Augenblick den Tod.

Der Tod.

Vielleicht ist er meine Rettung?

Thomas! Er würde nicht wollen, dass ich sterbe. Doch wenn er erfahren hat, dass ich verheiratet bin, habe ich ihn ganz verloren.

Niemand wird mich vermissen, denn wegen meiner zerschlagenen Stimme bin ich eine Ausgestoßene und wertlos. Möglicherweise kann ich nicht einmal Kinder bekommen. Und was anderes bin ich für Clemo als eine Gebärmaschine? Was?

Emblyns schrille Stimme hallt durch meine Gedanken: »An dir kann es nicht liegen, wie wir gesehen haben ...«

Nein, sicher liegt es nicht an ihm. Er hat es geschafft, seine Schwester zu schwängern, wogegen sein Samen bei mir auf unfruchtbaren Boden fällt. Und ich bin überzeugt, dass es auch in einem Jahr noch so sein wird!

Es wird besser sein, wenn ich jetzt schon die Welt verlasse. Dann brauche ich an all das und meine eigene Wertlosigkeit nicht mehr zu denken ...

Ich trete näher an die Klippe heran. Das tobende Meer scheint mich zu rufen, Steinchen bröckeln unter meinen Füßen ab und stürzen in die Tiefe. Dennoch habe ich nicht den Mut, einen Schritt voran zu machen.

Doch da erfasst mich eine Bö. Diesmal setze ich mich nicht zur Wehr. Möglicherweise ist der Tod der einzige Ausweg für mich. Ich werde in die Luft gewirbelt, verliere den Halt unter den Füßen. Einen Moment noch spielt der Sturm mit meinem Körper, dann lässt er mich fallen, wie ein Spielzeug, das ihm nicht mehr gefällt. Ich stürze ins Wasser und spüre den Willen meines Körpers, mich über der Oberfläche zu halten. Doch ich zwinge mich dazu, keine Gegenwehr zu leisten.

Als die Wellen über mir zusammenschlagen, wird es still um mich herum.

17. Kapitel

Kim ließ das Buch sinken. Sie blickte hoch zu Janet, die die Augen geschlossen hielt. Hatte sie diese letzte Passage überhaupt mitbekommen?

Jetzt wurde ihr klar, warum sie die Geschichte lesen sollte. Leandra hatte ebenso wie sie versucht, sich das Leben zu nehmen. Nicht aus verlorener Liebe, sondern aus Verzweiflung darüber, dass ihr Ehemann sie als Gebärmaschine brauchte. Doch welchen Unterschied machte das schon? Leandra hatte vollendet, wovon Janet sie abgehalten hatte, sie war über die Klippe gegangen. Und dann?

»Du liest ja gar nicht mehr«, flüsterte Janet.

»Ich brauche eine kleine Pause«, entgegnete Kim. In diesem Augenblick hätte sie zu gern einen Kaffee gehabt.

»Es ist eine erschreckende Geschichte, ich weiß. Zum ersten Mal habe ich sie gelesen, nachdem mein Vater an die Front gekommen ist. Ich war noch ziemlich jung und hatte gerade erst meine Schwester bei einem Bombenangriff verloren. Die Geschichte hat mir geholfen, die Zeit zu überstehen. Damals hatte ich ganz rote Ohren, denn solche skandalösen Geschichten konnte man damals nicht in Büchern finden.«

Janet hielt kurz inne, um durchzuatmen.

Als zwischendurch die Schwester hereingekommen war, um ihr eine Spritze zu geben, hatte Kim beobachtet, dass etwas von »Morphium« auf der Ampulle stand. Das war natürlich das schwerste Geschütz gegen die Schmerzen, das sie auffahren konnten.

»Na gut, geh und hol dir was zu essen. Ich werde ein kleines Nickerchen machen. Wenn du wieder zurück bist, können wir ja fortfahren.«

Kim nickte und legte das Buch zur Seite. Sie wollte durchaus erfahren, wie es mit Leandra weiterging, doch die Passage über das Wasser, das Sinken in die Dunkelheit, hatte sie sehr mitgenommen.

»Bin gleich wieder da«, versprach sie und zog die Tür hinter sich zu. Einige Schwestern kamen ihr entgegen. Kim nickte ihnen zu und verließ die Station.

In dem Gang vor der Station war alles still. Kim überlegte, ob sie eine Weile hier sitzen bleiben sollte, doch dann entschied sie sich, dem Kaffeeduft aus der Cafeteria zu folgen.

Während sie sich dort mit einem Becher Kaffee vor eines der Fenster setzte, dachte sie an Dan. Unterwegs hatte er ihr seine Handynummer gegeben. Sie hatte ihm versprochen, sie zu speichern und ihm zurückzuschreiben, damit er auch ihre Nummer hatte.

Nachdem sie einen Schluck getrunken hatte, zog sie das Handy hervor und schaltete es an. Der Ladestand leuchtete bedrohlich rot, doch für das Speichern der Nummer und eine kurze Nachricht würde es reichen.

Natürlich hatten sich ihre Freundin und ihre Mutter nicht mit ihrer Antwort zufriedengegeben. Erneut waren mehrere Nachrichten eingegangen. Diesmal auch eine von Erica.

Kim überflog die Nachrichten kurz, bei der von Jakes Mutter blieb sie hängen.

War heute mal kurz im Haus, warum sieht es da so leer aus? Hast du vor auszuziehen? Bitte melde dich doch mal bei mir. Wir haben nicht vor, dich aus deinem Zuhause zu vertreiben. Liebe Grüße, Erica

Typisch Erica, dachte Kim. Dabei weiß sie doch, dass ich nicht in dem Haus bleiben kann. Möglicherweise bleibt ein freundschaftliches Band zwischen uns bestehen, doch so wie früher kann und wird es nicht sein.

Ich habe nur ein paar Sachen verschenkt, tippte Kim in das Display ein. Mach dir keine Sorgen, ich bin ein wenig an die See gefahren. Ich melde mich, wenn ich wieder zurück bin.

Die zweite Nachricht schickte sie an Dans Nummer.

Eigentlich hätte ein »Na, wie geht's?« oder »Wie kommst du voran?« gereicht, doch sie schrieb ihm:

Ich weiß jetzt, warum deine Großmutter wollte, dass ich das Buch lese. Einzelheiten heute Abend. LG, Kim

Einen Moment lang hoffte sie, dass er gleich antworten würde, aber wahrscheinlich war er gerade mittendrin, seine Liste abzuarbeiten.

Sie leerte den Kaffeebecher und fuhr dann wieder hoch zur Station.

Als sie eintrat, schlief Janet noch.

Ihr Atem ging leise und etwas rasselnd, als würde sie eine Bronchitis bekommen. Kim setzte sich neben sie und betrachtete sie. Schlafend wirkte sie noch zerbrechlicher, und es trieb Kim die Tränen in die Augen, als sie daran dachte, dass Janet wahrscheinlich auch so aussehen würde, nachdem sie gestorben war. Sie wischte sich mit dem Ärmel ihres Sweatshirts über die Augen, doch das Wasser ließ sich nicht aufhalten.

Wenn sie Jake betrachtet hatte, während er schlief, hatte sie nie an den Tod gedacht. Vielmehr hatte sie die Zukunft vor Augen gehabt, die nächste Stunde, den nächsten Monat, das kommende Jahr. Sie hatte sich gefragt, wie lange er sich noch in Gefahr begeben wollte, bis er ganz bei ihr blieb.

Und jetzt konnte sie nur daran denken, dass er in seinem Sarg wahrscheinlich auch so ausgesehen hatte, als er dem Krematorium übergeben wurde.

Ein Schluchzen entschlüpfte ihrer Kehle und weckte Janet. Sie blickte sich zunächst ein wenig verwirrt um, dann fanden ihre Augen sie.

»Wein doch nicht, Mädchen«, sagte sie leise und streckte ihre linke Hand nach ihr aus. »Es wird alles ein gutes Ende nehmen, das verspreche ich dir.« Kim wusste im ersten Moment nicht, was sie meinte: das Buch oder sie.

Dann wurde ihr klar, dass wohl das Buch gemeint sein musste. Sie nahm es wieder hervor und fand auf Anhieb die Seite, an der sie aufgehört hatte.

Ich weiß nicht, wie lange ich sinke. Wenn man ertrinkt, so dachte ich immer, kämpft der Körper verzweifelt gegen den Luftmangel. Doch dem ist nicht so. Meine Augen werden schwer, Müdigkeit überkommt mich. Um mich herum ist alles blau und friedlich, der Sturm ist hier nicht mehr zu hören.

Doch dann werde ich nach oben gerissen. Vielleicht durch die Strömung oder eine Welle. Irgendetwas zerrt an mir. Fühlt es sich so an, wenn die Seele den Körper verlässt?

Ich werde an die Wasseroberfläche gehoben, doch in dem Augenblick verlässt mich das Gefühl endgültig.

Als ich endlich wieder etwas sehen kann, bemerke ich einen dunklen Schatten über mir. Bin ich tot? Stehe ich jetzt vor Petrus' Toren und warte darauf, eingelassen zu werden?

Möglicherweise wird er mir, die sich nicht gegen den Tod gewehrt, sondern ihn willkommen geheißen hat, den Durchgang verweigern und mich sofort in die Hölle schicken. Doch kann diese schlimmer sein als das, was mich aus dem Haus getrieben hat?

Das Gesicht, in das ich wenig später blicke, gleicht dem eines Engels. Er ist eindeutig männlicher Gestalt, mit ebenmäßigen Zügen, leicht aufgeworfenen Lippen und blonden Locken, die sein Gesicht umwehen. Seine Augen sind so blau und klar wie das Meer an einer ruhigen Stelle. Etwas Sand klebt an seiner Wange.

Nach und nach kehrt das Gefühl in meinen Körper zurück. Hat er mich gefunden und wieder zum

Leben erweckt? Fast scheint es so, denn ich spüre das Herz in meiner Brust schlagen, etwas zögerlich noch, aber schließlich wird es kräftiger. Meine Gliedmaßen erwärmen sich wieder, und ich schaffe es, die Lippen zu bewegen. Als er das bemerkt, huscht ein Lächeln über sein Gesicht.

»Willkommen zurück«, sagt er leise und streicht ein wenig Sand von meinen Wangen. »Ich habe mir schon Sorgen gemacht, dass Sie nie wieder aufwachen würden.«

Wo bin ich? Ich versuche, mich zu erheben, doch ein Schwindel greift nach mir und zwingt mich auf mein Lager zurück.

»Wer sind Sie?«, fragt er, und ich versuche, ihm mit meinen Lippen zu antworten, doch er versteht mich nicht. Weiß er denn nicht, wer ich bin? Wenn er aus der Gegend stammt, müsste er doch gehört haben, dass die Ehefrau von Clemo Gryffyn stumm ist. War er denn nicht zur Hochzeit eingeladen wie fast jeder Bewohner des Ortes?

Ich deute auf den Sand und schreibe etwas hinein.

Seine Miene verfinstert sich, als er meinen Namen sieht. Und mein Geständnis, dass ich stumm bin. Allerdings scheint Letzteres ihn weniger zu erschrecken.

»Sie sind die Gattin von Clemo Gryffyn?«, fragt er, worauf ich nicke. Seinem Blick nach zu urteilen kennt er meinen Ehemann recht gut, zu gut möglicherweise.

»Was hatten Sie dort oben zu suchen?«

Tod, schreibe ich in den Sand. Denn genau danach habe ich gesucht. Nach dem Tod. Der einzigen Möglichkeit, von hier zu entkommen.

Der Mann schaut mich entsetzt an. »Sie wollten sterben?«

Ich nicke und blicke dann an ihm vorbei aufs Meer, das gischtgekrönte Wellen an den Strand spült. Wie hat er mich überhaupt aus dem Wasser ziehen können?

»Aber warum? Sie sind noch so jung und …«

Er verstummt, und ich kann erkennen, wie die Gedanken durch seinen Kopf wirbeln.

»Ich bin Christian Walters, einer der Leuchtturmwärter hier. Am besten, ich bringe Sie erst einmal in den Turm, dann können Sie sich ein wenig aufwärmen.« Als er mir aufhilft, erkenne ich das Gebäude hinter mir. Die Wellen müssen mich ein gutes Stück getragen haben, denn ich befinde mich nun direkt vor dem Leuchtturm, den ich bei meiner Ankunft hier im Nebel liegend gesehen habe.

Walters stützt mich, doch das ist eigentlich nicht nötig. Meine Beine tragen mich wieder, und die Tatsache, dass es nicht Clemo war, der mich gefunden hat, stimmt mich beinahe fröhlich.

Der Leuchtturm besteht aus einem Maschinenraum, den Unterkünften für die Wärter und dem Licht an der Spitze. Wir passieren die Maschinen und erreichen schließlich die Quartiere.

»Sie können für heute mein Zimmer haben, ich werde bei John schlafen«, erklärt Walters, als er die Tür zu dem Raum öffnet, der recht karg eingerichtet ist, doch immerhin über ein Fenster verfügt. »Wir sind insgesamt vier und arbeiten für Trinity House, eine Gesellschaft, die Leuchttürme überall an der Küste errichtet. Dieser Turm ist noch recht neu, ich habe selbst miterlebt, wie er eröffnet wurde. Ganz in der Nähe wird nach weiteren Standorten gesucht. Irgendwann wird es möglich sein, dass kein Schiff mehr auf ein Riff auffährt, weil es sich nicht orientieren kann.«

So, wie seine Augen leuchten, während er erzählt, ist er mit Leib und Seele Leuchtturmwärter. Ich hätte ihn gern so viel gefragt, aber ich entdecke nirgends Stift und Papier. Also bin ich gezwungen, ihm das Reden zu überlassen.

Doch Mr Walters scheint mir meine Wünsche von den Augen ablesen zu können.

»Ich bringe Ihnen gleich ein paar warme Sachen, Ihre nassen Kleider können Sie dort über dem Ofen trocknen. Wir haben leider keine Frauenkleider, denn hier tauchen nur selten Frauen auf, aber ich glaube, ich kann etwas auftreiben, das Sie zufriedenstellen wird.«

Damit verabschiedet er sich fürs Erste. Als er die Tür hinter sich schließt, trete ich ans Fenster. Die See tobt, als wäre sie ein Ungeheuer, das den gesamten Strand verschlingen will. Graugrüne Wogen türmen sich auf, einige von ihnen schießen sogar über die Klippe hinweg. Spritzwasser trifft den Leuchtturm. Eine Möwe, die sich aufs Meer gewagt hat, wird von einer Böe erfasst und mitgerissen. Das arme Tier!

Es erscheint mir immer noch wie ein Wunder, dass Mr Walters mich den Fluten entreißen konnte.

Wenig später bringt er mir die versprochenen Kleider: ein Paar weite Hosen, ein Hemd, eine Jacke. Ich bin sicher, dass ich darin wie einer von ihnen aussehe. Gleichzeitig frage ich mich, was wohl seine Mitstreiter sagen werden, wenn er mich ihnen vorstellt.

»Brauchen Sie sonst noch etwas?«, fragt er ein wenig verlegen. Selbst wenn ich einen Wunsch habe, kann ich ihn nicht so ohne weiteres aussprechen, das ist ihm wohl klar.

»Vielleicht etwas zu schreiben?«, fällt es ihm ein, bevor ich den Kopf schütteln kann. »So können Sie mir sagen, was Ihnen auf dem Herzen liegt.«

Ach, könnte ich das doch wirklich tun! Könnte ich ihm doch sagen, was ich gehört habe!

Natürlich ist das unmöglich, aber seine Freundlichkeit durchläuft mich wie eine warme Welle. Ich nicke lächelnd und forme das Wort »Danke« mit meinen Lippen. Er scheint mich zu verstehen, denn er erwidert mein Lächeln und verschwindet.

Ich nutze die Zeit, um mich umzuziehen. Als er wieder erscheint, nicht nur mit Papier und einer Feder, sondern auch mit Tee und etwas, das wie Scones aussieht, bin ich zu einem der ihren geworden. Er betrachtet mich erstaunt. Ich komme mir selbst ungewohnt vor, habe ich doch noch nie in Männerkleidern gesteckt.

»Hier, eine Kleinigkeit von uns allen«, sagt er und stellt das Tablett auf den Tisch. »Wenn Sie noch mehr Tinte brauchen, geben Sie mir bitte Bescheid. Wir werden ab jetzt schon das Feuer halten müssen, bei dem Sturm wird es sicher sehr ungemütlich für die Schiffe da draußen. Bewegen Sie sich nach Herzenslust, aber versprechen Sie mir eines: Bitte werfen Sie sich nicht noch einmal von der Klippe.«

Er greift nach meinen Händen und sieht mich so flehentlich an, dass ich ihm diesen Wunsch schwerlich abschlagen kann. Außerdem scheint er verstanden zu haben, dass ich nicht nach Hause möchte. Nicht jetzt.

Ich löse meine Hände aus den seinen, worauf er sie ebenfalls zurückzieht. Nun erst scheint er zu bemerken, dass es unschicklich war, doch niemand hat uns beide gesehen. Ich nehme die Feder, die bemerkenswert gut in meiner Hand liegt, dann schreibe ich etwas auf den Zettel und zeige es ihm.

Er atmet erleichtert auf.

»Das freut mich sehr! Und ich habe Sie sehr gern aus dem Wasser gezogen. Es wäre eine Verschwendung gewesen, eine Frau wie Sie dem Tod preiszugeben.«

Später am Abend wird der Sturm schlimmer. So schlimm, dass sich niemand mehr aus dem Turm wagen kann. Hohe Wellen umspülen den Felsen, Wasser spritzt gegen das kleine Fenster meiner Unterkunft. Es wäre zu gefährlich, nach Gryffyn Hall zu reiten, also erlauben mir die Männer, hier zu schlafen.

Während ich dem Toben draußen lausche, wird mir klar, dass es dumm ist, mein Leben zu opfern. Clemo gibt mir ein Jahr, ich habe also genug Zeit, um meine Flucht vorzubereiten. Und wer weiß, möglicherweise findet sich jemand, der mir hilft. Der Leuchtturmwärter vielleicht?

Am nächsten Morgen hat sich die See wieder beruhigt, und auch meine Kleider sind wieder getrocknet, so dass ich aus den rauen Sachen des Leuchtturmwärters schlüpfen kann. Als ich wieder anständig angezogen bin, trete ich an das Fenster meiner Unterkunft. Es liegt viele Fuß über dem Meer, und da es klar ist, kann ich die Häuser auf der anderen Seite der Bucht erkennen. Wie mag Port Isaac von der Spitze des Turmes aussehen?

Da ich meinen Retter nicht in der Nähe hören kann, beschließe ich kurzerhand, nach oben zu klettern.

Ich muss zugeben, dass ich mich bisher nie für Leuchttürme interessiert habe, wahrscheinlich liegt es daran, dass ich nur selten gereist bin. Hätte ich die Unterhaltung zwischen Clemo und seiner Schwester nicht belauscht, wäre ich wahrscheinlich auch nie hier gelandet. Doch nun erklimme ich die Stufen zur »Laterne«, wie das Licht heißt, und hoffe, Walters dort oben anzutreffen.

Von den anderen Männern ist nichts zu sehen, auch nicht bei der Laterne. Es ist ein hoher Raum, der ringsum mit riesigen Scheiben ausgestattet ist. In der Mitte steht ein imposanter Spiegel, der meine Gestalt verzerrt. Es riecht schrecklich nach Petroleum, was wohl an der riesigen Lampe liegt, deren Docht ganz schwarz und verkohlt ist.

Besonders beeindruckend ist die Aussicht über das Meer. Sie wird von den dicken Linsen verzerrt, und ich komme mir vor, als wäre ich bereits im Himmel.

Von hier aus kann ich alles überblicken, die See, die Klippen, das Dorf und das Land dahinter. Ich bin so überwältigt, dass ich alles um mich herum vergesse.

Erst die Schritte, die die Treppe heraufkommen, schaffen es, dass ich mich von dem Anblick löse. Mr Walters wirkt überrascht, mich hier zu finden.

»Hier sind Sie!« Er klingt, als hätte er sich Sorgen um mich gemacht.

Ich nicke und lächle ihn an.

Seine Wangen bekommen Farbe, aber das tut seinem engelsgleichen Aussehen keinen Abbruch.

»Bewundern Sie die Aussicht?«

Ich nicke abermals und bedaure, dass ich die Feder und das Papier nicht mitgenommen habe. Auf diese Weise hätte ich mich ein wenig mit ihm unterhalten können.

»Auf der Plattform ist sie noch besser. Unverzerrt von den Linsen.«

Er deutet auf eine Tür zwischen den Fenstern und geht voran. Ich folge ihm, und wenig später weht mir eine frische Brise entgegen. Der Wind ist nicht mehr ganz so gewaltig wie gestern, doch scharf genug, um in meine Wangen zu schneiden. Aber es fühlt sich gut an, das Leben auf diese Weise zu spüren. In diesem Augenblick kann ich mir kaum vorstellen, dass ich dieses Leben gestern noch aufgeben wollte. Das, was ich gehört habe, ist nach wie vor schrecklich, aber vielleicht gelingt es mir, einen Plan zu schmieden, der mich von Clemo Gryffyn weg bringt.

»Als ich das erste Mal hier oben war, wurde mir ziemlich schwindelig«, erklärt er, während er sich hinter mich stellt, als wollte er mich davor bewahren, zu fallen. Ich spüre seine Wärme an meinem Rücken, sie durchflutet schließlich meinen ganzen Körper und weckt Gefühle in mir, die ich zuletzt hatte, als Thomas bei mir war.

»Sehen Sie das Strandgut dort hinten?«, fragt Walters und deutet in die Ferne. Während ich kaum etwas erkenne, scheint er mit Adleraugen alles klar vor sich zu sehen.

»Hier«, sagt er und reicht mir ein Fernrohr. Mit diesem erkenne ich es auch. Kisten, Fässer und Fetzen von Segeln.

»Möglicherweise ein Schmugglerschiff«, vermutet Christian. »Es ist ein Wunder, dass die Krähen es sich noch nicht geholt haben.«

»Krähen?«, forme ich mit den Lippen.

»Strandpiraten«, erklärt er. »Leute, die nur darauf warten, dass irgendwo ein Schiff zerschellt. Besonders nach einem Sturm tauchen sie hier auf wie ein Vogelschwarm, der nach Aas sucht.«

»Erlaubt?«, frage ich stumm und gebe ihm das Fernglas zurück.

»Ob es erlaubt ist? Nein, ganz sicher nicht!«, erwidert Christian. »Glücklicherweise fällt es ihnen schwerer, falsche Signale zu legen, seit es den Leuchtturm gibt. Dennoch scheint es irgendwelche armen Teufel da draußen erwischt zu haben.«

Während er spricht, spüre ich seine Wärme an meinen Schultern. Er ist mir näher, als es schicklich wäre, aber ich habe keine Lust, auf Distanz zu gehen. Meinetwegen hätte ich für immer bleiben können.

Doch ich weiß, dass ich wieder zurückmuss. Clemo wird mich suchen lassen.

»Ich werde Sie zurückbringen«, sagt Christian und entfernt sich wieder von mir. »Ihr Gatte wird Sie sicher schon vermissen.«

Ja, das tut Clemo sicher, denn noch immer hofft er ja, dass ich sein Kind unter dem Herzen trage. Und wer weiß, vielleicht ist das sogar der Fall.

Ich greife nach Christians Hand und bringe ihn dazu, auf meine Lippen zu achten. Langsam versuche ich ihm zu erklären, dass er niemandem sagen soll, was ich ihm am Strand offenbart habe.

Christian braucht eine Weile, um die Worte zu verarbeiten, doch dann fragt er: »Ich soll ihm nicht sagen, dass Sie sich ins Wasser gestürzt haben?«

Ich nicke und sehe ihn flehentlich an.

Und auf einmal sind da so viele Worte in mir, Worte, die ich nicht niederschreiben kann und die zu viele sind, um sie von meinen Lippen ablesen zu lassen.

Der Leuchtturmwärter nickt schließlich, als hätte er all das von meinen Augen abgelesen. »In Ordnung, ich verrate Sie nicht. Doch ich habe eine Bitte.«

Ich ziehe fragend die Augenbrauen hoch. Welche Bedingung meint er? Ist in dieser Gegend wirklich jeder mit einer Krämerseele ausgestattet?

Welche?, forme ich mit den Lippen.

»Dass Sie sich nie wieder die Klippen hinunterstürzen. Und dass ich Sie wiedersehen darf.«

Das sind zwei Bedingungen, gebe ich zurück, worauf er lächelt.

»In dieser Gegend hat alles seinen Preis«, entgegnet er. »Das habe ich jedenfalls während der Zeit, in der ich hier schon lebe, gelernt.«

Ein warmer Schauer durchströmt mich. Bisher habe ich es immer für ein Märchen gehalten, dass ein Mensch sich in einen anderen von einem Augenblick zum nächsten verliebt. Doch wenn ich Christian anblicke, weiß ich, dass mich nichts besser davon abhalten kann, erneut den Rand der Klippen zu überqueren, als er.

Ich nicke also zum Einverständnis und reiche ihm die Hand.

Er lacht aufgrund dieser Geste.

»Sie sind wirklich eine Kaufmannsfrau«, sagt er und schlägt ein.

Ich hätte ihm zu gern verraten, dass diese Geste eher meinem Erbe als Kaufmannstochter zu verdanken ist, aber vielleicht werde ich ihm später davon erzählen.

Als Mr Walters eine Stunde später mit mir das Tor durchquert, tritt ihm Branok mit wütender Miene entgegen. Mein Fehlen ist natürlich bemerkt worden, und wahrscheinlich hat Clemo seinen Raben losgeschickt, um mich zu suchen. Doch offenbar ist ihm nicht eingefallen, zum Strand zu flattern.

»Was hast du hier zu suchen? Und warum ist Mrs

Gryffyn bei dir?«, schnarrt Branok meinen Retter an. Dieser schaut ihn mit steinerner Miene an.

»Mrs Gryffyn hatte einen Unfall, sie ist von den Klippen gestürzt. Glücklicherweise habe ich es gesehen, als ich auf dem Weg zum Leuchtturm war.«

Ob für einen Moment die Geschichten der wahnsinnigen Braut wieder aufgeflammt waren? War eben jene Braut zu ihrer Familie geflohen, weil sie früher als ich herausgefunden hatte, welche Sünde ihr zukünftiger Gatte begangen hatte? Hatte sie wie ich hinter dem Vorhang gelauscht, weil ihr aufgefallen war, dass niemand ihr etwas erzählen wollte?

Branok betrachtet den Leuchtturmwärter noch immer wutschnaubend, aber unter den gegebenen Umständen kommt er nicht umhin, ihn ins Haus zu bitten.

Es wundert mich sehr, dass Clemo nicht in der Nacht noch zu irgendeinem Geschäft aufgebrochen ist. Oder ist Branok deshalb so wütend, weil sein Herr nicht aufbrechen konnte? Wann hatte Clemo mein Fehlen bemerkt? Hatte Claire ihm berichtet, dass ich nicht in meinem Zimmer war? Oder war es ihm erst aufgefallen, als er wieder seine Lust an mir stillen wollte?

Der Gedanke, wie Clemo dreingeschaut haben muss, als er mein Zimmer leer vorfand, ist so amüsant, dass ich mich abwenden muss, damit Branok nicht sieht, wie ich lächle.

»Ich sage dem Herrn Bescheid.«

Da ich die Hausherrin bin – zumindest im Heiratsbuch der Kirche –, bitte ich meinen Retter herein. Christian wirkt ziemlich beeindruckt von der prachtvollen Einrichtung des Hauses. Wahrscheinlich fragt er sich, warum ich vor all dem weglaufen wollte.

Kurz nachdem Branok nach oben verschwunden ist, erscheint Clemo an der Treppe.

»Leandra!«, ruft er und kommt mit ausgebreiteten Armen auf mich zu. Auf den ersten Blick könnte man meinen, dass Sorge in seinen Augen stünde, doch ich erkenne, dass diese Sorge nur einer Sache gilt – dem Kind, das ich möglicherweise in mir trage. Dem Erben, der nicht aus Sünde heraus entstanden ist. Es ist mir unklar, warum es ihm damit so eilt, ein wenig wirkt es, als bliebe ihm nicht mehr viel Zeit. Aber das ist gewiss nicht der Fall.

»Verzeihen Sie mein Auftauchen, Mr Gryffyn, aber ich wollte Ihnen Ihre Gattin persönlich zurückbringen.«

Ein eisiger Blick fällt auf den Leuchtturmwärter. Fast scheint es, als stünde Clemo einem alten Feind gegenüber. Auch Christian war nicht begeistert gewesen, meinen Nachnamen zu lesen – ist zwischen den beiden etwas vorgefallen? Und wenn ja, was? Würde Claire mir davon berichten, oder gehört dies ebenfalls zu den Geschichten, von denen die Dienstboten noch nicht einmal wissen?

»Was ist geschehen?«, fragt Clemo geschäftsmäßig, während sein Gesicht zu einer Maske wird, die niemand durchdringen kann.

»Ich habe beobachtet, wie Ihre Gemahlin beim Spazierengehen nahe der Klippen abgerutscht ist.

Ich bin ihr zu Hilfe geeilt und habe sie dann zum Leuchtturm gebracht.«

»Sie hätten sie sofort wieder zu mir schaffen müssen!«, fährt Clemo ihn an, wohl in der Hoffnung, dass er den Blick senkt. Doch Christian sieht ihn weiterhin unverwandt an.

Ich lasse mir meine Freude darüber, dass er Wort hält, nicht anmerken. Nun bin zwar auch ich an mein Wort gebunden, aber das einzulösen wird mir nicht schwerfallen.

»Das habe ich – sobald es ihr möglich war, wieder ins Freie zu gehen, denn Sie wollten ihr doch sicher nicht zumuten, vollkommen durchnässt durch den Sturm zu laufen.«

»Soll das heißen, Sie haben meine Frau ausgezogen?«, ereifert sich Clemo, was ich angesichts der Tatsache, dass er seiner Schwester zugetan ist, nur lächerlich finden kann.

»Nein, das heißt es nicht, denn egal, wie Sie von uns denken, Mr Gryffyn, wir sind Männer von Ehre. Und jetzt entschuldigen Sie mich bitte. Ihre Frau ist wieder da, und ich habe zu tun.«

Clemo und Christian sehen sich an, etwas Ungesagtes scheint zwischen ihnen zu hängen. Was macht ihre Feindschaft aus? Denn dass sie Feinde sind, ist inzwischen deutlich zu erkennen.

Christian verbeugt sich kurz, dann wendet er sich um, ohne mich noch eines Blickes zu würdigen. Das kränkt mich irgendwie, und gleichzeitig beginnt mein Herz zu rasen, während er aus der Tür verschwindet.

Clemo mustert mich kalt, seine Kiefermuskeln mahlen, als versuche er, eine harte Nuss zu zerkleinern. Ein Jahr, geht es mir durch den Sinn. Aber möglicherweise habe ich jetzt kein Jahr mehr. Vielleicht wäre es besser gewesen, wenn ich Mr Walters gleich um Hilfe gebeten hätte.

»Komm mit!«, sagt er ruhig und wendet sich um. Steif geht er voran zu seinem Arbeitszimmer. Immerhin bespricht er sich mit mir nicht in dem Zimmer, in dem ich ihn und Emblyn belauscht habe.

Als ich mit Clemo allein bin, schlägt mir das Herz bis zum Hals. Seine anfängliche Wiedersehensfreude und Erleichterung ist verschwunden. Ich stehe in seinem Arbeitszimmer, und er geht schweigend auf und ab, umkreist mich schließlich wie ein Wolf, der nicht weiß, ob die Beute für ihn geeignet ist.

»Was hast du dir dabei gedacht!«, entlädt sich sein Zorn plötzlich. Ich zucke zusammen, denn so habe ich ihn noch nie erlebt. Stets ist er bedacht, in meiner Gegenwart möglichst leise zu sein. »In diesem Unwetter auf den Klippen herumzulaufen und niemanden davon in Kenntnis zu setzen!«

Eine Antwort könnte ich ihm auf dem Papier geben, aber in diesem Augenblick ist es gut, dass ich so weit vom Schreibtisch entfernt stehe. Da ich nicht sprechen kann, gehören meine Gedanken allein mir, das Entsetzen über seine Beziehung zu seiner Schwester und auch mein Unmut darüber, dass ich nur dazu da bin, ihm Kinder zu schenken, die nicht den Makel der Sünde mit sich tragen.

»Du wirst das Haus nicht mehr verlassen, hörst du? Jedenfalls nicht allein!«

Seine Worte treffen mich wie ein Peitschenhieb. Das Haus nicht mehr verlassen. Als mein Ehemann kann er mir diesen Befehl natürlich geben – doch wie soll ich dann den Leuchtturmwärter wiedersehen?

Heißt das, dass bei jedem meiner Spaziergänge Emblyn zugegen sein wird? Emblyn, die nur deshalb Schwarz trägt, weil sie um das Kind trauert, das die Engelmacherin ihr genommen hatte. Die mich nur deshalb hasst, weil es ihr unmöglich ist, die Ehefrau ihres Halbbruders zu werden?

Wie gern hätte ich Clemo diese Worte wie Pfeile entgegengeschickt, doch ich kann nicht. Schwer atmend stehe ich in der Mitte des Raumes und hoffe, dass er mir in diesem Augenblick meinen Hass und Zorn ansehen kann.

Doch Clemo wirkt unbeeindruckt.

»Geh in dein Zimmer und ruh dich etwas aus. Ich werde Claire nachher zu dir schicken.«

Diese Worte klirren wie Glas in mir, obwohl er sie doch leise gesprochen hat. Er würdigt mich keines Blickes mehr, stattdessen stellt er sich ans Fenster und blickt hinaus auf den Ort, dessen ungekrönter König er ist. Würde er heute Abend aus Wut meinem Bett fernbleiben? Wohl kaum. Doch ich habe nun etwas gefunden, von dem ich träumen kann, während ich im Pfingstrosenzimmer auf den Abend warte.

18. Kapitel

Als es klopfte, sah Kim auf. Auch Janet, die ebenfalls hellwach war, wandte ihren Blick zur Tür. Wenig später trat Dan ein, in der Hand einen Blumenstrauß.

Der Gedanke, dass er bei demselben Floristen wahrscheinlich auch die Grabblumen für Janet bestellt hatte, schnürte Kim für einen Moment die Kehle zu. Doch dann schaffte sie es sogar, ein wenig zu lächeln.

»Hi, Gran«, sagte Dan, als er an ihr Bett trat. »Wie geht es dir?«

»Wie soll es deiner Großmutter schon gehen?«, fragte sie ein wenig erschöpft. »Du weißt, dass mir nicht mehr viel Zeit bleibt.«

»Aber Gran, ich …«

»Nein, mein Junge, mach dir keine Sorgen.« Sie streckte die Hand nach ihm aus und griff nach seinen Fingern, die, obwohl sie schlank waren, wie die Hände eines Riesen gegen ihre eigenen knochigen Finger wirkten. »Es ist, wie es ist. Noch bin ich da und kann mit dir reden, also komm und erzähl mir was.«

Während Kim die beiden beobachtete, wurde ihr wieder klar, welch große Zuneigung zwischen ihnen herrschte.

Janet wollte vor ihrem Enkel nichts verbergen, und Dan konnte es nicht. Sie redete von ihrem Tod wie von einem Sonntagstee, und Dan war damit überfordert, aber er wusste, dass es nichts brachte, ihr irgendwelche Hoffnungen zu machen.

»Soll ich euch allein lassen?«, fragte Kim, die sich plötzlich ein wenig fehl am Platz fühlte, und erhob sich.

Doch Janet schüttelte den Kopf. »Nein, bleib ruhig hier, es ist gut, euch beide in meiner Nähe zu haben.«

Da auch Dan wirkte, als wäre es ihm lieb, wenn sie bliebe, ließ sie sich wieder auf ihren Hocker sinken.

Janet betrachtete sie beide, und Kim erwischte sich dabei, wie sie Dan betrachtete. Er wirkte bedrückt, aber das war nur natürlich. Gleichzeitig fiel Kim auf, dass er über der Augenbraue eine kleine Narbe hatte. Kam das von der Arbeit auf dem Schiff? Nein, wahrscheinlich nicht, denn sie sah zu weiß aus, um aus den letzten Jahren zu stammen.

»Es sind sehr schöne Blumen«, durchbrach Janet schließlich das Schweigen. »Warst du bei Mr Fisher?«

»Ja, ich war dort.« Dan tauschte einen Blick mit Kim. »Und ich habe dort auch alles andere erledigt.«

Grabblumen und vielleicht einen Kranz bestellt, ging es Kim durch den Sinn, und ein Schauer lief über ihren Rücken. Gleichzeitig fragte sie sich, was sie sich wünschen würde, wenn sie starb. Darüber hatte sie, als sie beschlossen hatte, sich von den Klippen zu stürzen, gar nicht nachgedacht. Doch auch jetzt wollte ihr nichts einfallen.

»Sehr schön, mein Junge!«, sagte Janet mit einem Lächeln, als hätte Dan ihr erzählt, dass er eine ganz normale Besorgung getätigt hatte. »Und wie geht es sonst voran?«

»Gut.« Auf einmal wirkte Dan, als wollte er auf der Stelle aus dem Raum flüchten. Kim fühlte sich unwohl. Das hier war ein Gespräch zwischen Enkel und Großmutter, sie war eine Fremde, vielleicht hemmte sie ihn nur. Möglicherweise war es ihm auch peinlich, vor ihr intime Dinge mit seiner Gran zu bereden.

»Mr Fisher lässt dich grüßen«, fuhr Dan fort. »Er ... er hat sich gewundert, dass du schon lange nicht mehr zu ihm gekommen bist.«

»Hast du ihm erzählt, wie es mir geht?«, fragte Janet.

Dan senkte den Kopf. »Das habe ich. Und er ...«

»Er war ziemlich entsetzt, nicht wahr?«

Janets Blick wanderte zu Kim. »Mein Blumenhändler«, erklärte sie. »Ein sehr netter Mann, der früher einmal in Land's End gewohnt hat, bevor er hierher gezogen ist. Ich habe trotzdem, wann immer es ging, Blumen bei ihm gekauft. Ich kann mir vorstellen, dass es ihn schockt, eine gute Kundin zu verlieren.«

»Er ist geschockt, dich zu verlieren«, sagte Dan mit Nachdruck. »Es geht ihm nicht um einen Kunden! Du bist es, um die er Angst hat!«

Irgendwie hatte Kim das Gefühl, dass Dan jetzt von sich sprach. Die Situation wurde ihr immer unangenehmer. Solche Gespräche waren für die Familie bestimmt ...

Allerdings traute sie sich nicht, erneut vorzuschlagen, die beiden allein zu lassen.

Janet streckte die Hand nach ihrem Enkel aus. Tränen standen in ihren Augen. Sie weinte nicht wegen Mr Fisher, so viel stand für Kim fest. Sie beobachtete, wie Janet Dan über die Wange strich. Dieser ergriff ihre Hand und drückte sie an sich.

»Ich will nicht, dass du gehst«, flüsterte er.

»Es tut mir sehr leid, mein Junge. Du weißt aber, dass ich nicht immer bei dir sein kann. Ich bin sehr alt geworden, und dafür bin ich dankbar. Und du kannst mir glauben, es fällt mir schwer, das alles loszulassen. Dich und das Meer. Ich wünschte, ich könnte noch einmal mit dir auf das Meer schauen, aber die Welt ist nun mal so, dass nichts für immer ist. Ich habe versucht, mich mein Leben lang anständig zu betragen, vielleicht wird es was mit einem Platz im Himmel. Wenn ich es mir aussuchen kann, werde ich einen nehmen, von dem aus ich auf das Cottage blicken kann, auf das Longships Lighthouse und auf dich, wenn du auf See bist. Ich glaube ganz fest daran, dass Gott da oben auf mich wartet. Und dein Großvater und unsere Vorfahren. Also sei nicht traurig – ein paar Tage habe ich noch. Vielleicht sogar ein paar Wochen. Genug Zeit, um mir noch ein paar Sachen zu erzählen und zu zeigen.«

Dans Gesicht war nass von Tränen. Er hielt die Hand seiner Großmutter fest und weinte leise vor sich hin. Nun hob Janet auch die andere Hand und strich durch sein Haar. Eine ganze Weile verharrten sie so.

Kim stiegen ebenfalls Tränen in die Augen. Solch einen innigen Moment zwischen zwei Menschen hatte sie noch nie beobachtet. Ihre Tränen verschleierten ihre Sicht, und sie konnte jetzt nur daran denken, wie ihre Mutter reagiert hätte, wenn sie ihr gesagt hätte, dass sie sterben wollte – oder umgekehrt. Es wäre dieselbe Szene gewesen, da war sie sicher. Und sie fragte sich, warum sie denen, die sie liebten, diese Gelegenheit hatte nehmen wollen, indem sie von der Klippe sprang.

Eine halbe Stunde später gingen Kim und Dan schweigend zum Wagen.

»Weißt du, ich kann das irgendwie nicht«, sagte Dan zu Kim und spielte nervös mit den Schlüsseln. »Vor ein paar Tagen war ich noch auf dem Schiff und habe an nichts anderes gedacht, als mich zu Hause ein wenig auszuruhen, mich mit meinen Kumpels zu treffen und dann wieder auf große Fahrt zu gehen. So läuft mein Leben schon seit Jahren! Und jetzt ... Ich sehe sie, verstehst du, ich sehe Gran, und auch wenn es offensichtlich schlecht um sie steht, ist sie noch da und ich muss schon ihre Beerdigung vorbereiten.«

Er seufzte tief und blickte zu Boden.

Kim hätte ihm zu gern ihre Hilfe angeboten – doch wusste sie denn, wie man damit umging? Bei Jakes Beerdigung hatte sie nichts zu tun gehabt, seine Eltern hatten alles organisiert, immerhin war er ihr Sohn gewesen. Kim hatte sich wie auf einer Insel gefühlt, alles trieb um sie herum, und sie war allein mit ihrer Trauer gewesen und unfähig, irgendwas zu tun.

»Weißt du, es wäre mir wirklich lieber, wenn ich es erst nachher erledigen müsste. Dann könnte ich mich jetzt wenigstens noch der Illusion hingeben, dass ein Wunder geschieht. Aber so ... es ist so endgültig, verstehst du? Sie hat mit dem Leben abgeschlossen.«

»Möglicherweise weil sie spürt, dass sich ein Kampf nicht lohnt«, entgegnete Kim. »Wenn es etwas gibt, das ich dir abnehmen kann ...«

Dan schüttelte den Kopf. »Nein, ich habe dir schon gesagt, dass es reicht, wenn du bei Gran bist und ihr ein wenig die Zeit vertreibst. Das ist bereits mehr, als man von dir verlangen könnte.«

»Ich tue es gern«, entgegnete Kim schnell. »Und jetzt sollten wir nach Hause fahren. Ich würde bei einer Kochshow mit Gordon Ramsay zwar gnadenlos absaufen, aber irgendwas kriege ich schon gezaubert.«

Dan lächelte sie an. »Du bist komisch, weißt du das?«

»Inwiefern?«

Dan schüttelte den Kopf und blieb ihr die Antwort schuldig.

Während die Bratkartoffeln und der Fisch auf dem Herd brutzelten, verschwand Dan im Wohnzimmer, um wenig später mit einer Kiste zurückzukehren.

»Kaum zu glauben, dass sie meiner Großmutter als Tisch diente. Ich dachte immer, sie wäre ein Tisch.«

»Und wie hast du herausgefunden, dass es kein Tisch ist?«

»Gran hatte auf ihrer Liste stehen, dass ich unter der karierten Tischdecke nachschauen soll.«

Kim runzelte die Stirn. »Das hat sie auf die Liste geschrieben?«

»Ja, es steht nicht nur darauf, was ich erledigen soll. Sie hat mir auch ein paar Ratschläge für mein Leben gegeben.«

»Wirklich?« Auf einmal bekam Kim das Bedürfnis, die Liste zu sehen. Was mochte Janet ihm noch aufgeschrieben haben? Möglicherweise wurde das Erledigen dieser Dinge angenehmer, wenn erst mal der Teil geschafft war, der direkt mit ihrem Tod zu tun hatte.

»Erzählst du mir, welche Ratschläge das sind?«

Dan schien mit sich zu ringen. »Du würdest sicher lachen, wenn du davon wüsstest. Vielleicht zeige ich dir die

Liste irgendwann. Aber erst einmal arbeiten wir diesen Punkt ab.«

»Und der lautet: Schau in diese Kiste, die du immer für einen Tisch gehalten hast?«

»Genau«, entgegnete Dan. »Wörtlich steht da: ›Schau dir die Geschichte unserer Familie an, sie ist unter der karierten Tischdecke.‹ Ich habe erst vorhin gesehen, dass es sich um eine Kiste handelt.«

»Deine Großmutter hat sie dir also nie gezeigt?«

»Nie!« Dan strich mit der Hand über den Deckel, der zahlreiche Kerben aufwies. Wie viele Jahre mochte das alte Holz schon auf dem Buckel haben? Was hatte es schon alles gesehen? Wie oft war diese Truhe umhergetragen worden? Um sie vor dem Krieg in Sicherheit zu bringen? Bei einem Umzug vielleicht? Aber hatte es solch einen Umzug gegeben? Janet hatte davon gesprochen, dass ihre Familie schon lange Jahre in diesem Haus lebte.

Dan atmete tief durch, dann klappte er den Deckel auf, ganz vorsichtig, als befürchtete er, es könnte ein Kastenteufel herausschießen.

Doch nichts passierte. Auf der Innenseite des Deckels stand eine Nummer, offenbar war diese Kiste mal zum Transportieren irgendeiner kleineren Ware benutzt worden. In der Kiste selbst lagen ein paar Gegenstände: ein Fernglas, ein Stück Seil, ein Taschentuch, eine Krawatte, ein Rangabzeichen der Armee, ein Stein, der die Form einer Schnecke hatte, und ein Fotoalbum.

Offenbar war die Kiste dazu gedacht, weitaus mehr zu beherbergen – doch die Geschichte der Hathingtons war ja auch noch nicht zu Ende geschrieben.

»Tja.« Kim sah Dan abwartend an, in der Hoffnung, dass

er wusste, was das zu bedeuten hatte. Doch er wirkte ebenfalls ratlos. »Bisschen dürftig, nicht?«

»Sehr dürftig«, bestätigte Dan. »Wahrscheinlich sind sie nicht häufig dazu gekommen, etwas aufzubewahren.« Er kratzte sich am Hinterkopf. »Gran hat nie mit mir darüber geredet. Alles, was zählte, war das Hier und Jetzt. Sie sagte, ich solle meinen Träumen folgen. Mein Traum war es immer, ein Seemann zu werden.«

»Und das bist du geworden.«

»Ja. Und ich fürchte, ich war zu egoistisch. Ich wollte immer weg von hier, wollte die Welt sehen. Doch nun erkenne ich, dass ich viel Zeit mit Gran verloren habe.«

»Ich glaube, das würde sie anders sehen«, entgegnete Kim. »Selbst wenn sie gewusst hätte, wann sie sterben muss, hätte sie dich dazu ermutigt, zur See zu fahren.«

»Das stimmt, das hätte sie.« Dan sah ihr in die Augen, beinahe eine Minute lang. Dann griff er nach dem lederbezogenen Fotoalbum und schlug es auf.

»Wollen wir doch mal schauen, wer sich hier drin alles versteckt.«

Die schwarzen Seiten waren voneinander durch eine Art Pergamentpapier getrennt, das mit einem Spinnwebenmuster versehen war. Darunter verbargen sich die ersten Fotos – Fotos, die sehr alt aussahen. Das erste Bild war sogar eine Art Fotoplatte, die eigentlich viel zu schwer war, um in ein Album eingeklebt zu werden. Das hatte die Person, die dieses Album angelegt hatte, jedoch nicht davon abgehalten, es dennoch zu tun.

Die Aufnahme war überraschend deutlich, offenbar hatte ihr die Zeit in dem Album, geschützt vor dem Licht, nicht geschadet. Sie zeigte eine Frau in einem wunderbaren Kleid, das, wenn man nach dem Glanz des Stoffes urteilte, entweder aus Seide oder Taft gefertigt worden war und dessen Rock durch einen Cul de Paris über dem Hin tern aufgebauscht wurde. Sie trug einen eleganten Hut mit Federn, das Gesicht darunter wirkte auf den ersten Blick wie das einer jungen Frau. Doch bei näherem Hinsehen stellte Kim fest, dass die Frau älter war. Vierzig vielleicht oder sogar noch ein wenig älter.

»Anne Hathington«, stand auf einem kleinen Papierstück, das neben das Bild geklebt war.

»Oh, das ist wohl eine der ersten Hathingtons, die auf einem Foto zu sehen ist«, bemerkte Dan überrascht. An seinem Gesichtsausdruck merkte Kim, dass er nach Ähnlichkeiten zu Janet suchte. Diese waren nicht besonders ausgeprägt. Möglicherweise war dies Janets Großmutter. Oder vielleicht auch eine Tante. Janet müsste ihnen persönlich erklären, in welcher Beziehung sie zu dieser Frau stand.

»Nettes Kleid«, bemerkte Kim.

»Sieht unbequem aus«, gab Dan zurück. »Möglicherweise hat sie darunter ein Korsett getragen, siehst du, wie eingeschnürt die Taille aussieht?«

Nachdem er das Bild noch eine Weile betrachtet hatte, blätterte er um. Unter den Spinnweben kamen nun die ersten Papierbilder zum Vorschein – mit gezacktem Rand und so klein, dass man die Gesichter darauf kaum erkennen konnte. Es handelte sich um einen Mann im dunklen Mantel und eine Frau in einem hellen Kleid. Zwischen ihnen stand ein Kinderwagen, ein sehr merkwürdiges Modell aus Korb. Dan schien mit ihnen nichts anfangen zu können – waren das Janets Eltern?

Die anderen Bilder zeigten eine Schulklasse, die ordentlich vor einem großen Gebäude aufgereiht stand. Drei Mädchen, die in einem Fotostudio steif und etwas verlegen in die Kamera lächelten, und noch einige andere Bilder, von denen Dan nicht zu wissen schien, was sie mit ihm zu tun hatten. Nur die Namen, die auf den unteren Rand geschrieben waren, deuteten darauf hin, dass sie zu Dans Familie gehörten.

Dan blätterte wortlos weiter, sein Blick wirkte verwirrt. Hatte er nicht damit gerechnet, eine so weitläufige Familie zu haben? Oder fragte er sich, wie Janet ihm all diese Menschen hatte verschweigen können ...

Auf einer Seite stockte er. »Das ist mein Dad!«, rief er aus, und ein Lächeln huschte über sein Gesicht. »Eine Kopie dieses Fotos hatte Gran lange auf dem Kaminsims stehen, bis der Kamin durch einen Ofen ersetzt wurde. Danach verschwand es.« Er strich mit dem Finger über das Bild, als wäre es ein lange vermisster Schatz.

»Seit mein Dad gestorben ist, haben wir kaum über ihn geredet. Wahrscheinlich hat es Gran zu sehr geschmerzt, an ihn zu denken.«

»Wäre verständlich«, entgegnete Kim, während ihr Blick über die anderen Fotos schweifte. Die Sammlung der Bilder von Janets Sohn war sehr umfangreich. Besonders in der ersten Zeit schien Janet sein Aufwachsen ständig dokumentiert zu haben. Der erste Zahn, die ersten geschnittenen Fingernägel, der erste Besuch beim Friseur. Das war erstaunlich, waren damals doch Kameras in Privathaushalten noch nicht so verbreitet.

»Moment mal«, sagte Dan plötzlich und runzelte die Stirn. Sein Blick blieb an einem Foto hängen, auf dem die junge Janet mit einem kleinen Mädchen abgebildet war. Sie hielt die Kleine, die vielleicht gerade erst ein oder zwei Jahre alt war, auf dem Arm.

»Was ist das für ein Mädchen?«

»Kennst du es nicht?«

Dan schüttelte den Kopf.

»Vielleicht ist es das Kind einer Nachbarin? Oder einer Freundin, die zu Besuch ist?«

»Vielleicht«, entgegnete Dan tonlos, und irgendwas schien ihm durch den Kopf zu gehen. Sein Blick schweifte in die Ferne, blieb bei den Fenstern hängen und fror ein.

»Dan?«, fragte Kim besorgt.

Dan regte sich nicht. Seine Lippen bewegten sich ein wenig, doch Worte kamen nicht heraus. Was war los mit ihm? War ihm nicht gut? Hatte er eine Schwindelattacke?

»Dan, alles okay?«, fragte Kim mit etwas mehr Nachdruck und rüttelte ihn am Ärmel.

Jetzt erwachte er wieder aus seiner Starre.

»Ja, es ist ...«, begann er, doch das, was er sagen wollte, schien gleich wieder in seiner Kehle zu verschwinden. »Möglicherweise ... Ich weiß nicht, ich ...«

Dan schüttelte verwirrt den Kopf. Er brauchte noch einen Moment, dann sah er Kim an. »Es gab damals einen Abend, kurz nach Dads Tod. Ich konnte nicht schlafen und bin durch das Haus geschlichen. Ein wenig habe ich auch darauf gehofft, dass Mum und Dad zurückkommen würden. Was das Wort ›tot‹ bedeutet, habe ich damals noch nicht wirklich gewusst. Ich wollte mich an die Treppe setzen und auf das Geräusch des Autos meiner Eltern warten. Immerhin waren sie damals schon zwei Tage überfällig. Nicht, dass ich nicht gern bei meiner Großmutter gewesen wäre, aber es war schon komisch, dass sie nicht kamen. Da hörte ich unten meine Großeltern reden. Meine Großmutter weinte. Ich hatte keine Ahnung, warum, doch dann hörte ich etwas. Gran sagte sinngemäß: ›Erst hat er mir Iris weggenommen und jetzt auch noch John. Warum tut er das? Warum?‹ Mein Großvater hatte darauf keine Antwort. Gran schluchzte wieder, und ich bekam es mit der Angst zu tun. Ich hatte damals noch nie gehört, dass Gran weinte. Es zerriss mir das Herz, und ich floh zurück in mein Zimmer – das Zimmer übrigens, in dem du jetzt schläfst.«

»Das habe ich mir beinahe gedacht«, gab Kim beklommen zurück.

Dan wirkte noch immer erschüttert.

»Es ist verrückt, aber ... Ist es möglich, dass Gran noch ein Kind hatte? Dass mein Vater eine Schwester hatte?«

»Möglicherweise«, antwortete Kim. Unsicherheit überkam sie plötzlich. In ihrer Familie wurde eigentlich über alles geredet – aber was, wenn es auch irgendwelche Geheimnisse gab? Kinder, die verschwiegen wurden, weil sie gestorben waren ...

»Hast du denn jemals Bilder gesehen? Ich meine, Bilder von diesem Mädchen?«

»Nein.« Dan begann, hektisch in dem Album herumzublättern.

Kim versuchte, ihm zu folgen – doch sie fanden kein weiteres Mädchen, das einen Bezug zu Janet haben könnte.

»Vielleicht ist es doch die Tochter einer Bekannten. Du weißt nicht, wer dieses Foto geschossen hat. Es steht auch kein Name daneben.«

Dan schob den Finger unter das Bild und löste es vorsichtig von seinem Untergrund. Dann drehte er es herum.

»Mum & Iris« stand auf der Rückseite geschrieben.

Dan sank auf der Küchenbank zusammen. »Möglicherweise ist das Dads Schwester.«

»Sieht ganz so aus«, entgegnete Kim. »Glaubst du, dass er davon gewusst hat? Ich meine, dein Vater?«

»Sicher hat er davon gewusst. Das Mädchen muss nach ihm geboren worden sein.«

»Und er hat nie etwas davon erwähnt?«

Dan schüttelte den Kopf. »Du weißt ja, wie die Erwachsenen damals waren. Vor den Kindern werden keine Probleme besprochen. Und man weiht sie auch nicht in die Geheimnisse der Familie ein.«

»Ich hatte nicht das Gefühl, dass man mich nicht einbezogen hätte, aber ...«

Stimmt das wirklich?, fragte sich Kim. Haben Mum und Grandma mir wirklich alles erzählt? Oder die Wahrheit kindgerecht gefiltert?

»Also weder dein Dad noch deine Gran haben jemals über Iris gesprochen?«

Dan drehte das Foto wieder herum und betrachtete es. Die Gesichtszüge des Mädchens waren beinahe verwaschen, nur den Haarschopf sah man noch deutlich. Das letzte Zeichen ihrer Existenz.

Kim dachte wieder an eines ihrer ersten Gespräche mit Janet, in dem sie gesagt hatte, dass sie viel verloren und doch die Kraft gefunden hätte, weiterzumachen. Wie fühlte man sich, wenn man sein Kind verlor? Sicher furchtbar!

Und genau so hätte sich ihre Mutter gefühlt, wenn sie erfahren hätte, dass sich ihre Tochter umgebracht hatte! Was hätte Kim ihrer Mutter angetan?

Dieser Gedanke schnürte ihr Innerstes zusammen, bis

Tränen in ihre Augen traten und sie zu schluchzen begann.

Dan sah sie verständnislos an. »He, was ist denn los?«, fragte er.

Kim antwortete nicht. Sie hatte plötzlich ihre Mutter vor sich, die in Tränen aufgelöst am Küchentisch saß und um sie weinte. Das zerriss sie beinahe.

Dan erhob sich, umrundete den Küchentisch und setzte sich neben sie. Dann strich er ihr beruhigend über den Rücken.

»Ist ja gut. Kein Problem, ich … ich hätte vielleicht nicht daran rühren sollen.«

Kim schüttelte den Kopf. »Daran liegt es nicht«, schluchzte sie. »Ich habe mir eben nur vorgestellt … Meine Ma, sie hätte es nicht ausgehalten, dass ich mich umbringe. Und ich wollte springen! Ich wollte ihr genau das antun, was deine Gran durchgemacht hat! Ich bin furchtbar!«

Dans Arme umfingen sie warm und fest. »Du bist nicht furchtbar. Du hattest einen großen Schmerz in dir und wusstest nicht, wie du damit umgehen sollst. Niemand kann einem sagen, wie er damit fertig wird, einen geliebten Menschen zu verlieren. Ich weiß selbst nicht, wie ich damit umgehen soll, wenn sie …«

Er verstummte. Kim weinte weiter, und ihre Tränen vermischten sich mit denen von Dan. Eine ganze Weile hielt er sie. Heftige Schluchzer schüttelten sie durch, und ihre Augen brannten. Doch langsam beruhigte sie sich wieder.

»Was hat der Arzt eigentlich gesagt?«, fragte Kim, nachdem sie sich noch einmal geschnäuzt hatte. Die innere Aufgewühltheit war noch da, aber sie bekam sie allmählich unter Kontrolle.

»Na ja, was soll er schon sagen? Er hat mit mir die Medikation besprochen.«

»Morphium.« Kim erinnerte sich an die Spritze, die die Schwester an Janets Bett getragen hatte.

»Ja, Morphium«, bestätigte er. »Das Blutbild ist wohl katastrophal. Ein Wunder, dass sie sich noch so gut hält. Dr. Miller schlägt vor, dass wir so weitermachen, bis sie irgendwann ins Koma fällt.«

»Vielleicht kämpft sie ja doch.«

»Meinst du? Mit der Sterbeliste im Küchenschrank, die ich jetzt schon abarbeiten muss?«

»Janet weiß genau, dass sie den Tod nicht besiegen kann. Aber jeder Tag, den sie ihm abringt, ist doch ein kleiner Sieg, oder?«

Dan sah auf einmal verloren aus. Resigniert seufzte er. »Ich weiß, dass alles, was die Ärzte noch unternehmen würden, ihr Leiden nur verlängern würde. Aber gleichzeitig frage ich mich, ob es nicht doch etwas gibt, das ihr helfen könnte.«

»Hast du schon mit ihr darüber gesprochen? Wie sieht sie das?«

Dan schüttelte den Kopf. »Nein, bisher noch nicht. Aber ich weiß, dass ich es tun muss. Ich will ihre Wünsche respektieren, aber gleichzeitig habe ich Angst vor dem, was sie sich wünscht.«

»Noch einen Tag am Meer beispielsweise?« Kim erinnerte sich an das sehnsuchtsvolle Leuchten in Janets Augen, als sie davon gesprochen hatte.

Dan nickte. »Ja, zum Beispiel. Ich würde ihr diesen Wunsch so gern erfüllen.«

Er seufzte tief und starrte einen Moment lang auf die

Fotos, mit denen sie noch immer nicht viel anfangen konnten.

»Du wolltest mir erzählen, warum du dieses Buch lesen solltest«, versuchte Dan, das Thema zu wechseln.

Kim nickte. »Ja. Sie ... sie wollte, dass ich es lese, weil sich auch die Tagebuchschreiberin umbringen wollte. Sie hatte etwas Schreckliches erfahren und ist durchgedreht. So wie ich.«

»Und ... wann war bei dir der Moment gekommen, dass du sterben wolltest?«

Die Direktheit seiner Frage erschreckte Kim ein wenig. Aber sie hatte soeben Janets Familie kennengelernt, Janets Tochter, die offenbar nicht lange hatte leben dürfen, und der letzte Spross der Hathingtons saß vor ihr. Sie hatte offen zugegeben, dass es ein Fehler gewesen war, an Selbstmord zu denken. Dass sie noch lebte, hatte sie Janet zu verdanken, der Frau, die sie besuchte, als wäre sie ihre eigene Großmutter. Vielleicht war jetzt der Moment gekommen, reinen Tisch zu machen.

»Vor etwas mehr als einer Woche«, antwortete sie. »Ich ... es ist kompliziert. Jakes Tod hat mich vollständig gelähmt. Ich habe gelebt wie in einer Blase, habe sein Handy angerufen, obwohl ich wusste, dass er nicht rangehen würde. Sein Tod war ... irgendwie bizarr. Gerade noch ist er aus unserer Haustür gegangen, ich habe ihn wegfahren sehen. Gerade noch hat er mir die Nachricht geschickt, dass er gleich in den Flieger steigen wird, und dann ... Dann gehen Nachrichten ins Leere, Anrufe werden auch nicht angenommen, und schließlich meldet sich die Polizei. Seit dem Augenblick, in dem er wegfuhr, habe ich ihn nicht mehr gesehen, vor meinem geistigen Auge lächelt er mich noch immer an. Seine Eltern haben mir nicht erlaubt, ihn noch einmal zu sehen. Sie meinten, dass es besser für mich sei, aber ich habe mich irgendwie betrogen gefühlt. Ich denke manchmal, dass ich besser mit der Sache hätte abschließen können, wenn ich …«

»Wenn du einen Beweis bekommen hättest, dass er wirklich tot ist.«

Kim nickte. »Aber das war es genau genommen nicht, weshalb ich springen wollte. Nach einer Weile der Starre hatte ich begonnen, seine Sachen aufzuräumen. Ich wollte verschenken, was nicht mehr gebraucht wurde. Die Auseinandersetzung mit all dem hat mir geholfen, mich ein wenig aus der Starre zu befreien. Und dann fand ich diesen Brief.«

Kim schluckte. Es fiel ihr noch immer schwer, daran zu denken. Sie hatte immer geglaubt, dass sie die einzige Frau in Jakes Leben wäre. Doch dann hatte sie einsehen müssen, dass dem nicht so war.

»Er stammte von einer Susan, und sie dankte ihm darin für den schönen Urlaub am Meer.« Eine Träne lief aus ihrem Augenwinkel. In ihren Schläfen begann es zu pulsieren.

»Ich habe ihn zweimal verloren, verstehst du? Nicht nur, dass er gestorben ist, nein, ich hatte ihn zuvor schon einmal verloren. Und vielleicht auch mehrere Male. Ich habe keine Ahnung, wie er mir vorspielen konnte, mit unserer Beziehung würde alles stimmen. Offenbar hatte er einen Wettkampf im vergangenen Sommer dazu genutzt, sich mit ihr ein paar schöne Tage zu machen. Ich konnte wegen der Arbeit nicht mitkommen …«

Die Worte schnürten Kim die Kehle zusammen. All der Zorn und die Enttäuschung stiegen jetzt wieder in ihr hoch, und sie fragte sich, warum sie das nicht schon lange jemandem erzählt hatte. Ihrer Mutter vielleicht oder ... Jakes Mutter. Hatte Erica davon gewusst?

»Auf jeden Fall wurde mir klar, dass ich ihn in dem Augenblick wirklich verloren hatte. Möglicherweise hätte er sich in Venice Beach zu einem weiteren Stelldichein mit dieser Susan getroffen. Vielleicht hat sie das Meer ebenso geliebt wie er. Ich habe keine Ahnung. Wenn er zurückgekehrt wäre, wäre es sicher nur eine Frage der Zeit gewesen, dass er mich verlassen hätte. Oder er hätte mich nicht verlassen und mit dieser Susan immer so weitergemacht. Das erschien mir auf einmal unerträglich, und ich beschloss, mich umzubringen. Im Wasser, vor dem ich immer schon Angst hatte.«

»Und warum bist du dann bis nach Cornwall gefahren?«

»Weil das Flugzeug hier in der Nähe abgestürzt ist.« Es war so idiotisch ...

Dan schob seinen Arm über den Tisch und griff nach ihrer Hand. Ein warmer Schauer durchströmte sie. Ihre Blicke trafen sich, doch er sagte lange nichts, sondern sah sie nur an.

»Ich bin froh, dass Gran an dem Tag bei dir aufgetaucht ist«, sagte er dann. »Es wäre ein Jammer gewesen, wenn du dich aus solch einem Grund umgebracht hättest. Dieser Kerl hatte es nicht verdient, auch wenn du geglaubt hast, dass er die Liebe deines Lebens ist.«

Kim senkte den Kopf. Vielleicht hatte er recht. Dennoch tat es immer noch weh.

»Weißt du, wie er mich immer genannt hat?«, fragte sie, und da er es nicht wissen konnte, beantwortete sie ihre Frage gleich selbst: »Undine. Wie der Meeresgeist. Dabei habe ich höllischen Respekt vor dem Wasser und gehe nur dann rein, wenn es sein muss.«

Sie schüttelte den Kopf. »Es ist schon komisch, dass ich mich im Wasser umbringen wollte, nicht?«

»Komisch ist gar nichts daran«, entgegnete Dan. »Und wenn ich könnte, würde ich dem Kerl eine reinhauen.«

Kim legte ihre freie Hand auf seine. Es tat gut, jemanden auf ihrer Seite zu haben. Auch wenn Dan gegen das, was geschehen war, nichts ausrichten konnte.

»Nicht nötig«, entgegnete sie. »Aber danke.«

Sie sahen einander an, die Hände aufeinander wie bei einem Kinderspiel. Dan schien in ihrem Gesicht etwas zu suchen und dann zu finden, denn der Anflug eines Lächelns huschte über sein Gesicht.

»Wenn du mich fragst, bist du noch lange nicht dran mit dem Sterben. Besser, du hältst dich daran, wenn du keinen Ärger mit Gran haben willst. Die wird dir was erzählen, wenn sie im Jenseits ankommt und dich da triffft.«

Die Vorstellung, selbst im Totenreich noch eine Standpauke zu erhalten, erheiterte Kim, trotz allem, was momentan geschah.

»Keine Sorge«, versprach sie. »Das riskiere ich auf keinen Fall.«

Mit diesen Worten griff sie nach dem Stein, der aussah wie eine Schnecke, und betrachtete ihn. »Seltsam ... Wie dieser Stein wohl entstanden ist?«

»Das ist doch ganz klar!«, entgegnete Dan. »Hast du als Kind nie nach Fossilien gesucht?«

Kim schüttelte den Kopf.

Dan nahm ihr den Stein aus der Hand. Als er dabei kurz ihre Hand streifte, durchzog Kim ein seltsames Gefühl. Es glich dem, was sie gespürt hatte, wenn Jake sie berührt hatte. Kim schloss die Augen und versuchte, die Regung abzuschütteln. Es war einfach nicht passend.

»Das hier ist ein Ammonit«, erklärte Dan, während er den Stein in der Hand wog. »Wassertiere, die vor Millionen von Jahren gelebt haben. Sie sind nach ihrem Tod versteinert und so der Nachwelt erhalten geblieben. Gran muss noch irgendwo ein Buch von meinem Großvater haben. Er wusste alles über Ammoniten und andere versteinerte Dinge. Manchmal sind wir nach einem Sturm an den Strand gegangen und haben danach gesucht. Sie kommen zwar nicht nur im Wasser vor, aber manchmal spült das Meer einen an.«

Bevor Kim ihn abhalten konnte, erhob sich Dan und verschwand im Wohnzimmer. Sie blickte auf den schneckenförmigen Stein. Kaum vorstellbar, dass er früher einmal ein lebendiges Tier gewesen war. Doch durch den Stein war es der Nachwelt erhalten geblieben. Etwas, das bei Menschen nicht so einfach ging. Von Toten blieben nur Erinnerungen, und manche versteinerten ebenfalls und ließen einen niemals los. Oder war es doch möglich, diese Erinnerungen loszuwerden? Vielleicht so, wie man einen Stein ins Wasser warf?

19. Kapitel

1. April 1813

Nach Wochen der Gefangenschaft im Pfingstrosenzimmer ist es mir endlich möglich, dem Haus zu entkommen. Clemo ist auf Reisen, und Emblyn hat tagsüber alle Hände voll mit dem Haushalt zu tun. Natürlich beteiligt sie mich nicht an der Arbeit, noch immer bin ich offenbar ausschließlich dazu da, um Clemo einen Erben zu schenken.

Meine Versuche, irgendwelche Arbeiten zu übernehmen, schmettert sie ab. Die Dienstmädchen stehen vollkommen unter ihrer Fuchtel, und wenn ich ihr zu verstehen gebe, dass ich helfen könnte, winkt sie ab.

Immer wieder frage ich mich, ob Clemo sie angewiesen hat, mich aus dem Haushalt rauszuhalten, oder ob sie es eigenmächtig tut.

Als ich ihn das letzte Mal deswegen angesprochen habe, wich er aus. Er meinte nur, dass ich mich ausruhen solle. Ich weiß, was das heißt. Ich soll mich bereithalten für das Kind.

Doch obwohl er mich während seiner Anwesenheit Nacht für Nacht aufsucht, werde ich nicht schwanger. Ist es vielleicht möglich, dass Emblyn ihren Bruder belogen hat? Möglicherweise hat er sich an ihr vergangen, aber kann es nicht sein, dass das Kind von einem anderen stammte? Jemandem, den sie verbirgt, damit sie auch weiterhin ihren Bruder unter Kontrolle halten kann?

Ich habe nicht viel mit Clemos Schwester zu tun, meist verständigen wir uns über die Dienstmädchen. Doch ich konnte sie schon oft beobachten, und mir ist aufgefallen, dass sie keineswegs so schwach wirkt, wie sie sich gegenüber Clemo gibt. Manchmal denke ich, dass sie die wahre Herrin ist und dass ihr Herrschaftsanspruch auf der Ungeheuerlichkeit zwischen ihr und ihrem Bruder gründet. Solange sie ihm Schuldgefühle machen kann, ist ihre Position sicher. Leider kenne ich mich mit der Geschichte der Familie zu wenig aus, und auch Claire ist in der Hinsicht keine große Hilfe, denn sie arbeitet erst seit fünf Jahren hier. Zwar hat sie die wahnsinnige Braut mitbekommen, aber nichts, was davor geschehen ist.

Vielleicht lohnt es sich, ein paar Nachforschungen anzustellen über die Gryffyns. Doch dazu muss ich aus dem Haus.

Heute will ich es wagen! Schon zu lange lasse ich Mr Walters warten, obwohl ich ihm doch versprochen habe, dass wir uns wiedersehen!

Ich trage mein unscheinbarstes Kleid und meine einfachste Haube – für den Fall, dass ich jemandem begegne, wird er mich nicht als Frau des Kaufmanns wiedererkennen. Ohnehin haben die Leute mein Gesicht seit der Hochzeit sicher vergessen, denn ich bin seitdem nicht mehr im Ort gewesen. Auf Zehenspitzen schleiche ich mich aus dem Zimmer. Von unten höre ich Stimmen. Wahrscheinlich sind die Waren angekommen, die Emblyn geordert hatte, jetzt hat sie zu tun, mit dem Lieferanten zu verhandeln.

So leise wie möglich drehe ich den Schlüssel im Schloss herum und schleiche dann den Gang hinunter. Es ist schon seltsam, dass mein Herz dabei rast. Sonst bewege ich mich ebenfalls fast lautlos durch das Haus, doch nun weiß ich, dass ich etwas Verbotenes tue.

Nachdem ich gezwungen wurde, mich ausschließlich auf Clemos Ländereien aufzuhalten, hatte ich viel Zeit, mir die Räume genauer anzusehen, jedenfalls die, die unverschlossen sind. Ihre Zahl ändert sich von Zeit zu Zeit. Mal steht eine Tür auf, mal nicht. In einem der Räume, die sich mir während Clemos Abwesenheit geöffnet haben, habe ich eines der Geheimnisse des Hauses entdeckt. Entweder weiß Clemo nichts davon, oder er hält mich für zu dumm, es ausfindig zu machen. In einem der Zimmer, die leer stehen, gibt es hinter einer Wand einen Geheimgang.

Ich habe diesen nicht gesucht, wohl aber gefunden, als ich mich in diesem Raum aufgehalten habe, um mein Tagebuch zu schreiben. Ich schreibe es an verschiedenen Orten, mal in meinem Zimmer, mal in einem anderen, denn jeder Raum hat eine andere

Stimmung, genauso wie ich. Außerdem vermeide ich es dadurch, dass Emblyn auf mein Schreiben aufmerksam wird, denn ich traue ihr zu, dass sie in dem Tagebuch liest. Wenn sie erfährt, was ich niederschreibe, wird sie für meinen Untergang sorgen, da bin ich sicher.

Auf jeden Fall fiel mir, als ich von meinem Tagebuch aufsah, ein Unterschied an den Wandtäfelungen auf. Ich erhob mich und tastete die fragliche Kante mit den Fingern ab, bis ich schließlich auf einen Widerstand traf. Als es mir gelang, ihn herunterzudrücken, öffnete sich vor meinen Augen eine Tür.

Ich hätte damals gleich durch den Gang verschwinden können, doch Emblyn hatte auf meiner Anwesenheit im Salon bestanden, wo einige Damen aus der Umgebung zu Besuch kamen. Als Hausherrin habe ich nun mal die Pflicht, die Gäste zu unterhalten, ein böser Scherz von Emblyn, denn wie unterhaltsam ist eine Stumme? Die Frauen wussten natürlich davon, wie so viele glaubten einige von ihnen sogar, dass ich taub sei, und so hatten sie kaum mehr als ein mitleidiges Lächeln übrig. Einige ließen sich sogar dazu hinreißen, Clemo dafür zu bewundern, dass er sich eines so elenden Geschöpfes wie mir angenommen hatte.

Während dieses Nachmittags tat es mir beinahe leid, dass ich die Möglichkeit zur Flucht nicht genutzt hatte. Gleichzeitig wusste ich aber auch, dass es dumm gewesen wäre, einfach so zu verschwinden. Ich kannte mich in der Gegend nicht aus, und allein zu reisen ohne jegliche Vorbereitung war zu gefährlich.

Außerdem steht mir, wenn ich ehrlich bin, nicht mehr so sehr der Sinn nach Flucht.

In den vergangenen Wochen habe ich wieder und wieder an die Augenblicke in dem Leuchtturm gedacht. Den Moment, in dem ich Christian zum ersten Mal sah, die Minuten, in denen er schützend hinter mir stand. Und an das Versprechen, das ich ihm gegeben habe. An den Tod denke ich nicht mehr, doch dass ich ihn nicht besuchen konnte, hat mich in den vergangenen Wochen sehr beschäftigt. Was, wenn er mir deswegen böse ist?

Heute werde ich es herausfinden.

Als ich die Tür des Zimmers mit dem Geheimgang hinter mir schließe, pocht mir das Herz bis zum Hals. Was, wenn Emblyn merkt, dass ich durch den Gang verschwunden bin?

Doch jetzt ist nicht der Moment, um den Mut sinken zu lassen. Ich werde zur rechten Zeit wieder hier sein und so tun, als wäre nichts gewesen.

Der Gang öffnet sich vor mir wie der Schlund eines Ungeheuers. Er riecht modrig wie schon am ersten Tag, und ich habe keine Ahnung, wohin er führt. Möglicherweise komme ich unterhalb der Pferdeställe wieder raus, dann muss ich einen anderen Weg finden. Doch ich bin zuversichtlich. In den Modergeruch mischt sich noch eine andere Note, die kaum wahrnehmbar ist. Es riecht nach Fisch.

Ich entzünde die Lampe, die ich unter meinem Mantel verborgen habe, dann schließe ich die Tür hinter mir. Schmale Stufen führen ein Stück weit in die Tiefe, ihnen schließt sich ein gewundener Gang an. Er fühlt sich verwittert an, und ich wage nicht, ihn mit der Lampe näher zu beleuchten, denn sonst würde ich es vielleicht mit der Angst zu tun bekommen, weil ich genau sehe, dass ich ins Verderben gehe.

Der Gang ist meine einzige Hoffnung, dem Haus dann und wann zu entwischen, ohne dass Emblyn oder Branok davon erfahren und es Clemo mitteilen.

Immer tiefer steige ich, und schon bald hallt mein eigener Atem überlaut von den Steinwänden wider. Und was, wenn dieser Gang unter das Meer führt? Noch höre ich sein Rauschen nicht, doch vielleicht dämpft der Granit es nur ab?

Auf einmal erscheint mir die Luft zu dünn zum Atmen, und ein Schwindel erfasst mich. Meine Lungen saugen begierig die nach Moder und Fäulnis riechende Luft ein, die meinem Körper keine Linderung zu bringen scheint.

Endlich höre ich etwas. Ein dumpfes Rauschen, das mal anschwillt und mal leiser wird. Wellen. Das müssen Wellen sein! Doch sind diese Wellen über mir oder neben mir? Werde ich, wenn ich den Ausgang finde und die Tür öffne, ertrinken? Gibt es vielleicht keinen Ausgang?

Meine Neugierde treibt mich weiter. Schließlich wird die Luft um mich herum besser, das Rauschen aber auch lauter. Als die Treppe endet, blicke ich mich um. Das Licht meiner Lampe verliert sich in der Finsternis, doch ich erkenne auch so, dass ich mich in einem großen Raum befinde, einer Art Halle. Mein Herz klopft mir bis zum Hals, und mein Mund ist so trocken, als hätte ich seit Wochen kein Wasser bekommen.

Wohin soll ich mich wenden? Gibt es einen Ausgang oder nicht? Was erwartet mich in den dunklen Ecken? Vielleicht Hunde? Nein, die hätten angeschlagen. Verborgene Schätze? Das war schon eher möglich, doch dergleichen kann ich nicht erkennen. Ich gehe weiter, folge dem Rauschen. Der Boden unter mir ist trocken, keine einzige Pfütze ist zu sehen. Wenn sich dieser Raum unter dem Meeresgrund befindet, müsste doch Wasser durch die Steine dringen.

Da fällt der Lichtstrahl auf eine Holztür unweit von mir. Zunächst zögere ich, doch dann gehe ich zu ihr und presse mein Ohr auf das Holz. Was mag dort draußen sein? Das Holz, auf das ich meine Hand lege, fühlt sich trocken an. Wäre Wasser hinter der Tür, hätte es das Holz längst aufgeweicht. Ich fasse mir ein Herz und schiebe den Riegel zurück.

Als ich die Tür öffne, schlägt mir ein Sprühregen aus Gischt entgegen. Zunächst blendet mich die Helligkeit des Tages, doch dann stelle ich fest, dass ich mich am Meer befinde, am Fuße der Klippe, auf der das Haus meines Gatten steht. Von hier aus kann man es nicht erkennen, und ich bin sicher, dass man auch mich nicht sehen wird.

Vollkommen beeindruckt von seiner Größe und seiner dunklen Farbe blicke ich zu dem Granitfelsen auf. Mir wird klar, dass sie schon seit Tausenden von

Jahren, vielleicht sogar noch länger, dem Meer trotzen, ohne von ihm verschlungen worden zu sein. Die Familie meines Mannes hätte sich keinen besseren Ort aussuchen können, um ihr Haus zu errichten.

Doch rasch löse ich mich von dem Anblick wieder, denn ich habe nicht viel Zeit. Früher oder später wird Emblyn merken, dass ich nicht in meinem Zimmer bin. Ich wende mich der Küste zu und entdecke am anderen Ende des Strandes den Leuchtturm, der von der Sonne beschienen wie ein weißes Juwel wirkt.

Bis dorthin ist es ein gutes Stück, und die Meeresbrise zerrt heftig an meinem Mantel und schneidet in mein Gesicht. Aber die Freiheit ist so verlockend, wie lange habe ich sie schon nicht mehr gekostet! Es wird vielleicht eine Stunde dauern, möglicherweise zwei, und genauso viel Zeit wird vergehen, bis ich wieder zurück bin. Es ist auch möglich, dass man auf mein Verschwinden aufmerksam wird und mich sucht. Aber das alles fürchte ich in diesem Augenblick nicht. Ich habe einen Weg aus dem Haus gefunden, das allein zählt.

Ich schreite über den Strand, der vollkommen menschenleer ist. Bei diesem hohen Wellengang ist kein Boot draußen, kein Fischer flickt am Strand seine Netze, und auch Kinder tollen hier nicht herum. Ich bin ganz allein mit den Wogen, dem Sonnenlicht, das durch die dunklen Wolken am Horizont bricht, und den Möwen, die sich über mir vom Wind tragen lassen. Beinahe kommt es mir unwirklich vor, hier zu sein, und ich beginne zu verstehen, wie sich Robinson Crusoe gefühlt haben musste, als er auf seiner Insel gestrandet war.

Es ist so wunderbar hier, dass ich die Zeit vergesse – ohnehin habe ich keine Möglichkeit, die Minuten zu zählen, und die Sonne, die hin und wieder hinter den Wolken verschwindet, ist kein guter Zeitmesser. Ich rieche den Seetang und die Muscheln, die am Strand verrotten, ich höre die Möwenrufe, das Meer rauscht, bis ich beinahe taub bin, und vor lauter frischer Luft schwirrt mir der Kopf.

So wundere ich mich fast darüber, als vor mir der Felsen auftaucht, auf dem der Leuchtturm steht. Den Weg, der von dort nach oben führt, kenne ich bereits, doch ich bin noch einen Moment gefangen von dem Anblick des Granitfelsens, der dem Felsen unter meinem Haus so ähnlich sieht, als wäre er sein Bruder. Die Vorstellung dessen, was diese Küste schon alles gesehen hat, bringt mich dazu, mich klein zu fühlen, vollkommen unwichtig für diese Welt und ihren Fortbestand.

Schließlich schüttle ich das Gefühl ab und erklimme den schmalen Pfad, der zwischen den Felsen kaum zu erahnen ist. Oben bleibe ich stehen, geblendet vom Sonnenlicht, das erneut durch die Wolken bricht. Der Wind biegt das hohe, tote Gras rings um den Leuchtturm. Im Sommer muss dies ein Meer aus grünen Halmen sein.

Am Leuchtturm sehe ich zwei der Männer, mit denen Christian zusammenarbeitet. Sie tragen Kisten den Weg hinauf. Als sie mich sehen, halten sie inne.

»Mrs Gryffyn«, sagt einer und starrt mich an, als wäre ich die Muttergottes.

»Wa… was können wir für Sie tun?«

Erst jetzt wird mir klar, dass ich mich gar nicht danach erkundigt habe, welche Konsequenzen es hatte, dass Christian mich ins Haus meines Gatten zurückgebracht hat. Möglicherweise waren die Männer in Schwierigkeiten geraten und sahen mich deshalb so verwundert an. Nun wird mir auch klar, dass ich nicht so einfach nach Mr Walters fragen kann. Die beiden würden meine Mundbewegungen vielleicht nicht verstehen …

»Mrs Gryffyn!«, erlöst mich Christians Stimme.

Ich blicke zur Seite. Er steht etwas abseits der anderen und wischt seine Hände mit einem Tuch ab.

»Was verschafft uns die Ehre Ihres Besuchs?« Ein Lächeln spielt um seine Mundwinkel. Ich bin sicher, dass er unsere Abmachung nicht vergessen hat.

Ich habe Ihnen mein Wort gegeben, hätte ich am liebsten gesagt. Doch er scheint es auch so zu wissen. Es ist ärgerlich, dass ich kein Papier dabeihabe, um ihm eine Erklärung zu liefern.

Ich versuche ihm zu bedeuten, dass wir vielleicht drinnen darüber »sprechen« sollten. Christian versteht und bittet mich hinein. Die Blicke der anderen Männer folgen mir, und ich frage mich, ob sie meinen Besuch für unschicklich befinden. Doch dann umfängt mich der Leuchtturm.

Wir steigen hinauf bis zur Laterne. Dort erwartet mich das Meer, verzerrt von Linsen und dennoch wunderschön.

»Ich freue mich, Sie hier zu sehen«, sagt Christian, während er eilig Papier und eine Feder herbeiholt – dieselbe Feder, die ich bereits bei meinem ersten Aufenthalt benutzt habe. Es erstaunt mich, dass er sie aufgehoben hat, ist sie doch nur eine Gänsefeder mit drei grauen Flecken darauf. »Ich hoffe, Sie hatten in der Zwischenzeit nicht allzu viele Unannehmlichkeiten. Ich habe ehrlich gesagt schon nicht mehr damit gerechnet, Sie wiederzusehen.«

Mein Ehemann war böse auf mich, schreibe ich auf, nachdem ich mich an den kleinen Tisch gesetzt habe, an dem die Wächter wohl des Nachts ihre Zeit verbringen, wenn sie auf das Leuchtfeuer achtgeben. *Gern wäre ich früher gekommen, doch er hat mir verboten, das Anwesen zu verlassen, wahrscheinlich, weil er fürchtet, dass mir etwas geschieht. Oder dass ich weglaufe. Es gibt zu viele Leute, die auf mich aufpassen, und auch welche, die mich daran hindern würden, mich über den Willen meines Gatten hinwegzusetzen.*

Als ich ihm den Zettel reiche, verfinstert sich sein Gesicht. »Das tut mir sehr leid. Ehrlich gesagt habe ich mir schon fast so etwas gedacht. Mr Gryffyn ist ziemlich … besitzergreifend.«

Ich ziehe fragend die Augenbrauen hoch.

Sind Sie schon mit ihm aneinandergeraten?, schreibe ich auf das Papier.

»Jeder von uns«, entgegnet er und scheint nicht zu fürchten, dass ich Clemo davon erzählen könnte. Dass ich aus seinem Haus geflohen bin und dass ich jetzt hier sitze, scheint ihm als Beweis meiner Loyalität zu reichen. »Ich fürchte, wir sind die natürlichen Feinde seiner Familie.«

Ein hintergründiges Lächeln erscheint auf seinem Gesicht. Feinde der Familie? Leuchtturmwärter sind doch rechtschaffend – oder nicht? Stehen sie im Verdacht, mit den Strandpiraten zu paktieren, von denen mir Claire erzählt hat? Dann kann ich mir Clemos Wut auf die Männer hier gut vorstellen, denn Strandpiraten, die Schiffe in die Irre führen, sind der Ruin jedes Kaufmanns.

Warum?, forme ich mit den Lippen und hoffe, ich erinnere mich richtig, wie das aussehen muss.

»Weil wir die natürlichen Feinde der Strandpiraten und Schmuggler sind«, entgegnet Christian und hockt sich vor mich. »Seit es hier einen Leuchtturm gibt, können Schiffe nicht mehr mit falschen Feuern auf die Klippen gelockt werden. Hin und wieder zerschellt ein Schiff, das lässt sich auch durch unser Licht nicht ändern. Aber die vielen Leuchttürme an der Küste verhindern sehr oft Unglücke. Deshalb mag man uns nicht. Das Blut der Strandpiraten fließt immer noch in den Adern der Leute.«

Diese Ansprache verwirrt mich. Heißt das, Clemo und Emblyn sind Nachfahren von Strandpiraten? Haben die früheren Gryffyns arme Seelen in die Irre gelockt, weil sie auf die Ladung des Schiffs aus waren?

Ein Zittern rinnt durch meinen Körper. Ich hege keinen Zweifel daran, dass Christian die Wahrheit sagt. Ahnt mein Vater, in was für eine Familie er mich gegeben hat? Wahrscheinlich nicht. Niemand wird ihm von dem skandalösen Verhältnis zwischen Emblyn und Clemo erzählen, niemand wird es je erfahren. Es sei denn, ich kehre zu ihm zurück. Doch wie soll ich das anstellen?

Meinen Sie, dass auch mein Mann etwas mit den Strandpiraten zu tun hat?, schreibe ich auf den Zettel. Meine Hand zittert. Ich wünschte, mein Vater hätte Erkundigungen über meinen zukünftigen Gatten eingeholt. Doch er konnte mich ja nicht schnell genug loswerden.

»Ich komme nicht viel unter die Leute, doch ich würde sagen, dass jeder, dessen Familie länger als hundert Jahre hier lebt, etwas mit den Piraten zu tun hatte«, antwortet Christian und erhebt sich wieder. Er tritt vor eine der riesigen Linsen, blickt kurz hinaus und sieht mich dann wieder an. »Sagen Sie bloß, davon hat Ihnen Ihr Gatte nichts erzählt.«

Ich schüttle langsam den Kopf. Es gibt viele Geheimnisse im Hause der Gryffyns. Gegen manche, die die Allgemeinheit nicht kennt, ist eine Vergangenheit als Strandpirat regelrecht harmlos. Doch es reicht schon, um mich noch mehr von der Unmoral dieser Familie zu überzeugen. Piraterie, Blutschande – was kommt als Nächstes? Mord?

Mich schaudert.

»Ist Ihnen kalt?«, fragt er besorgt und will schon loslaufen, um mir eine Decke zu holen, doch ich schüttle den Kopf. Dann greife ich wieder zur Feder. Meine Hände sind klamm und kaum zu gebrauchen. Ich fühle mich verloren und hilflos, besonders in diesem Augenblick, von dem ich aber weiß, dass er schon bald vergehen wird.

Haben Sie noch mehr solche Geschichten?, fragt die Feder auf dem Papier. *Oder andere Geschichten? Dinge, die in der Welt vor sich gehen? Ich erfahre nur, was mir ein Dienstmädchen erzählt, und das ist Klatsch aus dem Dorf und der Dienstbotenschaft.*

Christian nimmt mir den Zettel aus der Hand, liest ihn und lächelt.

»Nun, was das angeht, kann ich Ihnen helfen. Ich kenne viele Geschichten, und obwohl einige davon ebenfalls Aberglauben sind, so kann ich doch vom Weltgeschehen berichten. Haben Sie denn von diesem Napoleon gehört, der sich anschickt, die ganze Welt zu erobern?«

Diese Worte treffen mich unerwartet. Im Hause meines Gatten werden politische Themen niemals in meinem Beisein angeschnitten. Auch mein Vater hat es nicht getan, er wollte nicht mit jemandem reden, der ihm keine Antwort geben konnte. Der Aufenthalt im Herrensalon, und sei es nur als lauschendes Mäuschen, war mir nicht gestattet gewesen.

Ich weiß nicht, wie viel Zeit vergangen ist, doch nachdem Christian mir mit seinen Worten das Grauen der Schlachtfelder und das Glühen der Patrioten vor mein geistiges Auge gemalt hat, gemahnt er mich zum Aufbruch. In der Zwischenzeit hat sich die Sonne immer mal wieder verkrochen, um dann mit noch größerer Macht hervorzubrechen. Als wir den Leuchtturm verlassen, senkt sie sich bereits dem

Horizont entgegen. Ein glühender Schrecken durchfährt mich. Ist es wirklich schon Abend geworden?

Und wie soll ich den Weg zurück schaffen, ohne erst nach Einbruch der Dunkelheit beim Geheimgang einzutreffen?

Ich bedeute ihm, dass ich nach Hause muss – und das recht schnell, ehe mein Fehlen auffällt. So einfach wie möglich erkläre ich ihm, dass ich zu der geheimen Tür muss, die sich unterhalb des Hauses in den Felsen befindet.

»Wir nehmen mein Pferd«, schlägt Christian vor, nachdem er meine Wegbeschreibung wiederholt hat. Ich frage mich, was er seinen Kameraden erzählen wird. Immerhin hat er eine oder sogar zwei Stunden mit mir verbracht, anstatt zu arbeiten. Sicher werden sie ihn heute Abend damit necken.

Doch jetzt lasse ich mich auf sein Pferd ziehen. Wir müssen einen kleinen Umweg reiten, weil der Klippenweg für den Vierbeiner zu steil wäre. Doch der Schimmel bewegt sich schnell, und ehe ich mich's versehe, preschen wir den Strand entlang. Ich klammere meine Arme um Christians Bauch und presse mich fest an seinen Rücken. So könnte ich ewig sitzen bleiben! Vielleicht wären mir solche Ausritte mit einem anderen Mann vergönnt gewesen, doch Clemo mag so etwas nicht. Er reitet nicht zum Vergnügen aus, alles dreht sich um das Geschäft. Und seit der Offenbarung, dass er ein inzestuöses Verhältnis mit seiner Schwester hatte, wächst täglich mein Abscheu gegen ihn und ich bin froh, wenn er nicht in meiner Nähe ist.

Vor den Felsen ganz in der Nähe der geheimen Tür bringt Christian sein Pferd zum Stehen. Wir steigen ab, dann führe ich ihn hin und versuche ihm zu erklären, was es damit auf sich hat.

»Dieser Gang führt zum Haus?«

Ich nicke.

»Sieht aus, als wäre es ein altes Schmugglerlager. Hat Ihnen Ihr Ehemann nie davon erzählt?«

Ich schüttle den Kopf. Clemo weiß davon, da bin ich sicher. Doch er hält es nicht für nötig, mich einzuweihen. Ich soll sein Kind bekommen, eine andere Bestimmung habe ich für ihn nicht. Und es ist auch nicht mein Haus, bestenfalls ein Aufenthaltsort, an dem ich geduldet werde, bis mein Jahr um ist.

Aber davon weiß Christian nichts, und in diesem Augenblick reut es mich noch mehr, dass meine Stimme zu Bruch gegangen ist. Ich hätte ihm so viel zu erzählen, mehr, als auf ein Blatt Papier passt. Doch wie soll ich es tun? Indem ich ihm Briefe schreibe? Das wäre eine Möglichkeit, aber eine schlechte, denn sicher würde Emblyn sie in die Finger bekommen.

»Wenn Sie möchten, könnten wir uns hier treffen«, schlägt Christian plötzlich vor, als hätte er mir angesehen, was mir durch den Kopf geht. »Wie wäre es? Einmal die Woche? Vielleicht immer zum selben Zeitpunkt.«

Ich bin unsicher. Wäre das richtig? In Christians Gegenwart fühle ich mich so wohl wie sonst nirgends. Doch ich weiß nicht, ob man mein Verschwinden bemerkt hat. Möglicherweise wartet oben eine wütende Emblyn, die mich in mein Zimmer einsperrt.

Doch ich nicke. Was kann schon passieren? Werde ich eingesperrt, kann ich natürlich nichts tun. Seinen Vorschlag abzuweisen würde bedeuten, ihn abzuweisen, und das will ich nicht.

»Was halten Sie von morgen in einer Woche? Donnerstags bin ich gegen Nachmittag immer mit der Post unterwegs und habe auch noch ein paar andere Sachen zu erledigen. Ich weiß, dass Sie Bedenken wegen meiner Kollegen haben, ich habe es Ihnen an den Augen abgelesen. Aber diese Bedenken würden wegfallen, wenn wir uns hier träfen, nicht wahr? Und Sie könnten außerdem schneller ins Haus zurück.«

Mein Herz pocht mir bis zum Hals. Ein wöchentliches Treffen, wie wunderbar! Dann muss ich nur einen Weg finden, um Clemo davon abzuhalten, zufällig in mein Zimmer hineinzuschneien.

Ich lächle Christian zu und verabschiede mich dann von ihm. Er hält meine Hand einen Moment länger, als es schicklich gewesen wäre, doch das stört mich nicht. Im Gegenteil, das Fehlen seiner Wärme macht mir mehr aus. Wenn es nach mir ginge, würde ich diese Hand für immer halten wollen.

»Also dann, bis Donnerstag nächster Woche um dieselbe Zeit!«, sagt er und schwingt sich auf sein Pferd. Noch einmal winkt er mir, dann prescht er den Strand entlang, dicht neben dem Wasser, so dass die Spuren der Hufe sogleich wieder von der Brandung verschluckt werden.

Ich sehe ihm nach, bis mein Auge seine Gestalt nicht mehr erfassen kann, dann wende ich mich um und schlüpfe durch die Tür im Felsen.

Angst umfängt mich wie ein Netz. Was wird geschehen, wenn ich oben ankomme? Sucht man mich bereits? Hat man mein Geheimnis entdeckt?

Was wird Emblyn tun? Wagt sie es, mich für meinen Ungehorsam zu schlagen? Nicht nur einmal hat sie mich so angesehen, als ob sie das gern täte.

Ich erklimme die Stufen, und je höher ich gelange, desto mehr frage ich mich, warum ich die Chance nicht einfach nutzte. Ich hätte da draußen bleiben können, ich hätte weglaufen können. Gut, zu dieser Jahreszeit sind die Nächte noch immer kalt und in den Wäldern treibt sich allerlei Getier herum. Doch diese Gefahren sind nichts gegen das drückende Gefühl des Eingesperrtseins, das mich oben wieder erwartet.

An der Tür, die den Gang von dem Zimmer trennt, bleibe ich stehen und lausche. Es wäre eine Ironie des Schicksals, wenn gerade jetzt eines der Dienstmädchen dort drinnen zu tun hätte. Doch ich höre nichts, und als ich die Tür öffne, liegt der Raum verlassen vor mir. Hier drinnen scheinen sie mich jedenfalls nicht gesucht zu haben.

Ich schäle mich aus meinem Mantel, und da es zu riskant ist, damit auf dem Gang zu erscheinen, verstecke ich ihn fürs Erste unter den Falten der mächtigen Vorhänge.

Dann trete ich nach draußen. Auf dem Gang ist niemand.

»Leandra?«, fragt eine harte Stimme hinter mir. Emblyn! Hat sie doch etwas bemerkt?

Augenblicklich erstarre ich, schließe die Augen, öffne sie aber gleich wieder. Ich darf mir nichts anmerken lassen!

Wie ein unheilvoller Geist steht sie da, wie immer in ihrem schwarzen Kleid und den harten Gesichtszügen. In ihrer Hand hält sie einen Brief.

»Der ist vorhin gekommen. Claire meinte, du wärst unpässlich, also habe ich gewartet. Es freut mich, dass es dir wieder besser zu gehen scheint.«

Ich nicke der Einfachheit halber – schon früh habe ich gelernt, dass mein Schweigen nicht nur Fluch, sondern auch ein Segen ist, denn dahinter kann man so manches verbergen. Menschen, die sprechen, verraten sich manchmal durch ein Zittern in ihren Worten oder ein Abschweifen des Blickes, wenn sie eine Lüge erzählen. Ich kann nicht sprechen, keine Lüge erzählen, und so gibt es keinen Grund für mich, Emblyns Blick auszuweichen.

Als sie mir den Brief reicht, sehe ich, dass er vom Anwalt meines Vaters, Mr Rutherford, stammt. Mir kommt der Gedanke, dass mein Vater mich aufgrund meines impertinenten Briefes enterbt haben könnte. Doch wäre das so schlimm? Wo er es doch gar nicht abwarten konnte, mich loszuwerden. Wo er mich an die Nachfahren von Strandpiraten verschachert hat?

Ich danke Emblyn mit einem Nicken und nehme

den Brief an mich. Ich kann ihr ansehen, dass sie darauf hofft, dass ich ihn in ihrer Gegenwart öffne. Ich bemerke, dass das Siegel unversehrt ist, sie hatte also keine Möglichkeit hineinzuschauen.

Doch den Gefallen tue ich ihr nicht. Ohnehin hat der Brief ein unheilvolles Gewicht, und egal, was er enthält, ich bin nicht gewillt, es mit ihr zu teilen oder vor ihren Augen irgendeine Regung zu zeigen. Clemo mag mich dazu zwingen können, immerhin ist er mein Ehemann. Sie als Schwägerin hat allerdings keinerlei Rechte.

Während ihre giftigen Blicke mir folgen, gehe ich in mein Zimmer und präge mir ein, dass ich meinen Mantel noch holen muss, wenn sie wieder in ihrem Salon ist.

Beim Eintreten bemerke ich ein Teeservice auf dem Tisch. Ein heißer Schreck jagt durch meine Adern. Claire war hier und hat mich nicht wie sonst vorgefunden. Ob sie Verdacht geschöpft hat? Stimmt es, dass sie Emblyn erzählt hat, ich sei unpässlich? Oder hat Emblyn das nur gesagt, weil sie mich in Sicherheit wiegen will?

Unruhig gehe ich hin und her und weiß nicht, wovor ich mehr Angst habe: vor den Konsequenzen meines heimlichen Ausflugs oder vor dem Öffnen des Briefes, in dem sicher eine Ungeheuerlichkeit meines Vaters wiedergegeben wird.

Erst Minuten später habe ich mich wieder unter Kontrolle. Ich lasse mich auf den Stuhl fallen, lege den Brief vor mich und versuche, mich an Mr Rutherford zu erinnern. Ein großer, hagerer Mann mit

Backenbart und einer Vorliebe für blauen Samt. Zweifellos eine sehr elegante Erscheinung, aber in die Jahre gekommen und wohl ein ewiger Junggeselle. Ich habe nie gehört, dass er sich mit einer Frau verabredet hätte. Für ihn zählte nur die Arbeit, und im Gegensatz zu Clemo ist er auch nicht darauf bedacht, seine Kanzlei und sein Vermögen einem Erben in die Hand zu legen.

Da ich keinen Brieföffner besitze, breche ich das Siegel kurzerhand so auf. Siegelwachs krümelt über mein Kleid. Als ich das Papier auseinanderfalte, fällt mir ein weiterer, versiegelter Brief entgegen. Dieser ist mit der Handschrift meines Vaters versehen. Bevor ich ihn lese, wende ich mich dem zu, was Mr Rutherford mir mitteilen will.

Sehr verehrte Mrs Gryffyn,

es tut mir ausgesprochen leid, Sie über das Dahinscheiden Ihres Vaters informieren zu müssen. Ich weiß nicht, inwiefern Sie über seinen Gesundheitszustand informiert waren, doch es ging ihm in seinen letzten Tagen sehr schlecht. Er bat mich, Ihnen einen letzten Brief zukommen zu lassen, bevor er sich am 28. März für immer in die Hände Gottes begeben hat.

In den kommenden Tagen werde ich mich mit Ihrem Ehegatten bezüglich Ihres Erbes in Verbindung setzen. Die Beerdigung Ihres Vaters ist in die Wege geleitet worden, sie findet am 4. April statt, und Reverend Kelley wird die Aussegnung vornehmen. Da ich nicht weiß, ob es Ihnen möglich sein wird, zu der Trauerfeier zu erscheinen, habe ich mir erlaubt, ein Blumengebinde in Ihrem Namen und dem Ihres Ehegatten zu ordern.

Ich spreche Ihnen mein tiefstes Mitgefühl aus, Ihr Vater war ein ehrenvoller, großherziger Mann, der uns für immer in Erinnerung bleiben wird.

Hochachtungsvoll,
Ihr Tom Rutherford

Tränen schießen mir in die Augen. Mein Vater ist tot? Warum hat mich niemand benachrichtigt? Warum hat er mich nicht gebeten, zu ihm zurückzukommen? Hatte etwa Emblyn die Briefe zurückgehalten? Sie vielleicht gelesen und vor mir versteckt, damit ich nicht davon abgelenkt werde, diesem blutschänderischen Geschlecht einen Nachkommen zu schenken?

Mit zitternden Händen klaube ich den Brief meines Vaters vom Fußboden auf.

Meine liebe Leandra,

bitte verzeih mir, dass ich mich so lange nicht bei Dir gemeldet habe. Kurz nach Deiner Abreise fing es an, mir schlecht zu gehen, richtig schlecht. Das Herz, meinte der Doktor, es schlägt nicht mehr richtig. Mal macht es drei Schläge, mal vergisst es zu schlagen, und dann krache ich auf den Boden. Die Dienstboten finden mich dann und setzen mich in den Sessel, dann kommt der Doktor, doch der kann mir nur das sagen, was mir ohnehin schon klar ist: dass die alte Pumpe in meiner Brust allmählich den Geist aufgibt.

Ich weiß, dass meine Zeit abläuft, deshalb schreibe ich Dir diesen Brief. Es tut mir leid, dass ich nicht bei Deiner Hochzeit anwesend sein konnte. Zu diesem Zeitpunkt trat das Herzleiden zum ersten Mal auf, und der Doktor hat mir von der Reise abgeraten. Mein Hochzeitsgeschenk hast Du aber doch hoffentlich erhalten, oder? Ich habe Deinen Brief bekommen und kann verstehen, dass Du erbost warst. Ich wünsche mir so sehr, dass ich Dir hätte schreiben können, aber ich war nicht in der Lage, einen Boten zu senden. Doch meine Gedanken waren bei Dir.

Ich muss innehalten, denn Tränen verschleiern meine Sicht. Mein Vater hat mir ein Hochzeitsgeschenk geschickt? Wenn ja, dann ist es entweder verloren gegangen oder Emblyn oder gar Clemo haben es von mir ferngehalten. Es tut mir so leid, dass ich ihn in meinem Brief so hart angegangen bin – andererseits, wo ist seine Antwort geblieben? Auf diesen Brief hätte er doch antworten können … Der Arzt hatte ihm doch sicher nicht erst wieder auf dem Sterbebett das Schreiben erlaubt!

Emblyn. Ein anderer Grund fällt mir nicht ein. Sie hat die Briefe zurückgehalten, damit ich weiterhin wütend auf meinen Vater bin. Damit ich ihm nicht berichte, dass ich noch immer keine Schlüssel zum Haus bekommen habe und eine Gefangene auf meinem eigenen Grundstück bin.

Mein Vater hätte vielleicht jemanden zu mir geschickt, möglicherweise hätte er versucht, die Ehe annullieren zu lassen. Doch nichts dergleichen ist geschehen, und nun ist mein Vater tot.

Tränen kullern über mein Gesicht und landen auf dem Papier.

Ich richte meinen Blick wieder auf den Brief. Ein paar der Wörter sind unter meinen Tränen zerlaufen, dennoch kann ich ihn entziffern.

Ich weiß, dass Du Zweifel an der Ehe mit Clemo Gryffyn hattest. Wenn ich Dich nicht dazu gezwungen hätte, hättest Du ihn wahrscheinlich nicht genommen. Möglicherweise ist bei Dir auch der Eindruck entstanden, dass ich Dich loswerden wollte, doch so war es nicht. Ich wollte nur jemanden für Dich, der Dich beschützt und Dir ein Heim gibt. Dich in der Stunde meines Todes allein zu wissen hätte mir keine Ruhe gelassen.

Ich hoffe so sehr, dass Clemo ein liebender, fürsorglicher Ehemann für Dich ist. Nicht immer kommt Liebe im ersten Moment, auch bei Deiner Mutter war es so, dass sie mich erst sehr spät lieben gelernt hat. Ich liebte sie allerdings von Anfang an. Wenn Deine Gefühle für Deinen Gatten also bisher noch nicht in Deinem Herzen sind, versuche, sie zu finden. Ich bin sicher, dass Du bei ihm in den besten Händen bist.

Ich wünsche Dir für Dein weiteres Leben alles Glück der Welt und den Schutz Gottes. Ich weiß, dass es mir nicht mehr vergönnt sein wird, meine Enkelkinder kennenzulernen, doch ich hoffe, sie werden

Deine Stimme erben. Sie war so wunderschön wie die Stimme Deiner Mutter, und es tat mir so furchtbar leid, dass Du verstummt bist. Doch Deine Kinder werden sprechen können, dessen bin ich mir sicher. Vielleicht höre ich ihre Stimmen im Himmel.

Lebe wohl, mein Kind,
Dein Dich liebender Vater

Wie betäubt sitze ich eine Weile vor dem Fenster. Ist das die Strafe für meinen Ungehorsam? Nein, Vater ist schon vor einigen Tagen gestorben, da wusste ich noch nichts von dem Geheimgang – doch bereits da hatte ich das Verlangen gehabt, Christian zu sehen. Kann man für seine Gedanken bestraft werden?

Oder hat er sich so sehr über meinen Brief aufgeregt? Möglicherweise kann ich von Rutherford mehr erfahren. Aber was, wenn ihn dieser Brief nicht erreicht? Wenn Emblyn wieder dafür sorgt, dass er nicht ankommt?

Da fällt mir etwas ein. Es gibt jemanden, dem ich vertrauen kann. Christian. Er hat mich gerettet und nach Hause gebracht, er hat gegenüber meinem Mann geschwiegen und wahrscheinlich auch gegenüber den Leuten im Ort – sonst hätte Clemo davon gehört.

Wenn ich Christian den Brief überreiche, wird er dafür sorgen, dass Rutherford ihn erhält. Möglicherweise kann ich ihm anvertrauen, was ich hier gehört habe. Ist es nicht ein guter Grund für eine Scheidung, wenn der Ehegatte ein blutschänderisches Verhältnis zu seiner Schwester hat?

Ich erlaube mir noch einen Moment der Trauer, dann falte ich den Brief zusammen und lasse ihn zwischen meinen persönlichen Sachen verschwinden. Anschließend ziehe ich Rutherfords Brief hervor. Clemo muss davon erfahren. Und, so sehr es mir widerstrebt, auch Emblyn. Möglicherweise erlaubt man mir, nach Hause zu reisen. Möglicherweise in Begleitung von Clemo, aber das wäre egal. So sehr ich das Meer liebe, ich sehne mich nach meiner Heimatstadt, nach meinen Bekannten und danach, von Thomas zu hören. Und vor allem möchte ich das Grab meines Vaters sehen.

Ich finde Emblyn unten in ihrem Salon, dessen Tür offen steht. Sie sitzt über ihrem Stickrahmen und arbeitet konzentriert an einer Kissenhülle. Sie so zu sehen rührt mich auf seltsame Weise an. Ich hatte nie ein wirkliches Talent für die Stickerei, doch unter ihren Händen wachsen Blätter und Ranken, Blüten schauen scheu unter dem Grün hervor, und sogar kleine Insekten schicken sich an, auf der Pracht zu landen. Warum ist eine Frau, die solch schöne Dinge erschaffen kann, so hartherzig? Oder ist sie lediglich hartherzig zu mir, weil ich ihr die Liebe ihres Bruders abspenstig mache?

Da ich mich nicht räuspern kann, klopfe ich an den Türrahmen.

Emblyn zuckt zusammen und richtet sich auf. Einen Moment lang wirkt ihr Blick entrückt, doch dann erkennt sie, dass ich sie störe, und sofort nimmt ihr Gesicht wieder den bekannten kühlen Ausdruck an.

»Was gibt es?«, fragt sie, während ich eintrete.

Ich könnte versuchen, mit den Lippen Worte zu formen, doch da ich weiß, dass sie mich wegen meiner verlorenen Stimme verachtet, reiche ich ihr einfach nur stumm den Brief des Anwalts.

Sie reißt ihn mir unwirsch aus der Hand und liest. Ihre Miene bleibt dabei unbewegt, das Ableben meines Vaters scheint sie nicht sonderlich zu rühren.

»Wir werden Clemo Bescheid geben müssen«, sagt sie, als sie mir den Brief zurückgibt. »Er wird momentan schwer zu erreichen sein, doch ich werde sehen, was ich tun kann.«

Ich falte den Brief wieder zusammen. Ich erwarte nicht viel von Emblyn, die Hoffnung, dass sie mal freundlich zu mir ist, habe ich bereits aufgegeben. Aber weder in ihrer Stimme noch in ihrem Blick lag ein Hauch Mitgefühl. Was hat Clemo ihr von meinem Vater erzählt? Freut sie sich vielleicht heimlich darüber, dass ich ihnen jetzt vollständig ausgeliefert bin?

»Mein Beileid«, sagt sie schließlich, und das ist gleichzeitig für mich die Aufforderung, sie nicht weiter zu stören.

Ich nicke, und in diesem Augenblick bin ich beinahe froh, dass ich nicht sprechen kann, denn sonst hätte ich ihr wohl an den Kopf geworfen, wie gefühllos sie ist.

Während ich den Raum verlasse, versuche ich, meinen Kopf oben zu halten, doch kaum bin ich wieder auf dem Gang, krümme ich mich zusammen.

9. April 1813

An diesem Donnerstag kann ich es kaum erwarten, den Geheimgang hinunterzugehen. Emblyn hat nach Clemo geschickt, doch dieser ist noch immer eine Antwort schuldig. Entweder hat ihn der Brief noch nicht erreicht, oder die Geschäfte sind ihm wichtiger als der Tod seines Schwiegervaters.

Im Haus hat sich nichts verändert. Das Leben setzt sich fort – schließlich hat hier niemand meinen Vater gekannt. Immerhin hat Emblyn mir zugestanden, am 4. April in die Kirche zu gehen und für meinen Vater zu beten. Natürlich fahren wir sonntags in die Kirche, doch es war mein Wunsch, an dem Tag für ihn zu beten, an dem seine sterblichen Überreste Gott übergeben wurden. Claire hat mich begleitet, als Anstandsdame sozusagen, denn seit Christian Walters mich zu meinem Mann zurückgebracht hat, scheinen in Clemo und Emblyn wüste Gedanken zu wuchern. Ich weiß, dass es sich für eine Frau von Stand nicht schickt, ohne Begleitung irgendwo hinzugehen, doch in diesem Ort gelten andere Gesetze als in der großen Stadt – selbst Emblyn ist allein in Port Isaac unterwegs. Aber sie ist ja die Herrin von Gryffyn Hall, während ich nur die Sklavin bin, die dem Hausherrn Kinder schenken soll.

Mein Gemütszustand schwankt seitdem zwischen unruhig und trauernd. Die Tatsache, dass mein Vater tot ist, erscheint mir so irreal. Hin und wieder vergesse ich es sogar. Nicht, dass ich viel an Vater denken würde, aber wenn er mir in den Sinn kommt, tut er es als Lebender, und dann muss ich mich selbst ermahnen, dass er mittlerweile nicht mehr auf der Erde weilt.

Wenn ich mir seines Todes bewusst werde, ist es, als würde ich vor Worten bersten. Ich habe versucht, Claire von meinem Seelenzustand zu unterrichten, doch sie wirkt hilflos, wenn der Tod meines Vaters zur Sprache kommt. Sie selbst, gestand sie mir eines Nachmittags, hat nie Eltern gehabt. Sie weiß nicht, wie es sich anfühlt, einen Vater zu verlieren.

Meine letzte Hoffnung ist Christian. Er kennt meinen Vater ebenso wenig, doch bei ihm habe ich das Vertrauen, dass er gewillt ist, mich zu verstehen.

Als die Stunde heran und Claire gegangen ist, schlüpfe ich aus meinem Zimmer. Wohl ist mir dabei nicht, denn es ist möglich, dass ein weiterer Brief an mich eintrifft. Rutherfords Schreiben, was das Erbe betrifft, ist noch nicht eingegangen, und ich traue es Emblyn zu, dass sie es zurückbehält. Doch der Drang, Christian wiederzusehen, ist stärker.

Ohne Probleme gelange ich in den Geheimgang und steige ihn hinab. Die Dunkelheit umfängt mich drückend, beinahe fühle ich mich wie in einem Grab. Der Gedanke schnürt mir die Luft ab, so dass ich stehen bleiben muss. Doch endlich gelingt es mir, die Bedrückung abzuschütteln und weiterzugehen.

Unten stelle ich meine Lampe ab und gehe zur Tür. Ein kräftiger Luftzug erfasst mich, als ich sie öffne. Wieder blendet mich die Helligkeit, doch meine Augen gewöhnen sich schnell ans Licht. Das Meer rauscht, und der blaue Himmel spiegelt sich in den

Wogen. Mir war gar nicht bewusst gewesen, was für einen wunderbaren, klaren Tag wir hatten.

Das Schnaufen eines Pferdes lässt mich zur Seite blicken. Da steht er, lässig an die Felsen gelehnt, und lächelt mich an. In seinen Händen hält er etwas Weißes – einen kleinen Blumenstrauß, wie ich beim zweiten Hinsehen erkenne.

»Schön, dass Sie gekommen sind«, sagt er und reicht mir das Sträußlein. Es sind Schneeglöckchen. Schneeglöckchen! Augenblicklich fühle ich mich in meine Kindheit zurückversetzt. Damals habe ich mit anderen Kindern in der Nachbarschaft immer darauf gewartet, dass sie auftauchten. Manchmal kamen sie früher, manchmal etwas später, doch immer im März durchbrachen sie die Schneedecke. Und jetzt liegen meine alten Freunde aus Kindertagen in meiner Hand.

Ich blicke Christian aus tränenverschleierten Augen an und forme das Wort »Danke« mit meinen Lippen, in der Hoffnung, dass er mich versteht.

»Gern geschehen«, entgegnet er lächelnd. »Ich hätte Ihnen lieber ein üppigeres Bouquet mitgebracht, aber frische Blumen sind um diese Jahreszeit schwer zu finden. Diese Schneeglöckchen wachsen am Fuße des Leuchtturms, sie sind die ersten Boten des Frühlings. In diesem Jahr sind sie reichlich spät.«

Neue Hoffnung, forme ich mit meinen Lippen.

»Ja, genau, neue Hoffnung«, entgegnet Christian, und sein Blick ruht noch eine Weile auf mir, dann wird seine Miene ernst. »Ich habe gehört, dass Ihr Vater verstorben ist. Mein Beileid.«

Ich starre ihn überrascht an. Woher weiß er das? Natürlich von den Dienstmädchen, sage ich mir. Sie gehen in die Stadt und plaudern. Möglicherweise ist Port Isaac besser unterrichtet von den Vorgängen im Haus, als wir alle glauben.

»Reverend Thompson hat es mir erzählt«, sagt er dann, als könnte er mir meine Frage von den Augen ablesen. »Er sagte, dass Sie am Samstag in der Kirche waren, um für Ihren verstorbenen Vater zu beten. Es hat mir so leidgetan, dass ich Sie nicht schon früher sehen konnte. Ich hätte Ihnen gern ein wenig Trost zugesprochen.«

Ich nicke ihm dankbar zu, gleichzeitig kommen mir die Tränen. Dieser Mann vor mir, der mir Schneeglöckchen mitbringt, mich aus den Fluten gerettet hat und von dem ich mich so ungemein angezogen fühle, obwohl ich weiß, dass es nicht sein darf, dieser Mann, der mich kaum kennt, hat mehr Mitgefühl für mich als meine eigene Schwägerin. Und als mein Mann, der es nicht für nötig hält, zu erscheinen.

Weinend werfe ich mich gegen ihn, ich kann nicht anders. Vielleicht verschrecke ich ihn damit, aber ich brauche jetzt jemanden, an dem ich mich festhalten kann.

Christians Arme umfangen mich warm und fest, ich spüre, dass er mich nicht fallen lässt.

Wir suchen uns einen windgeschützten Platz, der nur vom Meer einsehbar ist. Mittlerweile habe ich mich wieder gefangen und ziehe die Zettel und den

Bleistift hervor, meine Stimme. Meine Finger sind ein wenig klamm, und als Christian das bemerkt, nimmt er sie in seine Hände und haucht sie an, bis sie wieder Gefühl haben. Ich schreibe, was sich in den vergangenen Tagen ereignet hat, berichte von Clemos ausbleibender Antwort und Emblyns Gefühllosigkeit mir gegenüber.

»Nun, ich weiß sicher nicht über alle Vorgänge in der Gegend Bescheid, zumal uns die Leute in der Stadt mit Skepsis begegnen«, beginnt er, nachdem er meinen Bericht gelesen hat. »Aber die wenigen, die uns vertrauen und mit uns reden, berichten davon, dass die Gryffyns keine besonders emotionale Familie sind. Ihnen geht es vorrangig ums Geschäft, das ist nicht nur beim derzeitigen Hausherrn so, es war auch schon zu Zeiten seines Großvaters so.«

Zu Zeiten, in denen die Gryffyns ihre Geschäfte wahrscheinlich durch Strandpiraterie machten.

»Jede nachfolgende Generation wurde so erzogen, dass sie Gefühlen kaum Raum gibt. Deshalb kann ich Miss Gryffyn beinahe verstehen. Wahrscheinlich kann sie keine Gefühle zeigen, selbst wenn sie wollte.«

Und was war mit ihrer Leidenschaft beim Sticken? War dies vielleicht die einzige Gelegenheit, in der sie sich so was wie Hingabe erlauben konnte? Und was war mit ihren Gefühlen für ihren Bruder? Er hatte sie nicht sonderlich freundlich behandelt, aber …

Meine Gedanken kommen zum Stehen, als Christian seinen Mantel um mich legt. Erst jetzt bemerke ich, dass meine Zähne klappern.

»Sehen Sie es ihnen nach«, sagt er dann. »Es sind merkwürdige Zeiten, mal erlaubt man den Menschen Gefühl, mal nicht. Ich bin sicher, dass sie es nicht böse meinen.«

Diese Ansicht teile ich nicht, doch in diesem Augenblick, wo sein Mantel mich wärmt, ist das nicht wichtig. Christian blickt noch einen Moment aufs Meer, dann sagt er: »Als mein Großvater starb, war mein Vater nicht mal zehn Jahre alt. Grandpa kämpfte im Siebenjährigen Krieg und fiel für seinen König. Mein Vater hat diesen Verlust niemals verwunden. Selbst als ich schon erwachsen war, hatte er immer noch einen kleinen Altar in unserem Haus, mit dem wir seines Vaters gedachten.«

Lebt Ihr Vater noch?, schreibe ich auf einen Zettel.

»Natürlich lebt er noch!«, entgegnet Christian. »Meine Familie wohnt seit jeher in Plymouth, ich bin das dritte von sechs Kindern. Einer meiner Brüder ist mittlerweile jenseits des Meeres, in den ehemaligen Kolonien. Mein ältester Bruder kümmert sich um das Familienanwesen, und meine drei Schwestern sind alle verheiratet und haben selbst schon Kinder. Ich bin der Einzige, der noch keine hat.«

Ein Lächeln huscht über sein Gesicht. Er scheint seine Familie sehr zu lieben.

»Was ist mit Ihnen, haben Sie noch Geschwister?«

Ich schüttele den Kopf und greife wieder nach meinem Stift.

Meine Mutter starb bei meiner Geburt, ich war ihr erstes Kind. Mein Vater liebte sie so sehr, dass er nie wieder geheiratet hat.

»Dann muss Sie der Verlust Ihres Vaters besonders schlimm treffen.«

Ich nicke und füge dann hinzu: *Es ist schon komisch, als er mich hierher schickte, dachte ich, er würde mich loswerden wollen. Seit ich meine Stimme verloren habe, hatte ich immer das Gefühl, dass er mich als wertlos ansieht. Doch in seinem letzten Brief war so viel Wärme – was untypisch für ihn ist, denn er war Kaufmann und dachte eher logisch als gefühlsbetont.*

»Ich bin sicher, dass Ihr Vater Sie geliebt hat. Nur konnte er es nicht zeigen. Und möglicherweise fühlte er sich vom Schicksal enttäuscht. Da bleibt ihm von seiner geliebten Frau nur eine Tochter, und diese verliert ihre Stimme.«

Er sieht mich an, als würde er mit sich ringen, ob er mir die Frage, die ihm auf dem Herzen liegt, stellen darf. Ich lächle ihm aufmunternd zu.

»Ist es erlaubt, zu fragen, wie Sie Ihre Stimme verloren haben?«

Ich nicke und bringe dann eine Kurzfassung meines Schicksals zu Papier. Christian liest es und runzelt die Stirn.

»Sie haben Glück gehabt, dass Sie noch leben«, sagt er dann. »Sie hätten sterben können!«

Das hatte mir mein Vater auch immer wieder gesagt.

»Konnten die Ärzte nicht feststellen, woran der Sprachverlust liegt? Möglicherweise haben Sie nur einen Schock bekommen.«

Einen Schock, der mittlerweile schon achtzehn Jahre

andauert?, schreibe ich aufs Papier und verziehe das Gesicht.

»Möglich wäre es«, entgegnet er. »Ich habe schon davon gehört, dass Kinder, wenn sie Schreckliches mit ansehen mussten, verstummten. Einige von ihnen konnten geheilt werden, indem sie mesmerisiert wurden. Ist Ihrem Vater nicht in den Sinn gekommen, dieses Verfahren auf Sie anwenden zu lassen?«

Ich höre das Wort »mesmerisieren« zum ersten Mal. Es klingt nicht gerade freundlich.

Schaut man damit in den Kopf?, schreibe ich auf einen neuen Zettel und setze hinzu: *Mein Vater hat sicher nichts davon gewusst, sonst hätte er es vielleicht versucht.*

»Soweit ich weiß, bemühen sich Ärzte, die mit dieser Technik vertraut sind, Blockaden des Lebensfeuers mit Magneten und Hypnose zu heilen. Möglicherweise wurde in Ihrem Kopf durch den Sturz nur etwas blockiert. Wenn es gelänge, diese Kraft wieder fließen zu lassen, könnten Sie vielleicht geheilt werden.«

Diese Worte erschüttern mich. Achtzehn Jahre lang habe ich mich damit abfinden müssen, nicht mehr sprechen zu können. Und wenn es nun doch eine Möglichkeit gäbe, diesen Missstand zu beseitigen? Würde ich meine Stimme wiederhaben wollen?

Ich war mir auf einmal nicht mehr sicher.

Kennen Sie denn Ärzte, die in diesem Verfahren bewandert sind?, fragt meine Hand auf dem Papier.

»Nein, aber ich bin sicher, dass es in London oder in einer anderen größeren Stadt jemanden gibt. Wenn Sie möchten, höre ich mich mal ein wenig um.«

Ich sehe ihn unschlüssig an. Einerseits habe ich immer davon geträumt, ein normales Leben zu führen, eines, in dem ich aufgrund meines Makels anderen Personen gegenüber nicht wertlos erscheine.

Andererseits ist gerade dieser Makel das, was mich ausmacht. Unser Reverend meinte einmal, dass ich durch mein Verstummen von Gott geprüft werde. Dass ein größerer Sinn dahintersteckt. Wenn es Gott gefallen würde, mir meine Stimme wiederzugeben, würde er es doch sicher tun, oder?

Dennoch kann ich nicht widerstehen und nicke. Wenn Gott es will, dass ich wieder spreche, wird er Christian den richtigen Arzt über den Weg schicken.

Ich nicke also, worauf Christian meine Hand ergreift.

»Bitte verstehen Sie mich nicht falsch«, sagt er. »Es geht nicht darum, dass mir etwas an Ihnen nicht gefällt. Sie sind eine schöne Frau, und auch ohne Stimme schaffen Sie es, Menschen zu bezaubern. Ich sehe darin keinen Makel, das möchte ich Sie nur wissen lassen. Gott hat mit Ihnen ein wunderbares Geschöpf erschaffen, ein wertvolles Geschöpf.«

Tränen steigen mir in die Augen. Dergleichen hat mir noch nie jemand gesagt. Dass ich wertvoll bin und schön.

»Na, na, nun weinen Sie doch nicht«, sagt Christian und zieht ein Taschentuch hervor. Es ist schneeweiß und offenbar frisch gebügelt.

Ach, könnte ich ihm in diesem Augenblick nur sagen, wie glücklich er mich gemacht hat!

Später …

Schon in dem Augenblick, in dem er sich wieder in den Sattel schwingt, fehlt Christian mir ganz furchtbar. Ich weiß, ich sollte so nicht empfinden, doch wenn mir das Schicksal eine Wahl gelassen hätte, wäre er es gewesen, dessen Küsse ich ersehnt hätte. So sehne ich mich vergebens, denn das, was Clemo mir gibt, ist nicht das, was ich will.

Kaum habe ich mein Zimmer wieder betreten, höre ich Schritte auf dem Gang. Rasch verstaue ich meinen Mantel in der Truhe und setze mich dann ans Fenster. In meinem Innern brodelt es. Das Treffen mit Christian hat meinen Körper in einer unerwarteten Weise belebt und die Trauer ein wenig von mir genommen. Doch wenn irgendwer mich jetzt so anträfe, würde er sicher Verdacht schöpfen.

Nur wenige Augenblicke später klopft es an meine Tür. Da ich den Besucher nicht hereinbitten kann, erhebe ich mich und öffne. Dabei versuche ich, die Zerknirschung der vergangenen Tage wieder aufzusetzen.

Es ist Clemo, der mich mit sorgenvoller Miene betrachtet. Jeder andere Mann hätte mich vielleicht in seine Arme gezogen, aber das ist nicht seine Art.

»Leandra«, sagt er. »Geht es dir gut?«

Ich nicke. Ja, es geht mir gut, aber schwanger bin ich immer noch nicht. Doch angesichts der Trauer um meinen Vater wäre es wohl nicht passend, mich zu meinen ehelichen Pflichten zu zwingen. Jedenfalls kann ich in diesem Augenblick nichts anderes denken, denn wenn Clemo von einer Reise zurückkommt, ist das Erste, was er wissen will, ob ich schwanger bin.

»Als ich es gehört habe, war ich schockiert. Es tut mir leid, dass es so lange gedauert hat, bis ich zurückgekehrt bin, aber der Bote hat zu viel Zeit vertan.«

Ich sehe ihm an, dass er lügt. Der Schwiegervater seiner stummen, nutzlosen Ehefrau war nicht wichtig.

Ich nicke der Einfachheit halber, denn für einen Disput hätte ich Unmengen an Papier gebraucht.

Als Clemo seine Hand ausstreckt und meine Wange streichelt, versteift sich mein Körper unwillkürlich. Er würde es doch nicht wagen, jetzt Hand an mich zu legen, oder?

Bei jedem anderen Mann hätte ich es für ein Zeichen der Zärtlichkeit gehalten, doch ich kenne diese Geste aus den Nächten, in denen er mich nimmt, in denen er grimmig versucht, mir ein Kind zu machen. Sie erfüllt mich mit Angst.

Clemo scheint das zu merken, denn er zieht seine Hand zurück.

»Ich habe noch ein paar Dinge zu erledigen. Wir reden heute Abend.«

Damit verneigt er sich und zieht sich zurück. Ich bin noch immer starr. Er hat Dinge zu erledigen. Kein Wort darüber, dass wir nach Hause fahren. Kein Wort über meinen Verlust. Wir reden heute Abend. Ja, zu dritt am Tisch. Er und Emblyn. Und ich als schweigendes Accessoire.

Was würde er dazu sagen, wenn ich wünschte, mesmerisiert zu werden? Würde er eine Frau mit einer Stimme wollen, oder ist es ihm lieber, wenn ich weiterhin mit Stummheit geschlagen bin?

Als der Abend kommt, gehe ich im schwarzen Kleid mit einigen Blättern Papier und meinem Bleistift nach unten. Das mache ich in letzter Zeit nur selten, denn ich weiß ja, dass Clemo und Emblyn in meiner Gegenwart nur das Nötigste bereden. Die wichtigen Besprechungen zwischen ihnen finden in meiner Abwesenheit statt, in dem Zimmer, das sonst verschlossen ist – nun ja, zumindest offiziell, denn ich verberge mich zwischen den Falten des Vorhanges und lausche. Vieles von dem, was sie reden, verstehe ich nicht, denn die beiden unterhalten sich teilweise auf Kornisch. Ich nehme an, dass sie es tun, weil sie fürchten, die Dienstboten könnten sie belauschen. Gelegentlich verfallen sie wieder ins Englische, doch dann dreht es sich meist darum, dass ich nicht schwanger werde.

Wie gern würde ich Clemo ans Herz legen, es noch einmal bei seiner Schwester zu versuchen! Auf eine Lüge mehr oder weniger kommt es nicht an, sie könnten ja behaupten, dass es mein Kind wäre. Die

Leute in der Stadt bekommen mich ohnehin nicht zu Gesicht.

Emblyns Gesicht ist unbewegt, als ich mich auf meinen Platz am Esstisch begebe. Ich lege die Blätter demonstrativ vor mich und beginne schon ein paar Fragen aufzuschreiben. Eine von ihnen ist, wann wir nach Manchester aufbrechen. Diesen Zettel behalte ich gleich oben.

Clemo erscheint erst, nachdem die Dienstmädchen den ersten Gang aufgetragen haben. Er wirkt fahrig, sein Haar steht von seinem Kopf ab. Als er sieht, dass ich es anstarre, streicht er es mit zwei Handbewegungen glatt und nimmt Platz.

Es ist seltsam, dass ich erst jetzt bemerke, dass sein Stuhl dem von Emblyn näher ist als dem meinen. Es überrascht mich allerdings nicht.

Kaum hat er den Mädchen das Zeichen gegeben, die Suppe in die Teller zu füllen, halte ich es für angebracht, mit der Konversation zu beginnen.

Ich reiche Clemo den ersten Zettel.

Als Clemo liest, hält er mit dem Kauen inne. »Dein Vater wird längst schon beerdigt sein.«

Seine Worte erschrecken mich ein wenig. Ich hätte damit gerechnet, dass er es mir gestatten würde.

Ich möchte Vater die letzte Ehre erweisen, schreibe ich auf einen weiteren Zettel und reiche ihn weiter.

»Das wirst du können, wenn wir im Sommer verreisen.«

Ich starre ihn an. Hat er gar kein Verständnis dafür, dass ich in mein Elternhaus zurückkehren möchte?

Mein Vater ist jetzt gestorben, vor wenigen Tagen, schreibe ich mit zitternder Hand. *Es ist meine Pflicht als seine Tochter, wenigstens an seinem Grab zu beten.*

Clemos Augen werden hart, als er diese Worte liest. Er atmet tief durch, mustert mich eine Weile, dann antwortet er: »Ich habe keine Zeit, dich auf der Reise zu begleiten. Wichtige Geschäfte warten auf mich, die kann ich nicht deswegen aufschieben, weil du am Grab deines Vaters beten willst! Und bevor du einwendest, du könntest allein fahren: Ich muss dich doch wohl nicht daran erinnern, dass es unschicklich wäre, allein zu reisen. Emblyn kann dich nicht begleiten, denn sie muss auf das Haus achtgeben.«

Seine Worte treffen mich wie Ohrfeigen. Meine Augen brennen. Ich weiß nicht, was mich mehr kränkt: dass er mich nicht nach Hause fahren lässt oder dass er mich darauf hinweist, dass Emblyn den Haushalt führt.

Ich senke den Kopf. Tränen steigen in mir auf, aber da ich weiß, dass Emblyn mich genau beobachtet, schlucke ich sie herunter und greife nach meinem Löffel. Es bringt nichts, ich kann nichts tun.

Obwohl es mir die Kehle zuschnürt, nehme ich etwas von der Suppe. Aisleen, die Köchin, hat sich wieder einmal selbst übertroffen. Wenn es in diesem Haus etwas gibt, das ich mag, dann das Essen. Sogar jetzt, wo ich keinen Hunger habe, mag ich es.

»Übrigens, heute ist ein Brief von Mr Rutherford bei mir eingegangen«, erklärt er mir wie beiläufig, während er sich einen zweiten Teller aufschöpfen lässt.

Unruhe nimmt mir den letzten Rest meines Appetits. Was will Rutherford von ihm? Er ist der Anwalt unserer Familie, nicht seiner. Sollte ich denn nicht wenigstens Bescheid bekommen, wenn ein Brief von ihm eingegangen ist? Stand mein Name nicht bei der Adresse – oder ist es Emblyns Angewohnheit, alle Briefe, auf denen der Name ihres Bruders steht, bei sich zu behalten? Wie lange mochte Rutherfords Schreiben schon hier liegen?

Während all diese Fragen auf mich einstürmen, höre ich Clemo sagen: »Stell dir vor, dein Vater hat mir sein gesamtes Vermögen vermacht. Nun ja, das, was nach Tilgung der offenen Rechnungen noch übrig ist. Aber es ist dennoch eine wunderbare Summe. Wenn wir im Sommer in Manchester sind, werde ich dem alten Herrn danken.«

Ein Lächeln huscht über sein Gesicht, und im selben Moment sehe ich das Lächeln auch bei Emblyn, allerdings ist es wesentlich schadenfroher als bei ihrem Bruder, der offenbar nur froh ist, einen guten Fang gemacht zu haben.

Mir schwirrt plötzlich der Kopf. Nicht nur, dass er mir nicht erlauben wird, nach Hause zu fahren – er hat das Geld, das mir zusteht, geerbt! Natürlich ist es einer verheirateten Frau nicht erlaubt, ihr ererbtes Vermögen selbst zu verwalten, doch wie es sich anhört, hat Vater Clemo das Vermögen vermacht. Als wäre er sein Sohn und ich nicht seine Tochter!

Ich knülle wütend die Serviette zusammen. Es ist nicht anständig, einfach vom Tisch aufzuspringen, doch in diesem Augenblick kann ich nicht anders.

Tausend Gedanken toben in mir – und der Verdacht, dass Clemo nicht wegen des Todesfalls zurückgekehrt ist, sondern wegen der Erbschaft, von der Mr Rutherford ihn in Kenntnis gesetzt hat. Möglicherweise schon am selben Tag, an dem ich die Nachricht vom Tod meines Vaters erhalten habe.

Das Papier und den Bleistift fest umklammernd, renne ich aus dem Saal. Als ich die Treppe erreiche, meine ich, Emblyn lachen zu hören.

20. Kapitel

Nach dem Besuch bei Janet begleitete Kim Dan zum Steinmetz. Der Wald aus Grabsteinrohlingen und Kreuzen wirkte bedrückend auf sie, doch sie war fest entschlossen, Dan nicht allein zu lassen.

Sie erinnerte sich wieder daran, dass sie auch dabei gewesen war, als Jakes Grabstein ausgesucht wurde. Sie war zwischen den Steinen hin und her getrottet, unfähig, eine Wahl zu treffen. Ohnehin hatte diese bei Erica und Ben gelegen, denn Jake war ihr Kind.

Kim hatte sich verloren gefühlt, es war unvorstellbar gewesen, den Namen des Mannes, den sie liebte, auf einem dieser kalten, toten Brocken zu sehen – auch wenn diese Brocken in eine schöne Form gebracht worden waren.

Ähnlich erging es ihr mit Janet. Auch bei ihr konnte sie es sich nicht vorstellen, ihren Namen auf einem Grabstein zu lesen. Doch wenn den Ärzten zu glauben war, würde das bald schon der Fall sein. Ein ganzes Leben, zusammengefasst in einigen Zeilen auf einem Stein.

Vor einem grünen Stein mit grauer Maserung blieb sie stehen. Er fiel recht schlicht aus, hatte keine Schnörkel wie die anderen, nur einen leichten Anschliff an den Seiten.

Nachdem Kim eine Weile daraufgestarrt hatte, fiel es ihr leicht, sich vorzustellen, dass ihr Name darauf stünde: Kim Sanders, geboren am 17. März 1990, gestorben am 18. September 2015.

Wer an diesem Stein vorbeiging, würde denken, das sei viel zu jung. Sie selbst würde das auch denken, wenn sie am Grabstein eines Altersgenossen stünde. Sie würde sich fragen, woran er gestorben wäre. An einem Unfall? Einer furchtbaren Krankheit?

Auf die Idee, dass er sich aus Liebeskummer umgebracht haben könnte, würde sie erst wesentlich später kommen. Menschen in diesem Alter brachten sich nicht um.

Aber genau das hatte sie vorgehabt!

Ein Schauer lief über ihren Rücken. Sie kniff die Augen zusammen, um das Bild zu vertreiben. In dem Augenblick rief Dan nach ihr.

»Ich komme!«, antwortete sie und vermied es, ein weiteres Mal auf den Stein zu blicken, aus Angst, dass ihr Name wieder dort auftauchen könnte.

Dan hatte den Steinmetz gefunden, einen untersetzten, gemütlich aussehenden Mann mit weißen Locken und weißem Schnurrbart. Er trug eine Latzhose, die Ärmel seines karierten Hemdes waren hochgekrempelt. Auf den ersten Blick würde er auch als Klempner durchgehen. Er war nur etwas jünger als Janet, wahrscheinlich kannte sie ihn und hatte seinen Namen deshalb auf die Liste gesetzt.

»Das ist Mike Nolan«, stellte Dan ihn vor. »Mike, das ist Kim, eine Freundin von mir.«

»Freut mich, Sie kennenzulernen!«, sagte der Mann und reichte ihr die Hand, an der weißer Steinstaub hing. »Dann hat unser Junge hier wohl endlich vor, sesshaft zu werden!«

Offenbar hatte er da was missverstanden. Bevor Kim ihm erklären konnte, dass sie nur »eine« Freundin war und nicht »seine« Freundin, sagte Dan auch schon: »Ich glaube kaum, dass ich das Meer so schnell aufgeben werde. Ein paar Jahre fahre ich noch zur See, danach schauen wir mal, was kommt.«

Die beiden schienen sich zu kennen – oder hatte Janet dafür gesorgt, dass Mr Nolan auf dem Laufenden blieb? Wie gut war ihr Verhältnis zueinander? Und was würde Mike dazu sagen, dass Janet nun nicht mehr viel Zeit blieb? Kim konnte sich jedenfalls nicht vorstellen, dass Dan guten Kontakt zu einem alten Steinmetz hatte.

»Warte nicht zu lange damit, mein Junge!«, riet Mike Nolan ihm. »Das Leben ist vergänglich, wie du hier siehst. Letztlich bleibt nur ein Stein von dir. Was zählt, ist das, was du in der Zeit davor machst. Und nette Mädchen triffst du auf dem Festland eher als im Wasser. Es sei denn, sie sind Nixen, und von denen habe ich noch nie was Gutes gehört.«

Nolan zwinkerte Kim zu. Diese blickte zu Dan, dessen Ohren jetzt feuerrot leuchteten.

»Aber ich wollte dich nicht in Verlegenheit bringen, Junge«, lenkte der Steinmetz ein. »Was führt dich zu mir? Und wie geht es deiner Großmutter?«

Ahnte Nolan nichts? Wie viele Menschen gab es in Dans Familie, die einen Stein benötigten? Er war wohl kaum häufiger auf ein Schwätzchen hier.

Aber es war möglich, dass der Grabstein seiner Eltern repariert oder ausgetauscht werden musste, kam es Kim in den Sinn. Offenbar rechnete der Steinmetz nicht gleich mit dem Schlimmsten.

»Gran geht es sehr schlecht«, begann Dan und legte ihm

dann kurz die Geschichte ihres Zusammenbruchs und der Diagnose dar. »Es ist ihr Wunsch, einen Stein von Ihnen zu bekommen.«

Die Miene des Steinmetzes verfinsterte sich. »Mir war gar nicht klar, dass es so schlimm ist. Wie lange weiß sie denn schon davon?«

»Seit ein paar Tagen. Aber die Liste, auf der sie sich einen Stein von Ihnen gewünscht hat, ist wesentlich älter.«

»Ich stehe auf einer Liste?« Der Steinmetz zog die Augenbrauen hoch. Wer erfährt schon gern, dass er auf der Wunschliste einer Toten steht?, dachte Kim, während sie beobachtete, dass er verwirrt den Kopf schüttelte.

»Ja, und deshalb bin ich hier. Die Ärzte wissen nicht, wie viel Zeit sie noch hat. Und daher wollte ich rechtzeitig einen Stein aussuchen!«

Mike Nolan murmelte sich etwas in den Bart, das Kim nicht verstand, dann sagte er laut: »Und da dachte ich immer, die Leute wollen nichts mit dem Tod zu tun haben. Die meisten kommen nämlich erst her, wenn es so weit ist.«

»Gran mag die Dinge gern geordnet, und offenbar möchte sie, dass alles an seinem Platz ist, wenn sie geht.«

Es fiel Dan sichtlich schwer, das zu sagen. Auch für Kim klang es ungewöhnlich. Wer dachte schon über seinen eigenen Tod nach und hinterlegte genaue Anweisungen? Wohl die wenigsten. Doch Janet hatte es aus irgendeinem Grund getan.

»Gut, dann kommt mal rein und schaut euch die Steine an«, sagte der Steinmetz, noch immer unter dem Eindruck von Dans Erklärung. »Hat deine Großmutter auch gesagt, was für einen Stein sie möchte?«

Dan blickte ein wenig ratlos zu Kim. Diese schob die Unterlippe vor. Wenn er nicht wusste, was Janet wollte, konnte sie es erst recht nicht sagen.

»Nein, ich denke, sie ... sie verlässt sich darauf, dass er mir gefällt.«

Mike nickte und ging dann voran. Allerdings führte er sie nicht durch die Reihen der aufgestapelten Steine, von denen sich einige noch im Rohzustand befanden. Er strebte der Werkstatt zu, aus der verhaltenes Hämmern ertönte, das auch dann nicht verklang, als sie durch die Tür traten.

Ein Mann, der ähnlich gekleidet war wie Mike, bearbeitete gerade ein Stück weißen Marmor. Was daraus werden sollte, war noch nicht zu erkennen. Etwas weiter hinter ihm breitete ein riesiger Marmorengel seine Schwingen aus. Unwillkürlich musste Kim an die weinenden Engel aus *Dr. Who* denken, denn dieser Engel hielt die Hände vors Gesicht, als würde er weinen. Oder als wolle er sich, wie in der Fernsehserie, davor schützen, aus Versehen einen anderen Engel anzuschauen und für immer zu versteinern.

Wahrscheinlich war bei diesem Engel Ersteres der Fall, aber Kim gefiel der Vergleich mit den Science-Fiction-Figuren.

»Wir haben gerade eine Lieferung aus Italien bekommen«, erklärte Mike Dan im Hintergrund. »Feinster Marmor. Das könnte etwas für deine Gran sein.«

Dan zog ein skeptisches Gesicht, während er seinen Blick über die fertigen und halbfertigen Steine schweifen ließ. Bevor er sich dazu äußern konnte, schaltete der andere Steinmetz seinen Steinschleifer an. Das Motorengeräusch verschluckte jedes Wort.

Doch Kim konnte Dan deutlich ansehen, dass ihm die Steine nicht gefielen. Und nach dem, was sie von Janet erfahren und gesehen hatte, würde sie so einen bleichen Stein auch nicht haben wollen. Schon gar nicht mit einer kitschigen Goldschrift wie bei einem der fertigen Steine, die auf der anderen Seite der Werkstatt darauf warteten, abgeholt zu werden.

Zu Janet passte eher etwas, das natürlich war und zu dieser Gegend gehörte. Kim hatte keine Ahnung, ob Janet jemals in Italien gewesen war.

»Ich weiß nicht.« Dan kratzte sich am Kopf. Kim konnte ihm seine Skepsis ansehen, diese Steine und vor allem der protzige Engel waren etwas für reiche Leute, für Leute mit Familiengruften und einer Nachkommenschaft, die kein bisschen traurig über das Abtreten des Ahnen war.

Doch Dan sollte hier einen Stein für seine Gran aussuchen. Seine Gran, die er liebte.

»Da draußen, der grüne«, hörte sich Kim sagen, nachdem Dan und der Steinmetz eine Weile ratlos herumgestanden waren. »Er sieht ein wenig nach See aus. Nach bewegter See an einem stürmischen Tag.«

Mike stutzte einen Moment, dann schien ihm einzufallen, welchen Stein sie beschrieben hatte.

»Ich glaube, ich weiß, welchen Sie meinen. Allerdings ist dieser Stein so was wie ein Ladenhüter, kaum jemand will einen grüngrauen Stein. Alle wollen weiße Marmorengel …«

Dan sah Kim an. In seinen Augen erkannte sie, dass er ihren Vorschlag in Erwägung zog.

»Schauen wir ihn uns an«, sagte er schließlich.

Nolan, der eigentlich froh sein müsste, möglicherweise

einen Ladenhüter loszuwerden, seufzte tief und bedeutete ihnen dann, ihm zu folgen.

»Grüner Granit«, erklärte er. Auf der glattgeschliffenen Oberfläche spiegelten sich ihre Gestalten. »Nichts Besonderes, wenn ihr mich fragt. Aber wenn es der sein soll …«

Dan legte den Kopf schräg. Gefiel ihm dieser Stein auch nicht? Eine ganze Weile tastete er den Stein mit Blicken ab, dann sah er den Steinmetz an. »Sieht aus wie das Meer bei einem Sturm. Das da könnte Gischt sein.« Er streckte die Hand aus und strich über einen besonders breiten weißen Streifen. »Er würde Gran gefallen.«

»Wirklich?«, fragten Kim und der Steinmetz fast gleichzeitig.

»Ja, er wirkt tatsächlich wie Wasser. Sie würde das Muster mögen.«

Nolan blickte drein, als würde er die Welt nicht mehr verstehen. Da suchte jemand zu Lebzeiten seiner Großmutter einen Stein für sie aus, und dann nahm er anstelle von teurem Marmor Granit.

»Wenn es unbedingt die Farbe sein soll, kann ich dir auch grünen Marmor bestellen. Oder blauen, was hältst du davon?« Offenbar schien für Mike nur Marmor in Frage zu kommen, wenn man seinen Verstorbenen liebte.

»Granit ist in Ordnung«, entgegnete Dan. »Die Klippen Cornwalls bestehen aus Granit. Es würde passen. Und sollte Gran einen anderen Stein haben wollen, können wir ihr immer noch Marmor bestellen.«

Mike schnaufte, aber er nahm die Entscheidung ohne weitere Diskussion hin.

Während er in der Werkstatt verschwand, um ein Formular zu holen, zückte Dan sein Smartphone.

»Du machst ein Foto von dem Stein?«, wunderte sich Kim.

»Für Gran. Sie möchte ihn sehen. Und ich möchte sichergehen, dass er ihr gefällt.«

»Du willst ihr ihren eigenen Stein zeigen?« Wieder überlief es Kim eiskalt, doch diesmal nicht, weil sie sich ihren eigenen Namen auf dem Stein vorstellte.

»Natürlich!«

»Gleich?«

Dan schüttelte den Kopf. »Nein, morgen. So viel Zeit wird ihr noch bleiben, meinst du nicht?«

»Doch, ich denke schon ...«

Ehe Kim noch etwas hinzusetzen konnte, kehrte der Steinmetz mit dem Formular zurück. Während sich die beiden Männer eine Unterlage suchten, blieb sie vor dem Stein stehen.

Die Liste war ihr trotz Dans Erklärung seltsam vorgekommen, doch sie verstand nun. Janet glaubte wohl, dass es ihm jetzt, da sie noch am Leben war, leichter fallen würde, Vorbereitungen zu treffen. So konnte er sich schon mit dem Gedanken auseinandersetzen – und vielleicht hielt er es auch besser aus, indem er etwas tat, anstatt untätig dazusitzen und zu warten, dass sie starb.

Nach einer Weile kehrte Dan zu ihr zurück.

»So, das hätten wir«, sagte er. »Der gute Mike wird es mir wohl ewig übelnehmen, dass ich seinen italienischen Marmor ausgeschlagen habe, aber damit wird er leben müssen.«

»Ich bin sicher, dass sich bald schon Kunden für seine Marmorsteine finden«, entgegnete Kim und wandte sich ihm zu. »Dieser hier ist genau richtig für Janet, er zeigt, was sie liebt, und auch wenn es kein Granit aus Cornwall ist, besteht doch eine Verbindung zur Heimat. Außerdem sieht die Goldschrift auf diesem Untergrund sicher viel besser aus.«

Ein klammes Gefühl legte sich über Kim, während sie sprach. Dan schien das zu bemerken, denn er griff nach ihrer Hand.

»Danke für das hier.«

Kim schüttelte den Kopf. »Ach, das ist doch nichts …«

»Doch, das ist sehr viel. Ich bin froh, dass du dabei bist. Und mittlerweile bin ich auch sehr froh, dass du hier aufgetaucht bist.«

»Du meinst, dass deine Gran mich gerettet hat.«

»Das auch. Das, was gerade passiert, wäre auch passiert, wenn du nicht da wärst. Und ich wüsste nicht, ob ich das allein durchstehen würde.«

»Das würdest du, ganz sicher. Aber zu zweit lässt es sich besser aushalten, nicht wahr?«

Dan nickte und sah sie dann eine ganze Weile an. Kim erkannte die Spuren der vergangenen Nächte auf seinem Gesicht. Wahrscheinlich schlief er schlecht, und wenn er schlief, dann verfolgten ihn die Gedanken sicher bis in seine Träume. Seine Gesichtshaut wirkte fahl und seine Augen glanzlos. Wahrscheinlich würden sich seine Matrosenkollegen erschrecken, wenn sie ihn so sahen.

»Weißt du was?«, fragte er, und auf einmal schien wieder Leben in ihn zu kommen.

»Nein, was?«, fragte Kim verwundert. Auch ihr steckte der Besuch beim Steinmetz noch in den Knochen.

»Ich würde dir gern mal meinen Lieblingsplatz an der Küste zeigen. Hast du Lust?«

»Du meinst jetzt?«

»Ja!«

»Aber es wird bald dunkel werden! Oder ist dein Lieblingsplatz ein Pub?«

»Nein, es ist kein Pub. Pure Natur! Ich habe ihn entdeckt, als ich mit Gran spazieren war. Ich ... ich weiß nicht, ich hab gerade Lust drauf, dort zu sitzen. Was meinst du?«

Kim hatte sich nachts an der See noch nie wohl gefühlt. Jake hatte sie zuweilen zu einem nächtlichen Strandspaziergang mitgenommen, aber sie war stets froh gewesen, wenn sie wieder im Hotelzimmer waren. Das Meer in der Nacht wirkte auf sie wie ein in der Schwärze lauerndes Ungeheuer, das nur darauf wartete, dass man einen falschen Schritt machte. Schon beim Gedanken, sich dem Wasser in vollkommener Dunkelheit zu nähern, geriet sie in Panik.

Doch Dan sah so aus, als bräuchte er seinen Lieblingsort jetzt, also nickte sie.

»Okay, fahren wir zu deinem Lieblingsplatz.«

»Wir nehmen unterwegs ein paar Sachen mit, mit denen wir ein Feuer entzünden können«, entgegnete er, und jetzt leuchteten seine Augen wieder und sein Körper straffte sich.

»Gute Idee«, entgegnete Kim. Mit einem Feuer konnten sie das schwarze Ungeheuer vielleicht daran hindern, ihnen zu nahe zu kommen.

Mit einem geräuschvollen Knacken brachen zwei Holzscheite in sich zusammen und ein Funkenwirbel stob auf. Einen Moment lang hielten sich die glühenden Punkte in der Luft, dann vergingen sie und wurden hinaus aufs Meer geweht.

»Es ist schön hier«, stellte Kim fest, während sie dem

Schwappen der Wellen lauschte, die sich an den Steinen brachen. Dans Lieblingsplatz befand sich nur wenige Meilen von Land's End entfernt. Es handelte sich um eine kleine Bucht, die von den Touristen offenbar noch nicht ausgemacht worden war. Zu erreichen war sie über einen schmalen Pfad, der neben den Klippen in die Tiefe führte. Von oben sah es aus, als würde man direkt ins Meer fallen. Dan hatte sie beruhigt, dass dies nicht der Fall sein würde. Und tatsächlich hatte der Pfad nicht ins Meer geführt, sondern zu der Bucht und einer kleinen Höhle, deren Wände vollkommen mit Muscheln besetzt waren.

»Hast du keine Angst, dass wir hier drinnen ertrinken?«, hatte Kim gefragt, doch Dan hatte abgewunken.

»Die Flut kommt erst gegen Morgen. Da sind wir längst weg.«

Und jetzt erschien Kim dieser Ort wie ein Platz im Märchenland. Das Meer war schwarz und rauschte unheilvoll, aber vielleicht lag es an Dans Anwesenheit, dass sie keine Angst davor hatte.

»Es ist wunderschön hier …«

»Ja«, erwiderte Dan. »Du verstehst jetzt sicher, warum ich hierher wollte.«

Kim nickte. »Hier scheint es, als könnten einen die Sorgen nicht erreichen.«

»Genau. Hier scheint alles fern zu sein, und für einen Moment muss man an nichts denken.«

Kim beobachtete, wie Dans Hand zu seiner Hosentasche zuckte, in der er sein Handy aufbewahrte. Einen Moment lang glaubte sie, dass es gesummt hätte, doch vielleicht täuschte sie sich. Und wenn nicht, wollte Dan die Nachricht wohl nicht lesen.

»Wusstest du eigentlich, dass Undine untreuen Männern Unglück bringt?«, fragte er in die Dunkelheit.

Seine Worte trafen Kim wie ein kleiner Stromschlag, den man sich manchmal zuzog, wenn man bei eiskaltem Wetter einen Wollpullover über den Kopf zog.

»Ich habe in den letzten Tagen viel nachgedacht«, fuhr Dan fort. »Auch darüber, wie dieser Jake dich genannt hat.«

»Undine.«

Dan nickte. »Habe ich im Internet gefunden. Undine bringt untreuen Männern den Tod, steht da. Sie ist nicht nur das Meerwesen, das unbedingt eine Seele haben will und diese durch die Heirat mit einem Menschen erhält. Sie straft auch Männer, die ihr Versprechen brechen.«

Kim starrte Dan erschrocken an. Davon hatte sie nichts gewusst. Und wenn sie näher darüber nachdachte ... Sie hatte Jake doch niemals den Tod bringen wollen!

Kim fragte sich, ob Jake davon gewusst hatte ... Wahrscheinlich nicht. Wahrscheinlich war dieser Name nichts weiter als Süßholz gewesen, das er geraspelt hatte, bis er Susan traf.

»Ich habe ihm nie den Tod bringen wollen.«

»Weiß ich«, gab Dan zurück. »Einen ziemlich blöden Kosenamen hat er dir da verpasst.« Er sah ihr tief in die Augen, als suchte er darin etwas. »Wenn du mich fragst, war es eine gute Idee, nicht zu springen«, sagte er dann. »Er wäre es nicht wert gewesen. Kein Mann ist das.«

Noch vor etwas mehr als einer Woche hätte Kim widersprochen – doch zu dem Zeitpunkt hatte sie ja auch noch nicht Janet und Dan gekannt.

Dan legte den Arm um ihre Schultern. Kim versteifte sich zunächst ein wenig, doch dann spürte sie seine Wärme durch den Stoff und entspannte sich wieder. Nach Jakes Tod hatte sie die Nähe jedes Menschen vehement abgewehrt. Sie hatte es nicht mal geduldet, von ihrer Mutter oder Großmutter umarmt zu werden. Von ihrer Freundin auch nicht und von ihren Kolleginnen erst recht nicht. Sie war sich wie in einen Kokon gewickelt vorgekommen und hatte sich nicht vorstellen können, jemals wieder die Wärme eines anderen Menschen zu spüren. Und jetzt legte Dan den Arm um sie, sie roch das Rasierwasser auf seiner Haut und spürte seine Wärme. Eine Wärme, die durch ihre Haut bis zu den Knochen vordrang und schließlich auch ihre Seele erreichte.

So hätte sie stundenlang sitzen können, ohne etwas zu sagen.

Und dann sagte sie doch etwas. »Was meinst du, gibt es in Port Isaac dieses Anwesen eigentlich noch?«

»Welches Anwesen?«, wunderte sich Dan, entließ sie aber nicht aus seiner Nähe.

»Das von diesem Kaufmann aus dem Tagebuch. Clemo Gryffyn ist sein Name.«

»Den Namen höre ich zum ersten Mal, aber ich hab es auch nicht so mit Geschichte. Was ist denn mit ihm? Abgesehen davon, dass er einen rein kornischen Namen hat, was in der Gegend mittlerweile sehr selten ist.«

»Die Frau aus dem Tagebuch war seine Ehefrau. Und in seinem Haus soll es einen Geheimgang gegeben haben, durch den man bei den Klippen wieder rauskam.«

»Das ist gut möglich«, entgegnete Dan. »Viele Schmuggler und Strandpiraten hatten Geheimgänge, in denen sie ihre Fundsachen aufbewahrten. War dieser Clemo auch ein Schmuggler?«

»Möglicherweise, jedenfalls wird angedeutet, dass seine Geschäfte nicht alle mit rechten Dingen zugingen. Und sein Haus hat einen Geheimgang. Ich würde zu gern mal nachprüfen, ob es ihn noch immer gibt. Es ist schon verrückt, dass ihr dieses Buch in eurer Familie weitergebt, wo ihr offensichtlich nichts damit zu tun habt. Ich nehme an, es war irgendwann mal Strandgut und einer eurer Vorfahren hat es gefunden.«

»Dann meinst du, wir waren auch mal Strandpiraten?«

»Warum nicht? Jedenfalls so lange, bis ihr ehrbar und Leuchtturmwärter wurdet. Wenn man Leandra glauben kann, sind Leuchtturmwärter mit ihrem Licht die natürlichen Feinde der Strandräuber.«

»Oder ihre Komplizen, wer weiß das schon.« Als Dan sie anlächelte, war es, als würden seine Sorgen nicht existieren. »Auf jeden Fall ist es jetzt ein bisschen spät, um nach Port Isaac zu fahren, aber wie wäre es mit morgen?«

»Morgen? Da bin ich wieder in der Klinik.«

»Ich werde mit Gran sprechen, damit sie dich ein wenig früher gehen lässt.«

»Aber wir haben eine Abmachung.«

»Ja, du hast dich bereit erklärt, ihr aus dem Buch vorzulesen, während sich ihr Enkel bereits jetzt fühlen muss, als wäre sie gestorben.« Dan merkte selbst, wie scharf diese Worte klangen. Er senkte bedrückt den Kopf. »Tut mir leid. Ich ... Es ist nur so, ich brauche eine Pause von alldem.« Er griff nach Kims Hand. »Lass uns morgen dieses Kaufmannshaus suchen. Bitte. Du würdest mir damit einen großen Gefallen tun.«

Und wieder waren ihre Gesichter so dicht beieinander, dass für einen Kuss nur eine leichte Bewegung genügt hätte.

»Okay«, sagte Kim. »Sie wird es sicher verstehen. Außerdem fahre ich ja trotzdem zu ihr. Und du kannst mich vielleicht abholen?«

»Das mache ich.« Er sah sie an, und dann beugte er sich ein wenig vor.

Ihre Lippen trafen sich, und auf einmal kam es Kim so vor, als würde sie in warmes Wasser tauchen. Allerdings ohne Furcht.

Für Küsse galt dasselbe wie für Umarmungen – noch vor einigen Wochen hätte sie vor solch einer Berührung zurückgeschreckt, doch jetzt … Sie hatte Jake geliebt und geglaubt, ihm immer treu sein zu müssen. Doch Jake war ihr selbst untreu geworden. Und er war tot, verschlungen von dem Ozean vor ihnen.

Und der Mann neben ihr war warm und sanft und fühlte sich gut an, und so ließ sie sich auf den Kuss ein, öffnete ihren Mund leicht und einladend und schmeckte ihn dann, ohne auch nur einen Moment lang an Jake zu denken.

»Was war das?«, fragte sie in gespielter Verwunderung, als er sich wieder zurückzog.

»Keine Ahnung«, entgegnete er. »Vielleicht sollten wir es noch mal versuchen.«

Wieder küssten sie sich, jetzt länger und inniger. Ein warmer Schauer durchzog Kim. Schon lange hatte sie nicht mehr so intensiv gespürt, dass sie lebte.

In der Nacht saß sie auf ihrem Bett und starrte aus dem Fenster. Die Möwe war nicht wiedergekommen, Kim zweifelte mittlerweile daran, dass es sie wirklich gegeben hatte. Vielleicht war sie nur ein Produkt ihres Whisky-Rausches gewesen. Doch das, was sie spürte, war real.

Um diese Zeit hatte sie bis zum Vortag den Gedanken an Jake nachgehangen – doch die waren verschwunden. Alles, was sie je mit ihm erlebt hatte, erschien ihr auf einmal weit weg.

Sie wusste nicht, wie sie zu Dan stand, ein Kuss, zwei Küsse machten noch lange keine Verliebtheit aus. Doch etwas hatte sich mit den Küssen verändert. Es war, als hätte Dan mit ihnen alles aus ihr herausgesogen, was mit Jake zusammenhing. Die Trauer, die Enttäuschung, den Wunsch, zu sterben.

Wenn sie in sich hineinhorchte, fand sie eine Ruhe, wie sie sie lange nicht mehr erlebt hatte. Ihre Gedanken waren klar. Sie dachte an nichts Besonderes und konzentrierte sich nur auf ihre Wahrnehmungen. Die Wolken, die vor dem Mond entlangwanderten, das Heulen des Windes, das ferne Rauschen des Meeres. Und schließlich rollte sie sich auf dem Bett zusammen. Zum ersten Mal seit langem fühlte sie sich glücklich.

21. Kapitel

»Hallo, Janet«, sagte Kim, während sie das Zimmer betrat. Dans Blumenstrauß stand mittlerweile auf dem Tischchen neben ihr, eine Zeitschrift lag dort, die wohl eine der Schwestern gebracht hatte.

»Hallo, Kim«, antwortete Janet ein wenig abwesend.

Kim bemerkte, dass sie eine Blutdruckmanschette um den Arm hatte. Ein leises Summen ertönte.

»Was ist das?«, fragte Kim, während sie den Stuhl, auf dem sie immer saß, heranzog, ihre Jacke über die Lehne hängte und sich hinsetzte.

»Langzeitblutdruckmessung«, antwortete Janet. Die Worte schienen ihr schwerer als sonst über die Lippen zu kommen. »Der Doc hat mich heute gründlich in die Mangel genommen und meinte, das sei nötig.« Sie schnaufte spöttisch. »Manchmal wünsche ich mir, ich könnte hier raus. Sterben kann ich auch zu Hause, meinst du nicht?«

Die Direktheit ihrer Worte schnürte Kim die Kehle zu. Zu gern hätte sie etwas anderes behauptet, aber das wäre eine fette Lüge gewesen. Und es stimmte. Was brachte die Medizin, wenn sie sie nicht am Leben halten konnte? Zu Hause hätte Janet wenigstens das Meer.

»Da haben Sie wohl recht, aber …« Kim wollte kein Argument einfallen, das dagegen sprach. Da die Ärzte sich entschieden hatten, in ihrem Fall nichts mehr zu unternehmen, war es eigentlich nicht nötig, dass sie hier war. Doch sie verstand auch, wenn Dan die Pflege seiner Gran nicht auf sich nehmen wollte. Janet war offenbar wieder etwas schwächer geworden, schon gestern hatte Kim die Bettpfanne bemerkt, die im untersten Fach des Nachtschranks stand.

»Wie dem auch sei, ich weiß ja, dass du das nicht entscheiden kannst. Aber glaube mir, das Meer würde ich wirklich zu gern sehen.«

»Soll ich Ihnen vielleicht eine Aufnahme mit dem Handy machen?«, schlug Kim vor, stellte aber schon im nächsten Augenblick fest, dass das eine reichlich dumme Idee war. Das Display ihres Handys war ziemlich klein, außerdem waren alle anderen Eindrücke nicht da: der Wind, der in ihren Haaren spielte, der Algengeruch, die Kühle auf ihrer Haut.

»Nein, nicht nötig, lies einfach weiter. Stell dir vor, ich habe vergangene Nacht von ihr geträumt.«

»Von Leandra?«

»Ja, ich habe sie am Strand entlanglaufen sehen, ganz in Weiß, wie eine Braut. Sie hat mir zugelächelt und die Hand nach mir ausgestreckt. Ich wäre ihr so gern gefolgt, doch leider ist sie verschwunden, als hier das Licht anging. Es ist doch wirklich barbarisch, dass sie einen im Krankenhaus so früh aus den Federn werfen.«

Ein Schauer überlief Kim. Sicher, da Janet außer den Vorlesestunden nicht mehr viel erlebte, war es klar, dass ihr Verstand ihr des Nachts die Bilder zeigte, die etwas mit dem Tagebuch zu tun hatten. Dennoch kam es ihr so vor, als hätte Leandra vorgehabt, Janet ins Totenreich zu holen. Ihre Großmutter hatte mal erzählt, dass es bei ihrem Mann auch so war. Einen Tag, bevor er starb, hatte er ihr erzählt, dass seine verstorbene Schwester bei ihm aufgetaucht wäre und von ihm gefordert hätte, mitzukommen. Er hatte versucht, ihr zu widerstehen, doch letztlich war er dem Ruf in der Nacht darauf gefolgt. Ihre Großmutter hatte diese Geschichte nicht häufig erzählt, doch sie war Kim im Gedächtnis geblieben. Und wenn sie sich an die Träume, die sie von Jake hatte, erinnerte ... Nein, er hatte nie versucht, sie mitzunehmen. Im Gegenteil, er hatte immer versucht, sie zu retten. Auch in dem Traum vom untergehenden Flugzeug. Offenbar hatte sie wirklich noch nicht sterben sollen.

»Ja, das ist wirklich nicht nett«, sagte Kim mit zitternder Stimme, dann schlug sie das Buch auf. »Wo soll ich weitermachen?«

»Blättere bis Mitte Mai vor, da wird es wieder interessant.«

Kim nickte und blätterte um.

13. Mai 1813

Letzte Nacht habe ich wieder von Vater geträumt. Er erschien mir und fragte mich nach meinem Befinden, doch so, wie ich ihm im wirklichen Leben nicht hätte antworten können, brachte ich auch in meinem Traum kein Wort heraus, obwohl ich es verzweifelt wollte. Ich wollte ihm von Clemo und seiner

Schwester erzählen, davon, dass er die falsche Wahl getroffen hatte und dass ich nun in diesem Haus gefangen war, weil mein Erbe in Clemos Krallen gelandet war.

Ich wollte ihm aber auch erzählen, dass es Hoffnung gibt: Christian, mit dem ich mich jeden Donnerstag an der Geheimtür treffe. Bislang hat er noch nicht einen Termin versäumt und ich ebenso wenig. Selbst als ich eine Erkältung hatte, bin ich zu ihm runtergegangen, allein schon deshalb, weil er mich dann in seine Arme schloss und warm hielt. Ihm kann ich alles erzählen – nun ja, fast alles. Über das Verhältnis Clemos zu seiner Schwester schweige ich nach wie vor. Das Einzige, worüber ich mich sehr häufig beklage, ist Emblyn. Emblyn, die ein Talent dafür entwickelt hat, plötzlich hinter mir auftauchen wie ein Schatten. Ich habe keine Ahnung, warum sie mich so sehr im Auge behält.

Ich bin vorsichtiger denn je und nähere mich den verschlossenen Räumen nicht mehr. Das Treffen mit Christian habe ich mittlerweile geschickt geplant. Ich lasse mir von Claire den Tee recht früh servieren und gebe dann vor, mich für zwei oder drei Stunden hinzulegen, weil das meiner Gesundheit zuträglich sei. Sobald sie verschwunden ist, schleiche ich mich aus dem Raum. Das war besonders in der ersten Zeit ein schweißtreibendes Unterfangen, musste ich doch damit rechnen, erwischt zu werden, solange ich mein Zimmer vor den Mägden nicht verschließen konnte.

Bei einem seiner Aufenthalte hier im Haus bat

ich Clemo schließlich um einen Schlüssel zum Pfingstrosenzimmer. Emblyn hat ein wenig seltsam reagiert, ist sie doch die Herrin der Schlüssel, doch in diesem Fall sah Clemo wohl keinen Grund, mir meinen Wunsch zu verwehren – zumal er sich Hoffnungen machte, dass ich schwanger sei. Ich habe ihm erzählt, dass mein Blut ausgeblieben sei, und dann jeden Fetzen Stoff, den ich während der heiklen Tage benötigte, versteckt. Er händigte mir meinen Schlüssel aus, damit ich in meinem Zimmer ungestört sein könne – und kaum war er abgereist, gab ich eine Woche darauf meine blutige Unterwäsche in die Waschküche. Nicht ohne ein gewisses Triumphgefühl, denn ich hatte Emblyn überlistet und konnte jetzt ein wenig ruhiger durch den Geheimgang verschwinden, denn die Dienstmädchen konnten ihr nur berichten, dass ich abgeschlossen hätte.

Natürlich besitzt Emblyn auch einen Schlüssel zu meinem Zimmer, sie kann jederzeit aufschließen, wenn ihr danach ist. Doch wie die Zeit gezeigt hat, lässt sie sich nur selten bei mir blicken.

Auch an diesem Donnerstag warte ich ab, bis Claire mir den Tee gebracht hat – ich habe sie wohlweislich nicht eingeweiht, obwohl sie doch nach wie vor meine Vertraute in diesem Haus ist, denn so kann sie nicht dazu gezwungen werden, etwas zu verraten, das mir schadet.

Als sie das Zimmer verlassen will, sage ich ihr, dass ich mich ein wenig hinlegen möchte.

Diesmal geht sie nicht, sondern bleibt stehen und sieht mich besorgt an.

»Fühlen Sie sich nicht wohl, Madam?«, fragt sie.

Ich nicke und sehe sie verwundert an. Warum?, forme ich stumm mit den Lippen. Mittlerweile hat sie gelernt, kleine Worte von meinem Mund abzulesen.

»Nun ja, Sie verlangen schon seit einiger Zeit keine Geschichten mehr. Und seit einiger Zeit legen Sie sich nachmittags hin.« Sie senkt verlegen den Kopf. »Unten erzählt man sich, dass Sie nicht schwanger werden können. Die Herrin …«

Die Herrin. Natürlich meint sie nicht mich damit. Ich bin irgendwas dazwischen, halb Herrin durch meine Heirat und halb Magd durch das, was von mir erwartet wird. Eine schlechte Magd, die die Wünsche ihres Herrn nicht erfüllen kann.

Was?, frage ich stumm. Der Ärger wütet in mir. Was erzählt Emblyn den Angestellten? Warum redet sie überhaupt mit ihnen? Eigentlich müsste sie doch vollkommen zufrieden sein, dass ich nicht schwanger von ihrem Bruder werde. So hat sie mehr von ihm für sich.

»Die Herrin glaubt, Sie wären krank. Nur deshalb werden Sie nicht schwanger.«

Ich presse meine Lippen aufeinander und balle meine Hände zu Fäusten. Claire gebe ich mit einem wütenden Kopfschütteln zu verstehen, dass ich nicht krank bin. Auf sie bin ich nicht wütend, wohl aber auf Emblyn. Diese Familie muss einen Erben ja dringend nötig haben. Und das Schlimmste ist, dass es tatsächlich an mir liegen könnte. Ob die Angestellten von dem Inzest wissen? Wer von ihnen ist lange genug in ihren Diensten? Sicher nicht Claire. Branok vielleicht, aber der ist seinem Herrn treu ergeben. Aisleen? Möglicherweise. Die anderen Dienstmädchen sind noch recht jung, auf mich wirken sie eher wie Schatten als wirkliche Menschen. Bislang habe ich mit ihnen nur wenig zu tun gehabt.

Die Unruhe wütet während des Wegs durch den Geheimgang in mir. Seit ich weiß, dass Christian unten auf mich wartet, habe ich mich mit dem Leben im Haus arrangiert, aber vielleicht ist es doch besser, wenn ich das Weite suche. Geld besitze ich selbst nicht, aber wenn ich den Schmuck versetze, den mir meine Mutter hinterlassen hat und den ich sorgsam zwischen meinen Kleidern versteckt halte, bekomme ich sicher genug Geld, um eine Fahrt nach Manchester zu bezahlen. Eine Fahrt über das Festland – selbst wenn ich mir bis zur nächstgrößeren Stadt die Füße blutig laufen müsste!

Ich werde mich mit Christian beraten.

Endlich unten angekommen, stelle ich die Lampe ab und gehe zur Tür. Mittlerweile finde ich sie blind, und ebenso blind entriegele ich sie.

Wieder blendet mich das Licht, doch ich weiß, dass hinter der Helligkeit Christian auf mich wartet. Wahrscheinlich lehnt er neben dem Felsen und beobachtet mich lächelnd dabei, wie ich versuche, wieder richtig zu sehen.

Aber als ich mich zur Seite wende, ist er nicht da. Wo bleibt er? Hat er mich vergessen? Oder ist etwas passiert? Ich muss wieder daran denken, wie schnell der Tod nach meinem Vater gegriffen hat. Doch da erscheint er schon.

»Verzeih, dass ich mich verspäte«, sagt Christian und greift in seine Hosentasche. »Ich habe dir etwas mitgebracht.«

Er reicht mir einen Stein. Jedenfalls halte ich es im ersten Moment für einen Stein. Dann betrachte ich ihn näher. Jemand hat ihn zu einer kunstvollen Schnecke geschnitten, so schön, wie ich es noch nie zuvor gesehen habe. Es muss ein begnadeter Bildhauer gewesen sein.

Woher hast du das? Ich bewege meine Lippen langsam, damit er mich verstehen kann.

»Gefällt er dir?«

Ich nicke.

»Ich habe ihn am Strand gefunden.«

Ungläubig schüttele ich den Kopf. Niemand lässt so ein vollkommenes Schmuckstück am Strand liegen! Sicher hat er ihn irgendeinem Händler in der Stadt abgekauft.

»Du kannst mir glauben«, sagt er. »Es ist ein Petrefakt. Hast du noch nie davon gehört?«

Ich schüttle den Kopf und betrachte die Schnecke in meiner Hand. Wie wunderschön sie ist!

»Petrefakten sind versteinerte Tiere. Hierbei handelt es sich wohl um eine besondere Wasserschnecke, die mittlerweile ausgestorben ist. Jedenfalls habe ich noch nicht gesehen, dass Fischer so etwas in ihrem Beifang hatten.«

Während ich den Stein in der Hand behalte, ziehe ich meinen Zettel und meinen Bleistift hervor.

Hast du schon öfter solche Petrefakten gesehen?, schreibe ich auf. *Und wo hast du dieses gefunden? Es sieht aus, als wäre es von Künstlerhand gemacht.*

Christian liest und lächelt. »Ich habe schon andere Petrefakten gesehen«, antwortet er dann. »Walzähne. Pflanzen. Seltsame Meerestiere. Irgendwann einmal hatte ich vor, sie zu erforschen. Aber meine Eltern hatten kein Geld für ein Studium, und so bin ich Leuchtturmwärter geworden.«

Er legt seine Hände auf die meine. »Außerdem kann kein Künstler, und sei er noch so gut, etwas so Vollkommenes nachbilden.«

Als er mich ansieht, glaube ich einen Moment lang, dass er mich meint und nicht den Stein, der sich in meiner Hand langsam erwärmt.

Wir reiten wieder zu einem kleinen Felsvorsprung, unter dem wir geschützt sind, und sitzen dort, bis die Sonne einen bestimmten Punkt erreicht hat. Christian hat zwar eine Uhr, eine etwas abgewetzte Taschenuhr, die früher einmal seinem Großvater gehört hat, doch er schaut nur selten drauf. Er verlässt sich voll und ganz auf die Sonne. Meist schmiege ich mich an ihn, das fällt mir sehr leicht, denn seine Wärme erfüllt meinen gesamten Körper, und wenn ich dann wieder oben bin, kommt es mir so vor, als wäre er immer noch bei mir.

»Du wirkst traurig«, höre ich ihn in mein Haar sagen. »Gibt es etwas, das dich bedrückt?«

Wenn er nur wüsste! Es gibt so vieles! Nicht Herrin des eigenen Hauses zu sein. Zu wissen, dass es zwischen Emblyn und Clemo ein sündiges Verhältnis gab und vielleicht noch gibt. Vom eigenen Vater enterbt worden zu sein. In einem Haus zu leben, in dem ich nur die Pflicht habe, ein Kind zu bekommen. Aus diesem Haus verbannt zu werden, wenn ich nicht schwanger werde.

Clemo will, dass ich schwanger werde, schreibe ich nieder, während ich mich an ihn schmiege. *Er will es um jeden Preis, doch es klappt nicht. So oft er auch bei mir ist, sein Same geht nicht in mir auf.*

Ich beobachte, wie sich Christians Gesicht verhärtet. So ist es immer, wenn das Gespräch auf Clemo kommt. Ich weiß, dass er eifersüchtig ist, und wie gern würde ich ihm sagen, dass es keinen Grund gibt. Dass der einzige Mann, für den ich Gefühle hege, gerade neben mir sitzt und den Arm um mich geschlungen hat. Aber ist das nicht Sünde?

Allerdings, ist Clemo nicht der größere Sünder? Was würde Christian dazu sagen, dass mein Gatte vor etlichen Jahren seine eigene Schwester geschwängert hat?

»Meinst du, dass es an dir liegt?«, fragt er und zieht mich noch ein wenig dichter zu sich heran.

Ich zucke mit den Schultern. Dann schaue ich ihn an. Und wenn es so ist? Wenn ich keine Kinder bekommen kann? Wenn der Sturz auch meine Gebärmutter zerstört hat?

Dann würde ich auch nicht schwanger werden, wenn wir …

Christian sieht mich lange an. Ich weiß, dass er mich begehrt, auch auf diese Weise. Bisher ist nichts passiert, nicht mal geküsst haben wir uns. Alles, was wir uns erlauben, sind Blicke und Berührungen, alles sehr züchtig und dennoch genug, um mich für eine Woche wieder alles ertragen zu lassen, was in dem Haus vorfällt.

Und was, wenn Clemos Same nur wegen seiner sündigen Vergangenheit nicht in mir aufgeht? Wenn er sich eine Krankheit zugezogen hat, die seinen Samen verdorben hat? In Manchester kursierten so manche Geschichten, dass ein Mann nach einem Fieber keine Kinder mehr zeugen konnte.

Ich blicke Christian in die Augen und bin froh, dass er meine Gedanken nicht lesen kann. Was, wenn ich mich ihm hingebe? Wenn er mir das Kind macht, nach dem sich Clemo so sehnt? Es würde nicht richtig sein, aber es würde mir Zeit geben. Zeit, um bei Christian zu bleiben.

Christian erwidert meinen Blick noch einen Moment lang, dann zieht er mich an sich. Mein Herz pocht, der Gedanke, Ehebruch zu begehen, beunruhigt mich, doch hat Clemo nicht eine weitaus größere Sünde begangen? Darf ich Christian um ein Kind bitten? Und sei es, um zu wissen, ob in mir wirklich etwas entzweigegangen ist?

Er scheint meine Gedanken doch lesen zu können, denn im nächsten Augenblick beugt er sich über mich und küsst mich. Dieser Kuss durchströmt mich wie ein Feuer, nie gekannte Empfindungen rasen durch meinen Körper. Dieser Kuss ist ganz anders als jene, die Clemo rau auf meinen Mund drückt. Unsere Lippen scheinen zu verschmelzen, und als seine Zunge ihren Weg in meinen Mund sucht, lasse ich sie bereitwillig ein.

Doch dann weicht er zurück. Habe ich etwas falsch gemacht?

»Das ist Wahnsinn«, sagt er und reibt sich über das Gesicht. Seine Erregung kann er damit aber nicht abwischen. »Wir können deine Ehe nicht brechen!«

Warum nicht?, hätte ich ihn gern gefragt. Meine Ehe ist keine Ehe. Ich soll Kinder bekommen – und schweigsam alles ertragen, was man mir antut. Das ist nicht das Leben, das ich will.

Meine Hände zittern, als ich nach dem Bleistift greife.

Ich möchte ein Kind, schreibe ich auf den Zettel. *Ich möchte dein Kind.*

»Und wenn du keine Kinder bekommen kannst?«

Dann wird es auch keinen Beweis meiner Sünde geben, schreibe ich und füge dann noch hinzu: *Clemo wird mich aus dem Haus schaffen, wenn ich nicht schwanger werde. Ich habe ihn und seine Schwester belauscht. Sie geben mir ein Jahr, danach werde ich gehen müssen.*

Christian presst die Lippen aufeinander. Ich kenne diesen Ausdruck gut, es ist ein Zeichen unterdrückter Wut. Nicht auf mich, sondern auf Clemo. Zuletzt hat Christian so dreingeschaut, als ich ihm davon erzählt habe, dass mein Vater mein Erbe meinem Gatten vermacht hat.

»So ein verdammter Mistkerl«, knurrt er. Ich spüre, wie seine Muskeln sich spannen. »Offenbar hat seine Sippe Angst, ihren Reichtum zu verlieren.«

Es gibt nur noch Emblyn und ihn, schreibe ich auf den Zettel.

»Ja, und vielleicht ist es gut, wenn diese Familie mit ihnen ausstirbt.«

Seine Augen blicken finster.

»Und dann willst du ihm ein Kind schenken? Mein Kind?«

Christian schüttelt den Kopf und löst sich von mir.

»Ich kann das nicht«, entgegnet er, dann stemmt er die Hände in die Seiten.

Das Schrillen des Alarms riss Kim aus dem Vorlesen. Sie hatte nicht mitbekommen, dass sich bei Janet etwas verändert hatte, doch nun sah sie, dass ihr Kopf zur Seite gekippt war und ihre Augen halb offen standen, ohne dass sie sich rührte.

»Janet?«, fragte sie panisch und sprang auf. Das Buch fiel zu Boden, doch darum kümmerte sie sich nicht. Sie rüttelte an der alten Frau, tätschelte ihre Wangen. War sie …

Im nächsten Augenblick stürmten zwei Schwestern herein.

»Was ist passiert?«, fragte eine von ihnen, während sich die andere über Janet beugte und rief: »Kate, hol Dr. Miller!«

Kaum hatte sie das gesagt, stürmte der Arzt auch schon in das Zimmer.

»Ich habe ihr gerade etwas vorgelesen, da ging auf einmal der Alarm los«, erklärte Kim geschockt. Mechanisch bückte sie sich nach dem Buch und presste es gegen die Brust.

»Ich muss Sie bitten, das Zimmer zu verlassen«, sagte der Arzt ruhig, dann rief er den Schwestern einige Anweisungen zu, von denen Kim nur »Reanimation« verstand.

Ihr Mund wurde schlagartig trocken. War es so weit? Aber der Arzt sagte doch, dass sie noch mindestens zwei Wochen hätte ...

Wenige Sekunden später fand sie sich im Gang wieder. Kate hatte sie wohl nach draußen gezogen. Noch immer hielt Kim das Buch an ihre Brust gedrückt. Als sie sich Janets Zimmer zuwandte, sah sie die rote Lampe über der Tür leuchten. Erst jetzt realisierte sie richtig, dass der Arzt wohl gerade um Janets Leben kämpfte.

Panik erfasste sie. Ich muss Dan anrufen, war das Erste, das Kim durch den Kopf schoss. Er war irgendwo in der Stadt. Er muss herkommen, sofort!

Mit zitternden Händen fischte sie nach dem Handy in ihrer Tasche. Ihr Herz raste, und das Buch rutschte ihr aus der Hand, während sie seine Nummer wählte.

Nach dreimaligem Klingeln meldete sich die Mailbox.

Kim stieß einen Fluch aus. »Dan, hier ist Kim, wenn du das hörst, komm bitte so schnell wie möglich her, es geht um deine Gran!« Was sollte sie noch sagen? Irgendwie hatte sie das Gefühl, dass sie noch etwas sagen musste, doch sie wusste nicht, was.

»Komm schnell, bitte!«, wiederholte sie. »Ich bin auf der Station.«

Damit legte sie auf und schob das Handy in die Hosentasche. Es gab einen Warnton von sich. Offenbar war es gleich entladen, möglicherweise hielt es nicht mehr so lange durch, bis jemand zurückrief. Aber sie hoffte sehr, dass Dan die Nachricht bald hörte und gleich handelte.

22. Kapitel

Dan zog die Liste aus der Tasche, faltete sie auseinander und strich dann einen weiteren Posten mit Bleistift weg. Nun war auch die Sache mit dem Sarg geklärt, etwas, das Dan lange vor sich hergeschoben hatte. Es war eine Sache, Blumen zu bestellen oder einen Stein, einem Reverend Bescheid zu sagen und ihm Janets Wunschlieder mitzuteilen. Doch der Sarg hatte so etwas Endgültiges.

Dan erinnerte sich an die Geschichten über alte Leute aus dem Dorf, die schon seit Jahren ihren Sarg auf dem Dachboden stehen hatten, für den Fall, dass er benötigt wurde. Diese Sitte war mittlerweile aus der Mode gekommen, doch Janets Wunsch war vielleicht noch ein Überbleibsel dieser Tradition.

Schon als er den Laden betreten hatte, war ihm ein Schauer über den Rücken gelaufen. Beim Gespräch mit dem sehr einfühlsamen Mitarbeiter und beim Aussuchen des Modells hatte er sich dazu gezwungen, nicht daran zu denken, dass in einem anderen Bereich des Geschäfts vielleicht genau in diesem Augenblick ein Toter für seine letzte Reise zurechtgemacht wurde.

Als er das Bestattungsinstitut wieder verlassen konnte,

kam ihm die Luft viel frischer vor als sonst – die Last auf seinen Schultern dennoch nicht leichter. Er fühlte sich, als hätte er mit dem Sargkauf das Schicksal seiner Gran besiegelt. Sicher, sie hatte es so gewollt, dennoch war ihm nicht wohl dabei.

Auf dem Weg zum Auto schaute er auf sein Telefon. Während der Besprechung hatte es gesummt, doch da hatte er nicht rangehen wollen. Er war sicher, dass es sich nur um seinen Boss handelte, der ihm Bescheid geben wollte, auf welches Schiff er nach dem Ende seiner freien Zeit gehen würde. Ohnehin freute er sich nicht gerade darauf, mit einer neuen Mannschaft in See zu stechen.

Doch sicher erwartete der Chef einen Rückruf.

Als das Display aufleuchtete, sah er Kims Nummer. Sie hatte ihm eine Nachricht auf der Mailbox hinterlassen.

Mit klopfendem Herzen rief er die Nachricht auf. War Gran verlegt worden? Gab es irgendwelche Schwierigkeiten?

Er weigerte sich, an etwas anderes zu denken.

»Dan, hier ist Kim, wenn du das hörst, komm bitte so schnell wie möglich her, es geht um deine Gran! Komm schnell, bitte! Ich bin auf der Station.«

Dan fiel beinahe das Handy aus der Hand. So panisch, wie Kim geklungen hatte, musste etwas wirklich Schlimmes passiert sein!

Die letzten Meter zu seinem Wagen rannte er, dann stieg er ein und startete den Motor. Wenig später fädelte er sich in den Verkehr ein. Um diese Uhrzeit waren die Straßen ziemlich voll, und jedes Mal, wenn er bremsen und anhalten musste, fluchte er leise vor sich hin. Seine Gedanken rasten. Er hatte wieder den Sarg vor sich und sah plötzlich

Janet darin liegen. War sie tot? War sie vielleicht in dem Augenblick gegangen, als er den Sarg ausgesucht hatte? Sein Magen krampfte sich zusammen, und kalter Schweiß brach auf seinem Körper aus. Erst als ihn ein anderer Fahrer wütend anhupte, merkte er, dass er von seiner Straßenseite abdriftete. Schnell korrigierte er und zwang sich zur Ruhe. Wenn du unterwegs stirbst, bringt das niemandem was, sagte eine kleine Stimme in seinem Hinterkopf.

Auf dem Klinikparkplatz sprang er aus dem Wagen, vergaß abzuschließen und rannte auf den Haupteingang zu. Eine Frau, die er dabei anrempelte, protestierte lautstark, aber er ignorierte es. In seinen Ohren hämmerte sein Puls.

»Lass sie noch am Leben sein, lieber Gott, lass sie noch am Leben sein«, murmelte er vor sich hin und erntete erstaunte Blicke der Leute im Fahrstuhl, dessen Türen sich vor ihm öffneten.

Als er oben ankam, sah er Kim. Zusammengesunken lehnte sie vor der Stationstür an der Wand, die Hände in ihr Gesicht vergraben und auf dem Schoß das Buch, aus dem sie seiner Großmutter vorgelesen hatte.

»Kim!«, rief er und rannte zu ihr.

Sie schaute auf. Ihre Wangen waren tränenverbrannt. Und in diesem Augenblick war er sicher, dass alles verloren war.

Kim war froh, als sie Dan sah. Zuvor war sie in Gedanken weit weg gewesen, bei Leandra und Christian, bei der Frage, ob es eine Liebesnacht zwischen ihnen geben würde oder ob er sich aufgrund der Bitte von ihr abwandte. Warum musste Janet gerade in dem Augenblick schlappmachen? Natürlich war es blöd, so etwas zu denken, wo die Ärzte gerade um ihr Leben kämpften. Aber war es denn so verkehrt, in solch einer Situation blöde Gedanken zu haben?

Mit zwei großen Schritten war Dan bei ihr, hockte sich vor sie und legte seine Hände auf ihre Schultern.

»Was ist passiert?«, fragte er.

»Deine Gran ...«, antwortete sie. »Sie ist während des Vorlesens kollabiert.«

»O mein Gott«, platzte er heraus. »Und wo ist sie?«

»Sie haben sie vor ein paar Minuten aus dem Zimmer gefahren. Der Arzt sagte, sie bringen sie auf die Intensivstation.«

»Dann lebt sie noch?«

Kim nickte. »Ja, sie lebt, aber es geht ihr wohl ziemlich schlecht. Das meinte jedenfalls die Schwester, die dachte, dass ich ihre Enkelin sei. Der Arzt hat mich wiedererkannt und sofort auf stur geschaltet.«

»Okay, der echte Enkel ist jetzt da, wir schauen mal, was sie gerade mit ihr anstellen.«

Er zog Kim auf ihre Füße und zerrte sie dann mit sich auf den Gang.

Vor der Intensivstation saßen noch drei weitere Leute. Ein alter Mann mit schütterem grauen Haar, der sich verstohlen mit einem Taschentuch die Tränen aus den Augen tupfte, und ein Mann und eine Frau, offenbar ein Ehepaar, die einander die Hände hielten.

Die Zeit, um sich zu fragen, was sie hierher verschlagen haben mochte, hatte Kim nicht, denn Dan klingelte bereits an der Stationstür. Nur wenige Augenblicke später summte der Türöffner, und eine Schwester in blauer Stationskleidung und einem Mundschutz um den Hals trat heraus.

»Ich bin der Enkel von Janet Hathington«, erklärte Dan. »Man sagte mir, dass sie hier eingeliefert wurde. Ich wollte mich erkundigen, wie es ihr geht.«

Die Schwester schien zu wissen, von wem er sprach.

»Ja, Mrs Hathington ist vorhin zu uns gebracht worden, nachdem sie einen Kreislaufzusammenbruch erlitten hatte. Die Ärzte sind noch bei ihr, es wird noch eine Weile dauern. Wir informieren Sie, wenn sich etwas ergibt.«

»Und wie geht es ihr?«, fragte Dan nervös. »Wie ist ihr Zustand?«

»Dazu kann ich Ihnen noch keine Auskunft geben. Fahren Sie am besten nach Hause und ruhen sich ein wenig aus. Wir melden uns, sobald wir etwas wissen.«

»Nach Hause fahren?«, brauste Dan auf. »Aber …«

»Bitte, Mr Hathington, ich kann Ihnen vorerst leider nicht helfen.«

Damit verschwand sie wieder hinter der Tür. Dan starrte auf das Glas, als wollte er es mit seinen Blicken schmelzen lassen.

Kim berührte seinen Arm. »Komm mit. Hier können wir nichts machen.«

Dan presste die Lippen zusammen und wandte sich um. Die Leute, die vor der Intensivstation warteten, sahen sie beide an.

Kim zog Dan mit sich in die Cafeteria. Keiner von ihnen hatte Lust auf etwas, doch Kim holte ihnen zwei Gläser Cola. Ihr Mund fühlte sich trocken an, und sie war sicher, dass es Dan ähnlich ging. Außerdem würde der Zucker in dem Getränk sie davon abhalten, zusammenzuklappen.

»Als du angerufen hast, kam es mir vor, als ob sich der Boden unter mir auftut«, begann Dan, während er etwas abwesend ein paar Wassertropfen vom Glas wischte. »Ich war gerade im Bestattungsinstitut gewesen und hatte so ein blödes Gefühl.«

»Sie ist deine Gran«, entgegnete Kim, nachdem sie einen Schluck getrunken hatte. »Es würde mich absolut nicht wundern, wenn du irgendwas gespürt hättest.«

»Vielleicht. Auf jeden Fall ... Ich dachte, es wäre schlimm, einen Grabstein auszusuchen, aber einen Sarg ... Ich hätte auf dem Weg hierher beinahe einen Unfall gebaut, weil ich sie bereits darin liegen sah.«

Kim griff nach seiner Hand. »Du weißt, dass du besser keinen Unsinn machen solltest. Wenn deine Gran wieder wach ist, würde sie sich wundern, wenn du nicht mehr kämst. Und ich will ihr nicht sagen müssen, dass du dir die Ohren abgefahren hast, also mach keinen Scheiß!«

Bei ihrer Ansage huschte ein Lächeln über Dans Gesicht.

»Ist ja nichts passiert. Und beim nächsten Mal passe ich besser auf.«

»Versprichst du mir das?«, fragte Kim.

»Versprochen!«

Als es rings um die Cafeteria bereits dunkel wurde, beschlossen Dan und Kim, dem Ratschlag der Schwester zu folgen und nach Hause zu fahren. Was immer sich in der Intensivstation abspielte, man schien keinen Grund zu sehen, sie zu benachrichtigen.

»Und wenn sie sie nun doch operieren?«, fragte Kim.

»Nein, das werden sie nicht«, entgegnete Dan mürrisch.

Auf dem Klinikparkplatz klingelte Dans Handy. Er nahm

ab, und Kim beobachtete, wie sich seine Miene entspannte, nachdem er sich gemeldet hatte.

»Ist gut«, antwortete er schließlich. »Ja, mach ich. Bis morgen.«

»Und?«, erkundigte sich Kim, nachdem er aufgelegt hatte.

»Es geht ihr wieder besser.«

Kim fiel ein Stein vom Herzen. Offenbar wollte Janet doch noch das Ende des Tagebuchs hören.

»Sie haben ihren Kreislauf stabilisiert. Allerdings dürfen wir erst morgen wieder zu ihr.«

»Okay.«

Dan atmete erleichtert durch und wischte sich übers Gesicht.

»Wir sollten fahren und dann sehen, dass wir ins Bett kommen. Dieser Tag dauert schon viel zu lange, meinst du nicht?«

»Doch, der dauert zu lange, du hast recht.« Kim fühlte sich ein wenig zittrig, jetzt, wo die Spannung aus ihrem Körper gewichen war. Sie war froh, dass sie sich schon bald wieder auf den Beifahrersitz lümmeln und aus dem Fenster schauen konnte. Viel sah man zu Nachtzeiten nicht, doch der Himmel war klar, und vielleicht leuchteten ihr ein paar Sterne.

»Unterwegs holen wir uns was zu essen, okay?«

»Okay!«

Dan zog die Autoschlüssel aus der Tasche.

Erst jetzt wurde ihm klar, dass er gar nicht erst abgeschlossen hatte. Wie leicht hätte man ihm den Wagen stehlen können, doch offenbar hatten es Diebe nicht gerade auf einen Klinikparkplatz abgesehen.

23. Kapitel

Am nächsten Morgen fanden sie sich auf der Intensivstation ein. Die Stühle davor waren leer. Dan meldete sich und schilderte sein Anliegen durch die Sprechanlage, dann ließ er sich neben Kim nieder, die das Tagebuch mitgebracht hatte.

In der Nacht hatte Kim in den Seiten geblättert, die sie auf Janets Anweisung hin überschlagen hatte, doch sie musste der alten Dame recht geben. Etwas wirklich Interessantes geschah dort nicht. Leandra reflektierte viel über sich, ihre Kindheit und ihren Vater. Die Ereignisse überschlugen sich erst später. Janet kannte das Buch genau und wusste, wo die wirklich wichtigen Passagen lagen.

»Vielleicht verlegen sie sie wieder in ihr altes Zimmer«, sagte Dan. »Ich meine, wenn es ihr wieder bessergeht.«

»Hat die Schwester denn etwas davon gesagt, dass es ihr bessergeht?«

»Ja, allerdings meinte sie damit wohl, besser als während ihres Zusammenbruchs.« Dan stützte die Ellenbogen auf die Knie und legte seinen Kopf in seine Hände. »Hoffentlich haben sie sie nicht an irgendwelche Geräte angeschlossen.«

»Das hätten sie dir gesagt«, entgegnete Kim, während sie fast schon beschwörend auf die Tür blickte. Was dauerte denn da so lange? Waren die Ärzte mit ihrer Visite noch nicht fertig? »Außerdem dürften wir sie nicht besuchen, wenn es wirklich sehr schlecht um sie stünde.«

Kaum hatte sie das gesagt, öffnete sich die Stationstür mit einem lauten Surren. Die Schwester, die sie im Türgeviert erwartete, war eine andere als gestern – obwohl man sie durch die blaue Stationskleidung und das OP-Häubchen, das sie trug, nur schwer voneinander unterscheiden konnte.

»Mr Hathington?«, fragte sie, worauf Dan wie eine Feder in die Höhe schnellte.

»Ja, der bin ich.« Er bedeutete Kim, ihm zu folgen, worauf auch sie sich erhob.

»Und wer ist die junge Dame?« Die Schwester musterte sie skeptisch.

»Meine Verlobte«, behauptete Dan, worauf die Stationsschwester nickte. »In Ordnung, kommen Sie.«

»Verlobte?«, flüsterte Kim, als die Schwester verschwunden war, um Schutzanzüge für sie zu holen.

»Was sollte ich denn sonst sagen?«, verteidigte sich Dan, während er nervös an seiner Jacke zupft. »Sie hätten dich nicht reingelassen, wenn ich etwas anderes gesagt hätte.«

»Ich hätte draußen warten können.«

»Nein!«, entgegnete er, beinahe ein wenig schroff. »Sie will dich bestimmt sehen, wenn sie wieder wach ist.«

Kim war schon versucht, ihn darauf hinzuweisen, dass sie wahrscheinlich nicht wach sein würde, doch sie verkniff es sich und drückte sich stattdessen das Buch gegen die Brust. Hätte sie vielleicht schon eher sehen können, dass es Janet schlechtging, wenn sie nicht gelesen hätte?

Kurze Zeit später war die Schwester zurück und reichte ihnen die Schutzkleidung.

»Bitte bleiben Sie nicht länger als zehn Minuten«, sagte die Schwester, während sie sich in die blauen Gazekittel hüllten. »Ihr Zustand ist ziemlich ernst.«

Dan nickte. »Wäre es möglich, Dr. Miller zu sprechen?«

»Er ist gerade auf Visite, aber wenn Sie ein wenig Geduld haben, sage ich ihm Bescheid.«

»Danke.«

Die Schwester nickte, dann fiel ihr Blick auf das alte Tagebuch, das Kim immer noch bei sich trug.

»Wollen Sie das besser im Schwesternzimmer lassen?«

Kim schüttelte den Kopf. Nie und nimmer würde sie diese Geschichte den Schwestern überlassen, damit sie sich während der Kaffeepause damit amüsierten.

»Kann ich es nicht mit reinnehmen? Vielleicht in einer Plastiktüte oder so was? Es ist etwas sehr Persönliches.«

Diese Antwort schien der Schwester nicht zu passen, doch sie sagte: »Ich schau mal, was sich machen lässt.«

Dann verschwand sie wieder.

»Du willst Gran jetzt aber nicht daraus vorlesen, oder?«, fragte Dan, während er sich die Bänder des Kittels vor der Brust zusammenzurrte. Offenbar hatte die Schwester ihn dicker eingeschätzt, als er letztlich war. Oder gab es bei diesen Kitteln vielleicht nur zwei Größen: klein und riesig?

»Warum nicht?«

»Ich glaube nicht, dass sie jetzt viel Sinn für das Buch hat.«

»Aber ich will es wenigstens dabeihaben«, beharrte Kim. »Sie hängt sehr an dieser Geschichte, und ich ...«

»Und du?«

»Ich möchte ebenfalls wissen, wie es weitergeht.«

»Was steht denn überhaupt darin?«, fragte Dan. »Wie alles andere aus der Kiste hat sie mir auch dieses Buch nie gezeigt.«

»Wie kommst du darauf, dass es aus der Kiste ist?«

»Na ja, die Dinge darin. Das Fernglas, der Ammonit, die anderen Sachen. Sieht ganz so aus, als hätte sie darin alles gesammelt, was entfernt etwas mit unserer Familie zu tun hat. Ich wette, das Buch gehört auch dazu. Und wenn es unsere Vorfahren irgendwo gefunden haben.«

»Oder wenn es die Geschichte deiner Familie ist.« War das möglich? Wenn ja, dann wollte Kim umso mehr wissen, wie es weiterging.

Die Schwester erschien mit einer Plastikhülle, die aussah, als würden sonst irgendwelche OP-Geräte darin eingeschweißt.

»Hier, das müsste gehen. Aber öffnen Sie die Tüte bitte nicht, okay?«

»Ist gut.« Kim verschloss die Hülle und klemmte sich das Buch dann unter den Arm.

Das Piepen der Überwachungsgeräte tönte ihnen entgegen, als sie das Zimmer betraten. Neben Janets Bett standen noch drei weitere im Raum, getrennt durch Vorhänge. Die Patienten wirkten alle, als würden sie schlafen, doch als Dan und Kim an Janets Bett traten, öffnete sie die Augen.

»Da seid ihr ja«, sagte sie ein wenig schleppend. »Ist schon wieder ein neuer Tag?«

Kim presste die Lippen zusammen. Dan kämpfte mit den Tränen. Es war klar, dass das Morphium sie benebelte.

»Es tut mir leid, dass ich euch einen Schrecken eingejagt habe«, sagte sie.

Dan griff nach ihrer Hand. »Schon gut, Gran, halb so schlimm.« Seine Stimme zitterte. Kim presste das Tagebuch fester an ihre Brust, als wäre es ein Rettungsanker, der sie vor der traurigen Gewissheit, dass Janet nicht mehr viel Zeit blieb, bewahrte.

»Wie geht es mit den Vorbereitungen voran?«, fragte sie dann. Das Sprechen strengte sie sichtlich an. Die Werte auf dem Monitor schnellten augenblicklich in die Höhe.

»Es wird alles gut, ich bin beinahe fertig.« Dan wirkte, als könne er sich nicht mehr lange auf den Füßen halten.

»Das ist gut«, sagte Janet, dann fielen ihr die Augen zu. Kim blickte auf den Monitor. Die Anzeige beruhigte sich. War das gut oder schlecht?

Zunächst machte es den Eindruck, als wäre Janet eingeschlafen, doch dann öffnete sie die Augen wieder.

»Ich würde so gern noch mal das Meer sehen«, sagte sie. Ihr Blick ging dabei an Dan und Kim vorbei zur Tür. »Aber die lassen mich sicher nicht hier raus, oder?«

Dan wandte sich ab. Er weinte.

»Hier im Krankenhaus kann man sich besser um Sie kümmern«, sagte Kim sanft.

»Hier im Krankenhaus warten sie nur darauf, dass ich meinen letzten Atemzug tue«, entgegnete Janet kraftlos. »Natürlich ist es zu Hause nicht anders, aber da ist das Meer. Da ist alles, was ich bisher gekannt habe. Und dort kannst du mir auch weiter aus dem Buch vorlesen. Ich fürchte, ich habe durch meine Ohnmacht was verpasst.«

Kim wusste nicht, was sie sagen sollte. Wenn sie ihre Mutter oder Großmutter wäre, wie würde sie entscheiden? Was würde ihre Familie sagen? Ihre Großmutter glaubte an die Schulmedizin, ohne sie, sagte sie immer, würden heutzutage immer noch haufenweise Babys und ihre Mütter sterben. Aber wenn es wirklich keine Hoffnung mehr gab?

»Die zehn Minuten sind leider vorbei«, ertönte die Stimme der Schwester hinter ihnen. Es war nicht dieselbe, die ihnen die Kittel gebracht hatte, sondern eine andere. Wahrscheinlich hatte sie gehört, was sich Janet gewünscht hatte.

Dan blickte wieder zu Janet. »Okay, dann ...«

»Ihr kommt wieder, ja?«, fragte Janet flehentlich. »Lasst mich nicht allein, bitte.«

»Wir kommen wieder«, versprach Kim. »Und beim nächsten Mal lese ich Ihnen wieder etwas vor.«

Trockene Blätter rieselten auf sie herab, während sie auf der Kliniktreppe saßen. Eine Viertelstunde zuvor war Dan aus dem Gespräch mit Dr. Miller gekommen, schweigsamer als davor.

Kim hatte nicht gewagt, ihn irgendwas zu fragen. Sie hatte sich einfach neben ihn gesetzt und begonnen, ebenso wie er das Leben ringsherum zu ignorieren. Patienten in Rollstühlen wurden an ihnen vorbeigeschoben, Neuankömmlinge mit Sporttaschen gingen an ihnen vorbei. Entlassene Patienten wurden abgeholt. Taxis fuhren vor, dann ein Krankenwagen. Ein ständiges Kommen und Gehen, in dem sie saßen wie Steine, die vom Meer umspült wurden.

»Hast du schon mal was komplett Verrücktes gemacht?« Dans Frage schreckte Kim aus ihren Gedanken.

»Nein ... na ja, kommt drauf an«, antwortete Kim, obwohl sich die Verrücktheiten in ihrem Leben in Grenzen gehalten hatten. Bis auf die eine Sache, von der sie mittlerweile froh war, sie nicht durchgezogen zu haben. »Wenn du meinen versuchten Klippensprung meinst ...«

»Den meine ich nicht.« Dan starrte auf seine Hände und setzte murmelnd hinzu: »Obwohl das ... wirklich ziemlich verrückt war.«

»Was meinst du dann?«, fragte Kim, denn sie wusste nicht, worauf er hinauswollte. Im Krankenhaus lag seine Großmutter, dem Tod näher als dem Leben. Es war erst knapp zwei Wochen her, dass Kim hier aufgekreuzt war. Eigentlich ging in der kommenden Woche ihr Urlaub zu Ende, der Urlaub, den sie sich genommen hatte mit dem Vorhaben, ihn nicht zu überleben. Und jetzt redete Dan irgendwas Kryptisches über etwas Verrücktes.

»Wir werden sie da rausholen«, brummte Dan.

»Wie? Wen?«, fragte Kim begriffsstutzig, dann ging ihr ein Licht auf. »Nein!«

»Warum nicht?«, fragte Dan. »Was hat sie denn noch zu verlieren? Der Arzt meinte, sie hätte bestenfalls noch achtundvierzig Stunden. Sie geben ihr Morphium, um sie schläfrig zu halten. Und Kochsalzlösung. Es geht zu Ende.« Er ballte die Faust und schlug sich damit selbst auf den Oberschenkel. »Es geht zu Ende, verdammt! Und ich kann nichts machen. Außer ihren Wunsch erfüllen.«

Kim schreckte zurück. So wütend hatte sie Dan noch nie gesehen.

Als er sich ihr zuwandte, blitzten seine Augen regelrecht.

»Versteh mich bitte, ich möchte nicht, dass das Letzte, was sie sieht, die weißen Vorhänge der Intensivstation sind! Ich möchte nicht, dass sie ganz allein ist, wenn sie stirbt. Ja, du bist beinahe den ganzen Tag bei ihr, aber meist sterben Menschen gegen Morgen, und da ist sie allein. Und nicht zu Hause.«

Kim nickte. Der altbekannte Kloß verstopfte wieder ihre

Kehle. Sie konnte ihm nicht widersprechen. Selbst sie hatte das Meer haben wollen als das Letzte, was sie sah – wenn auch aus anderen Gründen.

Sie räusperte sich, dann sagte sie: »Das wird den Ärzten nicht gefallen.«

»Dass Menschen rauchen, gefällt den Ärzten auch nicht«, gab Dan trocken zurück. »Dennoch rauchen die Menschen. Und selbst Ärzte tun das. Ich werde mit Dr. Miller sprechen. Und wenn das nichts hilft, entführen wir sie einfach.«

»Aber du weißt schon, dass wir nicht in irgendeinem Action-Film sind, oder? Was Entführungen angeht, bin ich eine schlechte Hilfe.«

Dan wandte sich ihr zu, dann lächelte er breit. »Das weißt du erst, wenn du es versucht hast.«

Eigentlich hatte sie nicht vorgehabt, allein weiterzulesen, doch während Dan sich auf die Suche nach dem Arzt machte, sah Kim keine andere Möglichkeit, sich abzulenken. Sie setzte sich ins Foyer der Klinik und schlug das Buch auf ihren Knien auf. Wie es wohl mit Leandra und Christian weiterging? Dass sich möglicherweise eine Liebesgeschichte hinter diesen Seiten verbarg, hätte sie nicht erwartet.

Janet hatte es natürlich gewusst. Möglicherweise hatte sie ihr deshalb das Buch auch übergeben – damit es sie von ihrer verlorenen Liebe heilte.

Das vermochte das Buch natürlich nicht – jedenfalls nicht allein. Wäre Dan nicht hinzugekommen, wer weiß, vielleicht wäre sie dann nicht mal im Cottage geblieben, denn zunächst hatte sie das Eindringen in das Leben einer anderen Frau abgestoßen. Doch auch dazu hatte sich ihre

Meinung geändert. Was zwei Wochen und die Begegnung mit einer Wildfremden ausmachen konnten! Und diese Fremde, die eigentlich keine Fremde mehr war, lag nun im Sterben. Die Welt, fand Kim, war ungerecht.

20. Mai 1813

Die ganze Woche über lag ein schwerer Stein auf meiner Brust. Nun ist wieder Donnerstag, und ich weiß nicht, ob ich durch den Geheimgang gehen soll. Mein Wunsch hat Christian verärgert, und ich bin nicht sicher, ob diese Verärgerung weiterhin anhält. Als wir uns das letzte Mal sahen, ist er einfach fortgegangen. Möglicherweise erscheint er gar nicht.

Ich fürchte mich davor, von ihm zurückgewiesen zu werden – doch ich würde es auch nicht ertragen, ihn nicht zu sehen. Vielleicht gibt es einen Weg, wie wir wieder zueinanderfinden können.

Kurz nachdem Claire das Zimmer verlassen hat, werfe ich mir meinen Mantel über. Das Wetter ist sonnig, doch der Wind am Meer ist kalt, und sicher wird mir noch kälter, wenn ich feststelle, dass Christian nicht da ist. Ach, in was für eine Lage hat mein Vater mich nur gebracht! Hätte ich nicht in unserem Haus bleiben können? Möglicherweise wäre er dann nicht gestorben. Und ich müsste nicht sein hart erarbeitetes Vermögen in den Händen von Clemo sehen. Mittlerweile hat er das Haus, in dem ich aufgewachsen bin, verkauft, das Geld ist in sein Geschäft geflossen. Ehrlich gesagt weiß ich immer noch nicht, was das für Geschäfte sind. Doch ich spüre seine Freude über den Fang, den er mit mir gemacht hat – und ich spüre noch deutlicher Emblyns Häme mir gegenüber. Wenn ich auch weiterhin nicht schwanger werde, würde es ihr und ihrem Bruder leichtfallen, mich loszuwerden. Sie könnten mich einfach aus der Stadt treiben – oder mich umbringen. Niemand würde es erfahren. Alle würden sich nur die Geschichte einer Frau erzählen, die bei Nacht und Nebel und vollkommen mittellos das Weite gesucht hat.

»Wo willst du denn hin?«, fragt mich eine Stimme, kaum dass ich mein Zimmer verlassen und den Schlüssel im Schloss herumgedreht habe.

Emblyn zu sehen, verstört mich. Sie kam doch um diese Zeit niemals her! Hat sie Verdacht geschöpft? Oder hat Christian … Nein, das glaube ich nicht. Auch wenn ihn mein Wunsch erschreckt oder abgestoßen hat, verraten würde er mich nie.

Hat sie vielleicht eine neue Hiobsbotschaft für mich? Da ich keine weiteren Verwandten habe, kann es keine Todesmeldung sein.

Ich möchte nur ein wenig über den Hof spazieren, ich habe das Gefühl, dass ich frische Luft brauche, schreibe ich auf einen Zettel und reiche ihn ihr.

Emblyn nickt und lässt mich gehen, ohne weitere Fragen zu stellen.

Hin und wieder schlendere ich über den Hof. Mittlerweile bin ich mit dem Anwesen besser vertraut als jeder andere hier. Ich glaube, nicht mal Branok kennt alle Ecken. Wenn ich nur etwas mutiger wäre, würde ich es sicher schaffen, mich durch die kleine Lücke neben der Steinmauer zu verdrücken – doch von dort aus würde ich nur in die Stadt kommen, wo es nichts gibt außer Leuten, die über mich reden oder einfach weitertratschen, was Emblyn ihnen erzählt. Ich habe nichts, wohin es sich in der Stadt zu gehen lohnt, alles, was mich interessiert, liegt jenseits des Geheimganges.

Natürlich bleibe ich nicht auf dem Hof. Nach einer kurzen Runde kehre ich zurück und stelle fest, dass Emblyn verschwunden ist – wahrscheinlich in ihre eigenen Räume. Dem Gang zur Geheimtür steht nichts im Wege.

Mein Herz rast, als ich hinuntersteige. Wird er da sein?

Das Rauschen der Wellen dröhnt in meinen Ohren.

Ich laufe am Strand entlang, so schnell ich kann, und erklimme dann beinahe atemlos den Weg zum Leuchtturm.

Oben ist alles still. Natürlich tobt hier oben selten das Leben, doch ich habe das Gefühl, dass hier keine Menschenseele ist.

»Leandra?«

Christians fragende Stimme lässt mich herumwirbeln. Seine Gestalt verschwindet beinahe unter seinem dunklen Mantel. Glücklicherweise hat er sich bereits den Schlapphut vom Kopf gezogen, sonst hätte ich ihn wohl für jemand anderen gehalten.

»Was suchst du hier?«, fragt er.

Mir steigt die Röte ins Gesicht. Hastig ziehe ich meinen Zettel aus meiner Rocktasche.

Bitte sei mir nicht böse wegen meines Wunsches.

Christian liest und nickt. »Möchtest du mit reinkommen? Die anderen sind nicht da, wir haben den Leuchtturm für uns.«

Ich lächle und schreibe dann noch etwas auf.

Dann verzeihst du mir also?

Er lächelt mich an und nickt erneut.

Unsere Schritte hallen laut durch den Turm, als wir die Treppe erklimmen. Oben gehen wir aber nicht in den Laternenraum, sondern wieder in Christians Unterkunft.

»Ich habe einen Arzt gefunden«, verkündet er, während er den kleinen Ofen anheizt. »Du erinnerst dich, einen Arzt, der sich aufs Mesmerisieren versteht.« Über die Ereignisse der vergangenen Wochen hatte ich dieses Gespräch beinahe vergessen. »Ich war eben unten am Hafen, wo ich auf einen Londoner getroffen bin. Er hat mir eine Adresse genannt.«

Er zieht einen Zettel aus der Tasche. Seine Handschrift ist ein wenig fahrig und grob, was wohl daran liegt, dass er seine Stimme mehr gebraucht als seine Schrift. Trotzdem gefällt sie mir, und ich streiche andächtig über die angetrocknete Tinte.

Die Adresse gehört einem Dr. Fellows in London. Ich lese die Anschrift, doch im gleichen Augenblick weiß ich, dass dieser Arzt und ich uns vorerst nicht kennenlernen werden. Vielleicht irgendwann, wenn ich von hier fortgejagt werde, weil ich kein Kind bekommen kann. Vielleicht auch nicht, denn ich werde nicht genug Geld haben, um mir die Behandlung leisten zu können, ganz abgesehen davon, dass die Therapie für meinen Fall vielleicht gar nicht das Richtige ist.

Dennoch bedanke ich mich bei Christian und lasse den Zettel in meiner Tasche verschwinden.

»Ich weiß, du willst sicher erst mit deinem Gatten darüber sprechen …«

Ich hebe die Hand und bringe ihn zum Schweigen.

Meinem Gatten ist es lieber, wenn ich auch weiterhin schweige. Ich soll ihm nur ein Kind schenken, mehr nicht.

Der Bleistift kratzt und ist schon ganz stumpf, dennoch sind die Wörter lesbar.

»Und wenn du das nicht tust?«

Wird er mich wegjagen. Oder umbringen.

»Letzteres wird er nicht wagen.«

Christian sieht mich an. Ich erkenne, dass er mit irgendwas ringt.

»Wenn er dich verjagt, komm zu mir«, sagt er dann und kniet vor mir nieder. »Du bist dann vielleicht nicht mehr die Frau eines Kaufmanns, aber die eines Leuchtturmwärters. Und egal, ob du Kinder bekommen kannst oder nicht, egal, ob du reden kannst oder nicht, ich werde dich immer lieben.«

Ich schaue ihn verwundert an. Hat er mir soeben seine Liebe gestanden?

Als ich die Augenbrauen hebe, sagt er: »Ja, du hast richtig gehört, ich liebe dich. Ich liebe dich schon seit dem Augenblick, als ich dich aus dem Wasser gezogen haben.« Er nimmt meine Hände und küsst sie. »Wenn ich ehrlich bin, kann ich es kaum erwarten, dass er dich freigibt.«

Ganz so einfach wird es nicht sein, das weiß ich. Mit allem, was ich von der Familie gesehen habe und weiß, wird er mich nicht einfach hier dulden, auf der gegenüberliegenden Klippe, bei den Feinden der Strandräuber.

Aber in diesem Augenblick wärmt mir diese Aussicht das Herz. Wie gern wäre ich Christians Frau! Wie gern würde ich sein Kind bekommen!

Wir sehen uns an – und auf einmal ist es, als würde uns ein unsichtbares Band zueinander ziehen. Wir fliegen uns entgegen, zuerst berühren sich unsere Hände, dann unsere Lippen. Christian drückt mich fest an sich, seine Lippen leidenschaftlich auf meinem Mund, dann spüre ich seine Hände. Und unter meinen Händen spüre ich ihn. Wir helfen uns gegenseitig aus unseren Kleidern, und zum ersten Mal fühle ich seine Haut an meiner. Er hebt mich auf seine Arme und trägt mich zu seinem Bett, bedeckt dort meinen Körper mit zärtlichen Küssen. Er hat nichts von der brutalen Gewalt Clemos an sich, er ist darauf bedacht, mir Freude zu bereiten. Mein Körper wehrt sich auch nicht gegen ihn, er nimmt ihn mit Freuden in sich auf.

Und als er sich in mir verströmt, spüre ich nichts anderes als eine wilde Freude in mir …

24. Kapitel

Seit einer kleinen Ewigkeit hatte sich Dr. Miller nicht mehr bewegt. Dan fragte sich mittlerweile, ob er sich abgeschaltet hatte, wie es Computer taten, wenn sie durch irgendeine Eingabe überfordert waren.

Dan hatte ihm mit ruhigen Worten sein Anliegen geschildert. Dass er seine Gran nach Hause holen wollte. Dass sich der Hausarzt um sie kümmern oder er ihr vielleicht selbst die nötigen Medikamente verabreichen könnte. Dass er ihr den letzten Wunsch erfüllen wollte – jetzt, wo es so aussah, als würde sie das Ende der Woche nicht mehr erleben.

Dr. Miller war nach Dans kurzer Ansprache regelrecht eingefroren. Von seinem Gesicht war nicht abzulesen, wie er über Dans Bitte dachte.

Verdammt, dachte Dan. Was muss ich tun, um ihn wieder aufzutauen? Muss sich erst mal sein Pieper melden?

»Ich verstehe Sie, Mr Hathington, doch ich kann Ihrer Bitte leider nicht stattgeben«, sagte Dr. Miller schließlich, während er weiterhin auf seine Hände starrte.

»Wie meinen Sie das?« Dan lehnte sich zurück.

Dr. Miller sah ihm nun ins Gesicht. »Es wäre ganz einfach verantwortungslos. Ihre Großmutter ist schwerkrank, der gestrige Anfall hat uns das noch einmal sehr deutlich gezeigt. Es würde gegen meine ärztliche Ethik verstoßen, sie zu entlassen.«

»Ärztliche Ethik?«, fragte Dan ungläubig. »Aber meine Großmutter wird sterben, egal, was Sie tun oder nicht tun! Das haben Sie mir selbst gesagt.«

»Das schon, doch wir können hier ihre Schmerzen lindern und alles unter Kontrolle halten.«

»Unter Kontrolle?«

»Die Gaben von Morphium machen das Sterben schonender für sie.«

Schonender? Was war an dieser Klinik schonend? Selbst als Gesunder fühlte man sich bedrückt, wenn man dieses Gebäude betrat. Der Unterschied war nur, dass man es wieder verlassen konnte. Dem Kranken blieb keine Wahl.

»Das ist nicht Ihr Ernst, oder?«, fragte Dan aufgebracht. »Glauben Sie nicht, dass es besser wäre, wenn sie in ihre heimische Umgebung zurückkehren würde? Zahlt ihre Krankenversicherung nicht, wenn Sie sie nach Hause lassen, oder was?« Die Worte brannten in Dans Kehle. Er fuhr sich mit der Hand übers Gesicht, als könnte er damit die Verzweiflung abwischen, die ihn überfiel.

»Es geht nicht um ihre Krankenversicherung.«

»Anscheinend doch, denn was Sie sagen, ist Unfug.«

»Mr Hathington, ich muss doch bitten! Ich kann Ihre Großmutter in diesem Zustand nicht nach Hause lassen, das würde ihr schaden.«

»Was wissen Sie denn schon!«, platzte Dan der Kragen. Als ob der Arzt wüsste, was ihr schaden würde. Sie hatte wahrscheinlich Monate oder sogar Jahre mit diesem Krebs verbracht. Und gerade ihr Herzenswunsch, nach Hause zu kommen, sollte ihr schaden?

»Sie wissen über meine Großmutter nur, dass sie sechsundachtzig ist und Krebs hat, der sie umbringen wird. Sie wissen, dass sie in Land's End wohnt, und ihre Sozialversicherungsnummer kennen Sie wohl auch. Aber das war es schon.« Als seine Stimme sich überschlug, versuchte Dan, einen Gang runterzuschalten. Doch das war nicht so leicht. Beinahe wünschte er sich, dass Kim da wäre. Sie hätte ihn vielleicht ein wenig beschwichtigen können.

»Sie haben nicht die geringste Ahnung, was sie braucht!«, fuhr er fort und richtete drohend den Finger auf den Arzt. »Alles, was Sie tun, ist, ihr Leid künstlich zu verlängern! Dagegen werde ich etwas unternehmen, wenn's sein muss, sogar durch einen Anwalt!«

Die Möglichkeit, Janet aus dem Krankenhaus zu entführen, kam ihm wieder in den Sinn, doch er wusste, dass er sich damit Ärger einhandeln würde. Ärger, den Janet sicher nicht für ihn wollte.

»Also gut, wenn Sie das so sehen.« Dr. Millers Hände zitterten. Sein Gesicht war puterrot. Die Erwähnung des Anwalts war wohl zu viel für ihn gewesen. »Ich werde sie entlassen, aber auf Ihre Verantwortung! Und ich muss Sie darauf aufmerksam machen, dass Sie wegen unterlassener Hilfeleistung belangt werden könnten.«

Dans Augen wurden schmal, und er trat einen Schritt auf den Arzt zu. »Ich sage Ihnen mal was, Doc! Es gibt in diesem ganzen Haus niemanden sonst, der meine Großmutter so liebt wie ich. Ich werde ihr jede Hilfe zukommen lassen, die ich ihr geben kann. Außerdem hat sie einen

Hausarzt, der kann die weitere Behandlung übernehmen. Auf jeden Fall ist das Letzte, das sie will, an Maschinen angeschlossen zu krepieren. Und etwas anderes können Sie ihr hier nicht bieten!«

Die beiden Männer starrten sich an. Dan hätte den Arzt am liebsten am Kittel gepackt und geschüttelt, doch er konnte sich zurückhalten.

»Ich werde der Schwester sagen, dass sie Ihnen das Formular für die Entlassung auf eigene Haftung bringen soll. Damit sprechen Sie uns von etwaigen Ansprüchen frei und übernehmen selbst die Verantwortung. Außerdem muss Ihre Großmutter liegend transportiert werden. Die Kosten dieses Transports müssen Sie selbst tragen.«

»Das tue ich liebend gern!«

Damit wandte sich Dan um und verließ, ohne sich zu verabschieden, das Büro.

Erst draußen merkte er, dass sein Herz raste und sein Atem keuchte, als hätte er soeben einen Marathon hinter sich gebracht. Die Höflichkeit hätte es verlangt, sich bei dem Arzt zu bedanken – immerhin handelte er nur so, wie er laut den Vorschriften des Krankenhauses handeln musste.

Dan tat es leid, und beinahe war er versucht, noch einmal an Dr. Millers Tür zu klopfen, doch da rauschte der Arzt auch schon heraus und ging, ohne ihn noch eines Blickes zu würdigen, an ihm vorbei.

Dan atmete tief durch. Er musste zu Kim. Er musste ihr erzählen, was er getan hatte. Und er brauchte sie, damit sie ihm mit dem Formular half. Sie sah jedenfalls aus, als würde sie sich da wesentlich besser auskennen als er.

Im Foyer des Krankenhauses wurde er schließlich fündig. Die Schwester mit dem Formular würde ihn sicher auch so auftreiben können.

Kim saß auf einem der Stühle, in das Buch seiner Großmutter vertieft und direkt inmitten eines Sonnenstrahls, der durch die Glastür des Hospitals fiel. Sie wirkte ein wenig wie eine verlorene Fee auf ihn, und in ihm erwachte das dringende Bedürfnis, sie in seine Arme zu nehmen. Er dachte wieder an ihren Kuss, doch seitdem hatten sie nicht mehr davon geredet – oder über ihre Beziehung zueinander gesprochen. Er hätte nicht erwartet, dass ein Mädchen, das seine Großmutter von einer Klippe aufgelesen hatte, solch einen großen Effekt auf ihn haben würde. Ja, er konnte sich mittlerweile sogar vorstellen, mit einer Frau zusammenzuleben – mit ihr.

Schon merkwürdig, dass er gerade jetzt daran dachte. Doch er wusste, dass diese Gedanken seiner Gran gefallen würden.

Kim hob den Kopf. Offenbar hatte sie ihn bemerkt. Als sie ihn sah, lächelte sie ein wenig unsicher.

»Hi«, sagte Dan.

»Hi«, antwortete sie und klappte das Buch zu. Dabei wirkte sie ein wenig verlegen. »Gibt es Neuigkeiten?«

»Ja.« Dan ging zu ihr. Kim erhob sich. Bevor er ihr sagen konnte, was los war, zog sie ihn in ihre Arme und gab ihm einen Kuss. Das überraschte ihn zunächst, doch dann erwiderte er ihren Kuss und hielt sie einen Moment fest.

»Und?«, fragte sie. »Was hat Dr. Miller gesagt?«

»Er lässt sie raus. Unter der Bedingung, dass ich das Krankenhaus von der Verantwortung freispreche.«

Kim sah ihn überrascht an. »Wirklich?«

»Ja, er hat es wirklich getan! Zuvor habe ich ihn angeschrien – Gran wäre sauer auf mich, wenn sie das wüsste. Aber er lässt sie raus. Allerdings muss ich den Krankentransport übernehmen, doch das kriege ich schon hin. Ich habe Ersparnisse, und gleich wenn wir zu Hause sind, werde ich ihren Hausarzt anrufen, Dr. King. Er wird sich um sie kümmern.«

Kim sah ihn ernst an. »Hast du dir das auch wirklich gut überlegt?«

Hatte sie Zweifel? Schon vorhin war sie nicht gerade begeistert gewesen.

Dan fragte sich plötzlich, ob es wirklich das Richtige war. Doch dann dachte er an den flehenden Blick seiner Gran und an den Tag, an dem er ihr vorgeschlagen hatte, mit ihm in die Stadt zu ziehen, weil sie dann nicht mehr so lange Wege auf sich nehmen musste. Natürlich hatte Gran davon nichts wissen wollen. »Das ist das Haus, in dem ich geboren wurde«, hatte sie gesagt, während sie seine Hand hielt. »Und das soll auch das Haus sein, in dem ich irgendwann sterbe. Natürlich nicht so bald.«

Das Lächeln und das Leuchten in ihren Augen in dem Moment würde Dan nie vergessen.

»Ja, ich habe es mir gut überlegt. Gran bleibt nicht mehr viel Zeit, der Arzt sprach von achtundvierzig Stunden. Der Großteil ihrer Liste ist abgearbeitet, ich hätte Muße, mich um sie zu kümmern. Außerdem bist du ja auch noch da, oder?«

Kim lächelte. »Ich bin da. Immerhin bin ich ja mit dem Buch noch nicht fertig.«

»Du brauchst dir auch keine Gedanken um Spritzen oder so was machen. Dr. King wird das erledigen. Und wenn er das nicht kann, schickt er uns sicher eine Schwester.«

»Ich könnte dir helfen, sie zu waschen und ... Eine Bettpfanne! Wir brauchen eine Bettpfanne, damit sie nicht ständig hoch muss und möglicherweise fällt.«

Sie verstummte, als Dan sie noch einmal küsste. »Du bist toll, weißt du das?«

Kim wurde rot. »Danke, das hat mir schon lange niemand mehr gesagt.«

»Aber es stimmt.«

Sie schwiegen eine Weile, dann fragte Kim. »Wie geht es jetzt weiter? Wann lassen sie Janet denn raus?«

»Ich hoffe, noch heute. Schlimmstenfalls morgen. Ich muss zugeben, ich habe ein schlechtes Gewissen, sie aus der Intensivstation zu holen. Aber ich habe irgendwie Angst, dass sie beim nächsten Mal nicht mehr ansprechbar ist. Dass sie nur noch von einer Maschine am Leben gehalten wird und es mir dann obliegt, zu entscheiden, wie lange diese Maschine laufen soll. Ich bin sicher, dass es in ihrem Sinn ist, zu entscheiden, wann sie gehen möchte.«

Tränen traten ihm in die Augen, und er sah, dass auch Kim zu weinen begann. Sie hielten sich so lange, bis schließlich eine Schwester an sie herantrat. »Rita« stand auf dem Schild, das sie an der Brust trug. In ihrer Hand hielt sie ein Klemmbrett.

»Mr Hathington?«, fragte sie.

»Ja«, entgegnete Dan und wischte sich die Tränen vom Gesicht.

»Dr. Miller informierte mich, dass Sie Ihre Großmutter auf eigene Verantwortung aus dem Krankenhaus entlassen wollen.«

Dan straffte sich. »Ja, das stimmt.«

»In Ordnung, dann möchte ich Sie bitten, dieses Formular auszufüllen. Leider wird sich die Entlassung Ihrer Großmutter noch ein wenig hinziehen, denn wir müssen erst einmal einen freien Krankentransport zur Verfügung haben. Melden Sie sich im Schwesternzimmer, wenn Sie fertig sind, da können Sie auch die Tasche Ihrer Großmutter abholen.«

Das alles sagte die Schwester, ohne wirklich Luft zu holen. Als sie davonrauschte, blickte Dan ein wenig überfordert auf das Formular. Er seufzte und sah Kim hilfesuchend an.

»Tue ich wirklich das Richtige?«, fragte er dann. Er war sich auf einmal nicht sicher. Wenn man in der Klinik lag, träumte man von zu Hause, man wünschte sich, bald wieder die Heimat zu sehen. Aber war es richtig?

»Du hast deine Großmutter gehört«, entgegnete Kim. »Sie will nach Hause.«

»Ja, aber vielleicht kam dieser Wunsch nur durch die Medikamente, die sie ihr gegeben haben. Immerhin hatte sie gerade erst einen Zusammenbruch.«

»Ich glaube nicht, dass der Verstand deiner Großmutter benebelt war«, entgegnete Kim. »Ich habe nur selten alte Leute getroffen, die ähnlich klar im Kopf waren wie Janet.« Sie legte ihre Hand auf seine. »Du kannst es rückgängig machen, wenn du Zweifel hast. Geh einfach zu Dr. Miller, sag ihm, dass du es dir überlegt hast, und dann bleibt sie hier.«

»Nein«, sagte Dan. »Ich weiß, dass es ihr Wunsch ist, noch einmal das Meer zu sehen. Und das soll sie.«

»Okay.« Kim lächelte ihm zu, dann fragte sie: »Soll ich dir mit dem Formular helfen?«

Dan lächelte zurück. »Ja, das wäre sehr nett. Danke!«

25. Kapitel

Es war schon dunkel, als der Krankenwagen die schmale Straße zu Janets Cottage hinauffuhr. Dan und Kim folgten ihm in Dans Wagen. Am Haus angekommen, blinkten die roten Rücklichter der Ambulanz auf. Der Fahrer und sein Begleiter stiegen aus und öffneten die Hecktüren. Dan atmete tief durch und ließ die Hände noch einen Moment auf dem Lenkrad. »Jetzt beginnt der schwierige Teil«, murmelte er.

»Ja, aber du bist nicht allein damit«, entgegnete Kim, schnallte sich ab und stieg aus. Wenig später folgte ihr Dan, nachdem er das Medikamentenpäckchen für Janet aus dem Handschuhfach genommen hatte.

Die Pfleger hoben Janet gerade aus dem Wagen.

»Sie wissen gar nicht, was mir das hier bedeutet«, sagte sie zu den Pflegern, denen das ziemlich egal zu sein schien. Schließlich mussten sie eine ungeplante Schicht schieben.

Im nächsten Moment war Dan bei ihnen und schloss auf.

»Wo soll sie hin?«

»Ins Wohnzimmer«, antwortete Dan, doch Kim wandte ein: »Vielleicht sollten sie sie nach oben tragen. In das Zimmer, in dem ich bisher war.«

»Nach oben?«, wunderte sich Dan. »Aber da gibt es doch kein Bad!«

»Aber sie kann aufs Meer blicken, wenn wir das Bett ein wenig verrücken.«

»Sie hat recht, mein Junge«, mischte sich Janet ein, die, seitdem sie die Klinik verlassen hatte, wieder etwas lebendiger wirkte. »Von oben hat man den besten Blick. Ich bezweifle, dass ich in den nächsten Tagen die Kraft haben werde, einen kleinen Spaziergang zu machen.«

Die beiden Pfleger wirkten ein wenig genervt, als Dan sie bat, noch einen Moment zu warten. »Immerhin bezahlst du sie«, gab Kim zu bedenken, als sie oben angekommen waren und das Bett so stellten, dass Janet ohne große Anstrengung in die Ferne blicken und zumindest ein kleines Stück vom Meer sehen konnte. Den Himmel über dem Meer sah sie auf jeden Fall.

Es fiel den Pflegern sichtlich schwer, die Trage nach oben zu hieven, doch schließlich schafften sie Janet in ihr neues Domizil.

Dan bedankte sich bei ihnen, was ihre Laune allerdings auch nicht mehr heben konnte, und unterschrieb dann, dass er für den Krankentransport aufkommen würde.

Als der Krankenwagen abgerückt war, legte sich Stille auf das Haus.

»Und jetzt?«, fragte Kim, während sie sich an die Wand lehnte. Sie fühlte sich erschöpft und aufgekratzt zugleich.

»Nun, vielleicht sollten wir dafür sorgen, dass du ein neues Bett bekommst«, gab Dan zurück und sah sie aus rotgeränderten Augen an. »Willst du in Grans Schlafzimmer?«

Kim schüttelte den Kopf. »Nein, ich würde lieber auf

der Couch im Wohnzimmer schlafen. Außerdem sollten wir ein Auge auf Janet haben, für den Fall, dass sich ihr Zustand verschlechtert. Wir könnten uns abwechseln.«

»Gute Idee!«, sagte Dan und versuchte dann vergebens, ein Gähnen zu unterdrücken.

»Okay, du schläfst als Erster und löst mich dann ab.«

»Nein, leg du dich ein wenig hin, ich werde nach Gran sehen.«

»Aber ich bin nicht müde. Du schon!«

»Na schön, wenn du darauf bestehst«, gab sich Dan geschlagen.

»Braucht sie noch irgendwelche Medikamente? Ich meine, hat der Doc etwas gesagt?«

»Ich habe alles da, jedenfalls für den Abend. Ich muss nur noch Dr. King anrufen, damit er morgen früh nach ihr sieht.«

»Dann gehe ich mal nach oben und schaue, wie es ihr geht.«

Dan nickte, und bevor sie sich abwenden konnte, hielt er sie fest, zog sie an sich und küsste sie.

Kim spürte, dass sie weiche Knie bekam, und sie war sicher, dass das nicht gerade der beste Moment dafür war – aber war nicht jeder Moment ein guter für einen Kuss? Es tat ihr jedenfalls gut, ihn wieder zu spüren.

»Danke, dass du mir hilfst.«

»Du brauchst dich nicht andauernd dafür zu bedanken.«

»Aber ich möchte es. Wenn ich daran denke, dass ich das alles allein hätte durchmachen müssen …«

Dan nahm ihr Gesicht sanft in seine Hände. »Ich bin froh, dass Gran dich gefunden hat.«

»Auch das hast du, glaube ich, schon mal gesagt.«

»Ich kann es nicht oft genug sagen.« Wieder küsste er sie, diesmal länger und inniger.

Kim spürte ein Kribbeln in ihrer Magengegend, ein Gefühl, das ihr seit Jakes Tod fremd geworden war. Schon beim ersten Kuss hatte sie das gespürt, doch jetzt war es intensiver. Als seine Lippen sich von ihr trennten, fühlte sich Kim, als stünde sie auf einem Schiff. Alles schien unter ihr zu schwanken, aber es war angenehm. Es war, als würden die letzten Reste einer Kruste von ihrer Seele brechen. In diesem Augenblick war sie sicher, dass sie etwas gefunden hatte, wofür es sich zu leben lohnte.

»Janet?«, fragte Kim, als sie das Zimmer betrat. Der Geruch von Medikamenten hing in der Luft, offenbar kam das von Janets Nachthemd. Kim stellte das Tablett, das sie bei sich trug, auf dem kleinen Nachttisch ab. Sie hatten schnell etwas Tee gemacht, für den Fall, dass Janet Durst bekam.

»Kim«, entgegnete sie. »Geht es dir gut?«

»Ja ... klar, es geht mir gut. Wie geht es Ihnen?«

»Besser als noch vor ein paar Stunden«, sagte Janet. »Ich fühle mich allerdings ziemlich müde. Das kommt wohl von der Seeluft. Aber hier werde ich schlafen können, solange ich möchte, und ich werde auch nicht von Schwestern gepiesackt. Außerdem bin ich bei meinem Enkel und bei dir. Und vorlesen kannst du mir hier genauso, nicht?«

»Das mache ich sehr gern«, entgegnete Kim. »Möchten Sie vielleicht etwas Tee? Oder etwas zu essen?«

»Ich kriege keinen Bissen herunter, aber etwas Tee wäre sehr gut.«

Sie streckte die Hand nach der Tasse aus. Sie wirkte

schwach und zittrig. Kim half ihr beim Trinken und stellte die Tasse wieder hin.

Janet so auf dem Bett liegen zu sehen rührte sie beinahe zu Tränen. Kaum zu glauben, dass sie die Frau war, die sie vor zwei Wochen vor dem Tod gerettet hatte. Und sie hatte recht: Sie war zu Hause, und es machte einen Unterschied, ob sie im Krankenhaus starb oder hier.

»Und jetzt wäre es vielleicht an der Zeit für eine kleine Geschichte. Aber sieh es mir nach, wenn ich zwischendurch ein wenig einnicke. Das Morphium macht mich sehr dösig, doch ich bemühe mich, dir zu folgen.«

»Wollen Sie nicht lieber ein wenig schlafen?«, fragte Kim besorgt.

»Schlafen kann ich später immer noch, dann wird es ein sehr tiefer Schlaf sein, in dem mich keine beunruhigenden Träume plagen. Jetzt ist mein Schlaf allerdings sehr unruhig, voller beängstigender Dinge.«

»Dinge wie Leandra?«

»Leandra macht mir keine Angst. Im Gegenteil. Sollte es den Himmel wirklich geben, dann werde ich sie dort suchen und sie fragen, wie ihr Leben weitergegangen ist. Es sind die Dinge auf dieser Erde, die mich ängstigen. Dinge, die ich zurücklassen muss. Dinge, die ich nie erledigt habe. Sie alle strömen auf mich ein, wenn ich die Augen schließe, und sicher ist auch dieser verdammte Krebs daran schuld. Ich will meine letzten Stunden nicht in Angst vor irgendwelchen Phantomen verbringen. Lieber will ich hören, wie die Geschichte weitergeht.«

»Okay, das sollen Sie. Aber gleich heute Nacht?«

»Bitte, wenn du nichts dagegen hast? Wenn du zu müde bist, kannst du jederzeit schlafen gehen.«

Müde war Kim, aber auch immer noch aufgekratzt. Sie holte das Buch aus ihrer Tasche, die jetzt neben dem Kleiderschrank lag, und schlug es auf.

1. August 1813

Ich habe keine Ahnung, wie lange ich es hier noch aushalten kann. Meine Zeit läuft ab. Ich spüre, dass das Kind in mir wächst und ich nicht mehr viel Zeit habe, es Clemo zu beichten, bevor mein Zustand offensichtlich wird.

Sicher, er wäre erfreut, doch ich befürchte, dass Emblyn ihre Krallen in das Kind schlagen wird, sobald es da wäre. Ich hätte meine Schuldigkeit getan – und dann?

Der Wunsch, mit Christian zu fliehen, wird immer stärker. Bisher hat er nichts von solchen Plänen gehalten, doch wenn ich ihm sage, dass er Vater wird? Auch er weiß bisher nichts von dem Kind unter meinem Herzen. Es erscheint mir ja selbst wie ein Wunder – ein Wunder, das ich ihm zu verdanken habe und nicht Clemo. Dieser ist in letzter Zeit oftmals zu beschäftigt, um von mir Notiz zu nehmen oder das eheliche Recht einzufordern. Ich könnte es durch meine Beichte der Schwangerschaft gleich beenden, es ist Brauch, dass der Mann die Frau danach nicht mehr anrührt. Aber ich will nicht, dass er es weiß.

An diesem Abend gehen seltsame Dinge im Haus

vor. Obwohl Clemo wie so oft nicht da ist, herrscht ein gewisser Aufruhr. Ob das mit den dunklen Wolken zu tun hat, die am Horizont auftauchen?

Als Claire mir den Nachmittagstee bringt – das Zeichen, dass ich gut drei Stunden Zeit habe, um mich mit Christian zu treffen –, frage ich sie, was los ist.

Ihre Augen weiten sich ängstlich, dann flüstert sie: »Heute Abend soll ein großes Handelsschiff hier vorbeikommen.«

Ich ziehe fragend die Augenbrauen hoch. Ein Handelsschiff? Was ist daran besonders? Täglich kommen Handelsschiffe nach Port Isaac.

Erzähl mir mehr, forme ich mit den Lippen und greife nach ihrem Arm. Dabei spüre ich, dass sie sich gegen mich sträubt. Offenbar hat sie Angst – aber bin ich nicht ihre Herrin? Teilen wir denn nicht auch andere Dinge miteinander?

»Bitte verzeihen Sie, Madam, doch ich darf Ihnen nichts sagen. Anweisung von der Herrin.«

Aber du hast mir doch sonst alles erzählt!, hätte ich sie am liebsten angeschrien.

In dieser Nacht werde ich wach bleiben, bis ich weiß, was die Ankunft des Handelsschiffes zu bedeuten hat. Außer mir scheint jeder hier eingeweiht zu sein. Doch das wundert mich nicht. Ich existiere für die Gryffyns ohnehin nur in einer Parallelwelt, die mit ihrer Wirklichkeit nichts zu tun hat.

Da es mir in den vergangenen Wochen gut gelungen war, meine Gefühle zu verschleiern, glauben sie offenbar, ich hätte mich in mein Schicksal gefügt.

Was sie wohl dazu sagen würden, dass ich meine Schwangerschaft vor ihnen verheimliche?

Ich kann es mir denken.

Ein paar Stunden nach dem Treffen mit Christian scheint die Zeit im Haus stillzustehen, aber ich spüre die Energie, die in seinen Mauern pulst. Erwartung ist es. Sie warten auf das Schiff. Irgendwie befürchte ich, dass es den Hafen nicht erreichen wird. Geschichten von Strandräubern gehen mir plötzlich wieder durch den Sinn. Und ich erinnere mich auch noch gut an Christians Andeutungen, was die Gryffyns angeht.

Als schließlich Schritte ertönen, weiß ich, dass es so weit ist. Sie poltern die Treppe hinauf, dann wieder hinunter. Schließlich höre ich Stimmen von unten.

Das ist der Moment, in dem sie am wenigsten um sich herum wahrnehmen. Clemo rechnet ohnehin nicht damit, dass ich etwas von seinen Machenschaften mitbekomme.

Auf Zehenspitzen schleiche ich mich aus dem Zimmer.

Das Tosen des Sturms draußen ist so laut, dass ich sicher bin, dass sie nicht auf ein Knarren mehr oder weniger auf den Dielen hören werden. Ohnehin ächzt das Haus immer, wenn das Wetter schlecht ist, wie ein Lebewesen, das unter Schwindsucht leidet.

An der Treppe bleibe ich stehen. Ein paar Männer laufen unter mir vorbei, Gestalten, die ich noch nie zuvor gesehen habe. Sie tragen Öljacken wie Seemänner und reden auch so. Branok führt sie durchs Haus. Wo ist Clemo? Gehen die Besucher in sein Arbeitszimmer?

Und woher kommen sie? Stammen sie von dem dubiosen Handelsschiff, das heute anlegen soll? Wo hat es angelegt? Im Hafen oder …

Christians Geschichten von Schmugglern und Strandpiraten fallen mir ein. Da Clemo mich nicht eingeweiht hat, würde er es sicher nicht begrüßen, mich hier unten zu sehen – doch würde er auch so weit gehen, mir etwas anzutun? Ich bin vor Gott seine Ehefrau, auch wenn ich meinen Wert noch nicht bewiesen habe.

Einen Moment lang ringe ich mit mir, ob ich nicht besser oben bleiben sollte. Doch dann beschließe ich, mich vorzuwagen. Wenn ich mich mit Christian treffe, will ich ihm etwas zu erzählen haben.

Unten in der Halle halte ich mich in den Schatten, für den Fall, dass den Männern noch weitere folgen. Ein Blick aus dem Fenster zeigt mir, dass der Hof hell erleuchtet ist – als wären es hohe Gäste, die mein Gatte zu empfangen hat. Wer sind diese Männer?

»Ich hoffe, Sie hatten eine gute Überfahrt, Captain Mason!«, vernehme ich Clemos Stimme. Die Männer sind nun vollkommen aus meinem Blickfeld verschwunden.

Sie sind nicht in Clemos Arbeitszimmer verschwunden, sondern in dem Zimmer, in dem er sich mit Emblyn besprochen hat. Wahrscheinlich ist das das Zimmer, das alle seine Geheimnisse enthält.

Ich schleiche mich langsam heran und verberge

mich hinter dem Vorhang, wie damals, als ich Clemo und Emblyn belauschte.

»Das Wetter ist abscheulich, aber so haben wir die königliche Marine nicht zu fürchten, nicht wahr?« Der Fremde lacht auf.

»Da haben Sie recht. Diese Burschen haben uns in letzter Zeit ziemlich zugesetzt – und dabei könnte man meinen, dass sie auf dem Kontinent eher gebraucht werden.«

»Napoleon hat Ärger mit den Russen und Deutschen, da können wir uns ein wenig ausruhen. Außerdem haben wir die amerikanischen Kolonien verloren, deshalb schaukeln die Schiffe des Königs in ihren Häfen und haben nichts anderes zu tun, als Schmuggler zu jagen.«

»So ist es wohl, aber unseren Geschäften zuträglich ist das nicht.«

»Vielleicht sollten Sie einen neuen Krieg in Amerika vom Zaun brechen«, entgegnet Clemo spöttisch, worauf auch die anderen Männer im Raum lachen.

Doch dann werden sie wieder ernst.

»Also, was haben Sie für mich?«

»Nun ja, alles, was Sie sich vorstellen können. Fässerweise Rum, Seidenstoffe, Gewürze und Tabak. Und das alles ohne die Zollauflagen Seiner Majestät. Ist Ihr Zulieferungsweg noch intakt?«

»Natürlich ist er das!«, entgegnet Clemo. »Ich trage stets Sorge dafür, dass dort nichts einbricht.«

Sofort kommt mir der Geheimgang in den Sinn. Ich weiß nicht, was mich mehr entsetzt – die Tatsache, dass Christian recht hat, dass die Gryffyns ihre kriminelle Vergangenheit noch nicht hinter sich gelassen haben, oder dass mein Vater keine Erkundigungen über diese Familie eingeholt hat. Die Familie, der er sein ganzes Vermögen vermacht hat.

»Dann müssen wir uns nur noch über den Preis einigen.« Captain Masons Stimme holt mich aus meinen Gedanken. »Sie werden verstehen, dass ich aufgrund der erhöhten Gefahr einen kleinen Aufschlag nehmen muss.«

»Das wird kein Problem sein«, entgegnet Clemo. »Momentan ist das Land ausgehungert nach Luxusgütern, da fällt ein Aufschlag Ihrerseits nicht ins Gewicht.«

»Bestens!«, freut sich der Captain. Handflächen schlagen ineinander. »Dann sollten wir auf unseren Handel trinken.«

»Das sollten wir!«

Ich weiß nicht, was Clemo jetzt tut, doch es wird still, bis Captain Mason fragt: »Sie haben geheiratet, wie ich gehört habe. Wo ist Ihr Weib? Wollen Sie mich ihr nicht vorstellen?«

»Sie schläft.«

»Haben Sie denn nicht vor, sie einzuweihen? Immerhin sind wir von Zeit zu Zeit hier. Ich würde sie wirklich gern kennenlernen.«

»Ich fürchte, da gibt es nicht viel zu sehen«, entgegnet Clemo. »Sie ist stumm, eine anregende Konversation brauchen Sie nicht zu erwarten. Außerdem könnte Aufregung ihrer Gesundheit abträglich sein.«

Ihn so abfällig über mich reden zu hören, überrascht mich zwar nicht, dennoch trifft es mich.

»Sie haben eine stumme Frau geheiratet?«, fragt Captain Mason weiter.

»Warum denn nicht? Sie belästigt einen nicht mit Geschwätz, und sollte sie doch etwas mitbekommen, kann sie es nicht ausplaudern.«

»Sind Sie sicher? Heutzutage sind die Frauen zu allem imstande, auch zum Schreiben. Es ist ein Jammer, dass man sie mittlerweile ausbildet. So werden sie aufsässig.«

»In diesem Haus hat sie ohnehin nur die Funktion, mir Kinder zu gebären. Dazu braucht sie keine Stimme, denn die Erziehung der Kinder überlasse ich meiner Schwester. Sie wird propere Gryffyns aus ihnen machen.«

Jetzt lacht Clemo. Und ich habe das Gefühl, dass mein Herz nun endgültig einfriert. Meine Befürchtungen bewahrheiten sich. Wenn meine Kinder da sind, werden sie mir nicht mehr gehören. Emblyn wird sie bekommen – als Ersatz für ihr eigenes verlorenes Kind. Und wer weiß, vielleicht wird dann die Mutter an einem unerklärlichen Fieber sterben. Oder sogar schon im Wochenbett. Mir wird übel, und tiefe Verzweiflung erfasst mich.

Als ich Schritte hinter mir höre, zucke ich zusammen. Zwischen den Schritten vernehme ich das Klirren von Teetassen, offenbar eines der Dienstmädchen, um die Herren zu bewirten.

Rasch verberge ich mich tiefer in den Falten des Vorhangs und spähe durch einen schmalen Spalt zwischen dem Stoff. Es dauert lange, bis die Schritte näher kommen. Da erkenne ich, dass es kein Dienstmädchen ist, das eine Karaffe auf dem Tablett vor sich herträgt – es ist Emblyn.

Augenblicklich halte ich den Atem an. Draußen tobt noch immer der Sturm, doch Emblyns Sinne sind scharf. Vor der Tür hält sie kurz inne, und ich glaube fast schon, dass sie mich spürt. Doch dann verlagert sie das Tablett auf einen Arm und klopft mit der freien Hand.

Clemo bittet sie herein, und wenig später fällt die Tür wieder ins Schloss.

Erst jetzt wage ich wieder, richtig auszuatmen. Mein Blut pulsiert in meinen Schläfen, und in meinen Ohren rauscht es. Ich muss etwas tun! Nur was? Könnte ich jetzt zu Christian fliehen? Aber wahrscheinlich warten die Schmuggler schon vor der Tür des Geheimgangs, um ihre Ware zu entladen.

Einen Moment lang verharre ich ratlos hinter dem Vorhang. Dann wird mir klar, dass ich genug gehört habe. Was auch immer Clemo noch mit Captain Mason zu besprechen hat – das, was ich mitbekommen habe, würde reichen, um ihn hinter Gitter zu bringen. Und es reicht, um mich wissen zu lassen, dass mein Kind und vielleicht auch ich in Gefahr sind.

Während hinter der Tür die Gläser klirren, verlasse ich mein Versteck. Vielleicht kann ich heute noch nicht zu Christian, möglicherweise aber morgen. Und wer weiß, vielleicht verlasse ich das Haus dann für immer.

Da öffnet sich plötzlich die Tür hinter mir. Erschrocken drehe ich mich um und sehe Emblyn geradewegs ins Gesicht. Diese starrt mich überrascht an. Für einen Moment scheint die Zeit stehenzubleiben.

Dann wirbele ich herum. Doch schneller, als ich entkommen kann, packt mich Emblyn und zerrt mich in den Raum. Ich kann mich nur darüber wundern, wie viel Kraft sie in ihrer Hand hat.

Die Männer verstummen augenblicklich und gaffen mich an. Auch Clemo ist von meinem Auftauchen überrascht.

»Sie hat gelauscht!«, sagt Emblyn. »Sie hat sich hinter dem Vorhang versteckt!«

Es ist schon eine Ironie, dass die Ehefrau des Hausherrn nicht das Recht hat, sich in ihrem Haus aufzuhalten, wo sie will. Und dass sie von ihrer Schwägerin wie ein fremder Eindringling behandelt wird.

»Da haben Sie meine Ehefrau, Captain Mason!«, sagt Clemo und schießt hinter dem Schreibtisch hervor. »Und wie Sie sehen, ist sie nicht nur stumm, sondern auch die dümmste Person, die es in diesem ganzen Raum gibt.«

Er wartet auf Gelächter, doch nichts passiert. Die Männer sehen mich immer noch an, als wäre ich eine Erscheinung.

»Was hast du hier zu suchen?« Clemo baut sich drohend vor mir auf, wohl wissend, dass ich ihm keine Antwort geben kann.

Ich bemerke die Blicke der anderen Männer. Captain Mason sieht so aus, als wollte er Clemo zurückhalten, doch er wagt es nicht.

»Geh in dein Zimmer!«, herrscht er mich an,

und als ich mich nicht gleich rühre, versetzt er mir eine Ohrfeige. Der Schmerz explodiert direkt neben meinem Ohr, und für einen Moment meine ich, das Gehör zu verlieren. Ich werde zur Seite geschleudert und falle auf den Boden.

Das Kind, kann ich in diesem Augenblick nur denken. Doch der Aufprall ist nicht hart, ich kann ihn mit den Armen abfangen.

»Emblyn, bring sie nach oben!«, schreit Clemo über mich hinweg, während er sich mit einer fahrigen Geste eine Haarsträhne aus dem Gesicht streicht. Emblyn packt mich hart am Arm und zerrt mich mit sich.

»Dummes Miststück«, raunt sie mir zu, während sie mich nach oben schleppt. Ich habe keine Kraft, mich zur Wehr zu setzen, obwohl ich sie liebend gern über die Brüstung der Treppe geworfen hätte. »Du wirst noch sehen, was du davon hast! Mein Bruder wird dich wegjagen wie all diese anderen dummen Gänse.«

Wie schade, dass ich ihr nicht ins Gesicht schleudern kann, dass ich von ihrer Beziehung zu ihrem Bruder weiß!

Ich kann nur allen Hass, den ich für sie empfinde, in meinen Blick legen. Ob sie ihn bemerkt? Ich weiß es nicht. Möglicherweise reicht das Licht in meinem Zimmer nicht aus.

Doch ich erkenne die Verachtung in ihren Augen, als sie den Schlüssel vom Haken neben der Tür nimmt.

Sie will mich einsperren! Ehe ich sie davon

abhalten kann, verlässt sie das Zimmer, schlägt die Tür zu und schließt ab. Ich werfe mich gegen den Türflügel, doch es ist zu spät. Emblyn eilt den Gang hinunter, und wahrscheinlich wird man sich jetzt ganz köstlich über die dumme und stumme Ehefrau von Clemo Gryffyn amüsieren.

26. Kapitel

Nachdem sie sich mit dem Schlafen abgewechselt hatten, erwachte Kim auf dem Sofa, ohne zu wissen, wie sie dort hingekommen war. Offenbar war sie beim Wachen eingeschlafen und Dan hatte sie nach unten getragen. Auf dem Tisch neben ihr lag ein sauber zusammengefaltetes weißes T-Shirt.

Kim erhob sich, rieb sich übers Gesicht und strich sich die Haare aus den Augen. Was für eine Nacht! Und der Tag zuvor hatte sich auch so angefühlt, als wären es zwei.

Da sie wusste, dass der Arzt kommen würde – Dan hatte ihm am Vorabend noch eine Nachricht auf den Anrufbeantworter gesprochen –, verschwand sie rasch im Bad. Dan war ebenfalls schon wach, das spürte sie. Entweder war er in seinem Zimmer oder oben bei Janet.

Sie ging ins Bad, schlüpfte aus den Kleidern und stellte sich unter die Dusche. Als sie fertig war und sich das neue Shirt und ihre Jeans angezogen hatte, verließ sie das Bad. Dan kam ihr entgegen. Er wirkte ziemlich übernächtigt. Sicher hatte ihn seine Großmutter nicht ständig wach gehalten, aber wahrscheinlich hatte er vor Sorge nur wenig geschlafen.

»Guten Morgen«, sagte Kim und lächelte ihn an. »Du siehst schlimm aus.«

»Danke, das ist es doch, was ein Mann am frühen Morgen hören will«, entgegnete er mit einem schiefen Grinsen.

»Hast du wenigstens ein bisschen schlafen können? Wo du mich doch in dein Bett verfrachtet hast?«

»Ein bisschen, ja«, antwortete er und gähnte herzhaft. »Ich habe mich auf einer Decke zusammengerollt. Sie wollte, dass ich ins Bett gehe, aber da habe ich ihr gesagt, dass du in meinem Zimmer bist.«

Für einen Moment lang lag Kim der Vorschlag auf der Zunge, dass er sich doch zu ihr hätte legen können, doch sie ließ es.

»Wann kommt Dr. King?«, fragte sie stattdessen.

»Noch vor der Sprechstunde, also gegen acht.«

»Okay, dann setze ich am besten Kaffee auf«, entgegnete Kim. »Geh ins Bad und mach dich frisch, ich schaue auch gleich mal nach Janet.«

Dan nickte und zog sie dann an sich. »Du duftest gut. Am liebsten würde ich dich weiter so festhalten.«

»Mir wäre ehrlich gesagt ein frisch geduschter Mann lieber«, entgegnete sie lächelnd.

»Okay, damit kann ich dienen.«

Er küsste sie und verschwand im Bad.

Kim ging derweil in die Küche und stellte die Kaffeemaschine an. Angesichts der Umstände würde Dr. King kein üppiges Frühstück erwarten, ohnehin hatten sie nur noch Müsli und einen in Plastikfolie eingeschweißten Kuchen aus dem Supermarkt. Aber einen Kaffee sollte er wenigstens bekommen.

Als das Wasser durch die Maschine lief, ging sie nach

oben. Janet hatte sich im Bett aufgesetzt und wirkte ungewöhnlich lebendig. Offenbar tat es ihr gut, zu Hause zu sein.

»Ah, herein, mein Kind!«, sagte Janet fröhlich. »Ein schöner Morgen, nicht wahr?«

Kim schaute sie verwirrt an. Gestern hatte sie noch so schwach gewirkt, und nun sah sie so aus, als wollte sie aus dem Bett steigen. Wie war das möglich? Sogar ihre Wangen hatten wieder etwas Farbe angenommen.

»Ein sehr schöner Morgen, das stimmt«, entgegnete Kim. »Geht es Ihnen heute besser?«

»Es scheint so«, entgegnete Janet. »Es ist merkwürdig. Irgendwie fühle ich mich wie an dem Tag, an dem ich dich kennengelernt habe. Die Schmerzen sind erträglich, und ich bin auch nicht mehr so schlapp.«

War das möglich? Oder bildete sich Janet das nur ein? Wollte sie Kim ein wenig beruhigen?

»Aber es wäre wohl doch unvernünftig, wenn ich aufstehen würde. Wer weiß, was dann alles passiert.«

Sie lehnte sich wieder zurück und legte die Hände auf die Decke. »Ich hoffe, du hattest eine gute Nacht.«

»Es ging so.«

»Hattest du schöne Träume?«

Kim schüttelte den Kopf. »Nein, nichts. Zum ersten Mal seit langem habe ich nichts mehr geträumt.«

»Das ist kein schlechtes Zeichen. Dann sieht es so aus, als ob du gerade wieder mit dir ins Reine kommst.«

»Meinen Sie?«

»Auf jeden Fall!«

Janet betrachtete sie einen Moment lang, dann sagte sie: »Dr. King wird sicher gleich da sein. Hilfst du mir, mich ein bisschen frisch zu machen?«

»Ja, klar«, entgegnete Kim unsicher, weil sie nicht wusste, wie sie das anstellen sollte. Sie hatte noch nie zuvor einen älteren Menschen gewaschen.

»Keine Sorge, ich bin nicht so klapprig, dass ich viel Hilfe brauche«, sagte Janet, als sie die Zweifel in Kims Augen sah. »Jedenfalls heute nicht. Hilf mir einfach nur ein bisschen – immerhin will ich doch gut aussehen, wenn Dr. King kommt.«

Kim nickte, dann ging sie nach unten, um eine Schüssel voll Wasser zu holen. Da Dan immer noch unter der Dusche war, füllte sie die Schüssel kurzerhand in der Küche und kramte aus Janets Reisetasche einen Waschlappen und ein Handtuch hervor.

Anschließend half sie Janet aus dem Nachthemd. Dabei erschrak sie, wie mager die alte Frau war. Die Kleider hatten den Zustand ihres Körpers ziemlich gut verdeckt. Die Frau vor ihr wirkte, als hätte das Leben ihr sämtliche Substanz entzogen. Endete jeder Mensch so, wenn er nur die Jahre zuließ?

Als Kim mit der Wasserschüssel wieder nach unten ging, traf sie auf Dan. Er trug frische Jeans und ein T-Shirt mit der Aufschrift »Sailor«. Als sie das las, musste sie schmunzeln.

»Na, alles in Ordnung da oben?«, fragte er.

»Deine Grandma wünscht sich Stew«, entgegnete Kim, während sie hörte, wie draußen ein Wagen zum Stillstand kam.

»Stew? So einen deftigen Eintopf?«

»Ja, Stew«, entgegnete Kim. »Sie scheint sich heute besser zu fühlen.«

»Das liegt an der Seeluft«, entgegnete Dan, und wieder gähnte er. Die Dusche hatte weder seine Augenringe noch seine Müdigkeit vertreiben können. Doch da klopfte es schon an der Tür.

»Okay, Showtime«, sagte er und ging los, um zu öffnen.

2. August 1813

Am nächsten Abend wirkt das Haus verlassen. Kein Wunder, Clemo muss seine »Waren« ja zu seiner Kundschaft bringen. Nur Emblyn und das Personal sind da. Da Branok seinen Herrn begleitet, hätte ich vielleicht auch durch das vordere Tor schlüpfen können, doch ich ziehe es vor, den Geheimgang zu nehmen, dessen wahren Zweck ich nun kenne.

Da jetzt auch keine Gefahr mehr besteht, dass ich ihn bei irgendwelchen Geschäften überrasche, lässt Emblyn meine Zimmertür offen, doch es ist besser, ich gerate ihr nicht unter die Augen, denn wenn wir aufeinandertreffen, herrscht eine merkwürdige Stimmung. Wahrscheinlich ist es jetzt, wo ich von der Natur ihrer Geschäfte weiß, nicht mehr so leicht, mich loszuwerden. Wenn sie mich wegjagen würden, wäre es möglich, dass ich anderen davon erzähle, was ich gehört habe.

Eine halbe Stunde, nachdem sich Emblyn zu Bett begeben hat, werfe ich mir meinen Mantel um und entzünde meine Lampe. Das Haus ist sehr still, ich muss vorsichtig sein, dass meine Schritte nicht doch zu hören sind. Erst als ich die Tür des Geheimganges hinter mir schließe, legt sich mein Herzrasen ein wenig. Obwohl ich eigentlich beunruhigt sein müsste, weiß ich jetzt doch, dass dieser Gang dazu dient, Schmuggelware ins Haus zu bringen.

Doch mit meiner Ruhe ist es vorbei, als ich auf halbem Wege ein Geräusch aus der Dunkelheit höre. Ist dort unten noch einer von Clemos Spießgesellen?

Das Geräusch verstummt. Möglicherweise hat er mich gehört. Oder nicht? Zögerlich gehe ich weiter. Leise zu sein oder gar den Atem anzuhalten ist nicht nötig, denn allein das Licht verrät mich. Aber umzukehren kommt auch nicht in Frage. Wenn dort unten jemand ist, werde ich ihm eben sagen, dass ich Clemos Frau bin.

Doch als ich die Höhle erreiche, sehe ich nichts. Auch das Geräusch wiederholt sich nicht. Offenbar habe ich es mir nur eingebildet. Die Güter, die von dem »Handelsschiff« geholt worden sind, sind natürlich verschwunden. Branok und seine Helfer haben gute Arbeit geleistet.

Ich öffne die Tür und höre nichts weiter als das wilde Rauschen des Meeres. Angst überfällt mich. Bei Nacht greift das Meer stärker nach dem Land, außerdem reicht die Lampe in meiner Hand nicht aus, die Schwärze zu durchdringen. Ich kann mich nur an meine Erinnerung halten. Umkehr ist nicht möglich. Es hat in den vergangenen Monaten zu viele Situationen gegeben, in denen ich von Clemo enttäuscht war oder ihn sogar verabscheute.

Dass er ein Schmuggler ist, bringt das Fass zum

Überlaufen. Ich bin mit einem Verbrecher verheiratet, dem mein Vater zu allem Überfluss auch noch sein ganzes Vermögen vermacht hat. Nicht ein einziges Mal ist Clemo bei seinem Grab aufgetaucht, ja nicht einmal ich selbst habe es bisher gesehen. Und ich bin schwanger – mit Christians Kind.

Als ich die Tür hinter mir schließe, weiß ich, dass ich, sollte ich zurückkehren, eine andere sein werde.

Die Meeresbrise schneidet harsch in mein Gesicht und zerrt an meinen Kleidern, als ich am Strand entlanggehe. Von Zeit zu Zeit leckt die Brandung über meine Füße und bringt mich dazu zurückzuspringen, denn ich glaube, dass ich mich auf direktem Weg ins Wasser befinde.

Mein Herz rast. Wenn ich mich nur nahe genug am Strand halte, werde ich den gegenüberliegenden Felsen schon finden. Doch die Dunkelheit über dem Meer ist tief und wirkt, als verberge sich darin ein Meeresungeheuer.

Es dauert eine ganze Weile, bis ich den Leuchtturm sehe – aber dann scheinen meine Füße den Weg von allein zu finden, denn das Licht, das die dunstige Luft durchschneidet, leitet mich sicher zu dem hohen Felsen. Nur wenige Minuten später klopfe ich an die Tür des Leuchtturms.

Ich weiß nicht, ob die Wärter bereits schlafen, aber zumindest der Mann, der auf die Laterne achtgibt, wird mich hören!

Es dauert eine ganze Weile. Wieder und wieder hämmere ich gegen die Tür. Da wird plötzlich der Riegel zurückgeschoben und die Tür öffnet sich.

Als ich Christian im Schein seiner Lampe sehe, schluchze ich freudig auf.

»Leandra! Was ist los?«, fragt er und nimmt mich in seine Arme. »Ist etwas passiert? Du bist ja ganz kalt.«

Da ich ihm mit Worten nicht antworten kann, ich kein Papier dabeihabe und meine Hände ohnehin viel zu sehr zittern, presse ich mich einfach an ihn.

Er führt mich die Treppe hinauf, und erst nachdem er die Tür seiner Unterkunft hinter uns geschlossen hat, bitte ich ihn um Feder und Papier.

Er legt mir eine Decke um die Schultern, und ich beginne niederzuschreiben, was mich zu ihm geführt hat. Ich hätte viel schreiben können, zu Clemo und den Schmugglern, doch dafür ist das Tagebuch da, das ich in einer Tasche bei mir trage.

Die wichtigste Nachricht reiche ich ihm zuerst.

»Du erwartest ein Kind?«, fragt er verwundert, als er den Zettel gelesen hat. Sein Körper spannt sich. Wahrscheinlich hat er wie alle anderen hier geglaubt, dass ich unfruchtbar sei. Doch ich habe den Beweis erhalten, dass Clemo unfruchtbar ist, egal, was Emblyn behauptet.

Seit drei Monaten wächst das Kind in mir, ich spüre es. Nicht nur, weil mein Blut ausgeblieben ist und ich nur schwerlich die Übelkeit verbergen kann.

»Ist es … von Clemo?«, fragt Christian, und ich würde ihn gern für seine Begriffsstutzigkeit ohrfeigen.

Nein, von dir, formen meine Lippen. Hat er denn

die leidenschaftlichen Umarmungen auf seinem Lager vergessen?

Nein, das hat er nicht, denn er zieht mich in seine Arme und küsst mich überschwänglich.

»Das ist ja wunderbar! Wir bekommen ein Kind!«

Ich nicke, und jetzt, wo ich bei ihm bin, kann ich es ebenfalls wunderbar finden.

Ich lasse ihm noch einen Moment seines Glückes, doch dann wird es Zeit, dass ich ihn in all die anderen Dinge einweihe. Die Dinge, die mich aus dem Haus getrieben haben und wegen denen ich ihn bitten möchte, mit mir zu fliehen.

Es würde zu lange dauern, ihm alle Einzelheiten noch einmal aufzuschreiben, also hole ich mein Tagebuch hervor, das ich seit kurzem stets bei mir trage, aus Angst, dass Emblyn es in die Finger bekommen könnte.

Als Christian mit dem Lesen fertig ist, springt er auf, so heftig, dass der Schemel, auf dem er gesessen hat, umkippt.

»Das ist ja furchtbar! Ich kann dich nicht im Haus dieses Mannes lassen! Erst recht nicht mit einem Kind!«

Seine Augen glühen wie im Fieber, als er nach meinen Armen greift. »Ich werde das nicht zulassen, hörst du?«

Schlagartig springt er auf und beginnt, unruhig im Raum auf und ab zu gehen. Ich reiße eine Seite aus dem Buch und schreibe: *Hast du denn den Mut, mit mir zu fliehen und neu anzufangen? Kannst du alles, was du hier hast, zurücklassen?*

Als er sich mir wieder zuwendet, zeige ich ihm den Zettel. Christian stockt, reißt ihn mir aus der Hand und liest. Wenig später kniet er vor meinem Stuhl nieder. »Und ob ich den Mut habe! Und ich will dich! Zumal ich jetzt weiß, dass du mein Kind erwartest. Und ich bin sicher, dass es meines ist!«

Zärtlich birgt er mein Gesicht in seinen Händen. »Bitte, bleib heute Nacht hier. Bleib für immer hier. Lass Clemo und seine Spießgesellen, komm zu mir! Wir werden einen Weg finden, von hier zu verschwinden.«

Ich sehe ihn überrascht an. Damit, dass er mir diesen Vorschlag macht, habe ich nicht gerechnet. Doch es gibt nichts, was ich lieber täte!

Allerdings muss ich noch einmal ins Haus zurück. *Ich möchte den Schmuck meiner Mutter und ein paar Sachen holen*, schreibe ich auf einen der Zettel.

»Nein!«, protestiert Christian. »Ich lasse dich nicht wieder in das Haus dieses Mannes!«

Aber bedenke doch, wir können den Schmuck versetzen und uns irgendwo ein kleines Haus kaufen. Wir können neu beginnen. Das wird uns nicht so leicht gelingen, wenn wir nichts haben.

Christian presst die Lippen zusammen. Wohl ist ihm nicht dabei, doch schließlich nickt er.

»In Ordnung. Pack zusammen, was du brauchst, aber wenn möglich nicht so viel. Ich habe ein kleines Boot, wir werden segeln. Um Land's End herum und dann nach Plymouth. Vielleicht fahren wir auch auf den Kontinent. Irgendwohin, wo dich dieses Schwein nicht mehr in die Finger bekommen kann.«

Ich springe auf und umarme ihn. Das war die beste Nachricht, die er mir geben konnte.

Später …

Der Morgen naht und damit der Tag meiner Freiheit. Christian und ich haben verabredet, dass ich nur noch einmal schnell in mein Zimmer gehe, durch den Geheimgang. Von dort werde ich holen, was ich brauche, und dann kehre ich dem Haus sogleich wieder den Rücken. Das Boot liegt bereit, Christian hat in den vergangenen Stunden dafür gesorgt. Ich kann es kaum fassen, dass ich diesen Ort verlassen werde. Doch es fühlt sich richtig an. Vielleicht würde mein Vater mein Tun missbilligen, aber wenn ich ihn im Himmel treffe, kann ich ihm vielleicht erzählen, was geschehen ist.

Ich höre Christian kommen, es ist so weit.

Verwirrt hielt Kim inne. Das Tagebuch – es ging nicht mehr weiter! Die Seiten dahinter waren unbeschrieben, lediglich ein paar Wasserflecke prangten darauf. Das war doch nicht möglich! Als sie aufblickte, lächelte Janet sie an.

»Eine schöne Geschichte, nicht wahr?«, fragte sie dann.

»Eine unvollständige«, entgegnete Kim. »Was ist mit dem Rest?«

»Nun, den Rest kennt niemand. Nicht alle Geschichten haben ein klares Ende, weißt du?«

Kim klappte das Buch zu. Ein bisschen enttäuscht war sie schon. Was war aus Leandra und ihrem Kind geworden? Was aus Christian? War ihnen die Flucht gelungen? Oder war alles ganz furchtbar schiefgegangen? Immerhin hatte Leandra, soweit Kim es abschätzen konnte, nicht besonders viel Glück in ihrem Leben gehabt. »Wie ist dieses Buch in Ihren Besitz gelangt?«

»Ich sagte doch schon, es wurde am Strand gefunden.« Ein hintergründiges Lächeln huschte über Janets Gesicht.

»Von wem?«

»Von meinem Urgroßvater, glaube ich. Seitdem ist es in meiner Familie.«

»Und der Ammonit in der Kiste? Ist es der aus dem Buch?«

Janet lächelte und strich sich dann mit einer etwas unbeholfenen Geste eine Haarsträhne aus dem Gesicht.

»Ammoniten tauchen in dieser Gegend immer mal wieder auf. Land's End liegt direkt am Meer, weißt du?«

Eine Menge Fragen wirbelten durch Kims Verstand. Hatten Leandra und Christian die Flucht gewagt und waren im Meer untergegangen? Wurden ihre Habseligkeiten an Land gespült und gefunden? Oder hatten sie die Flucht geschafft? Wollte Janet, dass Kim es allein herausfand, oder wollte sie das Geheimnis mit ins Grab nehmen? Denn Kim war sich sicher, dass Janet wusste, was das Schicksal mit Leandra und Christian gemacht hatte.

Zu gern hätte Kim weiter nachgebohrt, aber sie sah die Müdigkeit in Janets Augen. Die Euphorie vom Morgen schien verflogen zu sein.

»Ich möchte, dass du das Buch behältst«, sagte Janet unvermittelt und legte dann ihre Hand auf Kims Arm.

»Ich?«, wunderte sich Kim. »Aber ich gehöre doch nicht zur Familie!«

»Wenn es nach den Genen geht, vielleicht nicht, aber ...« Sie verstummte kurz, dann fuhr sie fort: »In den vergangenen Wochen habe ich das Gefühl bekommen, dass du dich hier wohl fühlst. In Land's End. Als ich gesehen habe, dass du von der Klippe springen wolltest, dachte ich mir, das kann doch nicht wahr sein! So ein schönes junges Mädchen will sich in den Tod stürzen! Ich nahm mir vor, dich zu retten, und in dieser Gegend bedeutet Familie Rettung. Wenn man jemanden retten will, nimmt man ihn in die Familie auf und zeigt ihm, dass es immer etwas gibt, wofür es sich zu leben lohnt. Und wenn es nur ein Buch ist, eine alte Frau und eine unvollendete Geschichte.«

Tränen stiegen Kim in die Augen und ließen Janets Lächeln verschwimmen.

»Na, na, weine doch nicht«, sagte sie beschwichtigend, doch Kim konnte nicht anders. Familie bedeutet Rettung! Warum hatte sie nicht früher daran gedacht? Warum war sie nicht zu ihrer Mutter gegangen oder ihrer Großmutter? Warum musste erst eine Fremde sie zu ihrer Stiefenkelin machen, damit sie das begriff?

»Es ist alles gut, du wirst sehen. Nach einem Regenguss scheint wieder die Sonne. Das ist vielleicht eine abgedroschene Phrase, aber ebenso ein Naturgesetz.«

Kim nickte und wischte sich die Tränen von den Wangen.

»Würdest du bitte Dan holen?«, fragte Janet dann.

»Geht es Ihnen nicht gut?«

»Doch, mir ist nur eine Sache eingefallen, die ich noch mit ihm besprechen wollte. Bitte hole ihn, bevor es mir wieder entfällt.«

»Okay.«

Kim legte das Buch auf den Stuhl und ging nach unten. Dan war gerade dabei, schon einmal das Abendessen vorzubereiten, denn Eintopf schmeckte am besten, wenn er eine Weile gestanden hatte. Es roch jedenfalls verdammt gut nach Stew. Kim hatte diesen Geruch zuletzt bei einem ihrer Besuche bei ihrer Großmutter in die Nase bekommen und musste zugeben, dass Dans zumindest vom Geruch her mithalten konnte.

»Dan?«

Er wirbelte herum und stieß einen kleinen Fluch aus. Etwas tropfte vom Löffel auf den Boden.

»Deine Gran würde dich gern sprechen«, sagte Kim. »Sie möchte dir etwas erzählen, sagt sie.«

»Okay«, sagte Dan und blickte auf den Topf hinter sich, in dem es heftig brodelte.

»Ich passe solange auf das Essen auf.«

Dan nickte, legte den Kochlöffel beiseite und band sich die Küchenschürze ab. Kim nahm sie ihm aus der Hand und legte sie sich um. Dann trat sie an den Topf. Das Stew köchelte leise vor sich hin, und als sie sicher war, dass es nicht überkochen würde, griff sie in ihre Hosentasche und zog das Handy hervor, das sie am vergangenen Abend frisch aufgeladen hatte. Es fiel ihr nicht schwer, die Nummer ihrer Mutter zu wählen. Um diese Zeit machte sie Mittagspause, vielleicht hatte sie Zeit für ein kurzes Gespräch.

Nach zweimaligem Klingeln ging sie ran.

»Kim?« Natürlich hatte sie ihre Nummer auf dem Display gesehen.

»Hallo, Mum«, entgegnete Kim, und ein Lächeln huschte über ihr Gesicht. »Wie geht es dir?«

Schweigen am anderen Ende. War ihre Mutter geschockt?

Dann vernahm sie ein Schluchzen. »Mum?«, fragte sie, doch noch immer war ihre Mutter nicht in der Lage, etwas zu ihr zu sagen.

Ihr selbst traten nun wieder die Tränen in die Augen. Sie konnte sich vorstellen, durch welchen Horror ihre Mutter gegangen war. Immerhin hatte sie sich seit der Nachricht, die sie ihr im Bus geschrieben hatte, nicht wieder bei ihr gemeldet. So etwas würde nie wieder vorkommen, das schwor sie sich.

»Hörst du, Mama?«, fragte sie in den schluchzenden Äther. »Bei mir ist alles in Ordnung, ich bin bei einer Freundin in Land's End. Es handelt sich um eine ältere Dame namens Janet Hathington. Ich habe sie hier kennengelernt, und mittlerweile geht es ihr ziemlich schlecht, deshalb habe ich beschlossen, noch eine Weile zu bleiben. Bitte verzeih mir, dass ich mich nicht gemeldet habe.«

»Kim?«, fragte ihre Mutter wimmernd, dann zog sie die Nase hoch. Kim sah sie vor sich, wie sie sich übers Gesicht wischte und versuchte, die Fassung wiederzugewinnen. »Es ist schön, dass du anrufst. Du weißt gar nicht, wie sehr ich mir gewünscht habe, deine Stimme wiederzuhören.«

»Ich finde es auch schön, Mama«, entgegnete sie, wischte sich über die Augen und warf einen Blick auf das Stew. Es köchelte immer noch vor sich hin. Keine Gefahr. »Es tut mir so wahnsinnig leid, dass ich nicht zu dir gekommen bin, als ich Probleme hatte«, fuhr sie dann fort. »Ich … ich habe diesen Brief in Jakes Tasche gefunden. Das hat alles nur noch schlimmer gemacht.«

»Welchen Brief?«, wollte ihre Mutter wissen.

»Einen Brief an eine andere. Ich ... ich bin einfach ausgetickt, es hat mich wie eine Bombe getroffen.« Kurz überlegte Kim, ob sie ihrer Mutter von ihrem Selbstmordversuch erzählen sollte, doch dann entschied sie, dass es in diesem Augenblick nicht gut wäre. Ihre Mutter würde sicher gleich in einen Zug steigen und herkommen, und das wollte sie nicht. »Ich bin dann einfach losgefahren, ich wollte weg von alledem. Weißt du, es ist schwer, zu wissen, dass ich ihn sowieso verloren hätte, früher oder später ...«

Kim stockte. Und plötzlich konnte sie nur daran denken, was für ein großer Fehler das alles gewesen wäre. Sicher hatte sich Jakes Susan auch nicht umgebracht, sondern machte sich vielleicht schon an den nächsten Surfstar ran ... Nein, ich tue ihr Unrecht, dachte Kim. Möglicherweise hat sie ihn wirklich geliebt. Wie ich. Aber nun haben wir ihn beide verloren, und keine von uns ist schuld daran.

»Er hatte eine andere?«, fragte ihre Mutter verwundert.

»Ja, das hatte er«, antwortete Kim. »Aber daran will ich nicht mehr denken. Ich ... ich wollte nicht mehr an ihn denken. Doch er war immer in meinen Gedanken, wieder und wieder habe ich ihn vor mir gesehen, mich daran erinnert, was wir miteinander erlebt haben. Und dann habe ich Janet getroffen. Sie hat es geschafft, die Gedanken zu vertreiben, und mittlerweile träume ich nicht mal mehr von Jake. Kannst du dir das vorstellen?«

»Das kann ich«, entgegnete ihre Mutter. »Doch ich wünschte mir, dass du damit zu mir gekommen wärst. Du hättest mir sagen müssen, was bei dir los war! Ich hätte versuchen können, dir zu helfen.«

»Du hast deine eigenen Sorgen.«

»Das stimmt, aber glaubst du nicht, dass meine Tochter immer vorgeht?«

»Ja, ich denke schon«, gab Kim beschämt zurück. »Aber manchmal ... manchmal sieht man den Weg nicht richtig. Manchmal braucht man einen Lotsen. Wie ein Schiff auf dem Meer.«

»Und diese Janet ist so ein Lotse?«

»Ja, das ist sie. Oder besser gesagt, sie ist ein Leuchtturm.« Kim musste lächeln, als sie daran dachte, dass dieser Vergleich Janet gefallen würde. »Und wie ich schon sagte, ihr geht es nicht besonders gut, also bleibe ich wohl noch ein Weilchen hier.«

»Und was ist mit deiner Arbeit?«

»Ich bin mir ohnehin nicht mehr sicher, ob ich dorthin zurückkehren möchte. Du weißt, wie meine Kollegen sind.«

»O ja, das weiß ich. Wahrscheinlich haben sie schon heimlich eine Partneranzeige für dich aufgegeben.«

Kim lachte auf. Ja, so waren sie wirklich. Aber sie wollte sich nicht mehr unter Druck setzen lassen. Sie wollte auch nicht in Jakes Haus zurückkehren. Sie wollte ihn einfach nur gehen lassen.

»Mama?«, fragte Kim leise.

»Ja, mein Kind?«

»Ich hab dich lieb.«

»Ich dich auch«, entgegnete ihre Mutter, und wieder schien sie den Tränen nahe zu sein.

»Ich melde mich, sobald ich kann. Mach dir keine Sorgen, es kommt schon wieder alles in Ordnung.«

»Das hoffe ich«, entgegnete ihre Mutter. »Pass auf dich auf, Kimmy.«

27. Kapitel

»Hi, Gran, Kim sagte, du willst mich sprechen«, sagte Dan, als er durch die Zimmertür trat.

»Du riechst nach Stew«, bemerkte sie. »Kochst du welches?«

»Ja, das hast du dir doch gewünscht!«, gab Dan zurück und setzte sich auf die Bettkante.

»Und du erfüllst mir immer alle meine Wünsche, ich weiß.« Janet lächelte ihn an. Sie wirkte klein und verloren auf dem Kopfkissen, und Dan hätte ihr nur zu gern ein wenig von seiner eigenen Kraft abgegeben.

»Na ja, zumindest, wenn ich kann«, gab er zurück, während er versuchte, das Bauchkneifen zu ignorieren, das ihn plötzlich überfiel. Was wollte sie ihm sagen?

»Weißt du, der Ausblick ist grandios«, sagte sie, während sie ihren Blick auf den schmalen Streifen Meer und den Himmel richtete. »Ich frage mich, warum ich dieses Zimmer nie als mein Schlafzimmer genutzt habe.«

Darauf konnte Dan ihr keine Antwort geben. Aber das erwartete sie auch nicht.

Sie legte ihre Hand auf seine. »Hast du dir die Sachen in der Kiste angeschaut?«

»Ja, das habe ich. Du hattest es mir ja auf die Liste geschrieben.«

»Das stimmt. Aber ich dachte, du wärst vielleicht noch nicht dazu gekommen.«

»Ich brauchte etwas Ablenkung«, entgegnete er. »Außerdem wollte ich Kim zeigen, was in dieser Kiste ist.«

»Sie ist ein nettes Mädchen, nicht wahr?«

Dan spürte, wie ihm das Blut in die Wangen schoss. »Das ist sie.«

Janet nickte zufrieden.

»Ich kann mir vorstellen, dass beim Betrachten des Albums Fragen in dir aufgestiegen sind«, fuhr sie fort und sah ihn an. Er brauchte nichts zu sagen, wahrscheinlich erkannte sie an seinem Blick, dass dem so war.

»Nun, das Foto von mir mit dem kleinen Mädchen – das hast du doch sicher gesehen?«

»Ja, das habe ich.«

»Hast du dich gefragt, wer sie ist?«

»Ja.«

Janet lächelte zufrieden.

»Iris. Die jüngere Schwester deines Vaters.«

»Habe ich mir fast gedacht«, entgegnete Dan. »Ich meine, ich habe mit Kim darüber gesprochen, dass ich kurz nach dem Tod meines Dads auf der Treppe gehört habe, wie du eine entsprechende Bemerkung zu Großvater gemacht hast. Ich hatte es fast vergessen.«

»Und ich hätte nicht gedacht, dass du uns belauscht hast.«

»Na ja, wahrscheinlich hattet ihr gerade die Todesnachricht bekommen. So genau weiß ich es nicht mehr, denn damals war ich ja noch klein. Ich bin durchs Haus gewandert, weil ich Angst hatte, dass meine Eltern nie wiederauftauchen würden. Was dann ja auch passiert ist.«

»Der Tod deines Vaters hat mich sehr schwer getroffen, denn er war das älteste und gleichzeitig das letzte meiner Kinder.« Janets Augen nahmen einen feuchten Glanz an. »Ich hatte mir so sehr eine Tochter gewünscht, und als ich sie bekam, war das der schönste Tag in meinem Leben. Doch Iris starb, als sie fünf Jahre alt war. Dein Vater und sie haben bei den Klippen gespielt, ich hatte ihm aufgetragen, gut auf sie achtzugeben. Sie kannte die Gefährlichkeit der Klippen auch, ich habe es ihr oft genug eingebläut. Eines Tages verspäteten sich die beiden, eigentlich hätten sie schon zurück sein sollen. Ich ging zu der Stelle, wo sie immer spielten, doch da waren sie nicht. Ich begann, sie zu suchen, rief nach ihnen. In meinem Kopf spielten sich alle möglichen Szenarien ab. Dann entdeckte ich sie. Ich habe keine Ahnung, was sie dazu gebracht hat, sich dem Klippenrand so weit zu nähern. Doch das war in diesem Augenblick nicht wichtig. Ich wusste nur, dass ich sie von da wegholen musste. ›Iris!‹, rief ich sie, und sie drehte sich um. Im nächsten Augenblick verlor sie das Gleichgewicht. Ich stürzte vor, wollte sie halten, doch ich kam zu spät. Mein kleines Mädchen verschwand in der Tiefe.«

Janets Augen blickten an ihm vorbei, ihre Wangen waren nun tränenüberströmt.

Dan war geschockt über diese Offenbarung, aber mehr noch machte er sich Sorgen, dass sich seine Großmutter zu sehr aufregen könnte. Wie war sie nur darauf gekommen, ihm diese alte Geschichte zu erzählen? Lag es an Kims Vorlesestunden? Stand irgendwas in dem Tagebuch, das sie daran erinnert hatte?

»Du weißt es nicht, doch jedes Jahr am Tag des Todes deiner Tante bin ich zu den Klippen gegangen, zu der Absturzstelle, und das mehr als fünfzig Jahre lang. Ich habe Iris niemals vergessen können, immer wieder habe ich gesehen, wie sie zu den Klippen gelaufen ist. Als ich Kim dann an der Klippe stehen sah, verschwand Iris. Sie hat mich offenbar zu ihr geführt. Ich zögerte, die Fremde vor mir anzusprechen, denn ich wollte nicht, dass sie ebenso wie mein Mädchen abstürzte. Doch dann erkannte ich, dass das genau ihre Absicht war. Im Gegensatz zu Iris wollte sie stürzen! Das konnte ich nicht zulassen. Da ich sie unmöglich hätte fassen können, sprach ich sie an. Und erkannte dann, dass sie nicht fallen würde. Sie wandte sich um und entfernte sich gleichzeitig ein Stück vom Klippenrand. Sie wusste es vielleicht noch nicht, aber ich sah, dass ich sie retten konnte.«

Stille folgte ihren Worten. Dan wusste nicht, was er dazu sagen sollte. Aber wahrscheinlich erwartete Janet auch nicht, dass er irgendwas sagte.

Janet nahm seine Hand. »Jetzt kennst du die Wahrheit, mein Junge. Und ich weiß nicht, was zwischen euch beiden ist, doch ich spüre, dass ihr euch mögt. Und das freut mich sehr.«

Damit verstummte sie, und ihre Augen fielen zu. Dan wollte schon panisch aufspringen, doch da hörte er, wie Janets Atmen gleichmäßig wurde. Ihre Erzählung hatte sie erschöpft, aber es sah ganz so aus, als würde sie noch ein Weilchen bei ihnen bleiben.

Dans Verstand fühlte sich an wie in Watte gepackt, als er die Treppe hinunterging. Er hörte Kim in der Küche hantieren. Gleichzeitig fragte er sich, ob er bereit wäre, hier, an

Land, zu bleiben. Früher hatte er es sich nicht vorstellen können, doch jetzt, wo seine Großmutter schon bald nicht mehr war und das Haus verwaist sein würde …

Er wusste auch, dass es zu früh war, um über so etwas nachzudenken, aber für einen Moment erlaubte er sich den Gedanken, dass Kim bei ihm sein würde, in diesem Haus. Vielleicht wollte sie auch wieder zurück nach Bristol, aber die Vorstellung, hier mit ihr zu leben, als Freunde, als Geliebte, vielleicht irgendwann als Partner, gefiel ihm außerordentlich.

»Na?«, fragte er, als er durch die Küchentür trat. Kim hatte bereits Teller aus dem Schrank geholt und den Topf an die Seite gezogen. Sie sah verweint aus – aber wer sah in diesem Haus nicht so aus?

»Na?«, fragte sie zurück und lächelte schwach. »Alles in Ordnung da oben?«

Dan bemerkte, dass sie ein Tablett für Janet bereitgestellt hatte, mit einer kleinen Schale darauf. Der Arzt hatte gemeint, dass sie wahrscheinlich nicht viel essen würde, schließlich hatte sie im Krankenhaus bereits künstliche Nahrung bekommen. Doch da sie sich Stew gewünscht hatte, sollte sie auch ihre Portion bekommen.

»Ja, Gran wollte mir nur etwas erzählen.«

Kim nickte, doch in ihren Augen stand die Frage, was sie ihm erzählt hatte.

Er ließ sich auf die Küchenbank fallen. Auf einmal fühlte sich sein Körper furchtbar schwer an.

»Dieses Mädchen … Ich hatte recht, das war die Schwester meines Vaters. Sie … sie ist von den Klippen gestürzt.«

»Was?« Kim setzte sich neben ihn.

»Offenbar hast du dir für deinen Selbstmord den Tag

ausgesucht, an dem Janets Tochter verunglückt ist. Sie hat mir erzählt, dass sie jedes Jahr an dem Tag zur Klippe gegangen ist. Und da hat sie dich gefunden.«

Er griff nach ihrer Hand und drückte sie an seine Wange. »Das Leben kann schon ein übler Spielverderber sein, oder?«

»Ja«, antwortete sie und konnte selbst fast nicht glauben, dass sie hinzufügte: »Doch man darf nicht aufgeben. Das hat mich die Zeit mit Janet gelehrt.«

»Dann bin ich froh«, entgegnete Dan und küsste sie. »Und jetzt sollten wir Gran ihr Stew bringen, was meinst du?«

Kim nickte, erhob sich und reichte Dan dann die Hand, um ihn ebenfalls in die Höhe zu ziehen.

Wenig später erklommen sie beide die Treppe. Sie hatten beschlossen, mit Janet zu essen, damit sie sich nicht so einsam fühlte.

»Meinst du, wir könnten sie ins Auto setzen, wenn es ihr morgen immer noch so gut geht?«, fragte Dan, als sie vor ihrer Tür haltmachten.

»Keine Ahnung, fragen wir sie!«, entgegnete Kim.

»Gran, wir …« Dan stockte noch in der Tür.

Die Art, wie sich sein Körper versteifte, alarmierte Kim.

»Gran?«, fragte er, doch da wurde seine Stimme schon von Tränen aufgelöst. Er stürmte in den Raum, und als Kim ihm nur einen Moment später folgte, sah sie Janet auf dem Bett liegen, mit offenen Augen, den Blick starr auf das Fenster gerichtet.

Kein Zweifel, sie hatte diese Welt verlassen. Und sie hatte damit gewartet, bis sie allein war.

28. Kapitel

Janets einziger Verwandter war Dan. Trotzdem war die kleine Kirche, in der ihr Sarg aufgebahrt wurde, voll. Kim war beeindruckt, wie viele Menschen sie gemocht hatten und von ihr Abschied nehmen wollten.

Janets Liste und Dans Vorbereitungen hatten sich ausgezahlt – am ersten Tag nach ihrem Tod war er kaum zu etwas anderem imstande gewesen, als zu weinen. Kim war bei ihm gewesen, und noch einmal fühlte sie, was sie vor drei Monaten gefühlt hatte, als Jake verunglückt war. Nur diesmal war es etwas anderes. Sie hatte jemanden, den sie halten und an dem sie sich festhalten konnte.

Und sie hatte die Erfahrung, wie so eine Beerdigung ablief. Die ganze Zeit über hielt sie Dans Hand, besonders dann, als der Reverend auf seine Familie zu sprechen kam. Kim fand es faszinierend, wie sehr die Familie in der Gegend verwurzelt war – und wer weiß, vielleicht gab es ja tatsächlich einen Zusammenhang zwischen Leandras und Janets Familie?

Als sie die Kirche schließlich verließen, frischte der Wind auf und Kim meinte, das Rauschen des Meeres zu hören. Sie war sicher, dass Janet das Wetter gemocht hätte.

Sechs Männer aus dem Dorf trugen den Sarg zum Friedhof, auf dem es neben modernen Grabsteinen auch alte Steinkreuze gab. Die Namen darauf fanden sich immer wieder. In diesem Landstrich blieb man offenbar zu Hause oder kehrte dorthin zurück, sobald man die Welt gesehen hatte.

Als der Reverend mit der Aussegnung begann, dachte Kim wieder an Leandra. Ob Janet jetzt bei ihr war und sie fragen konnte, welches Ende ihre Geschichte genommen hatte? Es war ein Jammer, dass Kim es nicht wusste. Aber vielleicht gab es ja eine Möglichkeit, das herauszufinden. Dieser Frage nachzugehen interessierte sie jedenfalls mehr als die Aussicht, zu ihren Kollegen nach Bristol zurückzukehren.

Doch sie wusste, dass sie zurückmusste. Zu viel gab es zu klären – und sie schuldete einigen Leuten auch noch detaillierte Erklärungen. Aber eines wusste sie: Sie würde nicht in Jakes Haus bleiben. So, wie die Erinnerungen an ihn schwächer geworden waren und nicht mehr überall streiflichtartig vor ihr auftauchten, so musste sie auch alles andere, was mit ihm zu tun hatte, loswerden. Das bedeutete nicht, dass sie ihn vergessen wollte, aber sie würde ihr Leben nicht mehr von ihm abhängig machen.

Als der Reverend fertig war und Kim ebenfalls ihre drei Hände Sand auf den Sarg geworfen hatte, wich sie von Dans Seite. Die Leute wollten ihm kondolieren, da hatte sie nichts zu suchen. Außerdem brauchte sie jetzt etwas Ruhe.

Und sie wusste genau, wo sie diese fand.

Dan konnte sich nicht mehr erinnern, wie viele Hände er geschüttelt hatte. Die Beileidsbekundungen hörten sich alle gleich an, und irgendwann verschmolzen auch die Gesichter zu einer homogenen Masse. Erst als sie den Friedhof verließen, fiel ihm auf, dass Kim nicht mehr bei ihm war. Wo war sie hin?

Der Wind strich durch die Friedhofsbäume, doch eine Antwort hatten sie nicht für ihn. Aber dann fiel es ihm ein, und er rannte los.

Er fand Kim an der Klippe. Sie stand ziemlich weit am Rand, der Abgrund war gefährlich nahe. Kurz blitzte in ihm die Angst auf, dass sie springen könnte, und beinahe wäre er vorgeschossen, um sie zu halten. Da wandte sie sich um und lächelte ihn an.

»Ein schöner Ausblick, findest du nicht?«, fragte sie.

»Ja, schön.« Dan keuchte die Worte mehr, als er sie sprach. Für einen Moment hatte er wirklich geglaubt, sie wollte ihrem Leben doch ein Ende bereiten. »Aber mir wäre es wesentlich lieber, wenn du von der Klippe weggehen würdest.«

»Ich habe nicht vor zu springen«, entgegnete sie.

»Aber wie du weißt, kann man leicht hinunterfallen, ohne es zu wollen.«

»Ich bin sicher, du fängst mich auf.«

Kim lächelte ihn an, dann strich sie sich eine Haarsträhne aus dem Gesicht. »Ich werde morgen nach Bristol zurückfahren. Die Dinge wieder in Ordnung bringen.«

Dan nickte. Er hatte gewusst, dass dieser Tag kommen würde, wenngleich er sich insgeheim gewünscht hatte, noch ein bisschen Zeit zu haben. Doch auch sein Urlaub lief aus, und schon bald würde er wieder auf dem Meer sein.

»Und … kommst du wieder?«, fragte er. »Ich meine, ich werde erst mal für einen oder zwei Monate auf See sein, aber dann …«

»Ich komme wieder«, entgegnete Kim. »Versprochen. Allerdings muss ich erst einmal mein altes Leben loswerden. Jedenfalls den Teil davon, den ich ohnehin schon verloren habe«, fügte sie hinzu, als Dan sie erschrocken ansah. »Gewissermaßen ist an dem Tag, an dem ich springen wollte, etwas in mir gestorben – aber ich habe noch genug Leben in mir für einen neuen Anfang.«

»Das will ich auch hoffen«, sagte Dan, zog sie in seine Arme und küsste sie leidenschaftlich.

Die Lust, mit ihm zu schlafen, erwachte in Kim, doch das würde warten müssen, bis sie die Trauerfeier hinter sich gebracht hatten.

»Komm, gehen wir zurück, unsere Gäste warten. Wir wollen doch Janet feiern, nicht wahr?«

Sie schlang ihren Arm um seine Hüfte und er seinen um ihre Schultern. Gemeinsam folgten sie dem Weg, der so viele Erinnerungen barg, hinunter nach Land's End.

Epilog

Drei Monate später

Das Meer ist grau und beinahe ein wenig grünlich, doch das kommt nur davon, dass sich der Himmel in ihm reflektiert. Wir stehen auf der Klippe, auf der früher einmal das Anwesen der Gryffyns gestanden hat. Jetzt ist hier ein kleines Museum, das nicht im Geringsten mit dem mithalten kann, was ich beim Lesen des Tagebuchs vor mir gesehen habe. Und doch scheint etwas geblieben zu sein – eine seltsame Stimmung hängt über dem Ort.

»Das da drüben muss der Felsen sein, auf dem der Leuchtturm gestanden hat«, sage ich zu Dan und deute hinüber. Vom Leuchtturm ist ebenso wenig zu sehen wie von dem Herrenhaus. Doch der Felsen sieht aus wie auf dem Leuchtturmbild, das ich in Janets Wohnstube gesehen habe. Was wohl zuerst untergegangen ist?

Aus dem Augenwinkel heraus bemerke ich, dass jemand auf uns zukommt.

»Kann ich etwas für Sie tun?«, fragt der alte Mann, während er uns aufmerksam mustert. »Ich bin Fremdenführer«, setzt er dann hinzu und deutet auf den Button an seiner Jacke, unter dem der Name Harold Ferguson steht. »Was auch immer Sie über Port Isaac wissen wollen, ich kann es Ihnen sagen.«

Wirklich? Vielleicht sollte ich ihn auf die Probe stellen.

»Kennen Sie die Geschichte der Gryffyns?«, frage ich, nachdem ich Dan einen Blick zugeworfen habe. Der scheint so was von mir erwartet zu haben.

Die Augen des Mannes weiten sich. »Woher haben Sie von den Gryffyns gehört? Ich meine, dieser Teil unserer Geschichte wird eigentlich nirgendwo erwähnt.«

Ich ziehe das Tagebuch aus der Tasche. »Das hier sind Niederschriften von Leandra Gryffyn, der Frau von Clemo.«

Der Mann starrt mich an, als wäre dicht vor ihm ein Blitz eingeschlagen.

»Du meine Güte, dieses Tagebuch gibt es wirklich?«

»Wie Sie sehen.«

Ich reiche ihm das Buch. Ferguson streicht andächtig über das Leder, den Mut, es aufzuschlagen, hat er allerdings nicht.

»Nun, uns ist nicht viel aus dem Leben von Leandra Gryffyn bekannt. Aber eine Geschichte kursiert nach wie vor bei uns.«

»Was für eine Geschichte?« Tagelang habe ich mir den Kopf darüber zerbrochen, wie es weitergegangen sein könnte. »Das Tagebuch endet dort, wo sie und ihr Geliebter, der Leuchtturmwärter, ihre Flucht beschließen. Danach bricht der Bericht ab.«

Der Blick des Fremdenführers ist traurig. »Nun ja, niemand weiß so recht, was aus ihr geworden ist. Aus den beiden, genau gesagt. Die Geschichte, die uns überliefert ist, spricht davon, dass die Frau von Mr Gryffyn vorgehabt hatte, zu fliehen – wie übrigens schon eine andere Dame vor ihr, die Clemos Braut gewesen war. Der Leuchtturmwärter Christian Walters soll bei ihr gewesen sein beziehungsweise soll er das Boot gesteuert haben, mit dem sie in der Nähe eines kleinen Schmugglerunterschlupfes losgefahren sind. Allerdings bekam Clemo Gryffyn irgendwie Wind davon, dass seine Gattin das Weite suchen wollte. Es heißt, dass er ihnen am Abend der Flucht aufgelauert haben soll. Er stellte Mr Walters zur Rede, und es entspann sich ein Streit, in dessen Verlauf Mr Gryffyn eine Pistole zog.«

Ich schnappe nach Luft. Nach allem, was ich von Clemo weiß, passt es zu ihm, dass er eine Waffe besaß und keine Skrupel hatte, auf Fliehende zu schießen.

»Ein alter Seemann war Zeuge, wie sich Mrs Gryffyn schützend vor Christian warf, um ihn vor der Kugel zu bewahren. Sie wurde getroffen, und Christian, außer sich vor Zorn, ging auf Clemo los. Diesem blieb keine Zeit mehr, seine Pistole zu laden – wie Sie vielleicht wissen, hatten damalige Waffen nur einen einzigen Schuss. Mr Walters schlug ihn mit einem schweren Stein nieder, dann hob er die getroffene Mrs Gryffyn auf und trug sie zu seinem Boot. Er verschwand und wurde niemals wieder gesehen.«

Dieses Ende der Geschichte bedrückt mich. Stimmt das wirklich? Oder ist das nur die Version, die man sich hier erzählt? Ich habe so sehr gehofft, dass sie es geschafft hätten. Aber andererseits verheißt das abrupte Ende des Tagebuchs schon nichts Gutes.

»Ist denn wirklich niemals herausgekommen, was mit den beiden geschehen ist?«, frage ich.

Der Fremdenführer schüttelt den Kopf. »Nein, nicht wirklich. Allerdings tauchten wenig später königliche

Truppen bei Clemo auf. Jemand hatte ihn wegen Schmuggels angezeigt, und die Beweise waren so stichhaltig, dass er verhaftet und die Familie enteignet wurde. Darüber war Emblyn, seine Schwester, so dermaßen erbost, dass sie das Haus anzündete. Es brannte bis auf seine Grundmauern nieder, und nur ihrem Kutscher hat sie es zu verdanken, dass sie überlebt hat. Man hat sie daraufhin in ein Irrenhaus gesteckt, aus dem sie nie wieder rausgekommen ist. Und Clemo wurde wegen Schmuggels und Hehlerei für viele Jahre hinter Gitter gebracht. Man könnte glauben, dass er das seiner stummen Frau zu verdanken hatte – oder dem Leuchtturmwärter.«

Wenig später lassen wir Mr Ferguson hinter uns, eine Reisegruppe, die mit dem Bus hochgefahren ist, wartet auf ihn.

Er hat mich gefragt, ob ich ihm eine Kopie des Buches schicken würde. Ich weiß ehrlich gesagt nicht, ob ich das tun soll. Ich erinnere mich noch gut daran, wie viel Respekt ich vor Leandras Leben hatte – und noch immer habe. Andere Leute könnten das nicht so sehen. Aber ich habe ja Zeit zum Nachdenken. Und wenn ich mich dagegen entscheide, müssen sich die Leute eben auf das verlassen, was er erzählt.

»Bist du enttäuscht?«, fragt Dan, als er mich in seinen Arm zieht. Er ist so wunderbar warm, und es scheint mir, als würde mein Körper zu ihm gehören.

»Nur ein bisschen«, antworte ich. »Ich habe mir den Schluss wie in einem Märchen vorgestellt. Der Böse bekommt die Strafe, und der strahlende Prinz segelt mit seiner Prinzessin in den Sonnenuntergang.«

»Nun, wahrscheinlich hat der Prinz das wirklich getan. Und die Strafe für die Bösen war wirklich gut!«

»Ja, aber seine Prinzessin war verwundet. Oder vielleicht auch tot. Sicher hat Christian Clemo angeschwärzt, doch das heißt nicht, dass sie überlebt hat.«

»Er aber schon. Und wäre die Vorstellung nicht schön, dass sie auch überlebt und das Kind bekommen hat?«

Ich nicke. Ja, das wäre zu schön.

»Schau mal, meine Großmutter war eine geborene Walters«, sagt Dan. »Klingelt da was bei dir?«

»Walters?«

»Ja, Walters. Durch ihren Vater. Den Leuchtturmwärter vom Longships Lighthouse.«

»Aber das Fotoalbum ...«

»War das meines Großvaters. Ich bin mir absolut sicher, dass sie eine Nachfahrin von Christian war. Vielleicht auch eine Nachfahrin von Leandra.«

»Und warum hat sie das niemandem verraten?«

»Nun, du weißt doch, Schmuggler und Strandpiraten sind nachtragend. Keine Ahnung, wie viele Generationen, aber du hast ja gemerkt, dass auch die alte Annie immer noch in den Köpfen der Leute steckt.«

»Ja, weil sie im *First and Last Inn* spukt.«

»Und vielleicht geht Leandra ja bei uns um, wer weiß.«

Noch einmal küsst er mich, dann schlendern wir zurück zu seinem Wagen. Das Cottage wartet auf uns, Janets gütiger Geist und das Leben.

Liebe Leserinnen und Leser!

Vielen Dank, dass Sie meinen Roman gelesen und Kim, Dan, Janet und nicht zuletzt Leandra und Christian begleitet haben.

Die Geschichte einer stummen Frau, die in einer freudlosen Ehe gefangen ist und einen Leuchtturmwärter kennen- und lieben lernt, habe ich schon lange mit mir herumgetragen.

Mit der Zeit kamen die anderen Personen hinzu, wobei Janet eine ganz besondere, persönliche Bedeutung zukommt. Vor einigen Jahren starb meine Großmutter an Krebs – ihr habe ich mit Janet ein kleines Denkmal gesetzt.

Cornwall hat mich schon immer fasziniert, es ist einer der schönsten Landstriche Großbritanniens, finde ich. Und so habe ich die Handlung des Romans dort angesiedelt, nicht nur wegen der wildromantischen Landschaft, sondern auch aufgrund der Tatsache, dass es dort viele interessante Leuchttürme gab und gibt, die von der noch heute tätigen Behörde Trinity House erbaut wurden. Dabei habe ich mir in der Darstellung von Örtlichkeiten gelegentlich ein paar künstlerische Freiheiten herausgenommen, die besser zur Geschichte passten.

Ich freue mich, dass ich die Möglichkeit erhalten habe, diesen Roman mit Ihnen zu teilen, denn er ist eine meiner Herzensgeschichten. Und vielleicht inspiriert sie den einen oder die eine dazu, eine kleine Reise nach Cornwall zu unternehmen und auf den Spuren meiner Buchhelden zu wandeln.

Dana Paul, 2016

Corina Bomann

Das Mohnblütenjahr

Roman.
Taschenbuch.
Auch als E-Book erhältlich.
www.ullstein-taschenbuch.de

Ein großes Schicksal in der Nachkriegszeit und eine Liebe zwischen ehemaligen Feinden

Nicole Schwarz hat sich immer eine große Familie gewünscht. Sie selbst ist ohne Vater als Einzelkind aufgewachsen. Umso glücklicher macht sie nun ihre Schwangerschaft. Doch dann kommt heraus, dass ihr Kind einen vererbten Herzfehler haben könnte. Nicole muss herausfinden, wer ihr Vater ist. Nicht so einfach, denn immer schwieg ihre Mutter. Doch nun beginnt sie zu erzählen: vom Aufwachsen in der Nachkriegszeit, von einer großen Liebe zwischen Deutschland und Frankreich und einem nie ganz verschmerzten Verlust ...

ullstein

Corina Bomann

Ein zauberhafter Sommer

Roman.
Taschenbuch.
Auch als E-Book erhältlich.
www.ullstein-taschenbuch.de

Ein zauberhafter Sommerroman

Die 23-jährige Wiebke muss nach einem quälend langen Winter, einer verhauenen Prüfung und einem zähen Beziehungskampf einfach mal raus. Kurzentschlossen besucht sie ihre Tante Larissa an der Müritz.

Larissa ist genau so, wie Wiebke gern wäre: unabhängig, stark, eine Lebenskünstlerin. Doch Wiebke merkt, dass auch Larissa ihre Zweifel, Schwächen und Sehnsüchte hat. Ihre Gespräche helfen ihnen, die eigenen Wünsche ans Leben klarer zu sehen. Als die Liebe bei beiden einschlägt, wird ihre sommerliche Schicksalsgemeinschaft zu einer emotionalen Achterbahnfahrt.

ullstein